Lynn Biederstadt arbeitet als Texterin für eine New Yorker Werbeagentur und lebt abwechselnd in Brooklyn und in den Ozark Mountains im nördlichen Arkansas. Sie schreibt gerade an ihrem dritten Roman.

Von Lynn Biederstadt ist außerdem als Knaur-Taschenbuch erhältlich:

*»Schlaf«* (Band 1801)

Deutsche Erstausgabe 1988

Titel der Originalausgabe »The Eye of the Mind«

Umschlaggestaltung Adolf Bachmann
Umschlagillustration Marion und Doris Arnemann
Satz Compusatz GmbH, München
Druck und Bindung Ebner Ulm
Printed in Germany 5 4 3 2 1
ISBN 3-426-01811-X

# Lynn Biederstadt:
# Der dunkle Kreis

Roman

Aus dem Amerikanischen von Dinka Mrkowatschki

Knaur

*Für Mama und Papa ...*
*und für Otto und Carolyn Penzler.*
*Große Ernährer, alle!*

*Und ein besonderes Dankeschön an Brian Garfield,*
*der geholfen hat, einige Knoten zu lösen.*

# Prolog

## *Das Robert-Francis-Projekt: Der letzte Tag*

Harold Morrison tobte durch seine Karteikästen. Er zerriß schnell, methodisch und präzise Akten und warf sie in den Papierkorb. Er arbeitete wie ein Besessener, seine Wut ließ ihn vergessen, daß er wahrscheinlich gerade seine Karriere zusammen mit den Ordnern in den Müll geworfen hatte. Keiner sollte ihm seine Arbeit wegnehmen. Keiner.

Die Gegenwart der Regierung beim Robert-Francis-Projekt hatte er hingenommen, weil sie unumgänglich war. *Sie* hatten schließlich das Projekt finanziert – obwohl sie, weiß Gott, nicht gerade freigebig mit Mitteln für parapsychologische Forschung waren –, also war es nur recht und billig, daß sie jemanden schickten, der auf ihre Investition aufpaßte. Und selbst wenn das ein so aufdringlicher und lästiger Mensch wie dieser Smith war – diese bittere Pille war auch zu ertragen. Wie Morrisons Assistent Brian so treffend gesagt hatte: »Die können uns ruhig auf die Zehen steigen – solange sie die Finger von unserer Arbeit lassen.«

Das Arrangement hätte wahrscheinlich funktioniert, wenn die Arbeit nicht so gut vorangegangen wäre. Kaum lieferten Morrisons Hellseher mehr, als die Regierung sich erhofft hatte, da wollte Smith auch schon den Laden ganz übernehmen. Das konnte nicht geduldet werden.

Atemlos von der Arbeit setzte sich Morrison auf die Schreibtischkante und zündete sich eine Zigarette an. Das Ergebnis seines Tobsuchtsanfalls war ziemlich entmutigend: Er hatte von den acht Wochen angesammelter Arbeit erst drei Tage zerstört, ein klägliches Resultat. Sein schlechtes Gewissen, gepaart mit seiner Wut, ließ ihm Kälteschauer über den Rücken laufen. Er

schaute hinunter zu den zerrissenen Papieren und dachte: *Was für ein Vater ist das bloß, der seine eigenen Kinder tötet?*
Morrison nahm einen tiefen Zug aus seiner Zigarette. Sie schmeckte irgendwie schal. Er drückte die Kippe mit Daumen und Zeigefinger zusammen, zielte auf den Papierkorb ... und zögerte. Keine gute Idee. Feuer brauchte er jetzt wie ein Loch im Kopf.
Oder vielleicht doch.
Eine Weile lang saß er ganz still da, ließ sich die Idee durch den Kopf gehen. Sie gefiel ihm. Ein Feuer. Kein großes, nur eine kleine Flamme ausgleichender Gerechtigkeit. Gerade groß genug, um diesem Archivzimmer den Anflug einer Amnesie zu geben, bis die Wasserschläuche der Feuerwehr den Rest wegwuschen. Und das Beste daran: Ein Feuer war ein Unfall, aus dem seine eigene, gefährdete Karriere wie ein Phönix aus der Asche steigen konnte.
Er sperrte das Archivzimmer zu, heimlich, fast als würde er befürchten, jemand im Haus hätte seine Gedanken belauscht. Dann bereitete er sorgfältig das Szenario vor. Er rutschte den Papierkorb näher an den Tisch und legte zerknülltes Papier auf die zerrissenen Ordner. Dann nahm er einen Armvoll seiner neuesten, wichtigsten Akten und stapelte sie auf dem Tisch. Darauf wischte er das Ganze mit einem kräftigen Schwung vom Tisch. Die Akten fielen um den Papierkorb herum. Schließlich zog er noch ein paar Ordner näher an den voraussichtlichen Brandherd und schlug sie auf, damit die Flammen ihr Ziel leichter finden konnten.
Er lehnte sich zurück und betrachtete sein Werk. Das Zimmer sah aus, als hätte jemand mitten in einer schwierigen Arbeit aufgehört, mit der er am Morgen weitermachen wollte. In Wahrheit war es eine Choreographie für das Feuer: vom Papierkorb bis zu den gefallenen Aktenordnern und weiter zu den aufgeschlagenen Ordnern. Sobald Morrison sicher war, daß alles gut brannte, konnte er sich im Außengebäude ein Alibi

verschaffen und dann mit der passenden Überraschtheit beim ersten Anzeichen von Rauch die Feuerwehr anrufen. Smith, seine Nemesis, der momentan genau wie alle anderen im Haus schlief, konnte ihn beschuldigen, solange er wollte. Eine Handvoll Asche würde er kriegen, und nicht die Akten, die er so gerne haben wollte.

Das Streichholz brannte in seiner Hand. Er zögerte. Er hatte diese zugige, kalte, alte, ehemalige Küche immer sehr gerne gemocht, aber er mußte sie opfern, um sich selbst zu retten. Er ließ das Streichholz auf das Ziel fallen. Es verlosch.

Er zündete ein zweites Streichholz an, ein bißchen nervöser diesmal. *Das Gewissen macht uns alle zu Feiglingen,* dachte er. Die Flamme flackerte unschlüssig, wollte ihre Wärme nicht mit dem wartenden Papier teilen. Doch dann kroch das Feuer in die Falten einer zerknüllten Seite und entzündete sie. Und noch eine. Und noch eine.

Morrison beobachtete zufrieden, aber gespannt sein Werk. Hoffentlich würde ihn der Rauch nicht zu bald verraten. Vorsichtig kippte er noch einen Stapel Papiere in den Papiereimer, um das Feuer zu füttern, und wartete, bis die Flammen kräftig genug waren für Stufe zwei: die Akten auf dem Boden. Ängstlich ging Morrison zur Tür. Er horchte. Kein Alarm bis jetzt. Perfekt.

Das Feuer brannte jetzt stetig. Die Luft wurde dick vom Rauch. Morrison knüllte einen Stapel Papiere zusammen, um den Boden anzuzünden. Er beugte sich vor, begierig, das Papier brennen zu sehen.

Der Papiereimer explodierte ihm mitten ins Gesicht und ließ einen Feuerregen auf das Zimmer prasseln. Spraydose, dachte er automatisch. Es war der letzte klare Gedanke, für den ihm noch Zeit blieb.

Morrison stolperte rückwärts, verbrannt und geblendet. Das brennende Papierbündel fiel aus seiner Hand auf die Akten. Sie fingen sofort Feuer. Die Flammen breiteten sich aus, nicht nur auf Morrisons choreographiertem Pfad, auch die Bodenbretter entzündeten sich. Er riß sich die Jacke vom Leib und versuchte vergebens die Flammen zu löschen. Die explodierende Spraydose hatte Hunderte kleiner Feuertaschen im Zimmer verteilt, zu viele, um sie zu löschen. Fassungslos beobachtete er, wie sich die Flammen ausbreiteten, er hatte nie gedacht, daß Feuer so schnell wäre. Plötzlich wurden die gestapelten Akten zu Feuersäulen. Der Luftzug ließ die Flammen in die Höhe schnellen, die Wände hoch, hinauf zur Decke. Das Zimmer flimmerte vor Hitze.

Er versuchte, um Hilfe zu rufen. Aber seine verbrannten Stimmbänder ließen nur ein heiseres Krächzen zu. Er drückte die Türklinke – vergaß dabei völlig, daß er selbst das Zimmer zugesperrt hatte, dann kratzte er hilflos am Schlüssel, seine verbrannten Finger versagten ihm den Dienst. Das Inferno prasselte gegen seinen Rücken, schlug ihn zu Boden, forderte den Blutzoll des Teufels in des Teufels ureigenstem Element. Morrison fiel zu Boden. Das Feuer schlug über ihm zusammen.

Evan humpelte, stolperte und blieb einfach liegen, wo er gefallen war. Der andere packte ihn grob und riß ihn hoch.

»Los, Hopkins!« schrie Smith.

»Laß mich hier!«

»Beweg dich! Ich hab dich nicht so weit geschleppt, bloß damit du dir die verfluchte Veranda auf den Kopf fallen läßt! Los, komm!« Er packte Evan am Hemd und warf ihn in den Schnee.

Evan ließ sich vom Haus wegschleppen und blieb in sicherem Abstand apathisch liegen, hypnotisiert von dem, was er sah.

Das Haus schaute mit orangen Augen in die Nacht, aus fast jeder Tür schlugen Stichflammen. Die ehemals weißen Wände schickten Funken in den Himmel, eine Million vergänglicher Sterne ohne jede Schönheit.

Evan stand mühsam auf und balancierte auf seinem heilen Bein.

Der Wind biß sich tückisch durch sein Baumwollhemd, genauso schmerzhaft wie sein verzerrter Knöchel.
Ein Geräusch schwebte aus dem Inferno.
»Smith ... Hören Sie das?«
»Was soll ich hören?«
»Sie schreien. Hören Sie das nicht?«
Smith wischte sich die Rauchtränen aus dem Gesicht. »Keine Schreie, Hopkins, das ist ein Scheiterhaufen.«
»Aber ich kann sie hören!« Evan versuchte loszurennen. »Ich muß zurück!«
Smith packte ihn am Arm. »Sie sind tot!«
Evan versuchte sich loszureißen. Der Ruf aus dem Scheiterhaufen. Der gemeinsame Schrei. Er hörte ihn. Ein langer Schrei, zerfetzt von der kalten Winterluft. Die Stimmen der Eingeschlossenen. Und die des einen, den er dem sicheren Tod überlassen hatte.
Mit einemmal erfüllte ein Gesicht Evans Blickfeld. Im ersten Stock versuchte ein Mann, den verklemmten Fenstergriff zu öffnen. *Brian*. Evan spürte, wie ruhig und überlegt der Mann handelte, gelassen, als würde ihm nicht das Haus über dem Kopf zusammenbrechen. Er sah, wie Brian sich umschaute, als wolle er prüfen, wieviel Zeit ihm noch bliebe. Er sah, daß seine Zeit abgelaufen war, drehte sich wieder um und schaute Evan direkt in die Augen.
»Bitte, nicht voller Vergebung«, murmelte Evan.
Evan sah, wie er die Hand hob. Ein Gruß ... aber nein. Brian schlug mit der Hand zu und zertrümmerte das Fenster. Das Zimmer explodierte in einem Schwall von Flammen. Brian war in sein eigenes Schwert gefallen.
»O mein Gott«, sagte Smith leise. Aber er sprach nicht über das, was im Haus passierte, sondern über etwas, was davor stattfand. Evan folgte seinem Blick. Eine Gestalt stolperte aus der lichterloh brennenden Tür, die Hände tasteten blind durch die Luft, die Kleidung rauchte. Es war Morrison.

Bei der ersten Berührung mit der Nachtluft fing er an zu laufen.
»Hier«, brüllte Smith.
Morrison lief dem Geräusch der Stimme nach. Rote Brandwunden leuchteten auf seiner Haut. Etwa drei Meter vor Evan versagten ihm die Beine. Er warf sich kopfüber in den Schnee, ein bizarrer Anbeter der feurigen Ruine des Hauses.
Smith lief zu ihm und warf seine Jacke über den rauchenden Körper. Eine Gasexplosion zerschmetterte die Rückseite des Hauses. Ein Körper warf sich aus dem Fenster im ersten Stock und kroch brennend ein paar Meter weit, dann bewegte er sich nicht mehr. Die Nacht war plötzlich erfüllt von kreischenden Sirenen und Getrampel. Evan beobachtete alles mit betäubtem Herzen. *Der Schrei vom Scheiterhaufen.* Andere würden die Flammen ersticken, aber in seinem Inneren brannte ein Feuer, das keiner je löschen konnte.

# ANKUNFT

# 1

Michael saß mit verschränkten Armen auf dem Rücksitz der Limousine und hatte wütende Gedanken. Diese rasten mit ihm in der Limousine zu ihrem gemeinsamen Ziel durch die verschnörkelten Schmiedeeisentore von Astor House.
Wirklich eindrucksvoll. Dort rechts ein Birkenhain, zu schön, um wahr zu sein. Dort drüben üppige Rasenflächen von riesigen Ausmaßen, wie ein Golfplatz. Vor ihm lockte durch die Bäume ein kurzer Blick aufs Haus: Backsteinfassade im Kolonialstil, wuchtig und wunderbar, am Ende einer langen, runden Auffahrt. Bis jetzt war noch nie der rote Teppich für ihn ausgerollt worden, aber hier gehörte das offensichtlich zu den Spielregeln. Wahrscheinlich glaubten sie, er würde der Sache nicht auf den Grund gehen, wenn die Zuckerkruste dick genug war. Okay. Die VIP-Atmosphäre konnte nicht schaden. Aber der Job selbst? Nein, das gefiel Michael nicht. Parapsychologische Forschung. In so einer Umgebung. Da hatte sich wohl jemand einen Scherz erlaubt.
Er wußte nur zwei Dinge über den Mann, der ihn angestellt hatte. Das eine war: Harold Morrison hatte so großen Einfluß, daß er von einem Superjob bei der UN freigestellt wurde, um hier in Hintertupfing, Massachusetts, den großen Zauberer zu spielen. Das andere war: Er wußte rein gar nichts über Harold Morrison.
Was ihm immer noch sauer aufstieß und von Anfang an sauer aufgestoßen war, war die hochtrabende Art, mit der Harold Morrison ihn behandelt hatte.
Das Telegramm hatte wie folgt gelautet: »Führe momentan

weitschweifendes, parapsychologisches Experiment durch. Brauche den besten Computermann, Elektronikmann. Brauche Genie. Habe gehört, Sie sind eins. Sofort bei mir melden. Reiseinstruktionen folgen.«

Das war alles gewesen. Keine Anrede, keine Höflichkeitsfloskeln, keine Verhandlungen. Keine Wahl. Den Job bei der UN zu verlieren hatte ihm nur halb soviel ausgemacht wie dieser eine Satz: Sofort bei mir melden. Sonst noch was.

Die Limousine blieb vor dem Weg zu den sechs Stufen, die zum Haus hochführten, stehen. Dort stand ein riesengroßer, dünner Mann, der offensichtlich so humorlos war, daß Marleys Geist im Gegensatz zu ihm direkt sympathisch gewirkt hätte

»Ich bin Cady«, sagte der Mann. »Ich bin der Hausmeister.«

Natürlich. Hausmeister vielleicht schon, aber nicht von einem Haus wie diesem. Rasselnde Ketten und knarzende Türen waren wohl mehr sein Stil. Wenn er typisch für das, was in Astor House vorging, war, dann konnte der Chauffeur gleich den dritten Gang einlegen und ihn zur Bahnstation zurückbringen. *Tschüß, Leute, hier bleib ich nicht.*

»Bitte folgen Sie mir. Dr. Morrison erwartet Sie.«

Cady nahm Michaels schweren Koffer, als wäre er aus Papier, und führte Michael ins Haus.

Das Zusammentreffen mit Cady war schon etwas beunruhigend gewesen, aber das Haus an sich war überwältigend. Die Empfangshalle war gigantisch, groß genug für einen Ball. Die Wände waren elfenbeinfarben, der Boden von Orientteppichen in schönen warmen Farben bedeckt. Am hinteren Ende der Halle schwang sich eine geschnitzte Holztreppe in die oberen, sonnendurchfluteten Regionen des Hauses. Das Haus war teuer schön, wie ein Foto aus *Schöner Wohnen*. Der rote Teppich bis zum Anschlag. Morrison hatte auf jeden Fall Stil.

Cady führte Michael einen Gang hinunter, öffnete eine Tür und bedeutete ihm hineinzugehen. Die Bibliothek. Wie der Rest des Hauses war auch dieser Raum prachtvoll. Eine typische englische Bibliothek: Bücherregale rundherum, ruhige, dunkelgrüne Wände, polierte Parkettböden mit großzügig verteilten Orientteppichen. Eine ehrwürdige Standuhr schlug leise die Stunde. Und über allem ein geistiges Bouquet, bestehend aus dem sentimentalen, modrigen Geruch von alten Büchern und Sonnenlicht.

»Das ist Dr. Harold Morrison«, lautete Cadys Grabgesang.

Dr. Morrison begrüßte seinen Besucher nicht sofort. Er stand einfach da, sein Kopf von Rauchkränzen aus seiner Pfeife umwölkt, und beobachtete ihn. Morrison schaute Gott sei Dank normal aus. Er trug die übliche IBM-Manageruniform – einen mittelmäßig geschneiderten, grauen Anzug mit Weste. Er war mittelgroß und hatte ungefähr zehn Pfund zuviel drauf. Seine silberblonden Haare rutschten ihm immer wieder übers rechte Auge. Er war Linkshänder. Um die fünfzig, riet Michael. Aber junge Fünfzig. So solide wie seine kessen Schuhe.

Einige Minuten lang war die einzige Bewegung um Morrison der Rauch, der aus seiner Pfeife schwebte. Dann eine ganz allmähliche Veränderung, als wäre ein unsichtbarer Persönlichkeitsstrikker am Werk gewesen, der die Essenz von Morrisons aktivem Ich in den bewegungslosen Beobachter am Fenster gegossen hatte. Seine Haltung – ja sogar die Luft um ihn herum – schien sich verändert zu haben. Mit einemmal wirkte er geschäftig, obwohl er sich überhaupt nicht bewegt hatte.

Morrison machte einen Schritt auf ihn zu und streckte ihm die Hand entgegen.

»Wie ich höre, sind Sie ein Genie, Mr. Cough.« Das war Morrisons einzige Begrüßung.

Michael lächelte, ging auf ihn zu und gab ihm die Hand. »Ich heiße Gough, es wird wie ›Cough‹ ausgesprochen, nicht wie ›Cow‹.«

»Sind Sie tatsächlich eins?«

»Die Leute behaupten es«, sagte Michael desinteressiert.

»Entspricht es der Wahrheit, daß Sie an der Entwicklung des stimmaktivierbaren Computers von IBM beteiligt waren?«

»Da hat aber jemand seine Hausaufgaben gründlich gemacht. Ja, es entspricht der Wahrheit.«

»Man hat mir berichtet, Sie würden mehr von Elektronik als von Computern verstehen. Ist das wahr?«

»Man könnte es so ausdrücken.«

»Man sagt, Sie wären ein Streber.«

»Na ja, nicht direkt«, sagte Michael. Morrisons Unverblümtheit verunsicherte ihn ein bißchen. »Ich glaube, das liegt einfach in meiner Natur.«

»Wechseln Sie deshalb so oft die Jobs – weil das in Ihrer Natur liegt?«

»Woher haben Sie denn die Personalakte – vom FBI?«

»Möchten Sie vielleicht auch noch den Rest hören? Sie sind kein Teamspieler. Sie sind rastlos und unabhängig, und Sie haben keine Toleranz für Leute, die weniger begabt sind als Sie. Ihre Vorgesetzten mögen Sie nicht.«

»Die meisten sollten auch Straßenkehrer werden. Haben Sie auch erfahren, daß ich mit neun Jahren ein Fenster zerschlagen habe?«

»Am besten gefällt mir an Ihrem stachligen Persönlichkeitsprofil, daß Sie, obwohl Sie so schwierig sind, sehr gefragt sind.«

»Sie hätten jemanden finden können, der nicht ganz so *stachlig* ist.«

»Die Stacheln sind mir eigentlich ziemlich egal – mich interessiert nur die Vielseitigkeit.«

»Viele Leute sind vielseitig. Und die hätten Sie nicht soviel gekostet wie ich.«

»Es gab da noch andere Kriterien außer Geld.«

»Was denn? Die richtige Blutgruppe?«

»Wie zum Beispiel die Tatsache, daß Sie keine Familie haben.«

»O Gott – ich wollte bloß einen Witz machen!«

»Was ich damit sagen will, ist: Sie haben keine familiären Verpflichtungen, falls wir Sie länger als die vertraglich vereinbarten sechs Wochen brauchen.«

»Diese Geschichte wird also sechs Wochen dauern?«
»Haben Sie denn Ihren Vertrag nicht gelesen?«
»Nur bis zu den Nullstellen hinterm Komma.«
»Sie sind kein besonders guter Geschäftsmann, Mr. Cough.«
»Hatte ich bis jetzt auch noch nicht nötig.« Michael lockerte seine Krawatte und setzte sich auf die Sofakante. »Könnten Sie mich vielleicht mit Michael anreden? Dieses Mister Tralala macht mich krank.«
»Warum nicht, Michael.« Er hielt inne. »Warum dieser verunsicherte Blick?«
»Ich bin mir immer noch nicht im klaren, warum ich hier bin. Ich weiß zwar, daß ich akzeptabel bin, obwohl ich kratze, weil ich keine Familie habe und ein bißchen was von Computern und Elektronik verstehe ..., aber ich weiß immer noch nicht, warum Sie ausgerechnet *mich* wollten.«
»Sie haben eine Sicherheitsüberprüfung hinter sich«, sagte Morrison kühl. »Man sagt, Sie könnten den Mund halten.«
Michael bekam bei diesem Satz Gänsehaut, ohne zu wissen, warum.
»Muß ich denn meinen Mund halten?«
»Vielleicht.«
»Aber vergessen Sie da nicht etwas enorm Wichtiges? Ich glaube nicht an den ganzen Kram, über den der *National Enquirer* schreibt. Ich glaube nicht an Gespenstergeschichten.«
»Nein. Das hätte ich nicht für möglich gehalten. Erinnern Sie sich noch an Ihre Reise nach Frankreich vor drei Jahren? Als Sie geholfen haben, die neue Programmierung für die amerikanische Botschaft auszuarbeiten? Hat man Sie von diesem Auftrag abberufen, oder wollten Sie selbst aufhören?«
»Warum stellen Sie mir immer Fragen, auf die Sie die Antwort schon kennen? Ich hab mich freistellen lassen. Meine Großmutter war gestorben.«
»Aber es ist doch wahr, daß Sie drei Stunden, bevor Sie die Nachricht von ihrem Tod erhielten, um Beurlaubung baten?«

Michael bekam einen roten Kopf. Seine Selbstsicherheit war wie weggeblasen. »Also wirklich. Meine Großmutter hat mich aufgezogen. So was passiert doch ständig zwischen nahen Verwandten.«
»Richtig. Aber was passiert da *wirklich*? Kein Zufall auf jeden Fall.«
Michael lächelte gequält und ungeduldig. »Eine Episode macht noch keinen Hellseher aus mir.«
»Stimmt ... *wenn* es nur die eine Episode wäre.«
»Wenn ich richtig informiert bin, dann sind Sie seit drei Monaten in psychiatrischer Behandlung«, sagte Morrison.
Michael schien unangenehm berührt: »Ja.«
»Aus welchem Grund?«
»Warum sagen Sie mir es denn nicht?«
»Zwangsverhalten. Schlaflosigkeit durch Schuldgefühle.«
»Moment mal. Das fällt unter die ärztliche Schweigepflicht. Woher wissen Sie das?«
»Es genügt doch, daß ich es weiß. Möchten Sie mir vielleicht selbst erzählen, warum Sie bei diesem Arzt in Behandlung sind?«
»Machen Sie doch einfach weiter. Sie machen das so *gut*.«
Morrison hielt inne. »Vor ungefähr vier Monaten hatten Sie ein ernstes Zerwürfnis mit Ihrem Bruder, mit dem Sie sich bis dahin sehr gut verstanden haben. Nach dem Streit haben Sie zwei Wochen lang sehr intensiv vom Tod Ihres Bruders bei einem Autounfall geträumt.« Morrison hielt wieder inne.
»Ihr Bruder starb – stimmt's, Michael? Genau auf den Tag zwei Wochen, nachdem Sie mit ihm gestritten hatten ... genau wie Sie's geträumt hatten.«
»Ich will nicht darüber reden.«
»Glauben Sie wirklich immer noch, daß alles nur ein Zufall war?«
»Oh, jetzt versteh ich. Ich bin ein verkappter Hellseher, und deshalb hab ich den Tod meines Bruders verursacht.«

»Nein, Sie haben ihn vorhergesehen, weil Sie ein verkappter Hellseher sind. Eine sehr reale Begebenheit in einer sehr realen Welt. Ist es denn nicht viel tröstlicher, Hellseher zu sein, als zu glauben, Ihr Traum hätte seine Ursache in nicht realisiertem Haß auf jemanden, den Sie lieben?
Hören Sie. Sie können auch nicht glauben, wenn es unbedingt sein muß, aber *weigern* Sie sich nicht, zu glauben. Sie werden ein Übersinnlicher in einem Haus voller Übersinnlicher sein. Ich habe Sie hierhergebracht, weil Sie dazupassen. Aber ich warne Sie im voraus, die Sachen, an die Sie nicht glauben, werden hier tagtäglich passieren. Sie ersparen sich eine Menge geistiger Qualen, wenn Sie Ihre Sinne öffnen.«
»Ich werde versuchen, nicht zu lachen – egal, wie komisch es wird.«
Morrison lächelte säuerlich. Der Mann hatte auch wirklich keinen Funken Humor im Leib.
»Ich glaube, ich habe jetzt genug geredet«, sagte Morrison. »Sie haben sicherlich einige Fragen.«
»Ungefähr hundert, mehr nicht –«
Morrison setzte sich in einen Stuhl gegenüber von Michael. »Setzen Sie sich.« Er deutete auf einen Stuhl. »Fragen Sie.«
»Erst einmal die ganz große: Was machen wir hier? Worauf will diese Forschung hinaus?«
»Was würden Sie sagen, wenn ich Ihnen erzähle, daß parapsychologische Kräfte völlig anders angewendet werden könnten als bisher üblich. Anstatt Kartenfarben zu raten oder schwachsinnige Botschaften zu schicken, könnte man endlich etwas Nützliches damit machen.«
»Wie zum Beispiel?«
»Katastrophen vorhersagen. Leben retten.«
Michael pfiff durch die Zähne. »Ist das nicht ein bißchen weit hergeholt?«
»Nein. Es ist schon gemacht worden. Ich hab – oder vielmehr meine Leute haben es schon gemacht.«

»Warum hab ich dann nichts davon gehört?«

Morrison fuhr fort, als hätte er ihn gar nicht gehört. »Ich habe vor, mit einer Basis von sechs Hellsehern anzufangen, jeder mit außergewöhnlichem, erwiesenem Talent. Ich werde sie einen Monat lang rigoros trainieren, sie sensibilisieren. Und dann werde ich ihr Bewußtsein auf die Welt lenken und zu ihnen sagen: ›Schaut‹.«

»Wie wollen Sie sie denn trainieren? Sie sind doch schon Hellseher – was können Sie ihnen denn noch beibringen?«

»Zuallererst werde ich sie lehren zu atmen. Eine Technik, die ich Vorbereitung nenne. Sie müssen wissen, eine notwendige Vorbedingung für parapsychologische Vorgänge ist der sogenannte ›Alphazustand‹. Alle normal funktionierenden Gehirne sind fähig, diesen Zustand zu erreichen – auch Gehirne ohne mediale Fähigkeiten, wie zum Beispiel meins. Schlaf, Meditation und Psi haben Alpha gemeinsam. Vorbereitung ist eine Abkürzung dahin.«

»Wie wollen Sie feststellen, ob dieser Zustand erreicht worden ist?«

»Alle Stühle im Arbeitszimmer der Medien werden per Kabel an Monitoren angeschlossen sein, die die Körperfunktionen zeigen: Puls, Atmung, Blutdruck ... sogar EEG und EKG, ohne sichtbare Elektroden. Ich werde sogar über eine ständige Anzeige verfügen, die genau registriert, wenn ihre Gehirnströme sich verändern. Die ganzen Informationen werden direkt an den Computer weitergeleitet: Das ist Ihr Ressort. Ich hoffe, daß sich eine psychische Wahrnehmung im Körper anzeigt, ehe der Verstand sie registriert, und ich möchte genau wissen, wo sich das zuerst zeigt.«

»Und das alles in sechs Wochen«, sagte Michael skeptisch.

»O nein. Was ich jetzt beschrieben habe, ist nur die Spitze des Eisbergs von dem, was wir hier vorhaben. Wir werden Orte erforschen, die bis jetzt noch kein Mensch gesehen hat. Das klingt melodramatisch, stimmt's?«

»Sie glauben, daß Sie das wirklich schaffen, nicht wahr?«
»Mehr, als ich mir in meinen kühnsten Träumen erhofft hatte.«
»Erzählen Sie mir etwas über die Medien.«
»Einer ist ein starker Telepath; ein Mann mit sehr großer Intelligenz. Ein anderer hat ein sehr ähnliches Talent, aber wesentlich mehr Durchstehvermögen, einer ist ein starker Empath, sehr jung und sehr ausbaufähig. Eine hat ein Talent für Träume; sie sieht die Zukunft im Schlaf. Einer ist – na, sagen wir mal, seine Talente sind noch ein bißchen ohne Ziel und Zweck, er ist noch nicht lange Medium. Dann ist da noch der letzte, er ist in jeder Disziplin der Parapsychologie versiert: in Telepathie, Empathie, Vorahnung, Psychokinese – das heißt, Objekte nur durch die Kraft des Verstandes bewegen. Zweifelsohne ist er das größte Medium der Welt.«
»Ich wollte eigentlich wissen, was diese Leute draußen sind, in der wirklichen Welt. Arbeiten sie?«
»Einige schon. Stef Farley zum Beispiel ist Maler – ein großer Künstler, sehr erfolgreich. Kate Haley arbeitet in einem Psi-Laboratorium. Sie ist gerade von einem Forschungsprojekt an der großen Pyramide von Gizeh zurückgekehrt. Claire Markham ist recht interessant. Sie ist neun Jahre alt und hat großes Talent als Medium. Marva Kohlhaus ist aus der Tschechoslowakei zu uns gekommen. Auch ein sehr großes Talent. Evan Hopkins ist aus England. Er war Bühnenschauspieler – bis vor kurzem. Und der letzte ist Karel Petrosian.«
»War der nicht Pianist? Ein ganz junger Typ? Er war ziemlich bekannt. Was ist denn aus ihm geworden?«
Morrison ignorierte Michael ein zweites Mal. »Die Sache ist die: Ich habe verschiedene Talente mit verschiedenem Hintergrund ausgesucht. Aber zusammen sind sie ein Gehirn – das ist zumindest mein Ziel.«
»Was ist mit der letzten Gruppe passiert, die das probiert hat?«
Morrison vermied es, Michael in die Augen zu schauen. »Über dieses Thema möchte ich nicht reden.«

Einen Augenblick lang schien er ein bißchen verunsichert, dann schlug er einfach eine andere Richtung ein und veränderte seine Persönlichkeit. »Rauchen Sie Zigaretten?«
»Ja.«
»Glauben Sie, Sie können sechs Wochen ohne aushalten?«
»Er hat da, glaub ich, seine Zweifel«, sagte eine ironische Stimme von der Tür her. »Schauen Sie ihn doch an!«
Morrison erkannte die Stimme hinter sich, aber er zögerte, bevor er sich zu ihr umdrehte – fast, als müßte er sich eine Antwort zurechtlegen, dachte Michael. Er setzte ein künstliches Lächeln auf und ging zur Tür. Er schüttelte dem Mann herzlich die Hand und führte ihn ins Zimmer.
Der Neuankömmling war ein großer, blasser, gutaussehender Mann, knapp vierzig. Seine Bewegungen waren lässig und entspannt.
»Hatten Sie Schwierigkeiten, das Haus zu finden?« fragte Morrison.
»Ich nicht«, antwortete die angenehme Stimme amüsiert. »Aber vielleicht müssen Sie dem Chauffeur Bluthunde nachschicken. Sie haben ein Talent, abgeschiedene Plätze auszusuchen.«
»Isolation fördert die Konzentration.«
»Wir wollen doch bitte das Ende der Robert-Francis-Geschichte nicht wiederholen. Barfuß in Schneewehen herumzustehen entspricht nicht gerade meinen Vorstellungen von einem netten Abend.«
Morrison zuckte zusammen. »Sie werden vor dem ersten Schnee hier raus sein«, sagte er verkniffen. »Genügt Ihnen das?«
»Seien Sie doch nicht so ernst, Harry«, lächelte Stef.
Morrison gab keine Antwort, statt dessen winkte er Michael zu sich.
»Hier ... am besten, ihr stellt euch gegenseitig vor.«
Michael reichte ihm die Hand. »Michael Gough.«
Der große Mann gab keine Antwort. Seine Augen richteten sich – tiefblau und klar und hell wie Glas – auf die neue Bekannt-

schaft. Michael fühlte, wie sich seine Nackenhaare aufrichteten: Dieser prüfende Blick hatte nicht an seinem Gesicht haltgemacht, er war tief in das Innerste seines Kopfes gedrungen, ganz hinten in seinen Verstand. Er berührte Michael an einer Stelle, die noch nie zuvor berührt worden war.

»Ich bin Stef Farley«, sagte der große Mann nach einiger Zeit.

»Und was machen Sie hier draußen in dieser Hütte, wo Sie doch sicher und warm in New York sitzen könnten?«

»Gut kombiniert. Sie haben an meinem Akzent erraten, daß ich aus New York bin, stimmt's?«

»Nein. Ihr *Akzent* ist Oregon. Ihr *Zuhause* New York.«

Michael warf Morrison einen nervösen, fragenden Blick zu. Morrison lachte und hob abwehrend die Hände. »Ich hab Stef nichts erzählt. Ehrenwort«, sagte er. »Das muß was mit diesen Gespenstergeschichten zu tun haben.«

Stef Farley lachte. »Tut mir leid, wenn ich Sie erschreckt habe«, sagte er, ganz und gar nicht reumütig. »Manchmal platzt es einfach so aus mir heraus.«

»Das kann ich mir denken.«

»Aha ... der Hausagnostiker, stimmt's?«

»Hausatheist. Aber der Trick war nicht schlecht.«

»Oh. Ein Trick.« Stef lächelte wissend. »Wie, glauben Sie, hab ich das gemacht?«

»Das ist das Schöne, wenn man der Hausatheist ist. Die Last der Beweisführung liegt bei Ihnen.«

»Das ist schon in Ordnung«, sagte Morrison. »Seien Sie in diesem Stadium so skeptisch, wie Sie wollen. Ich verspreche Ihnen, das wird nicht lange dauern.«

Er wandte sich an Stef. »Wie war die Reise?«

Stef lächelte etwas betreten. »Ein bißchen chaotisch. Wegen dieser Treppen, Harry ...«

»Ich habe Ihnen ein Zimmer im Parterre gegeben.«

»Danke.« Stef warf Michael einen beunruhigten Blick zu und wechselte schnell das Thema. »Ist sonst schon jemand angekommen?«

»Sie sind der erste, wie immer.«
»Wie viele haben zugesagt?«
»Sechs von elf Einladungen. Ungefähr soviel, wie ich erwartet habe; nicht schlecht, wenn man bedenkt.«
»Gar nicht schlecht, wirklich. Jemand dabei, den ich kenne?«
»Kate wird kommen. Hoffentlich macht Ihnen das nichts aus.«
Stef hob überrascht die Augenbrauen, aber Michael hatte das Gefühl, die Emotion, die sein Gesichtsausdruck verbarg, war viel interessanter als die, die er zeigte.
»Wer noch?«
»Ich glaube, Sie kennen Claire Markham. Von den anderen haben Sie sicher schon gehört: Evan Hopkins aus England, Marva Kohlhaus aus der Tschechoslowakei, Karel Petrosian ...«
»Petrosian! Wirklich!« sagte Stef begeistert.
»Er hat erst letzten Donnerstag zugesagt ... und dann war ich mir auch erst sicher, als er im Flugzeug saß. Sein Beschützer wollte nicht, daß er die Schweiz verläßt. Karel hat sich einfach darüber hinweggesetzt. Sie sind ihm noch nie begegnet?«
»Wie Sie es so treffend ausgedrückt haben, habe ich bis jetzt nur von ihm gehört.«
»Heute abend jedenfalls werden Sie ihm von Angesicht zu Angesicht gegenüberstehen.«
»Das war die ganze Reise schon wert!«
Cady erschien in der Tür wie ein Beerdigungszug.
»Eine Miss Markham ist am Telefon«, sagte er.
»Ich komme sofort. Danke.« Er überlegte kurz.
»Cady, einen Moment.« Er wandte sich an Michael. »Bitte, geben Sie mir Ihre Zigaretten.«
Michael tat das nach einigem Zögern. Morrison gab dem Hausmeister Michaels Zigaretten und seine eigene Pfeife und den Tabaksbeutel. »Wenn Sie noch mehr Zigaretten in Ihrem Gepäck haben, dann bitte ich Sie, diese sobald wie möglich Cady auszuhändigen. Während der Dauer des Experiments darf weder im Haus noch im umliegenden Gelände geraucht werden.«

»Warum?«
»Bitte fragen Sie mich nicht. Aber Sie können mir glauben, ich verlange das aus gutem Grund.«
»Na schön«, sagte Michael und fragte sich, wie er wohl die nächsten sechs Wochen überleben würde. »Was immer Sie sagen.«
»Ich muß jetzt gehen«, schloß Morrison. »Cady wird Ihnen Ihre Zimmer zeigen, sobald Sie dazu bereit sind. Abendessen pünktlich um acht Uhr im Speisezimmer. Wenn Sie vorher etwas möchten, die Küche ist offen. Stef, kommen Sie bei mir vorbei, wenn Sie sich ausgeruht haben. Ich würde gern mit Ihnen reden.«
Morrison ging zur Tür, drehte sich aber noch mal um. »Oh, und Michael, hüten Sie Ihre Gedanken. Nichts ist hier heilig.«
Er und Stef grinsten sich zu, dann verschwand er.
Stef setzte sich in einen Sessel und knöpfte langsam den Schalkragen seines Pullovers auf. Er wurde still, nachdenklich, schien weit weg. Sein Blick wanderte ziellos durch den Raum. Er wirkte müde.
»Sie sehen aus, als könnten Sie ein bißchen Ruhe vertragen«, sagte Michael in die Stille.
Stef schaute ihn ganz abwesend an. »Ich vertrage Reisen sehr schlecht«, murmelte er. Er fuhr sich müde mit der Hand durch seine ziemlich langen, dunklen Haare. Er hatte graumelierte Schläfen; ein überraschend alter Unterton seiner ansonsten so jugendlichen Erscheinung. Er seufzte, versuchte die Müdigkeit abzuschütteln. »So, Sie sind also hier, um mit den Supercomputern zu spielen«, sagte er.
»Wer hat Ihnen das erzählt?«
»Niemand.« Stef lächelte. »Ich hab nur angegeben. Hatte ich recht?«
»Soviel ich weiß, schon – aber ich weiß nicht besonders viel. Morrison hat mich von meinem letzten Auftrag praktisch kidnappen lassen, und er hat mir so gut wie gar nichts davon erzählt, was ich tun soll.«

Stef schien nicht überrascht. »Das ist das erste, was Sie von Harold Morrison wissen müssen: genau *das* ist sein Spiel. Er sagt Ihnen genau soviel, wie er will, und ein Quentchen mehr. Er ist zwar der Beste in seinem Fach, aber er ist ein schwieriger Mann. Ich kenne ihn jetzt seit zehn Jahren und durchschaue ihn immer noch nicht. Er hat sich in den letzten achtzehn Monaten sehr verändert.«

»Haben Sie eine Ahnung, warum er so sehr gegen das Rauchen im Haus ist?«

Stefs Blick wanderte zur Tür. »Ich kann's mir vorstellen.«

»Warum? Gesundheitsfreak?«

»Nein ... er hat Angst vor Feuer. Es ist ein altes Haus.«

»Ist das *sein* Haus?«

»*Jetzt* ist es das bestimmt.«

»Wollen Sie damit sagen, er hat sich da hineingeschwätzt?«

»Sie fangen an zu verstehen.«

»Das ist auf jeden Fall kein zweitklassiges Unternehmen, so viel ist sicher. Wo kommt das Geld her?«

»Das letzte Mal von der Regierung. Diesmal wahrscheinlich aus privaten Mitteln. Genauer gesagt ... wer weiß? Der Mann hat mehr Verbindungen als die Telefongesellschaft.«

»Klingt ja sehr geheimnisvoll!«

»Könnte es auch sein. Fragen Sie ihn danach – aber es darf Sie nicht überraschen, wenn er Ihnen keine Antwort gibt. Harry ist nicht gerade freigebig mit Erklärungen.«

»Das ist mir schon aufgefallen.« Michael gähnte. »Gott, ich brauch ein Schläfchen.«

»Ich auch. Ungefähr eine Woche lang.«

»Was halten Sie denn von dieser Geschichte hier, Stef?«

»Was meinen Sie – die Arbeit?«

»Ja.«

»Ich weiß es nicht. Es ist eine großartige Idee ... aber ...«

»Sie klingen ja nicht gerade begeistert.«

»Bin ich auch nicht. Noch nicht.«

»Ich kann mir denken, was Ihnen gegen den Strich geht. Wenn man Morrison reden hört, ist das alles so einfach, man nimmt sich ein paar Wochen Zeit, umgibt sich mit fürstlichem Prunk und schnalzt ein paar Wunder raus, stimmt's?«

»Genau das und noch ein paar andere Dinge. Ich bin wahrscheinlich ein bißchen zwiegespalten in dieser Geschichte. Morrison hat vor eineinhalb Jahren in Virginia unten etwas Ähnliches probiert. Das Robert-Francis-Projekt, hat er es genannt, nach seinem Lehrer. Es hat ein böses Ende genommen.«

»Soll das heißen, das Projekt ist schiefgelaufen?«

»Nein, es war erfolgreich. Das wird jedenfalls behauptet.«

»Was ist dort passiert? Morrison wollte nicht drüber reden.«

Stef antwortete nicht gleich. »Ich auch nicht. Ich kenne ein paar Leute, die gute Freunde dabei verloren haben.«

»Wunder ...« Stef schüttelte den Kopf und richtete dann seinen Blick auf die Tür, durch die Morrison gegangen war. »Gerade *das* macht mir Sorgen. Für Wunder muß immer jemand bezahlen.«

## 2

Es war die Stimme, die ihn weckte – nicht das Echo der zuschlagenden großen Eingangstür und auch nicht das Krachen der ungeduldig hingeworfenen Koffer, sondern eine schrille, pubertäre, mächtige Sirene von Stimme.

»Haaaarrrryyyy!!«

Michael bewegte sich, stöhnte. Keine Chance, bei diesem Lärm sein Nachmittagsschläfchen fortzusetzen.

»Harry, wo *steckst* du?«

Eine Ministampede tobte die Treppe hoch, und Michael wußte, keine geschlossene Tür – weder seine noch die von irgend jemand anders – konnte sich dieser unwiderstehlichen Macht widersetzen.

Er hatte recht. Seine Schlafzimmertür flog auf, krachte gegen die Wand und enthüllte den Verursacher der Stampede. Die Kreatur war winzig, dünn und rothaarig. Und allerhöchstens zehn Jahre alt.

»Hoppla«, sie grinste, als wäre das alles selbstverständlich. »Hallo.«

Michael erwiderte das Lächeln nicht. »Klopfst du nie an, wenn du zu Leuten ins Zimmer gehst?«

»Warum?«

»Weil das höflich ist, wenn eine Tür zu ist. Weil das mein Zimmer ist und nicht deins, und weil ich vielleicht etwas getan habe, was dich nichts angeht.«

Ein Röntgenblick aus diesem listigen Gesicht, genau wie der von Stef.

»Hast du aber nicht.« Sie lächelte. Michael schaute in erwachsene Augen, das kindliche Lächeln war nicht natürlich, es war überlegt, sollte den Gegner entwaffnen.

»Bist du Claire?«

»Claire Markham«, bestätigte Morrison, der gerade hinter ihr erschienen war.

Claire drehte sich zu Morrison und umarmte ihn liebevoll. Er erwiderte die Geste pflichtschuldigst, aber wenig überzeugend. Er trat einen Schritt zurück und schaute sie sich an, und es gelang ihm, mürrisch zu wirken.

»Was soll denn die ganze Aufregung, junge Frau?«

»Ich wollte nur Hallo sagen.«

»Glaubst du nicht, du hättest das auch geschafft, ohne das ganze Haus durcheinanderzubringen?«

Sie zeigte wieder dieses unwiderstehliche Grinsen. »Wahrscheinlich nicht. Bitte nicht böse sein.«

»Wir werden sehen. Hast du eine gute Reise gehabt?«

Sie grinste noch unverschämter und zog ein Paar Würfel aus der Tasche. »Die hat mir Wendy zum Abschied geschenkt. Ich hab im Zug fünfzig Siebener hintereinander geworfen.«

Ein weiterer Neuankömmling, eine große attraktive Frau in Designer-Jeans und Männerhemd, schloß sich dem Gespräch an.
»Sie hatte dem Schaffner schon fünfzig Dollar abgeknöpft, bevor ich sie erwischt habe«, sagte sie. »Ich bin gerade noch rechtzeitig gekommen.«
»Du hättest das nicht erlauben dürfen, Elliot«, sagte Morrison streng.
»Es war nicht *ihre* Schuld, Harry«, verteidigte sie Claire. »Ich hab gleich aufgehört, wie sie's mir verboten hat. Wirklich.«
»Claire, du bringst uns eines Tages noch alle ins Gefängnis.«
»Warum?«
»Ich hoffe, du hast das Geld zurückgegeben.«
Claires Lächeln war jetzt etwas betreten. »Die Hälfte ... Er hat gesagt, er will die andere Hälfte nicht, Harry. Ehrenwort. Er hat gesagt, so einen tollen Trick hätte er noch nie gesehn.«
»Hoffentlich hast du ihm nicht erzählt, was für ein Trick das war.«
» 'türlich nicht.«
»Dem Himmel sei Dank für kleine Gefälligkeiten. Also gut, wie wär's, wenn wir jetzt Mr. Cough in seinem Schlafzimmer allein lassen.«
»Nicht Mister. Nur Michael«, flötete Claire, einen halben Atemzug, bevor Michael genau diese Worte sagen konnte. »Das stimmt doch, oder?«
Michael nickte, ihm hatte es die Sprache verschlagen.
»Wie auch immer«, sagte Morrison. »Gehen wir. Du kannst dich später mit ihm unterhalten.«
»Das werd ich auch.« Sie schenkte Michael wieder ihr wunderschönes Lächeln. »Michael wird mein Freund werden. Wiedersehn, Michael. Bis später.« Und sie tänzelte mit Morrison den Gang hinunter. Michael und Elliot blieben etwas betreten allein zurück.
»Tut mir leid, wenn Claire Sie gestört hat«, sagte Elliot förmlich.

»Sie ist manchmal ein bißchen übermütig. Die Zugfahrt hat auch nicht gerade geholfen.«

»Sie ist ... wie heißt das noch? Telepath?«

»Sie macht unter anderem Telepathie, ja.«

»Und sie sieht aus wie ein ganz normales Kind.« Michael wußte, er hatte einen Fehler gemacht, noch ehe er den Satz zu Ende gesprochen hatte.

Das Lächeln der Frau wurde zu einem dünnen, scharfen Eiszapfen. »Wie sollte sie denn aussehn – wie ein Schaubudenmonster?«

Michael zuckte zusammen. »Tut mir leid. So hab ich das nicht gemeint.«

Keine Antwort. Nur wieder das Eiszapfenlächeln.

»Wirklich«, Michael ließ nicht locker. »Es tut mir *wirklich* leid. Für mich ist das alles neu.«

Kein Tauwetter. »Soviel hab ich schon mitbekommen.«

»Was für eine Rolle spielen Sie hier, Miss Elliot?«

»Nur Elliot. Ich bin Harolds Assistentin.«

»Sind Sie auch ein Medium?«

»Gott bewahre, nein!«

»Passen Sie auf Claire auf?«

»Ich helfe Harold im Labor. Claire paßt auf sich selbst auf ...«

»Sie behandelt Sie ja wirklich als Familienmitglied.«

»In gewissem Sinn sind wir auch ihre Familie. Claire hat eine Reihe von Leuten, die sich um sie kümmern.«

»Warum? Sind ihre Eltern tot?«

»Nein.«

»Warum bleibt sie dann nicht bei ihnen?«

Die Frau bekam wieder diesen frostigen Gesichtsausdruck. Michael hatte zu viele Fragen gestellt, hatte verbotenen Boden betreten.

»Wie kann ich Ihnen das erklären? Für Talente wie die von Claire gibt es viele Anwendungsgebiete. Desinteressierte Eltern könnten da viel falsch machen.«

»Ihr Vater hat Claire wohl nur als Sparkasse betrachtet – wollen Sie das damit sagen?«
»Das und Schlimmeres. Die parapsychologische Gemeinde von Connecticut ist jetzt ihre Pflegefamilie.«
»Ich glaube, Sie machen das mit ihrer Erziehung sehr gut. Sie wirkt ausgesprochen fröhlich.«
»Ich glaube, in ihrer speziellen Umgebung ist sie sehr fröhlich. Sie lebt nicht in derselben Welt wie Sie.«
Die Frau sagte nichts mehr. Michael hatte das Gefühl, als hätte er eine Abfuhr bekommen.
Das peinliche Schweigen wurde von Claires vertrautem Sirenengeheul draußen auf dem Gang unterbrochen: »Ell-iot ... wo bist du?«
Die Frau schüttelte resigniert den Kopf und ging in Richtung Tür.
»Warten Sie«, sagte Michael. »Werden wir uns später sehen?«
»Das würde mich überhaupt nicht überraschen, Mr. Cough.«
»Warum denn so förmlich ... wir werden schließlich zusammenarbeiten.«
»Das heißt noch lange nicht, daß wir deshalb automatisch Freunde sind«, erwiderte sie. Sie schloß die Tür hinter sich. Michael zitterte in ihrem emotionellen Kielwasser und fragte sich, was da von den anderen Charakteren im Haus noch auf ihn zukommen würde.

Kate Haley hievte ihre Koffer aus dem Wagen.
»Danke fürs Mitnehmen, Bobby. Schöne Grüße an alle zu Hause. Auf in die große unbekannte Welt.« Sie gab ihm einen Kuß auf die Wange. »Wir sehn uns in sechs Wochen.«
Sie winkte dem abfahrenden Auto nach, dann drehte sie sich um und schaute sich das Haus an. *Hallo – diesmal nicht Touristenklasse*, dachte sie. *Um das zu kriegen, muß Harry eine Bank ausgeraubt haben..*
Sie ging die Treppe hoch ... und blieb plötzlich stehen. *Kalt.*

*Das Haus ist kalt, als würde eine dünne Eisschicht drüberliegen. Wahrscheinlich bloß Lampenfieber. Das passierte jedesmal: die Spannung, wenn dieselben alten inneren Konflikte wieder aufgewühlt wurden, die ewige Differenz zwischen dem, was sie glaubte, und dem, was sie wußte.*

*Aber nein. Das war etwas anderes. Etwas, was Angst machte.* Sie dachte an das Robert-Francis-Haus und zitterte. Ohne Grund. *Seltsam.*

»Frau, du mußt müde sein. Du warst zu lange unterwegs«, murmelte sie vor sich hin und schleppte ihre Koffer ins Haus. Die Kälte schien sie zu umfangen.

Sonnenuntergang. Michael saß auf der Steinterrasse hinterm Haus und betrachtete den rötlichen Himmel. Claire kam durch die Glastüren, die zur Bibliothek führten, gestürmt.

»Da bist du ja!« sagte sie. »Ich hab dich gesucht.«

»Was liegt an?«

»Ich wollte mich entschuldigen, weil ich dich aufgeweckt habe. Ich hab ein Geschenk für dich. Ich hab's selbst gemacht.«

Michael nahm das Geschenk: ein Foto. Er blinzelte es überrascht an.

»Claire ... das ist ja ein Foto von meinem Haus.«

»Ich weiß.«

»Woher hast du das?«

»Hab ich dir doch gesagt. Ich hab's gemacht. Ich dachte, vielleicht kriegst du dann kein Heimweh.«

Es lief ihm plötzlich kalt den Rücken runter. Er schaute sie an.

»Du hast mein Haus noch nie gesehn. Hat dir Harry das gegeben?«

»Nein. Gefällt's dir nicht?«

»Ich wollte bloß wissen, woher du's hast.«

Sie seufzte voller Ungeduld. »Ich hab's *gemacht.* Gerade vorhin mit der Kamera. Warum ist das so schwer für dich zu verstehn?«

»Weil das unmöglich ist.«

» 'türlich ist das möglich. Ich hab's doch gemacht, oder?«
»Hat dir jemand gesagt, du sollst mir einen Streich spielen?«
»Warum sollte das jemand machen? Du bist vielleicht stur.«
»Kannst du's noch mal machen – hier, wo ich dir zuschaun kann?«
»Michael, man soll doch keine Geschenke verlangen.«
»Würdest du mir den Gefallen tun ... als Freund?«
Sie zuckte mit der Schulter. »Okay. Ich hol meine Kamera.«
Michael schaute sich das Foto genauer an. Es war tatsächlich sein Haus. Das unverkennbare Backsteinhaus in der Upper East Side. Ein bißchen verschwommen vielleicht, aber sein Haus. *Sein Haus.*
Claire kam zurück, die Kamera baumelte an einem Riemen. Es war eine billige Polaroid aus Plastik, ohne Extras.
»Gib sie mir mal kurz.«
Sie reichte sie ihm. »Du willst wohl nachschauen, ob irgendwelche Tricks eingebaut sind, was?« sagte sie und schüttelte den Kopf. Sie stellte sich in Pose. »Wie wär's damit?«
Michael zielte und schoß ein Bild. Er wartete ungeduldig, bis sich aus dem grauen Nichts eine Abbildung kristallisierte.
Das Foto war normal.
»Na, bist du jetzt zufrieden?«
Michael legte die Stirn in Falten. »Mach's noch mal, Claire. Mach noch ein Bild.«
»Okay, aber nicht das gleiche.« Sie stellte die Kamera auf ihren Schoß, legte eine Hand über die Linse und die andere auf den hinteren Teil der Kamera. Sie schloß die Augen. Sie runzelte die Stirn, konzentrierte sich, ihr Gesicht wurde leicht rot. Eine Minute später öffnete sie die Augen und drückte den Auslöser, die Hand immer noch über der Linse. Die Kamera spuckte das unentwickelte Foto aus.
»Jetzt hast du ein Bild von deiner Hand«, sagte Michael.
»Willste wetten?«
Michael beobachtete, wie ein schwacher Umriß sich auf dem

Film abzeichnete und langsam klarer wurde. Stumm vor Schock betrachtete er das Bild.

»Michael ... geht's dir gut? Du schaust plötzlich krank aus ... Michael .... ?«

Das Foto. Die Qualität war dieselbe wie beim ersten, aber trotzdem war es ganz anders. Wieder das Backsteinhaus – das Haus, das Claire noch nie gesehen hatte –, und Michael stand davor. Aber er war nicht allein. Er hatte den Arm um jemanden gelegt ... um einen anderen Mann, der ihm ähnlich sah und genauso groß war.

Sein Bruder.

»Michael, hab ich was falsch gemacht? Tut mir leid.« Sie zupfte ihn am Ärmel. »Ich dachte, es gefällt dir.«

Michael schüttelte sich. Seine Stimme war leise und kontrolliert. »Es ist ein wunderschönes Bild, ein wunderschönes Geschenk. Aber du weißt, daß mein Bruder ... nicht mehr lebt?«

Claire schlug die Augen nieder. »Ja«, murmelte sie. »Ich dachte, du hättest vielleicht gern ein Bild, das zeigt, wie er für dich empfunden hat.«

Michael stand auf. »Ich muß ein bißchen spazierengehn«, sagte er mit gepreßter Stimme.

»Verstehe.«

»... wunderschönes Geschenk.« Er beugte sich vor und küßte Claire auf die Stirn, dann ging er schnell weg.

»Verlauf dich nicht«, rief Claire ihm nach.

Er ging schneller.

Die Schatten des Waldes waren verschwunden, waren eins geworden mit der Dämmerung, die die Bäume verschwimmen ließ, die Pfade, die Schluchten, alles im monotonen Grau des frühen Abends. Michaels Gedanken strömten durch den dunklen Wald wie ein reißender Fluß. Er kämpfte wieder mit seiner Skepsis und mußte zu seinem größten Mißfallen feststellen, daß er *dagegen* kämpfte. *Ein Kind, das zurück in die Vergangenheit langt, um die Gefühle eines toten Mannes hervorzubringen; ein Mann, der in den Verstand eines anderen Menschen ohne weiteres eindringen und einen Gedanken herauspflücken konnte, so leicht, wie andere einen Apfel vom niedrigsten Ast eines Baumes pflückten. Worauf, zum Teufel, hatte er sich da eingelassen?*

Michael schaute auf die Uhr. Schon sieben Uhr. Er drehte um und ging den Pfad zurück, den er gekommen war, stolperte über Baumwurzeln, die im Laub und von der Dunkelheit verborgen waren.

Mit einemmal flog er. Sein Fuß hatte sich in einer Wurzel verfangen, die ihn kopfüber in einen Abgrund stürzte. Der Abgrund öffnete seine Arme, um ihn zu empfangen.

Er fühlte den Aufprall nicht. Eine gnädige Sekunde Amnesie umfing ihn, als er mit der Schulter aufschlug und in einen tiefen Blätterhaufen schlitterte. Er blieb einen Augenblick lang reglos liegen und fragte sich, wie viele gebrochene Knochen wohl zwischen dem Haus und ihm lagen.

Er setzte sich langsam auf und spuckte die Blätter aus. Dann entwirrte er vorsichtig seine Gliedmaßen und machte Inventur. Eigentlich tat ihm alles weh, psychisch und physisch, aber es war noch alles dran.

Er stand auf ... und setzte sich sofort wieder. Seine geprellten Knie versagten ihm den Dienst. Na gut. Das Problem war nicht mehr, zum Abendessen zu spät zu kommen. Wenn er nicht stehen konnte, konnte er auch nicht gehen. Wenn er nicht gehen konnte, würde er den Weg zum Haus zurück nicht finden. Das war's. Scheiße.

Er hatte keine Lust, ein paar Stunden hier im nassen Laub herumzusitzen und aus Leibeskräften ›Hilfe‹ zu brüllen. Aber er hatte auch keine Lust, sich von Cady wie ein verlorenes Kind suchen zu lassen. Und wenn das noch nicht genug war, er hatte *überhaupt* keine Lust, einem Haus voll essender Fremder zu erzählen, wo er die letzten paar Stunden verbracht hatte. *Warum war denn nie ein Hellseher da, wenn man einen brauchte?*

Michaels Herz pochte so laut, daß er fast die Schritte über ihm im Wald nicht gehört hätte. Er hielt sich mucksmäuschenstill, das Geräusch entfernte sich. Panik erfaßte ihn. Er brüllte: »He! Hilfe!« Seine Stimme hallte schrill und hysterisch. Die Schritte entfernten sich weiter.
»Verflucht noch mal, bleiben Sie stehen!«
Dann sah er sie. Eine Frau schaute vom Rand des Abgrunds zu ihm herunter, ihre Silhouette zeichnete sich schwach gegen den tiefblauen Himmel ab.
Michaels Zähne klapperten idiotisch. »Erzählen Sie mir bloß nicht, Sie haben sich auch verlaufen ...«
»Ich hab mich nicht verlaufen«, antwortete eine üppige Altstimme. »Was machen Sie denn da unten?«
»Ich würde ja sagen, ›auf die Straßenbahn warten‹, aber den Witz kennen Sie sicher schon.«
»Hab ihn gestern gehört. Sind Sie verletzt?«
»Zählt verletzter Stolz?«
»Bei Ihnen?« Die Frau lief den Abhang wie ein graziöses Reh hinunter. Sie war schlank, groß. Sie hatte Augen mit schweren Lidern, die ihrem Gesicht einen sanften, humorvollen Ausdruck gaben. Sie schüttelte den Kopf ob Michaels Dilemma, das sterbende, ferne Sonnenlicht ließ ihr dunkles Haar kupfern glänzen. Sie erwiderte seinen offenen, interessierten Blick.
»Claire hat gesagt, Sie würden sich verlaufen«, sagte sie. »Sie haben offensichtlich noch nicht gelernt, daß man die Warnung eines Hellsehers beachten sollte.«
»Nächstes Mal werd ich bestimmt den Wink mit dem Zaunpfahl beachten. Wie haben Sie mich gefunden?«
»Sie schreien ganz toll ›Hilfe‹. Hat Ihnen das noch niemand gesagt?«
»Aber ich hab doch erst geschrien, nachdem ich Ihre Schritte gehört hatte. Wie haben Sie mich gefunden? Der Wald ist doch sehr groß.«
Die Frau tat Michaels Frage mit einem Lächeln ab. »So ein

Zufall, nicht wahr?« Sie reichte ihm ihre Hand. »Wir sollten uns auf den Weg machen, bevor es zu dunkel wird. Können Sie gehen?«
Michael stand wacklig auf. Seine Retterin wartete nicht auf ihn, sie kletterte behende den Abhang hoch und marschierte in strammem Tempo in Richtung Haus. Michael humpelte mit wehem verstauchtem Knie hinter ihr her und mußte mitansehen, wie die Frau sich immer weiter von ihm entfernte.
»Ich will ja nicht undankbar sein«, rief er ihr nach. »Aber Sie werden mich gleich wieder verlieren.«
Die Frau ging voller Reue zu ihm zurück. »Tut mir leid. Ich wollte kein Rennen veranstalten. Alles in Ordnung?«
»Die Knie sind schwach, aber der Wille ungebrochen.« Er nahm ihren Arm. Ihre Haut roch zart nach Veilchen. »Nett von Ihnen, daß Sie mir nach Hause helfen, kleines Mädchen. Ich hab noch Bonbons zu Hause, kommst du mit?«
»Nein, ich glaube, ich bewahr mir meine Unschuld noch ein bißchen.«
»Geht's ein bißchen langsamer, bitte?«
»Tut mir leid. Ich war in den letzten neun Stunden in meinem Auto eingepfercht. Seit Baltimore.«
»Keine Entschuldigungen. Wenn der erste Eindruck Schicksal wäre, würde ich den Rest meines Lebens im Ringling-Brothers-Zirkus verbringen!«
Die Frau brüllte vor Lachen, ein wunderbares, erderschütterndes, überraschendes Geräusch. Michael fühlte dieselbe Intensität, die er bei Stef und Claire gespürt hatte. Diesmal wußte er, was es bedeutete.
»Sie sind Nummer drei«, sagte er.
»Das hört sich ja schrecklich an. Was ist denn eine Nummer drei?«
»Der dritte Hellseher. Sie sind der dritte, den ich bis jetzt kennengelernt habe.«
»Das ist eine Erleichterung, einen Moment lang habe ich be-

fürchtet, Sie benoten mich«, sagte sie. »Dann ist das für mich ja ein einschneidendes Erlebnis. Ich habe noch *nie* ein Elektronikgenie kennengelernt.«

»Wer hat Ihnen erzählt, daß ich etwas mit Elektronik zu tun habe?«

Die Frau lachte, weil sein Gesicht plötzlich so verschlossen war. »Wer hat Ihnen erzählt, daß ich Hellseher bin? Harry hat gesagt, wir hätten einen ungläubigen Thomas in unserer Mitte.«

»Einen ungläubigen Michael.« Er grinste. »Michael Cough. Wie heißen Sie?«

»Ich bin Kate Haley. Und ich glaube, wir sollten uns duzen.«

»Du bist also Kate«, sagte Michael überrascht. »Ich hab einen Freund von dir kennengelernt.«

»Wirklich? Wen?«

»Stef Farley.«

Ihr Gesichtsausdruck, als sie den Namen hörte, war wie ein unheimlicher Spiegel der Miene von Stef Farley, als er ihren Namen gehört hatte. Sie schaute streng in Richtung Haus. »Danke für die Warnung, Harry.«

Michael versuchte zwar das Gespräch fortzusetzen, aber nachdem er Stefs Namen erwähnt hatte, hatte er offensichtlich ihr Interesse verloren.

»Wie ich sehe, trägst du einen Ehering. Ist dein Mann auch dabei? Ist er auch Hellseher?«

Sie war mit den Gedanken offensichtlich weit entfernt von der Antwort. »Ich bin nicht verheiratet.«

»Ist denn der Ring ein Andenken?«

Kate warf ihm einen Blick zu, der ihn warnte, weitere Fragen zu stellen. »Ich bin nicht verheiratet«, sagte sie. »Ich war es auch nie. Nur mit der Kirche.«

»Was?«

»Ich war Nonne, Michael – weißt du, was ich meine? Braut Christi? Ich hab bloß den Ring nach Annullierung der Heirat vergessen zurückzugeben.«

Die Antwort erstickte jedes weitere Gespräch im Keim. Michael schwieg, bis sie am Haus angelangt waren. »Kate, würdest du mir einen Gefallen tun?«
Sie nickte, wartete.
»Bringst du mich durch die Küche ins Haus?«
»Klar. Warum?«
»Einfach so. Blas einfach die Zündflamme aus und dreh das Gas auf, bevor du gehst. Alles wird wunderbar werden.«
Kate lächelte und drückte seinen Arm. »Eins muß man dir lassen: Du weißt, wie man Buße tut.«

Das Abendessen war schon fast zur Hälfte vorbei, als Michael frisch umgezogen zu Tisch kam. Keiner fragte, warum er so spät erschien.
Michael schaute sich schnell um, wer alles da war. Sechs Leute. Stef Farley war nicht da, aber ein neues Gesicht saß am Tisch. Es war eine recht exotisch aussehende Frau von ungefähr fünfzig, ein gutes Gesicht, ein bißchen lang, wie ein Rassepferd. Morrison versuchte – ohne großen Erfolg –, sich mit ihr in einer anderen Sprache zu unterhalten. Er nahm Michaels Ankunft zum Anlaß, sich aus diesem Dilemma zu befreien.
»Michael, ich möchte Ihnen unsere Abgesandte aus der Tschechoslowakei vorstellen: Marva Kohlhaus.«
Michael murmelte der Frau ein paar Höflichkeitsfloskeln zu. Sie schaute ihn genauso herablassend an, wie sie einen Tellerwäscher betrachtet hätte. »Danke«, antwortete sie. Es war kein Dank, es war eine Abfuhr. Offensichtlich war sich Marva zu schade, um mit dem Personal zu reden.
»Marva?« flötete Claire dazwischen. Sie strahlte die Frau an und deutete auf den Salzstreuer. Michael verstand es nicht, aber Claire hatte seltsamerweise einen Narren an Marva gefressen. Vielleicht gefiel ihr der ausländische Akzent, oder Marva hatte in Claire ein ausreichend naives Publikum für ihre Art Glamour gefunden. Das Kind schmolz förmlich bei jedem Wort, bei jeder

kleinen Aufmerksamkeit, dahin, reagierte auf einen Teil der Frau, den Michael nicht erkennen konnte. Es war noch viel seltsamer, daß Marva sichtlich unter der Bewunderung des Kindes auftaute. Sie beantwortete Claires Flut übereifriger Fragen höflich, tolerant und mit beinahe mütterlicher Güte. Als sie Claire versprach, ihr eine Vampirgeschichte zu erzählen, sah Michael, daß sie das Herz des Kindes für immer gewonnen hatte.

»Es fehlt jemand«, bemerkte Claire.

Keiner antwortete ihr.

»Jemand ist nicht hier«, wiederholte sie, diesmal etwas lauter. »Wer ist es?«

Kate bemerkte den Blickwechsel zwischen Morrison und Elliot und hob fragend die Augenbrauen. Morrison schaute zuerst weg.

»Wo ist Stef, Harry?« fragte sie.

»Ich weiß es nicht. Er hat bestimmt verschlafen.«

»Bist du sicher?«

»Wir wecken ihn auf!« sagte Claire.

»Das werden wir nicht«, sagte Morrison streng. »Iß dein Abendbrot.«

Kate wollte die Sache offensichtlich nicht auf sich beruhen lassen, aber sie kam nicht dazu, weiterzureden. Lautes Pochen an der Eingangstür dröhnte durchs Haus.

»Wo, zum Teufel, stecken denn alle?« rief eine weinerliche, englische Stimme.

Elliot warf ihre Serviette auf den Tisch. »Verdammt, das ist Hopkins. Er ist betrunken.«

Die Stimme an der Tür jammerte, sie hätte das Taxi bezahlt und wolle ihr Geld zurück.

»Wenn dieser Trottel bis von Boston mit dem Taxi gekommen ist«, murmelte Elliot. »Dann werd ich ...«

»Ich mach das schon«, sagte Morrison gelassen. »Wir sehen uns später in der Bibliothek. Cady soll Kaffee bringen.«

Elliot schüttelte den Kopf. »Laß mich ihn jetzt umbringen, dann sparst du dir einen Vortrag.«

»Ich hab gesagt, ich mach das schon.« Er stand auf und ging zur Tür.

*»Gottverfluchtes Spukhaus am gottverfluchten Arsch der Welt ...«*

Die Tür schlug auf, ehe Morrison sie erreichen konnte.

»*Da* bist du ja, Harry, du Bastard.« Der Eindringling grinste ihn schief an. Evan Hopkins war eine eindrucksvolle Erscheinung, selbst der Alkohol tat dem keinen Abbruch. Er war um die Vierzig, malerisch heruntergekommen, jeder Zoll ein Engländer. Seine dunkelbraunen Haare waren gut geschnitten und modisch zerzaust. Sein schlanker Körper steckte in einem schönen, stilvoll zerknautschten St.-Laurent-Anzug aus heidegrauem Tweed. Seine Augen beantworteten Morrisons vorwurfsvollen Blick mit einem Ausdruck poetischen Märtyrertums. Sein Gesicht, von Eitelkeit und Ausbildung geschult, spiegelte seine Gefühle so genau, daß sein Beruf außer Zweifel stand. Evan Hopkins war Schauspieler. Geborener.

Hopkins warf einen Blick auf Morrisons strenges Gesicht und zuckte theatralisch zusammen. »Weh mir ... Der Zorn der Götter! Habt Mitleid mit mir, Sir.« Er kicherte trunken über seinen eigenen Witz.

Morrisons Stimme war Urteil, Warnung und Gruß in einem. »Hallo, Evan.«

Evan der Pfau verschwand plötzlich. Seine Augen glitzerten vor alkoholischer Sentimentalität über seinem versagenden, lässigen Lächeln. Er stützte sich an den Türpfosten.

»Tag, Harry. Freust du dich, mich zu sehen? Kann ich reinkommen?«

Er drängte sich an Morrison vorbei, ohne auf eine Antwort zu warten.

»Da hast du dir ja ein gottverfluchtes Spukhaus am Arsch der Welt angelacht. Wo sind die Kübel für die Feuerwehr?«

Morrison packte Evan am Arm. »Wir werden hier nicht darüber reden. Kapiert?«

Evan stolperte, stützte sich an Morrisons Brust ab. »Ich will bloß eins von dir, Harry, daß so was nicht wieder passiert. Okay? *Okay?*«
Morrison stellte den Engländer gerade hin und lenkte ihn in Richtung Bibliothek. »Du bist betrunken.«
»Genau«, antwortete Evan. »Aber ich bin hier, oder? Und ich lebe.«

## 3

Kaffee und ernste Reden ernüchterten Evan nicht. Zweieinhalb Stunden lang demonstrierte er sein zweifelhaftes Talent als Monologhalter. Es amüsierte niemanden außer ihm. Evan war nervtötend. Evan war unermüdlich. Evan setzte neue Rekordmarken für Nervensägen. Diese Pest sollte ausgerottet werden, dachte Michael. Einen stumpfen Gegenstand über den Kopf.
Stef kam gegen elf Uhr in die Bibliothek gewandert. Er sah blaß und mitgenommen aus. Man hatte das Gefühl, er wäre von der Atmosphäre angelockt worden, die seit über einer Stunde eskaliert hatte. Michael hatte es gespürt: ein Gefühl der Erwartung, das schon fast hypnotisch war, als würde ein Zeichen am Himmel erscheinen.
Um elf Uhr fünfzehn wurde das Zeichen Wirklichkeit. Eine Autohupe ertönte in der Einfahrt und lenkte alle Aufmerksamkeit auf sich. Die Hellseher drängten zum Fenster.
Die lange, silberne Limousine war zum Stillstand gekommen, ein elegantes, geduldiges Tier in der kreisrunden Einfahrt. Vier Leute stiegen aus, jeder von ihnen genauso elegant und modisch wie das fantastische Auto. Es bestand kein Zweifel, wer von den vieren bleiben würde. Nur einer zögerte. Er schaute ängstlich das hell erleuchtete Gebäude an und nickte abwesend, als der ältere Mann neben ihm eine Bemerkung machte. Er duldete es,

daß der Mann den Arm um seine Schulter legte, und ließ sich den Weg hochführen. Die anderen beiden, ein slawisch aussehender Mann und eine Frau, bewegten sich überlegt, gehorsam, schützend mit ihm, als könnte der anfällige Mechanismus in ihrer Mitte nur durch größte Umsicht in Gang gehalten werden. Die Prozession war eine einzige Umarmung.
Michael wandte sich an Kate. »Wer sind diese Leute?«
»Der Zögernde ist Karel Petrosian«, antwortete sie. »Der große Mann neben ihm ist sein Arzt. Ich weiß nicht, wer die anderen zwei sind – sein Hofstaat vielleicht.«
»Sein Arzt? Was fehlt ihm denn?«
»Sagt dir der Name Franz Reingen etwas?«
»Ich bin vielleicht ungeschickt, aber kein Analphabet. Ich lese Zeitungen. Er ist der Psychiater, stimmt's?«
»Stimmt. Und Karels Beschützer. Karel kommt unter dem Schutz des Reingen-Instituts in der Schweiz zu uns.«
»Aber das ist doch eine Irrenanstalt.«
»Ja und nein. Karel lebt dort, also kann man es auch als Gesundenanstalt bezeichnen.«
»Was soll das heißen ›er lebt dort‹?«
»Genau das, was ich gesagt habe. Er lebt dort«, wiederholte Kate ganz sachlich. »In der ruhigsten Ecke des Anwesens, weit weg von allem, außer leeren Gehirnen. Reingen hat ihm dort ein Haus gebaut. Ihm das Leben gerettet.«
»Jetzt versteh ich überhaupt nichts mehr. Wieso war das notwendig?«
»Weil Karel das größte lebende Medium ist.«
Michael warf ihr einen Blick zu. »Du beneidest ihn wohl nicht?«
»Ganz bestimmt nicht, wenn man bedenkt, wie teuer er für diese Auszeichnung bezahlen mußte. Denk doch mal nach. Wo hast du den Namen schon mal gehört?«
»Hab ich schon. Er ist der Pianist.«
»Richtig. Was weißt du noch?«
»Er hat seit Jahren nicht mehr in der Öffentlichkeit gespielt.«

»Vier Jahre nicht mehr.«
»Oh, Moment mal – ist er nicht mitten in einem Konzert zusammengebrochen, oder so was?«
»Insgesamt viermal.«
»Nicht, weil er Hellseher ist.«
»*Doch*, gerade weil er Hellseher ist. Das größte hellseherische Talent der Welt kann die Fähigkeit nicht abstellen. Es hat ihn verrückt gemacht.«
Morrison stand wie eine Rachegöttin in der Tür. »Ich möchte in diesem Haus kein Wort mehr über das Thema hören! Wollen Sie ihn kennenlernen, oder würden Sie lieber hier am Fenster stehenbleiben und über ihn klatschen?«
Kate berührte das überhaupt nicht. »Nachdem du anscheinend unfähig bist, zwischen Klatsch und allgemeinen Informationen zu unterscheiden, werde ich deinen kleinkarierten Ausbruch ignorieren«, antwortete sie milde. »Geh du nur. Wir kommen gleich nach.«
Morrison warf ihr einen wütenden Blick zu und ging.
»Ich glaube, du hast einen Nerv getroffen«, bemerkte Michael.
»Wohl eher eine offene Wunde, glaube ich. Harold ist sehr empfindlich, was Karel Petrosian betrifft. Aber das ist eine andere Geschichte, zu einem anderen Zeitpunkt. Komm, wir schauen uns die Legende an: Du wirst ihn mögen.«

Die ganze Besatzung von Astor House war in der Eingangshalle aufgebaut wie die Bediensteten bei einer viktorianischen Weihnachtsfeier. Die Stimmung hatte beinahe etwas kindlich Erwartungsvolles. Michael war beeindruckt von der Ehrfurcht, die seine Mitarbeiter diesem Fremden entgegenbrachten. Der König war gekommen.
Michael beobachtete Morrison genau, um herauszufinden, was an Karel ihn denn so beunruhigte. Aber da war nichts zu erkennen. Morrison hatte seine wahren Gefühle hinter seiner professionell-förmlichen Maske versteckt.

Karels Reaktion war viel komplexer. Er stand unentschlossen an der Schwelle, hin und her gerissen zwischen Spannung, Angst und Entschlossenheit. Sein Gesicht war das Gesicht eines Mannes, der sich auf eine Tortur gefaßt machte. Er begrüßte Morrison zwar sehr herzlich, aber seine Augen hätten genausogut seine eigene Todesanzeige lesen können.

Karel war vielleicht dreißig. Oder fünfunddreißig. Älter nicht. Seine schwarzen Haare waren zottelig, knabenhaft, und seine Haut jugendlich. Er war klein, aber seine Schultern unter seinem makellos geschneiderten Jackett deuteten unerwartete Kräfte an. Seine Stimme war leise, rauchig und musikalisch. Er hatte schöne, sparsame Gesten, sein Benehmen war alles in allem aristokratisch, er war sich seiner Privilegien sehr wohl bewußt. Aber er trug die Last seiner Berühmtheit sehr bescheiden. Beeindruckend.

Aber das Anziehendste an Karel Petrosian war nicht sein Ruf, auch nicht seine Freundlichkeit oder seine teure Kleidung, sondern etwas anderes, etwas, das Michael erst klar wurde, als er den Pianisten aus der Nähe sah. Seine Augen. Augen, die einen gefangenhielten, nicht mehr losließen. Große, tiefliegende Augen, hübsch wie die eines Kindes. Augen von unbestimmter Farbe, weder Blau noch Grau, geisterhaft blaß unter dunklen Brauen. Sanfte, aber erschreckend wache Augen, die ständig auf eine innere aktive Welt reagierten. Intelligente Augen. Voller Angst.

Marva rauschte auf Karel zu wie ein Raubvogel auf eine wehrlose Beute. Sie schlug ihre Krallen in seine Schulter und gab ihm einen lauten Schmatz auf beide Backen. Sie gackerte etwas in Deutsch, was wie Standard-Hollywood-Party-Geplapper klang: *Mein Lieber, lieber Karel Andreivich, wie gut du aussiehst ...*

Wie peinlich das Karel war, merkten alle außer Marva. Sein gequältes, höfliches Lächeln signalisierte, daß die Bekanntschaft längst nicht so intim war, wie Marva tat ... und daß er – dank seiner angeborenen Höflichkeit – ihrer Begeisterung gegenüber machtlos war.

»Marva, laß uns doch bitte englisch sprechen, ja?«
»Aber ja, natürlich, mein Lieber. Es ist einfach eine so tolle Überraschung, dich hier zu treffen – keiner hat mir gesagt, daß du kommst.«
»Ich hab auch nicht gewußt, daß du hier bist. Komm, wir dürfen unsere Freunde nicht vernachlässigen.«
Marva ignorierte das einfach. »Wenigstens hab ich jetzt jemanden, mit dem ich über die Heimat sprechen kann und über alte Zeiten, mein Lieber«, schwärmte sie. »Wir haben uns so selten gesehen seit deinem letzten Konzert in Prag vor vier Jahren.«
Karel erstarrte, als hätte sie ihm ins Gesicht geschlagen. Er unterbrach sie mit einer scharfen Geste. »Marva, *genug*!«
Marvas Mund ging auf und zu, aber es kam kein Ton mehr raus. Morrison rettete die Situation, bevor sie sich wieder fangen konnte. Er steuerte Karel und seine Begleiter in den sicheren Hafen der Bibliothek. Die Tür schloß sich entschieden hinter ihnen. Die Allgemeinheit wurde ausgeschlossen.
Die erwartungsvolle Stimmung des Abends verpuffte schlagartig. Die Hellseher schauten einander betreten an, es blieb ihnen nur noch, gute Nacht zu sagen und zu gehen. Die teppichbezogenen Treppen schluckten die Schritte. Türen wurden leise geschlossen. Michael blieb in der Eingangshalle und beobachtete, wie das Haus leer und still wurde, als hätte es seine Bewohner verschluckt.
Er war müde, aber zu rastlos, um schlafen zu können. Er ging ins Arbeitszimmer. Man konnte Stimmen durch die Verbindungstür zur Bibliothek hören, das Arbeitszimmer war leer. Das Zimmer war für jemanden vorbereitet worden. Im Kamin brannte ein Feuer, ein Teller mit Käse und Sandwiches und eine Karaffe mit Sherry standen auf einem Serviertisch. Michael setzte sich in ein Sofa, das mit dem Rücken zur Tür stand. Er streckte sich aus und starrte ins Feuer. Die Luft war reglos und still, der Frieden maßgeschneidert. Michael hatte erwartet, die Ereignisse des Tages würden in lebendigen Bildern vor seinem

inneren Auge vorbeiziehen – aber nichts zog, nichts Lebendiges und auch nichts anderes. Seine Gedanken wanderten, sein Verstand drängte ihn zum Schlaf. Das Arbeitszimmer wurde sein Universum, seine einzige Erinnerung.

Hinter ihm leise Schritte, wie in einem fernen Traum. Eine Tür ging auf und zu. *Zwei Stimmen ... ärgerlich ... geht weg.*

Eine Stimme war die von Morrison.

»Ich möchte Ihnen dafür danken, daß Sie Karel nach Astor House begleitet haben, Franz. Ich bin wirklich dankbar, daß Sie sich die Mühe gemacht haben.«

Die zweite Stimme war sonor, formell, germanisch. »Vielleicht sollten Sie mir nicht danken. Ich glaube, Sie wissen, daß ich dagegen war. Aber in jedem Fall war es keine Mühe, trotzdem vielen Dank.« Reingens Stimme.

»Werden Krista und Pector bei Ihnen in Harvard bleiben?«

»Nein, Sie fahren morgen nach Boston zurück und fliegen von da aus nach Genf. Natürlich gegen ihren Wunsch. Sie wollten unbedingt bleiben, es gab ein ganz schönes Hin und Her, als Karel sie wegschickte. Sie können nicht glauben, daß er ohne sie überleben kann. Sie sind erstaunlich treu ergeben, die beiden.«

»Karel weiß, daß Sie in Harvard sein werden?«

»O ja. Ich wußte, er würde dagegen sein – er hat sich mit Händen und Füßen gewehrt –, aber ich hielt es für besser, es ihm zu sagen. Er möchte unter allen Umständen wieder auf eigenen Beinen stehen, aber die Realität macht ihm doch ein bißchen angst, glaube ich. Sie müssen verstehen: Ich habe Karel seit drei Jahren nicht mehr aus den Augen gelassen. Das ist ein wichtiger Schritt für ihn. Er ist wie ein kleiner Junge, der unter allen Umständen seinen Mut beweisen muß. Deshalb hab ich ihm versprochen, spätestens morgen früh abzufahren.«

Langes Schweigen. Michael hielt die Luft an und betete, daß die Männer nicht weiter ins Zimmer kommen würden. Er hatte schon zuviel gehört, um seine Anwesenheit preisgeben zu können.

Reingen sagte: »Es macht Ihnen immer noch zu schaffen, stimmt's?«
Eine kurze Pause. »Ich weiß nicht, was Sie meinen.«
»Das wissen Sie sehr wohl. Düsseldorf ist immer noch eine Last auf Ihren Schultern.«
»Im Gegenteil. Ich glaube, daß ich meine Gefühle befriedigend beruhigt habe. Ich habe Frieden mit mir selbst geschlossen ...«
»Das stimmt nicht«, Reingen ließ nicht locker. »Das erste, was Karel zu mir gesagt hat, nachdem er Sie gesehen hatte, war: wie schuldig Sie sich noch fühlen.«
»Karel irrt sich.«
»Unsinn. Sie haben selbst einmal gesagt, Sie würden eher Ihren eigenen Namen in Frage stellen als Karels beiläufigste Bemerkung.«
»Ich glaube nicht –«
»Bitte, Harold. Ich bin nicht hierhergekommen, um Ihnen ins Gewissen zu reden oder auch nur zu versuchen, Ihren Schmerz zu lindern. Ich überbringe nur Karels Botschaft. Sie glauben, Sie haben ihn zum Wahnsinn getrieben, aber er gibt Ihnen keine Schuld. Keiner gibt Ihnen die Schuld. Nur Karel selbst ist für Karels Probleme verantwortlich. Er hat mir aufgetragen, Ihnen das auszurichten.«
»Und wie denken *Sie* darüber?«
»Sie kennen die Antwort. Aber ich hasse Sie nicht – und das war doch die eigentliche Frage, richtig?«
Morrisons Stimme war bescheiden, fremd. »Wie geht's ihm, Franz – ganz ehrlich?«
Eine Pause. »Es war schon besser. Dieses Experiment wird sehr schwer für ihn sein.«
»In welcher Beziehung?«
»Ich weiß es nicht. Irgend etwas daran macht ihm furchtbar angst. Ich konnte nicht herausfinden, was. Er will nicht darüber reden.«
»Hat er Angst, er könnte wieder einen Zusammenbruch erleiden?«

»Möglicherweise.«
»Ich brauche *Wahrscheinlichkeiten.*«
»Angenommen, daß ein Zusammenbruch seine Hauptangst ist?«
»Ja.«
»Wenn man das aus der Heftigkeit seiner Reaktion schließen kann, würde ich sagen, es ist *sehr* wahrscheinlich – zumindest für ihn.«
»Aber wie wahrscheinlich, objektiv gesehen?«
»Wer kann das schon objektiv sagen? Die Antwort kann man nur raten. Sie fragen mich, wovor er Angst hat: Ich glaube, er stellt sich eine Zeit vor, in der seine psychischen Kräfte größer sein werden als seine Fähigkeit, sie zu kontrollieren. Die Vorstellung, seinen inneren Stimmen völlig ausgeliefert zu sein, ist seine persönliche Hölle. Es hat ihn von der Welt isoliert, in letzter Zeit hat es ihn sogar von mir isoliert. Ich habe mich der Erhaltung seines Lebens verschworen, aber ich stelle mir immer öfter die Frage, wie lange das noch möglich sein wird. Ich glaube allmählich, er wird sich eines Tages das Leben nehmen müssen.«
»Dann kann ich unter keinen Umständen erlauben, daß er hier bleibt!«
Reingen blieb ganz sachlich. »Er wird nicht gehen.«
»Ich werde ihn zwingen.«
»Sie haben ihn hierher eingeladen! Sie haben ihm einen Vertrag zum Unterschreiben geschickt! Glauben Sie etwa, er wird gehen, bloß weil Sie das sagen?« explodierte Reingen. »Mein Gott, Harold, wie konnten Sie nur so naiv sein und ihn hierher bitten. Haben Sie geglaubt, er wäre gesund? Haben Sie geglaubt, der Schaden, den Sie ihm in Ihrem Labor zugefügt haben, würde einfach so verschwinden?«
»Er hat sich doch in wenigen Monaten erholt.«
»Er wird sich sein Leben lang nicht davon erholen!« Reingen beruhigte sich wieder. »Und jetzt hat er sich an Sie gebunden und will sich noch einmal beweisen. Nein, er wird nicht abreisen. Und Sie wissen, wie stur er sein kann.«

»Zwingen Sie ihn zu fahren!«

»*Ich?* Wie denn? Haben Sie vergessen – Karel kann dem Gesetz nach tun und lassen, was er will. Soll ich ihn kidnappen lassen? Bitte, Harold, ich bin Arzt und kein Schläger.« Reingens Ton wurde jetzt hilflos, resignierend, der Ton eines Menschen, der mitansehen muß, wie ein Kind dahinsiecht und stirbt, und der nichts dagegen tun kann. »Ich weiß nicht, was ich tun soll: ihn zwingen abzureisen, oder ihn bleiben lassen. Ich habe keine Ahnung, was für ihn schlimmer sein wird.«

»Er wird denselben Strapazen ausgesetzt werden wie alle anderen, wenn er bleibt. Ich kann für ihn keine Ausnahme machen.«

»Karel würde nicht dulden, daß Sie für ihn eine Ausnahme machen. Er ist sehr stolz auf seine Fähigkeiten. Er haßt sie vielleicht, er hat vielleicht vor diesen Fähigkeiten Angst, aber er ist trotzdem stolz auf sie.«

»Woher soll ich wissen, wann es ihm zuviel wird? Können Sie mir sagen, worauf ich achten muß?«

»Es gibt keine Anzeichen, jedenfalls keine zuverlässigen. Karel kann seine Gefühle sehr gut kaschieren. Er wird Ihnen nur zeigen, was er will, daß Sie sehen.«

»Ich kann das alles gar nicht glauben. Er wirkt jetzt so gesund.« Reingens Stimme war verbittert. »Für Ihre Zwecke könnte er gar nicht besser sein.«

»Was meinen Sie damit?«

»Karels Kräfte sind stärker geworden. Ich habe keine Möglichkeiten, ihn zu testen, aber er ist mindestens fünfzig Prozent stärker als damals, als Sie ihn in Düsseldorf getestet haben.«

»Und Sie haben ihn nicht trainiert?«

»Du liebe Güte, nein!«

»Aber das ist ja wunderbar!«

»Genau diese Reaktion ist bezeichnend für den Unterschied zwischen Ihnen und mir«, sagte Reingen ernst. »Das, was Sie an Karel am meisten schätzen, wird ihn zwangsläufig zerstören. Ich weiß das.«

Das längste Schweigen bis jetzt.
Michael hörte, wie Stühle gerückt wurden.
»Ich muß jetzt zu ihm zurück«, sagte Reingen. »Ich werde ihm ein Beruhigungsmittel geben, damit er heute nacht schlafen kann.« Die Tür ging auf. »Ich werde noch mal über diese Anzeichen nachdenken. Rufen Sie mich in ein bis zwei Tagen in Harvard an, vielleicht ist mir bis dahin etwas eingefallen.«
Die Tür wurde geschlossen. Das Zimmer wurde still. Michael hörte Morrison auf und ab gehen, hörte, wie er sich setzte, dann wieder unruhig aufstand. Einige Minuten verstrichen. Ein unterdrücktes Geräusch von Morrison, ein schmerzvolles. Er verließ das Zimmer, schloß unsanft die Tür hinter sich.
Das Feuer knisterte leise, war dem Ersterben nahe. Michael setzte sich auf. Eine plötzliche Unruhe hatte ihn erfaßt. Der Vorfall mit Morrison hatte seine Gedanken und seinen Schlaf zu Gegnern gemacht. Warum? Was war nur an diesem Haus, das ihm das Gefühl gab, als stünde er am Rand eines hohen Sprungbretts über einem leeren Pool? Warum gaben ihm diese Leute das Gefühl, sie könnten plötzlich ihre Köpfe aufreißen und die Schmerzen der Welt fliegen lassen?
Er hätte es natürlich abgestritten, aber was er in diesem Augenblick fühlte, war – Verwunderung. Die erste Bewegung des Babys in einem schwangeren Verstand. Der erste Blick durch ein Auge, das von Geburt an blind war. Ein überwältigendes Gefühl, der erste Riß im Panzer der Ungläubigkeit. Michael war hingerissen, als wäre er der erste Mensch, der entdeckt hat, daß ein pochendes Herz unter der stillen Oberfläche der Haut liegt.
Aber an dieser Stelle hob sein zynisches Ich den Kopf. *Gehirnschwund*, sagte er sich. *Jetzt hörst du dich auch schon an wie einer von dieser Wahnsinnstruppe. Sie kriegen dich dazu, daß du einen winzigen Teil glaubst, dann schlucken sie dich mit Haut und Haaren. Glaube nur irgend etwas, was passiert, und du kriegst Probleme. Große Probleme. Sag ja nicht, ich hätte dich nicht gewarnt ...*

In einem anderen Zimmer wurde eine andere Person von inneren Warnungen gequält. Ihre Gedanken erstarben mit dem Kommen des Schlafs, blieben im Vakuum, im grauen Platz am Rand des Dunkels hängen. Verwirrend. Beunruhigend. Schlecht. Schlecht, aber momentan völlig unerreichbar.

*Leid*, sagte Claires Verstand. *Leid im Haus*.

# WOCHE EINS

# 4

Der Eingang zu dem, was Morrison als Labor bezeichnete, lag am Ende eines Korridors mit hohen Fenstern, dem ehemaligen Promenadehof des Ballsaales.

»Wer, in Gottes Namen, würde denn zu einem Ball nach Wuthering Heights, Massachusetts, kommen?« fragte Evan.

Morrison blieb vor der massiven, geschnitzten Eichentür, die zum Ballsaal führte, stehen. »Hier sind tatsächlich sehr viele Leute hergekommen. Zum Jagen, zum Reiten. Das war ein vielbesuchtes Haus.«

Jetzt sprach er die ganze Gruppe an. »Bevor ich Sie da hineinführe, möchte ich Ihnen die Hausordnung erläutern. Von jetzt an darf nicht mehr geraucht werden. Ich möchte von Ihnen allen das Ehrenwort darauf haben. Keine Telefonate nach draußen ohne meine Genehmigung, keine Zeitungen und Illustrierten, kein Fernsehen oder Radio. Wir werden in einer sauberen Umgebung arbeiten, verstanden?«

»Betrifft das auch mich?« fragte Michael.

»Absolut.«

»Warum?«

»Eine saubere Umgebung muß absolut sauber sein. Wenn Sie Unterhaltung brauchen: Es gibt Bücher im Haus. Sie lesen doch hoffentlich?«

Michael nickte verärgert.

»Diese Tür soll von jetzt an immer offen stehen«, fuhr Morrison fort und suchte den Schlüssel in seinen Taschen. »Sollten Sie sie abgesperrt vorfinden, klingeln Sie. Schreien oder Klopfen hat keinen Sinn, ab hier ist alles schalldicht isoliert.«

»Schalldicht«, wiederholte Kate beunruhigt. »Was für Arbeiten planen Sie denn da drinnen?«
»Schreien Sie nachts nicht«, warnte Evan mit unheilschwangerer Stimme. »Keiner wird Sie hören.«
Morrison sperrte die Tür auf und zog an den Messingringen. Die Tür schwang sanft auf. Dahinter war ein kleines unbeleuchtetes Vorzimmer, das von einer weiteren Tür verschlossen war. Die Türen waren schallisoliert, wie Morrison versprochen hatte, stellte Michael fest. Aber sie waren auch gut gegen Feuer isoliert.
Morrisons Hände beschrieben eine quadratische Schachtel. »Der Laborkomplex ist im wesentlichen wie ein Viereck innerhalb eines Vierecks konzipiert«, sagte er. »Das äußere Viereck entspricht den Dimensionen des ursprünglichen Ballsaals. Das kleinere, innere Viereck ist Ihr Arbeitszimmer. Der Raum zwischen den beiden Vierecken ist zu vier Laboratorien umgebaut worden, eins auf jeder Seite des Vierecks. Gehen wir rein.«
Elliot ging durch die hintere Tür voran und machte das Licht an. Morrison führte die Gruppe hinein.
»Hier ist das Kommunikationszentrum.«
Der Raum war von rechts nach links ungefähr zehn bis fünfzehn Meter lang und vielleicht ein Drittel so tief. Ein Zimmer wie eine Spaghettischachtel. Jeder Zentimeter von Wand zu Wand und vom Boden zur Decke war vollgestopft mit technischen Geräten: Computer, Fernschreiber, Telefone, Schalttafeln und Konsolen mit vielen Anzeigen, die irgendwelchen mysteriösen Zwecken dienten – selbst für Michael, der tagtäglich mit solchen Dingen konfrontiert war, waren sie mysteriös. An der Wand hingen mehrere Clipboards, jedes mit einem Formularblock. Überall standen Töpfe mit Bleistiften und Filzschreibern. Der ganze Raum war militärisch grün, militärisch ordentlich und neu.
»Nicht viel Platz zum Rumgehen«, bemerkte Evan und ging probeweise an ein paar Tische.
»Hier drin werden Sie auch nicht rumgehen«, erwiderte Morrison. »Das ist Elliots Reich.«

Marva deutete auf ein langes, dunkles Fenster, das fast die ganze Wand an der Seite zum inneren Zimmer einnahm. »Was ist das?« fragte sie.
»Das«, sagte Morrison, »erfahren Sie später.«
Er führte die Gruppe zur nächsten Seite des Vierecks und ließ sie einen Augenblick im Dunkeln stehen. Dann drehte er plötzlich theatralisch das Licht an.
Michael drehte sich der Magen um, als wäre er ins Leere getreten, wo er eine Stufe vermutet hatte. Das Zimmer war nicht weiß, nicht gebrochen weiß und auch nicht grau. Die Farbe lag irgendwo zwischen diesen drei Tönen. Die technischen Geräte warfen keine Schatten, reflektierten nichts. Das Zimmer war ein Nichts. Es ging an den Sinnen vorbei, ohne von einem registriert zu werden.
»Das ist der Kontrollraum, das Herz der Anlage«, sagte Morrison.
Kate schüttelte sich leicht. »Es hat kein Gesicht.«
»Ich weiß. Drei Optikdesigner haben einen vollen Monat gebraucht, um das hinzukriegen. Michael, Elliot und ich werden hier viele Stunden verbringen und überwachen, was in eurem Arbeitszimmer vor sich geht. Ein gesichtsloser Raum minimalisiert die Möglichkeiten der Ablenkung.«
»Es ist unheimlich«, sagte Claire.
»Aber sehr effektiv. Das ist das Wichtigste.«
Michael schaute sich die Computer und die Videoausrüstung genauer an. Er registrierte die Gegensprechanlage, die die Verbindung mit dem Labor aufrechterhielt, und einige sehr kunstvolle Kopfhörer, die den Forschern anscheinend maximale Bewegungsfreiheit bei der Arbeit geben sollten. Obwohl einige der Gegenstände aus dem Zimmer so neu waren, daß sie überhaupt noch nicht auf dem Markt waren, kannte sie Michael fast alle. Der technische Standard war so hoch, daß der Raum bei entsprechender Schaltung allein über den Computer hätte funktionieren können. Michael hatte irgendwie das Gefühl, er würde sehr viel Freizeit haben.

»Nun, Michael«, sagte Morrison und ging auf ihn zu. »Genehmigen Sie die Ausstattung?«
»Ein Schlüssel zu Disneyland ist das hier. Aber die Ausrüstung hält sich selbst im Betrieb – ich weiß immer noch nicht, wofür Sie mich brauchen.«
»Jemand muß die Geräte warten. Wir können uns keinen Tag Ausfall erlauben, nur weil ein Gerät zusammenbricht. Außerdem werden Sie die Tagesprogramme machen, die Koordinierung aller Informationen in der Hauptdatenbank, und Sie müssen mir von den Vorfällen jedes Tages eine Wahrscheinlichkeitskurve erstellen, damit ich für den nächsten Tag eine Prognose machen kann. Und das ist nur ein kleiner Teil Ihrer Pflichten.«
»Ein sehr *kleiner* Teil, wie ich hoffe«, sagte Michael.
Morrison führte die Gruppe zur dritten Seite des Vierecks, ins Biolabor. In diesem Raum war alles, was man zur Untersuchung der physischen Aspekte parapsychologischer Kräfte brauchte. Das Zimmer war eigentlich eine Miniaturklinik, mit eigenem Untersuchungstisch, Blutanalyselabor und Sauerstoffgeräten für den Notfall, alles in sauberem, medizinischem Blau gestrichen. Die Farbe sollte offensichtlich beruhigend wirken.
Michael beruhigte sie nicht. Der Beruhigungseffekt des blauen Zimmers erregte ihn mehr als das Schritt-in-die-Luft-Gefühl des weißen Zimmers. Hier fühlte er sich völlig fehl am Platz. Er hatte das Gefühl, die neue Umgebung würde ihm langsam jeden Bezug zur physischen Realität rauben. Es beunruhigte ihn noch mehr, als er merkte, daß seine Kollegen sich ohne weiteres in das für sie geschaffene Ambiente einpaßten. Ihre Befriedigung zeigte sich in ihrem unbewußten Lächeln. Dieser Platz hatte sie mit offenen Armen aufgenommen, ihn hatte er abgestoßen.
Morrison blieb ein paar Schritte hinter den anderen, als sie in das letzte der vier Laboratorien gingen.
»Irgend etwas nicht in Ordnung, Michael?« fragte er.
»Nein.«
»Es ist dieser Ort, nicht wahr? Sie werden sich dran gewöhnen, wie ich auch.«

»Können Sie auch Gedanken lesen?«
Morrison lächelte. »Hab ich mich geirrt?«
»Nein.«
»Ich weiß, was Sie fühlen. Sie dürfen nicht vergessen, ich bin wie Sie. Sie und ich sind hier nicht in der Überzahl, diese Leute werden immer Dinge sehen und fühlen, an denen wir nicht teilhaben können. Ich weiß, es ist ein bißchen beunruhigend, aber Sie müssen dieses Gefühl unter Kontrolle bringen, ehe es Ihnen außer Kontrolle gerät. Wenn nicht, wird es Sie zum Irrsinn treiben, glauben Sie mir. Wenn Sie's nicht für sich selbst tun wollen, dann machen Sie's für mich. Es hat mich einige Mühe gekostet, Sie zu kriegen, ich will Sie nicht verlieren.«
Er klopfte Michael freundschaftlich auf die Schulter. Die Geste fühlte sich ein bißchen zu unpersönlich an. Michael empfand weder für den Akt noch für den Zweck Dankbarkeit. Morrison hatte nur versucht, einem hochempfindlichen Teil des Mechanismus die richtige Funktion zu entlocken, wie wenn man einen alten Fernseher tritt, damit das Bild aufhört zu laufen.
»Kommen Sie, Michael, ich möchte Ihnen gern den Rest zeigen.« Er führte Michael zur letzten Seite des Vierecks. »Das ist der Ruhebereich. Hier kann man sich bei längeren Experimenten ausruhen, oder wann immer Sie allein sein wollen.«
Der Ruhebereich war der sanfteste der vier Labortrakte. Hier hatte man Licht und Farbe kombiniert, um eine unwiderstehliche Atmosphäre des Friedens zu schaffen. Die Hand des Designers war hier am offensichtlichsten, mehr als überall anders im Komplex. Das Zimmer hatte keinen einzigen rechten Winkel, Decke und Boden verschmolzen in einer sanften Kurve in der Wand. Es war nicht feststellbar, woher das gedämpfte Licht kam. Jegliches Geräusch war gezähmt, es wurde von den teppichbezogenen Wänden geschluckt, kurz nachdem es das Ohr erreicht hatte. Die Einrichtung war ultramodern, aber die Möbel sahen bequem aus. Die Stühle waren so gestellt, daß man ungestört drin sitzen konnte, nicht nahe beieinander für nette Gespräche.

Sie sollten dem Einzelnen ein Gefühl des Friedens in Augenblikken emotionaler Belastung geben. Sich diesem Raum einen Augenblick hinzugeben war wie ein Bad in einem warmen blaugrünen Meer.
Genau wie die anderen Labore hatte der Ruhebereich eine Verbindungstür zu den angrenzenden Seiten des Vierecks, aber hier gab es kein großes Fenster zum Zentrum. Hier war das wachsame Auge geschlossen.
Morrison führte die Gruppe zurück in den Kommunikationsbereich und durch das Kontrollzimmer.
»Irgendwelche Fragen?« fragte er.
»Zugegeben, das ist alles sehr eindrucksvoll«, sagte Stef. »Aber ich kann es kaum erwarten, bis du die Pointe rausläßt. Wo arbeiten wir?« Er zeigte auf das dunkle Fenster. »Da drinnen?«
Morrison berührte einen Schalter auf der Hauptkonsole. Eine Tür glitt leise auf.
»Hereinspaziert.«
Michael und auch die Hellseher waren stumm vor Schreck bei dem Anblick. Nur Stefs Stimme erhob sich über die unheimliche Stille, als wären ihm die Worte entwischt.
»Mein Gott. Das ist ja grotesk.«
Ein Pyramidenzimmer. Vier zusammenlaufende Wände, die sich an einem Punkt zehn Meter über dem Boden trafen. Das Zimmer hatte so viele Nachtmahrecken wie ein Grand-Guignol-Film-Set.
Das Zimmer hatte nur eine Lichtquelle: eine schwere Lampe aus gehämmertem Kupfer, die an einer langen Kette von der Mitte der Decke hing. Der helle Lichtkegel zog alle Aufmerksamkeit zwangsweise auf das Zentrum des Raumes. Hier standen ein riesiger runder Ebenholztisch und bequem aussehende Stühle mit hohen Lehnen. Auf eine Sache in diesem Szenario reagierte Michael heftig: Sieben Stühle. Sechs Hellseher. Sieben Stühle.
»Was soll das?« fragte Michael.
»Ich hätte Ihnen das vorher erklären sollen«, entschuldigte sich

Morrison lächelnd. »Jetzt muß Ihnen das sehr merkwürdig vorkommen.«
»Sie ahnen gar nicht, wie merkwürdig.«
»Nachdem Sie keine hellseherischen Fähigkeiten haben, können Sie eine Funktion übernehmen, die sonst keiner von uns beherrscht. Sie werden unser Schaf unter Ziegen sein – unsere Kontrolle. Ich werde Sie ab und zu bitten, während einer Sitzung hier mit am Tisch zu sitzen.«
»Nein.«
»Sie müssen gar nichts tun. Ich werde herausfinden, ob irgendeine ihrer speziellen Belastungen sich in Ihren Körperfunktionen auswirkt, ob Ihr Körper weiß, in welcher Gesellschaft sich Ihr Verstand befindet.«
»Nein!«
»Michael, machen Sie deshalb bitte keine Schwierigkeiten.« Er nahm Michael am Arm und zog ihn beiseite. »Was macht es denn letztendlich für einen Unterschied, ob ich Sie hier hereinschicke, um eine Verbindung zu prüfen, oder ob Sie hier einfach sitzen?«
»Das ist der Teil, der mir nicht gefällt. ›Letztendlich‹.«
»Sie geben dem Ganzen eine Wichtigkeit, die es gar nicht hat.«
»Warum haben Sie mir das nicht schon früher erzählt?«
»Hab ich. Es stand in Ihrem Vertrag.« Er lächelte – diesmal mit mehr Überzeugung. »Keine Sorge. Ich arbeite schon seit zwanzig Jahren in der Parapsychologie, aber ich habe noch keinen zum Hellseher gemacht.«
»Bei mir werden Sie auch nicht damit anfangen.«
Evan ließ sich in einen der Stühle fallen. Er schaute zu den drei Fenstern, suchte nach seinem Spiegelbild, um zu sehen, wie der Raum ihm zu Gesicht stand.
»Da spiegelt sich nichts, guckt mal.«
Morrison klopfte stolz auf das Fenster. »Ein Prototyp, etwas ganz Besonderes. Außen matt mit hoher Farbdichte. Wenn die Lichter in den Laboren gedämpft sind, können Sie uns nicht sehen,

oder auch nicht, wenn Sie uns suchen. Außerdem ist es unzerbrechlich.«
»Wie im Brunnen arbeiten«, murmelte Stef.
»*Mir* gefällt's«, verkündete Evan.
»Der Todeskuß.«
Michael wählte seine Worte sehr sorgsam: »Aber eine Pyramide? Ist das nicht ein bißchen viel des Guten?«
»Die Form wurde nicht wegen ihrer Dramatik gewählt«, antwortete Morrison. »Die Pyramidenform hat bemerkenswerte wissenschaftliche Ergebnisse als Energiezentrierer geliefert.«
»Ich hab irgendwo gehört, man hätte in der großen Pyramide Tierkadaver gefunden – mumifiziert.«
»Mumifiziert«, wiederholte Claire ängstlich.
»Wenn es Ihnen die Sache leichter macht, Michael, dann stellen Sie sich einfach vor, der Mythos von den Pyramiden ist auch nur einer, der darauf wartet, entstaubt zu werden«, sagte Morrison etwas pikiert. »Los, Leute – das ist ein wissenschaftliches Experiment, keine Unterrichtsstunde in ästhetischen Architekturaspekten!«
»Aber es ist *unheimlich*!«
»Na schön, Claire, dann ist es eben unheimlich. Du mußt sehen, wie du damit leben kannst.« Er schüttelte den Kopf. »Bitte nehmt jetzt eure Plätze ein, richtet euch nach den Platzkarten, ihr werdet immer auf denselben Stühlen sitzen. Macht es euch bequem ...«
»Nicht, wenn ich den Rest meines Lebens hier verbringen soll«, murmelte Stef.
Morrison warf ihm einen wütenden Blick zu. »Wie ich schon sagte, macht es euch bequem, dann machen wir zum Einstimmen ein paar Übungen mit Zehner-Karten. Michael, gehen Sie nicht. Ich möchte, daß Sie diesmal dabei sind.«
Michaels Gesicht verspannte sich. »Ich hab gewußt, daß Sie das sagen.«
»Wir werden nur einige Instrumente über Sie einstellen, sonst

nichts.« Seine Stimme wurde etwas lauter. »Elliot, kannst du uns da drinnen hören?«
»Red nicht so laut«, sagte ein körperloser Geist. »Ja, ich verstehe alles.«
Evan schaute zur Decke.
»Schneiden Sie das mit?« fragte er.
»Ja«, sagte Morrison. »Und geben Sie sich keine Mühe, das Mikrophon finden Sie nie.«
Morrison gab der restlichen Gruppe seine Anweisungen. »Jetzt bereitet euch einfach vor wie normal. Ich werde euch bald einen neuen Weg zeigen, aber vorläufig ist der alte Weg gut genug. Diese Karten sind von einer Maschine im Psi-Labor in der Stanford University gemischt worden, damit die Reihenfolge wirklich zufällig ist. Jeder sagt eine Karte an, gegen den Uhrzeigersinn um den Tisch herum.« Er brach das Siegel an einem übergroßen Kartenspiel und hielt sich die oberste Karte an die Brust, ohne sie anzuschauen. »Kate, du fängst an.«
»Viereck.«
»Nein. Evan, nächste Karte.«
»Kreis.«
»Falsch. Du, Claire.«
»Stern.«
»Falsch. Stef?«
»Kreis.«
»Nein.« Morrison steckte die Karte weg. Er wurde sichtlich ungeduldig.
»Marva?«
»Kreuz, selbstverständlich.«
»Selbstverständlich nicht.« Er schaute nicht zu Michael. »Karel, deine.«
»Viereck.«
Morrison drehte die Karte um. Es war ein Viereck.
»Jetzt hört mir mal zu. Ich weiß, das ist euer erster Versuch, aber entspannt euch. Kämpft nicht dagegen an, die zufällige Mischung ist immer gegen euch. Versuchen wir's noch mal, Kate.«

Kate lehnte sich in ihrem Stuhl zurück, holte tief Luft und schloß die Augen.

»Kreis.«

Morrison zeigte ihr die Karte. »Gut. Evan. Jetzt du.«

Evan, der offensichtlich einen mörderischen Kater hatte, stöhnte bloß.

»Evan?«

Evan zuckte zusammen. Die Karte hätte genausogut ein Fallbeil über seinem Kopf sein können. Er murmelte, zögerte. »Ein Viereck.«

»Falsch. Versuch's noch mal.«

Evan atmete laut aus, schlug sich die Hände vors Gesicht, als wolle er ein kurzes Stoßgebet loslassen. »Oh, ein Kreuz!«

Morrison zeigte ihm die Karte. »Richtig. Siehst du? Das war doch nicht so schwer. Jetzt bist du dran, Claire.«

»Wellenlinien«, antwortete Claire fröhlich.

»Falsch.« Morrison drehte die Karte zu ihr. Es war ein Stern. »Schau dir die nächste an, Harry.«

Morrison drehte die nächste Karte um und lächelte gegen seinen Willen. Die Karte mit den Wellenlinien.

Ein Treffer. Ein Fehlschuß. Die Gesichter der Karten sprangen ins Licht. Treffer. Fehlschuß. Fehlschuß. Fehlschuß.

»Jetzt seid nicht so verkrampft, Leute, sagt mir einfach, was ihr seht.«

Morrisons Hände gingen sehr vertraut und geschickt mit den Karten um. Die weißen Karten zeichneten sich vor der Dunkelheit ab, Karten mit seltsamen Bildern, die wie von Zauberhand plötzlich in der Luft schwebten.

»Also gut ... nächste Karte, Stef.«

Stef legte seinen Finger nachdenklich an den Mund. »Viereck.«

»Gut. Marva?«

Marva lächelte freundlich, aber ihre Augen waren durchdringend.

»Stern.«

»Richtig. Jetzt du, Karel.«
Wieder. Ein Treffer. Ein Treffer. Ein Treffer. Nach jeder Runde wurden die Hellseher besser. Ein Treffer. Treffer. Treffer. Zwei Stunden lang.
Fünf Symbole. Fünfundzwanzig Karten. Keine Fehler. Michael hatte immer größere Schwierigkeiten, noch an Zufall zu glauben.
Ein Treffer. Ein Treffer.
»Zeit zum Mittagessen, Harry.«
»Danke, daß du mich erinnert hast, Claire. Paß bitte auf die Karten auf.«
»Stern.«
»Du als nächster, Stef. Wo gehst du hin?«
»Das ist eine Meuterei«, erwiderte Stef freundlich. »Keine Besteuerung ohne Repräsentieren. Keine Arbeit ohne Mittagessen.« Er nahm Claires Arm und ging mit ihr zur Tür. »Diese Dame will ihr Essen, und wir müssen ihr geben, was sie will. Bis später.«
»Kommt um halb drei Uhr wieder hierher«, rief Morrison den Rücken der verschwindenden Mannschaft zu. »Und seid bereit zu arbeiten – heute nachmittag wird's ernst! Michael, was machst du denn mit den Karten?«
Michael hatte das Siegel an einem der übergroßen Spiele geöffnet, untersuchte das Wachs, die Verpackung und die Karten selbst. Beliebige Reihenfolge, hatte Morrison gesagt, von einer Maschine tausend Meilen weit weg gemischt. Wie hatten sie es dann gemacht? *Wie?*

Michael ging nicht zum Mittagessen. Das morgendliche Erlebnis im Pyramidenzimmer hatte in ihm ein Bedürfnis nach Einsamkeit geweckt und keins nach Essen. Er entschuldigte sich bei Morrison und wanderte durchs Haus auf der Suche nach einem Ort, wo er allein sein konnte.
Er fühlte sich von der einladenden Stille der Bibliothek angezo-

gen und ging dahin. Er richtete sein Augenmerk auf einen bequem aussehenden Sessel – und fiel beinahe über Kate, die halbversteckt in den Tiefen des Stuhls gegenüber saß.
»Tut mir leid«, sagte sie. »Ich wollte dich nicht erschrecken.«
»Hast du nicht wirklich. Ich hatte gedacht, das wäre ein toller Raum, um allein zu sein, aber das ist wohl nicht möglich.«
»Soll ich gehen?«
»Warum? Du warst zuerst hier. Ich werde gehen.«
»Das ist nicht nötig. Setz dich.«
Michael setzte sich. Die beiden saßen schweigend in der Stille. Jeder war in seine eigenen Gedanken vertieft, bloß Michaels Gedanken wanderten immer wieder zum selben Thema zurück: Kate.
Sie trug Jeans, wie fast immer. Ein gestiefeltes Bein hatte sie auf das andere gelegt, saß da wie ein Mann. Ihre weiche weiße Bluse war kunstvoll um ihre dünnen Handgelenke, ihre Schultern und Brüste drapiert. Sie sah aus wie ein Rancher, der gerade von der Weide gekommen ist und über ein schwerwiegendes Problem nachdenkt, paßte aber gleichzeitig sehr gut in diesen kompromißlos englischen Raum. Rosa und weiß. Präraffaelitisch.
Ihre Augen waren bräunlich – wie Michael erst jetzt sah –, Augen, die die Farbe wechselten, mal grünlich, mal grau. Augen, in die Männer ihre Phantasien projizieren konnten.
»Warum starrst du mich so an?« Kate lächelte.
»Hab ich das? Tut mir leid.«
»Du wirst ja rot. Wie niedlich.«
»Ich werde nicht rot.«
»Dann trägst du zuviel Make-up.«
»Jetzt reicht's aber«, schimpfte Michael. »Was machst du denn hier so ganz allein?«
»Meine Anstandsdame techtelt draußen mit dem Chauffeur.«
»Du weiß doch, was ich meine.«
Jetzt wurde sie wieder ernst. Zu ernst. Zu schnell. »In diesem Haus tut sich einiges. Ich bin, glaube ich, ein bißchen verwirrt von allem, was passiert.«

»Wie meinst du das ... zwischen uns?« fragte Michael etwas verlegen.
Kate lächelte. »*Das* natürlich auch. Aber das hab ich nicht gemeint.«
»Dann sag mir doch, was du meinst.«
»So interessant ist das auch wieder nicht. Ist nur so eine Angewohnheit, du kennst mich noch nicht.«
»Ich tu mein Bestes. Spuck's schon aus – jeder braucht jemanden, mit dem er reden kann.«
Sie beobachtete sein Gesicht. Michael dachte sich, wahrscheinlich fragt sie sich, ob sie eine weitere Stufe zur Freundschaft gehen will.
»Warst du schon immer Hellseherin?« fragte er, um das Eis zu brechen.
»Ich kann mich an keine Zeit erinnern, in der ich es nicht war«, sagte sie schließlich. »Ich hab nie sonderlich drauf geachtet. In meiner Jugend war es ein großer Witz für meine ganze Familie. Du findest die Autoschlüssel nicht? Frag doch einfach Kate. Du hast deine Matheaufgabe verloren? Kate weiß bestimmt, wo sie ist. Kates berühmte Eingebungen – so haben wir das immer genannt. Hellseher zu sein war gegen das Dogma der katholischen Kirche, man erlaubte mir nur Eingebungen.«
»Was hat ihre Meinung geändert?«
»Am Morgen meines dreizehnten Geburtstages wollte ich mich gerade für die Schule fertigmachen. Da wurde mir mit einemmal so schwindlig, daß ich mich setzen mußte. Ich hatte das bis dahin klarste Bild vor Augen. Es hat mich wie der Blitz getroffen.«
»Was für ein Bild?«
»Ich hab gesehen, wie der Pendlerzug meines Vaters rückwärts auf einen Zug, der kaputt auf den Gleisen stand, aufgeprallt ist. Ein schweres Unglück. Viele Tote.«
Sie hielt inne, ihre Augen schauten ins Weite, als wenn sie das Bild immer noch vor Augen hätten.
»Als ich es meiner Mutter erzählte, glaubte die, ich hätte

irgendein pubertäres Nervenfieber. Sie zwang mich, zu Hause zu bleiben. Aber ich war vor Angst fast verrückt ... und ich war wild entschlossen, meinen Vater nicht in den Zug steigen zu lassen. Ich hab seine Schuhe und seine Aktentasche versteckt – bloß damit er zu spät kommt. Ich hab sogar seine Autoschlüssel versteckt, damit Mutter ihn nicht zum Bahnhof fahren konnte. Aber das half alles nichts. Er ging zur Tür hinaus, und ich war sicher, ich würde ihn nie wiedersehen.

Eine Stunde später stand er wieder vor der Tür. Ich werde das nie vergessen, meine Mutter ist fast gestorben vor Schreck. Er hatte seinen Zug um ein paar Minuten verpaßt. Den Zug, der verunglückte: dreißig Tote, genau wie ich es gesehen hatte.

Na, dann war's also plötzlich ›Akt Gottes‹-Zeit im Haushalt Haley. Dreizehn Jahre ›Eingebungen‹ trafen meine Eltern plötzlich wie ein Blitz, und man steckte mich schneller ins Kloster, als man ›Ave Maria‹ sagen kann.«

»Wie hast du drauf reagiert?«

Kate zuckte mit den Schultern. »Ich hab ausgehalten, solange es ging – um ihretwillen –, aber die ganze Zeit lang bin ich schier verrückt geworden, weil ich mich gefragt habe, ob es Gottes Wille war oder meiner, der meinem Vater das Leben gerettet hat. Ich hab fast vier Jahre lang versucht, Nonne und Hellseherin zu sein, dann hab ich versucht, keins von beiden mehr zu sein. Wie unschwer zu sehen ist, bin ich jetzt hier und nicht irgendwo im Kloster. Ich bin Hellseherin – offiziell – seit sieben Jahren. Das wär's.«

»Und bist du froh, daß du dich so entschieden hast?«

Sie sah nachdenklich aus. »Manchmal frag ich mich schon. Ehrlich gesagt, ich glaube, keiner akzeptiert je so richtig, daß er Hellseher ist. Wir alle haben Zeiten, in denen wir glauben, wir hätten uns damit abgefunden, aber ...«

Sie verstummte. Sie starrte in den kalten Kamin.

» ... ja, tun wir wirklich, nicht wahr«, sagte sie.

Michael sagte nichts. Er hatte *nichts* gesagt. Sein *Gedanke* war

gewesen: *Ihr nehmt euch aber wirklich sehr ernst.* Kate hatte seinen Gedanken beantwortet, ohne es zu merken.
Sie schaute auf die Uhr. »Schau, schau: Es ist fast halb drei. Und Sie haben mich die ganze Zeit reden lassen.«
»Quickies waren noch nie meine Stärke.«
Sie lächelte ihm liebevoll zu. Ihre Augen erwärmten die Luft um ihn herum.
»Du wirst wieder rot. Richtig niedlich.«

Im Pyramidenzimmer holte Morrison einen Löffel aus seiner Tasche und legte ihn in die Mitte des Tisches.
»Wie ich euch schon gesagt habe, wird's jetzt ernst«, sagte er.
»Der Löffel ist eine ernste Angelegenheit?« fragte Evan amüsiert. »Was hast du denn zum Mittagessen getrunken?«
»Warte doch erst einmal ab, ja?« Er drehte sich zum Fenster. »Michael, würden Sie kurz reinkommen?«
Die Tür glitt auf. Michael kam ins Zimmer. Er sah neugierig und ein bißchen ängstlich aus.
»Nehmen Sie Platz«, befahl Morrison. »Ich brauche für das einen unparteiischen Zeugen.«
Michael setzte sich. Morrison fuhr fort. »Ihr sechs seid unter anderem für dieses Experiment ausgesucht worden, weil ihr unter anderem sehr hohe Ergebnisse bei PK-Tests erzielt habt. Michael, Sie sehen verwirrt aus. Wissen Sie nicht mehr, was PK ist?«
»Nein.«
»PK steht für Psychokinese: die Wirkung, die der Verstand auf physische Objekte hat. Kate, Claire und Karel, ihr hattet die höchsten Ergebnisse, ihr setzt diesmal aus. Die anderen – biegt den Löffel.«
Evan streckte die Hand zur Mitte des Tisches aus. »Ich weiß, wie das gemacht wird«, sagte er. »Das ist ein Trick.«
»Diesmal nicht. Laß den Löffel liegen.«
»Aber du willst doch, daß wir ihn biegen, oder?«

»Ja, aber nicht durch Berührung.«
Drei unentschlossene Gesichter wurden zu ungläubigen Masken.
»Los. Ihr könnt es.«
Stef, Marva und Evan konzentrierten sich auf den Löffel. Es passierte nichts. Einige Minuten verstrichen.
»Das ist idiotisch!« beschwerte sich Evan.
»Wir werden sehen. Versucht es weiter.«
Minuten verstrichen wieder. Immer noch nichts.
»Claire, schau doch mal, ob du ihnen helfen kannst.«
Claire lehnte sich im Stuhl zurück und konzentrierte sich auf den Löffel. Nichts. Was immer sie beigetragen hatte, hatte nicht funktioniert.
»Kate, jetzt du«, befahl Morrison.
Kates Bemühungen fruchteten nichts, obwohl Claire behauptete, sie hätte gesehen, wie der Löffel sich bewegt hatte.
Evan: »Für dich ist das wohl alles ein Witz, hab ich recht, Harry?«
»Sei still. Also schön, Karel, schau, was du machen kannst.«
Der Löffel sprang sofort dreißig Zentimeter in die Luft, dann schrumpfte er wie ein Plastikspielzeug, das jemand ins Feuer geworfen hatte. Michael pfiff unwillkürlich.
»Mein Gott«, sagte Morrison. »Das ist ... das ist ... ich weiß nicht, was es ist.« Er nahm einen zweiten Löffel aus der Tasche und legte ihn neben den ersten. »Versucht's noch mal: Alle außer Karel.«
Die Hellseher konzentrierten sich mit unglaublicher Intensität auf den Löffel. Als würden sie ihn zum Kampf auffordern, dachte Michael, und die physischen Gesetze, die das Metall in seine Form gezwungen hatten, angreifen.
Sie plagten sich zwanzig Minuten lang, hämmerten mit vereinten geistigen Kräften auf das Silber ein. Dann begann die Verwandlung. Der Löffel gehorchte dem geistigen Willen, bewegte sich langsam wie der Minutenzeiger einer Uhr und bog sich in dieselbe Form wie sein Zwilling neben ihm.

Morrison strahlte die beiden verbogenen Utensilien an, als wären sie Babyschuhe zum Vergolden. »Wunderbar!« rief er. »Absolut phantastisch!«

»Ich glaub es nicht«, sagte Michael schlicht.

Stef zeigte ein zitronensaures Lächeln. »Wenn Sie rausfinden, wie wir's gemacht haben, lassen Sie mich's wissen.«

»Einen Moment mal«, sagte Morrison. »Keiner bewegt sich. Ich bin gleich wieder da.«

Er ging ins Kontrollzimmer. Evan atmete erleichtert auf. »Gott sei Dank.«

»Spart euch die Danksagungen. Es ist noch nicht vorbei«, sagte Kate mit sorgenvollem Gesicht.

Morrison kam mit einer Glühbirne in der einen Hand und einer durchsichtigen Plastikschachtel in der anderen zurück.

»Wir werden jetzt rausfinden, ob der letzte Versuch ein Zufall war.«

Er legte die Glühbirne in die Mitte des Tisches und stülpte die Schachtel darüber.

»Du erwartest doch nicht etwa, daß wir das Ding zum Leuchten kriegen«, sagte Kate.

»Nein, genau das Gegenteil.«

Claire war plötzlich ganz begierig. »Du meinst, wir können sie zerbrechen?«

»Ihr könnt es versuchen.«

»Das ist doch lächerlich!« rief Evan.

»Lächerlicher als Löffel verbiegen?«

»*Das* war lächerlich!«

»Seid ihr denn nicht neugierig?«

Die Hellseher waren sich nicht sicher. Das war deutlich in ihren Gesichtern zu sehen.

»Wenn ihr das schafft, Leute, könnt ihr anschließend hier raus und spielen.«

»Er wird uns so lange schikanieren, bis wir's versuchen«, sagte Kate. »Versuchen wir unser Bestes.«

Die Hellseher konzentrierten sich auf die Glühbirne. Fünfzehn Minuten vergingen. Zwanzig. Fünfundzwanzig. Morrison ging zurück ins Kontrollzimmer.
Nach dreißig Minuten fragte sich Michael, ob es nicht vielleicht doch lächerlich wäre, wenn eine Gruppe Leute um einen teuren Ebenholztisch sitzt und versucht, eine Glühbirne für sechzig Cent zum Explodieren zu kriegen.
»Michael!« Die Stimme aus dem Lautsprecher war energisch und ungeduldig, als hätte sie ihn schon mehrmals gerufen und seine Faszination nicht durchbrechen können.
»Ja?«
»Kommen Sie bitte ins Kontrollzimmer«, sagte Elliots Stimme. »Die Videokamera macht Zicken.«
Michael stand auf und gehorchte dem Befehl. Die Kamera brauchte nur eine kleine Korrektur, aber Michael blieb vor dem Monitor, genoß es, das Pyramidenzimmer von einem anderen Standpunkt aus zu sehen.
Auf dem Bildschirm sah der Raum flach, zweidimensional aus, der Lichtkreis wirkte unheimlich und kalt. Es war ein großer Unterschied, den Raum von hier aus zu sehen, und wie Michael zu seiner Überraschung feststellen mußte, viel weniger befriedigend. Die Konzentration der Hellseher auf Tuchfühlung hatte eine Ausstrahlung, fast wie Hitze. Sie strömte vom Tisch aus wie ein lebendiger Generator, eine ehrfurchtgebietende, gefährliche Elektrizität. Wenn diese Leute so etwas mit Löffeln machen können, was konnten sie dann erst einem Menschen antun? fragte sich Michael. Oder sich gegenseitig?
Fünfundvierzig. Stef warf einen wütenden Blick aufs Kontrollzimmer. Seine Aufmerksamkeit war abgelenkt. Die Anstrengung machte sich bemerkbar: Er atmete wie ein Mann, der gerade mehrere Treppen hochgestiegen war. Michael war sicher, er würde als erster aufgeben.
Und tatsächlich stand Stef auf. »Hat keinen Sinn, Harry.«
Morrison betrachtete die müden Gesichter der Tischrunde. Er sagte ins Mikrophon. »Okay, macht eine Pause.«

Karel winkte energisch ab. Stef schaute Karel überrascht an, dann setzte er sich wieder.
Zweiundfünfzig Minuten. Dreiundfünfzig.
Claire: »Ich hab was gesehn!«
Michael sah es auch auf dem Fernsehmonitor. Er mußte aufstehen, stand wie elektrisiert am Fenster.
Die Glühbirne klapperte, als würde jemand auf den Tisch darunter klopfen.
»Schau dir das an! *Schau!*«
Die Glühbirne drehte sich, stellte sich senkrecht, dann explodierte sie in einem Schauer silbriger Bruchstücke. Michael lehnte sich erschöpft gegen die Konsole und holte tief Luft.
»Glauben Sie's immer noch nicht?« murmelte Elliot hinter ihm.
Morrison rauschte triumphierend ins Pyramidenzimmer. »Das war wunderbar«, rief er. »Seid ihr nicht stolz?«
Die Hellseher schienen im Augenblick alles andere als stolz. Sie stöhnten, als sie mit steifen Muskeln vom Tisch aufstanden. Ihre Gesichter waren kraftlos, wie alte Clubmitglieder, die sich nach einem Tag Nichtstun aus dem Stuhl erheben.
Stef massierte seine Schultern. »War's das, Harry?«
»Ja, und wie versprochen, machen wir für heute Schluß.«
»Das hab ich damit nicht gemeint. Ich hab diese Geschichte mit der Glühbirne gemeint. Ich dachte, wir sollten –«
»Katastrophen vorhersagen. Das werdet ihr. Diese Aufwärmeübung war nur dazu gedacht, daß ihr euch an eure neue Umgebung gewöhnt.«
»Ziemlich intensives Aufwärmen.«
»Die nächsten sechs Wochen werden sehr intensiv werden. Wir werden sehr schwer arbeiten.«
»Darauf bin ich schon die ganze Zeit neugierig: die Arbeit. Angenommen, wir sagen *tatsächlich* eine Katastrophe voraus, was dann?«
»Was soll das heißen, ›was dann‹?«
»Katastrophen vorherzusagen ist eine recht morbide Angelegen-

heit, finden Sie nicht – wie hinter Krankenwagen herfahren. Was soll das alles?«

»Bis ihr ein paar brauchbare Ergebnisse liefert, wird es auch nichts anderes sein. Es hängt davon ab, wie gut ihr seid, dann kann ich meine Außenkontakte mobilisieren.«

»Was für Kontakte?«

»Leute, die helfen können. Leute, die dem nachgehen können, was ihr seht. Ich habe vor, euch nützlich einzusetzen.«

»Ja, aber wenn du die Ergebnisse kriegst, die du dir erhoffst, wird man den Wald vor lauter Reportern nicht mehr sehen«, sagte Kate. »Fernsehen und Radio werden auf der Wiese vorm Haus kampieren.«

»Das glaube ich nicht. Astor House ist ein gutgehütetes Geheimnis.«

»Warum? Wer hütet es?«

»Das tut im Augenblick nichts zur Sache.«

»So, und warum nicht? Mir gefällt das nicht, Harry. Robert Francis war zu geheim – und schau, was da passiert ist.«

Morrisons Stimme war frostig. »Ihr müßt mir einfach vertrauen.«

»Ich vertraue dir.«

»Das hoffe ich doch.«

Im Kontrollzimmer hatte Michael mit einemmal das Bedürfnis, Kate zu warnen. Das Bedürfnis, ihr zu sagen, der Topfgriff würde vom Herd zu weit überstehen, das Bedürfnis, sie vor einem sonst unvermeidbaren Unfall zu warnen, bevor er passiert. Aber als sie an ihm vorbeigingen, konnte er nichts zu ihnen sagen. Sie schwiegen ebenfalls.

Marva blieb stehen, starrte lange zurück ins Pyramidenzimmer.

»Was ist denn los?« fragte Michael.

Sie schaute weiter ins Zimmer. »Nichts«, erwiderte sie. Sie log. *So stark war es noch nie,* dachte Marva. *Hätte ich nie gedacht, hätte ich mir nie träumen lassen. Der blinde Punkt, die Leere: Das war zu erwarten. Jet-lag und Müdigkeit hatten ihren*

*Verstand langsam gemacht. Morgen würde alles besser. Ganz bestimmt. Mußte besser werden.*
Ja, irgendwas macht ihr tatsächlich Sorgen, stellte Michael fest. Etwas machte ihr schwer zu schaffen. Was das wohl sein könnte?
Karel blieb neben ihr stehen und schaute sie an. »Was ist los, Marva?«
Ihre Maske klappte vors Gesicht. »Laß mich in Ruhe«, sagte sie schnippisch und ging schnell aus dem Zimmer.

## 5

Kates Traum. Eine Vision, wie von einem Blitzschlag erhellt. Gefühl, tiefgründiger als Sehen. *Macht,* sagte die Vision. *Geschwindigkeit. Überhastete Vorwärtsbewegung. Gefahr.*
Der Augenblick verschwand wieder in der Dunkelheit. In den Schlaf.
Wieder ein Blitz. Das Knirschen, das Stöhnen, der Schrei von Holz, das sich von Metall löst. Die Brücke. Hinuntergestürzt. Zerschmetterte Leichen, in einem Massensarg in den Abgrund geworfen. Die Schreie von Leuten im Fall.
Wieder dunkel. Schlaf. Aber jetzt ein unruhiger Schlaf.
Der letzte Blitz. Ein Blutstrom, der sich durch einen Wasserstrom wälzt.
Und das Schweigen der Toten.

Michaels unruhiger Schlaf wurde vom Schrei einer Frau gestört. Es war ein schreckliches Geräusch, der Schrei eines hilflosen Opfers, zu real, um Teil eines Traums zu sein.
Michael setzte sich auf, horchte. Das Geräusch wiederholte sich nicht. Er hörte Schritte durch die Verbindungstür zu Karels Zimmer, aber sie gingen auf und ab, gingen nicht, um nachzuschauen. Hatte Karel den Schrei nicht gehört?
Michael zog seine Jeans an und warf sich einen Bademantel um

die Schultern. Der Korridor war kalt und still wie eine Gruft, die Türen zu den Schlafzimmern waren fest verschlossen wie die Türen zu einem Mausoleum. Keiner schaute heraus, keiner sah nach, was für ein Geräusch das war.
Michael blieb stehen. Hinter einer der Türen das hemmungslos traurige und angstvolle Stöhnen einer Frau. Michael klopfte, bekam aber keine Antwort. Er betrat das dunkle, fremde Zimmer, stolperte über einen Stuhl und fiel aufs Bett.
»Wer ist da?« rief Kates Stimme.
»Michael.«
Kate packte seinen Arm wie eine Ertrinkende, als könne er die Dunkelheit von ihr fernhalten. Allmählich beruhigte sie sich. Sie machte die Nachttischlampe an und strich sich das Haar aus dem Gesicht. Sie holte tief Luft. »Ich komme mir vor wie ein Idiot. Ich hab das ganze Haus aufgeweckt, stimmt's?«
»Nein.«
»*Dich* aufgeweckt.«
»Nein, hast du nicht.«
»Spiel bitte nicht den edlen Ritter.«
»Ich bin nicht edel, nur ehrlich. Was ist passiert? Böser Traum?«
»*Furchtbarer* Traum.«
»Willst du darüber reden?«
»Nein, aber wahrscheinlich tut's mir gut, wenn ich drüber rede.« Sie schüttelte sich. »Ich hab von einem Zugunglück geträumt.«
»Du meinst das, in das dein Vater beinahe hineingeraten wäre?«
»Nein. Das war jetzt. Ein Brückenpfeiler ist eingestürzt. Neunzig, vielleicht hundert Tote. Ich kann's immer noch sehen ... mein Gott, ich seh's immer noch.« Sie schauderte.
Michael nickte voller Mitgefühl. »Ich weiß, was du durchmachst. Ich hab auch ab und zu die Mitternachtsmonster im Bett.«
»Aber du bist kein Hellseher.«
»Nein ... « Michael konnte es sich gerade noch verkneifen: » ... Gott sei Dank.«

»Wenn du kein Hellseher bist, hast du auch noch nie so einen Traum gehabt.«
»Es war eine Vision?«
Sie nickte. Michael stand auf. »Ich hole Morrison.«
Sie hielt ihn am Arm fest. »Nein. Bitte nicht. Der hält mich die ganze Nacht wach, das will ich jetzt nicht haben. Ich will bloß wieder schlafen, wenn's geht.«
»Komm her. Lehn dich an meine Schulter und mach die Augen zu.« Er strich ihr mit der Hand übers Haar. »Du wirst gleich wieder einschlafen.«
»Werd ich das?« Sie lehnte sich an ihn. Ihr ganzer Körper war verspannt. »Das bezweifle ich, bei dem, was ich gesehen habe. Ich hab den Kopf voller verstümmelter Leichen.«
»Du mußt dir bloß einreden, daß es nur ein schlechter Traum war.«
»So einfach ist das nun auch wieder nicht. Ich weiß nie genau, ob meine schlechten Träume wirklich nur schlechte Träume sind. Ein Königreich für einen schlichten, alten Alptraum wie deine.«
Michael schaute sie neugierig an.
»Du siehst überrascht aus«, sagte sie. »Hast du gedacht, Hellseher sein ist ein Zuckerlecken?«
»Ist es das nicht?«
»Nicht sehr oft. Das erste, was du als Hellseher lernst, ist, daß es Dinge gibt, die man besser nicht erfahren möchte. Mehr Entscheidungsfreiheit bleibt einem auch nicht. Michael, es ist ein zweischneidiges Schwert, man kann allein damit nicht leben und auch nicht ohne.«
Ein zweischneidiges Schwert. Stef hatte so ziemlich dasselbe gesagt. Michael fragte sich, ob wohl alle Medien so dachten. Schweigen. Kate lag ganz ruhig an Michaels Schulter. Ihr Atem wurde schwerer, rhythmischer, zwischendurch stöhnte sie immer wieder leise. Michael drehte die Nachttischlampe aus und blieb zufrieden im Dunkel sitzen, die Arme leicht um die schlafende Frau gelegt. Er dachte über sie nach.

Die Kraft, mit der sie sich weigerte, ihren Ängsten nachzugeben – das gefiel ihm. Sie war etwas Besonderes. Michael hatte sich immer von Frauen angezogen gefühlt, die Abbilder seiner Erwartungen waren, er hatte geglaubt, Kate würde dem auch entsprechen. Aber ihre emotionelle »Vollkommenheit« hatte ihn überwältigt, ihre Offenheit faszinierte ihn. Dieses Wesen mit den hellseherischen Fähigkeiten hatte Herz, hatte Ängste, hatte eine dreidimensionale Persönlichkeit, die er selten einer Frau zugestand. Sie war wirklich und sie war gesund. Michael schämte sich plötzlich bei dem Gedanken an ihre erste Begegnung: der verletzte Clown, der so hemmungslos aus dem Abgrund mit ihr geflirtet hatte. Er hatte sie unterschätzt, und das war eine Sache, die er sich nicht so schnell verzieh.

Er streichelte noch mal ihr Haar, fragte sich, wie es wohl wäre, neben ihr zu liegen. Aber er brachte seine Hände nicht dazu, seine Sehnsüchte zu verwirklichen. Er schob sie vorsichtig zur Seite, legte ihr die Decke um die Schultern und ging leise zur Tür. Als er die Klinke drückte, sagte eine ferne, verschlafene Stimme: »... danke, Michael.«

Der Korridor war kalt und dunkel in dieser einsamsten Stunde der Nacht. Michael ging in sein Zimmer zurück und legte sich hin, aber er konnte nicht schlafen. Der Alptraumblick in Kates Gesicht ließ ihn nicht los.

Im frühen Morgengrauen schlief er schließlich vor Erschöpfung ein. Seine Träume waren schlecht. Er träumte von verunglückten Zügen, von Leichen, die aus großer Höhe fielen. Er träumte davon, wie es wäre, wenn man sich dem Grauen nicht entziehen könnte, wie es wäre, wenn man die Augen nicht schließen konnte.

*Der Traum. Der Traum. Wollte nicht klarer werden.* Normalerweise konnte Claire ihn von Anfang bis Ende verfolgen, genauso sicher wie den Pfad zu ihrer Vision nachgehen. Diesmal nicht. Das Bild war von Wolken verhangen, von überlagerten, verwirrenden Bildern verdeckt, die sie nicht verstand. Es gelang ihr nicht, den Vorhang der verhüllten Wahrheit zu entfernen. Etwas Blutiges und Entsetzliches wartete dort. Etwas mit scharfen Zähnen, etwas, das das Haus und alle darin und alles auffressen würde. *Dreh dich nicht weg,* sagte der Traum. *Kehr keinem den Rücken zu.*

Michael wartete dicht unter der Oberfläche des Schlafs, dämmerte vor sich hin. Er stand in der Schlange zum Wiederbewußtlos-Werden. Zwei schreiende Stimmen versperrten den Weg, und eine dritte gesellte sich zu ihnen, dominierte sie, brachte sie zum Schweigen. Die dritte Stimme war die Morrisons. Aber sie hatte zu spät eingegriffen, um Michaels Schlaf zu retten. Michael zog ein Hemd und Jeans an und ging über die hintere Terrasse nach unten, um zu sehen, was los war.

Er spazierte in ein völlig unerwartetes Tableau. Ein Möbelwagen stand auf der Wiese vor der Tür zum Wintergarten. Zwei aufsässig dreinschauende Möbelpacker standen auf der hochgepumpten Hebeplattform des Wagens. Ein Flügel, der in Schutzpolster gepackt war, hing an einem Wirrwarr von Seilen und Flaschenzügen. Karel stand rechts neben Morrison, den Blick starr und wütend auf das Instrument gerichtet, als würde er einen mächtigen Feind abschätzen.

Die anderen Hellseher waren um einen Tisch gruppiert, der für ein Frühstück im Freien gedeckt war. Stef schüttelte grimmig den Kopf, als er Michael sah, und drückte ihm eine Tasse lauwarmen Kaffee in die Hand.

»Sie hätten im Bett bleiben sollen«, sagte er.

»Ich hab's versucht«, antwortete Michael. »Was ist denn hier los?«

»Ein kleines Mißverständnis.«

»Hat sich aber mehr wie ein Krieg angehört. Wem gehört das Piano – Karel?«

»Sollte es eigentlich werden.«

»Das müssen Sie mir erklären.«

»Reingen hat es geschickt, aber Karel hat gesagt, er will nicht drauf spielen. Er hat den Möbelpackern gerade gesagt, was sie damit machen können. Ich glaube, es ist anatomisch nicht möglich.«

»Warum will er es nicht spielen?«

»Das war Marvas Schuld«, sagte Kate und schloß sich dem Gespräch an. »Kaum hatte sie das Piano gesehen, hat sie schon Konzerttermine gemacht. Sie hat Karel in die Ecke gedrängt, und ... « Die Gestik ihrer Hände wirkte wie eine Explosion.

»Es war sehr eindrucksvoll«, fügte Stef trocken hinzu. »Ich hätte nicht gedacht, daß das in ihm steckt.«

»Ich hab ihn gehört. Er hat mich aufgeweckt.«

»Alles in Ordnung?« fragte Stef. »Sie sehen heute nicht gerade rosig aus.«

»Danke. Nach schlechten Träumen seh ich immer so aus.«

»Meine schlechten Träume?« fragte Kate.

»Nein, meine eigenen.«

»Ich muß dich angesteckt haben.«

»Das hört sich aber wirklich sehr interessant an«, kommentierte Stef trocken. Es war die erste offene Gefühlsreaktion, die er gegenüber Kate zeigte, das erste Mal, daß er zugab, daß sie nicht nur eine freundschaftliche Beziehung gehabt hatten.

»Es war ganz harmlos«, sagte Kate. Sie bemerkte seinen veränderten Gesichtsausdruck. »Was ist denn jetzt los?«

»Wenn es ein schlechter Traum war, dann hast du mich auch angesteckt.«

»Schlecht?«

Er nickte.

»Einfach oder kompliziert?«

Stef zuckte mit der Schulter.

»Wovon hast du geträumt?«

»Frag nicht.«

Evan kam zu ihnen. »Das ist merkwürdig«, sagte er. »Ich hatte

auch einen Traum. Widerlich, über Brücken und Wasser. Und Fallen.«
Drei von sechs, alle mit schlechten Träumen. Michael schaute zu Kate. Sie brachte ihn mit einem Kopfschütteln zum Schweigen.
»Was glaubst du, daß es war?« fragte Stef.
»Ich weiß es nicht. Aber ich hab mir vor Angst fast in die Hosen gemacht.«
Kate winkte Claire zu sich. »Hast du heute nacht was geträumt, Schätzchen?«
»Viel.«
»Auch von einem Unfall?«
»Einen Unfall mit einem Zug.«
»Erzähl du.«
»Da waren ein Zug und eine Holzbrücke. Die Brücke ist kaputtgegangen und der Zug hinuntergefallen – meinst du den?«
Michael lief es eiskalt den Rücken hinunter. *Vier von sechs.*
Kate holte Marva. Die Frau war immer noch etwas verwirrt von Karels Wutanfall, aber sie wußte sofort, wovon die anderen redeten. Obwohl sie es gewohnt war, die Zukunft im Schlaf vorauszusehen, waren ihre beiden Traumassoziationen eher verbal als visuell, und keine ergab einen Sinn für sie. Die erste war ›Kannenbären‹ oder so etwas. Die zweite die Formulierung ›down under.‹
»Down under? Wo drunter?« fragte Kate.
Marva wußte es nicht. Sie hatte das Gefühl, die zweite wäre der Versuch ihres Verstandes, die erste zu erklären, aber ansonsten fand sie das alles sehr verwirrend. Morrison hatte sich zu ihnen gesellt, er war neugierig, was denn da für eine Konferenz im Gange war.
»Marva, denk nach«, befahl er. »Könnte ›down under‹ Australien bedeuten?«
»Genau! Das war's! Australien ...«
»*Canberra*, Australien?«
»Ja, Harold! Genau!«

»Du hast auch geträumt?« fragte Morrison Kate. »Du, Stef? Claire? Evan?«
Alle nickten. Morrison winkte Karel zu sich. Die Augen des Russen funkelten immer noch vor Wut, aber sie waren nicht mehr auf Marva gerichtet. Er spürte die Stimmung der Gruppe beim Näherkommen und paßte seinen Gesichtsausdruck der allgemeinen Stimmung an. Er wartete ab, als wüßte er, daß man etwas von ihm erwartete.
»Hast du gestern nacht irgendwelche ungewöhnlichen Träume gehabt?« fragte ihn Morrison.
Michael wartete gespannt auf die Antwort. Karel war die ganze Nacht im Zimmer auf und ab gelaufen. Er hatte nicht geschlafen, hatte also auch nicht träumen können.
»Ja, hab ich. Einen speziellen Traum.«
»Erzählst du ihn bitte.«
Karel rollte seinen Traum langsam auf, unterbrach immer wieder die Erzählung, als müsse er die verwirrten Fäden des Geschichtengewebes entwirren.
Der Ort war auf jeden Fall Australien, sagte er. Ein überfüllter Reisezug raste durch die Berge, um eine Kurve, auf eine hohe Holzbrücke zu. Zu schnell. Die Brücke bog sich unter der Last des Zuges und stürzte viele Meter in den Fluß hinunter. Viele Leichen. Ein Fluß von Blut in einem Fluß von Wasser.
*Sechs von sechs.* Eine einstimmige Vision.
»Ihr anderen. Waren alle eure Träume so?« fragte Morrison.
Die Antwort war ja. Morrison schnallte ein kleines Gerät, ungefähr so groß wie ein Transistorradio, von seinem Gürtel ab. Er drückte auf einen Knopf und hielt das Gerät an den Mund. »Elliot.«
Das Instrument antwortete mit winziger Stimme. »Ja?«
»Überprüf bitte die Nachrichten der letzten zwölf Stunden. Schau, ob du einen Bericht über ein Zugunglück in Canberra, Australien, findest.«
Elliots Aufregung sprühte förmlich aus dem kleinen Ding: »Moment, Harold, ich komm gleich raus.«

Kaum eine Minute später stürmte sie aus dem Haus, außer Atem, in der Hand ein langes, gelbes Fernschreiben.
»Ich hab's heut morgen gesehn«, keuchte sie. »Hör zu: ›UPI: Canberra. Australien erleidet das schlimmste Zugunglück der Geschichte beim Zusammensturz der Queen-Royal-Brücke. Ein Ferienzug mit neunzig Insassen stürzt zweihundert Fuß tief in den Maberra-Fluß. Die Holzbrücke, die zirka hundert Meilen südlich von Canberra liegt, sollte Ende dieses Monats repariert werden‹ ...«
Michael bekam eine Gänsehaut. Eine Kombination von Angst und Aufregung. Und ein wachsendes Gefühl der Unwirklichkeit. Er hatte ein bißchen von dem gespürt, was sie fühlten. *Sechs von sechs.* Die Arbeit hatte begonnen.

Haus der schlechten Träume.
Morrison saß im Hemd vor seinem Schlafzimmerfenster, wütend, weil er mitten in der Nacht nicht schlafen konnte. Er war stolz darauf, ein Mann zu sein, der es nicht duldete, daß seine Tage seine Nächte beeinflußten. Wenn er viel zu tun hatte, passierte es schon manchmal, daß diese ›Tage‹ vierundzwanzig Stunden dauerten, aber wenn er dann beschloß, reinen Tisch zu machen, war er bis zum Morgengrauen bewußtlos. Das war seine persönliche Regel.
Heute abend nicht. Die anderen hatten ihre schlechten Träume gehabt, jetzt hatte er seine. Der Traum war unvorstellbar gelb, orange und heiß. Er hatte seit sechs Monaten nicht mehr von dem Feuer im Robert-Francis-Institut geträumt. Heute abend dafür um so intensiver.
Der Traum hatte jedesmal, wenn er ihn heimsuchte, dieselben Bilder: der Schnee, der strahlende Nachthimmel, der Mond so hell, daß man lesen konnte, das zerbrochene Glas, die Schmerzen in seinen Händen und seinem Gesicht, die der Schnee nicht kühlen konnte, die Schreie der Sterbenden ... und das letzte Bild war immer – das letzte, an das er sich erinnern konnte, bevor

er ohnmächtig geworden war: das schreiende, brennende Ding – nicht mehr Mann oder Frau –, das sich aus dem Fenster geworfen hatte und hilfesuchend auf ihn zugekrochen war, und die Flammen, die es verzehrt hatten, die immer höher im Luftzug des Feuers gelodert hatten, bis das Ding aufgehört hatte zu schreien, bis Morrison selbst von Dunkelheit umfangen worden war.
Seine Hellseher hatten in diesen letzten Tagen nur eine Voraussage nicht gemacht. Nur eine, aber die wichtigste für sie alle. Den Unfall. Unvermeidbares Ergebnis von Schlamperei. Keiner hätte in diesem Haus sterben dürfen, aber bis auf drei waren alle verbrannt.
Sie hätten es vorhersagen müssen, hätten es sehen müssen. Wenn er seine Arbeit richtig getan hätte, dann hätten sie es auch gesehen.
Morrison dämmerte weg. Er konnte den langsamen Fall in den Schlaf nicht mehr aufhalten, konnte dem Traum nicht widerstehen, der gleich wieder anfangen würde. Er wußte, der Traum würde kommen. Denn wenn er einmal kam, kehrte er immer wieder zurück.

## 6

Morrisons Stimme – sanft durch das langsame, rhythmische Pulsieren des elektronischen Metronoms: »Laß dich mitgehen, Marva. Entspann dich. Atme genauso, wie der Zähler es dir sagt. Denk nur noch an das Geräusch des Zählers.«
Michael saß auf seinem Posten im Kontrollraum und beobachtete seine Mitarbeiter bei der Arbeit. Das Projekt lief noch nicht einmal eine Woche, und schon war die Arbeit ein fast unheimlicher Spiegel der verschiedenen Charaktere.
Morrison war der ewige Macher, keine Sekunde war er unbewußt oder spontan. Er handhabte seine Macht wie jemand, der davon überzeugt ist, daß die Freiheit eines Diktators effektiv ist,

aber auch wie jemand, der Angst hat, daß irgendeine Situation ihm aus den Händen gleiten könnte.
Er trieb seine Hellseher zu einem Standard von Perfektion, den nur er zu verstehen schien. Jeder, der hinten nachhinkte, bekam seine Kritik zu hören, er duldete keine halben Sachen. Wenn die Hellseher ihre Arbeit ernst nahmen, nahm sie Morrison sechsmal so ernst, und er bläute seinen Schützlingen das auch unermüdlich ein. Er steuerte sein Schiff mit eiserner Hand – wie Michael immer wieder feststellen mußte.
Marva war zickig, arrogant, grob und schwierig. Mit ihr zu arbeiten war nicht angenehm. Trotzdem konnte Michael ihr sanfteres Ich, das er manchmal durch die Augen ihrer aristokratischen Maske zu erspähen glaubte, nicht ignorieren. Diese Einsicht machte Geduld möglich – und mit Marva zu arbeiten erforderte viel Geduld.
Claire war am Ebenholztisch und auch sonst überall unheimlich alt und weise. Sie benahm sich wie ein Erwachsener unter Erwachsenen, aber immer wieder kam ihre spielerische Bosheit durch, wenn sie die Erwachsenen dabei erwischte, daß sie sich zu ernst nahmen.
Michael hatte festgestellt, daß Claire seit ihrer Ankunft immer wieder melancholische Anwandlungen hatte. Dann wurde sie immer ganz still und ihr Gesicht sorgenvoll. Diese Anwandlungen beendete sie immer mit einem suchenden Blick in die Runde ihrer Mitarbeiter, als wenn einer von ihnen die Antwort wissen könnte auf eine Frage, die sie nicht zu stellen wagte. Michael vermutete, ihre Persönlichkeit besaß dunkle Seiten, die noch niemand entdeckt hatte.
Claires Persönlichkeit war auch wesentlich subtiler als vermutet. Dieser Aspekt ihres Charakters gab Michael den ersten Einblick in das, was sich im Verstand eines Hellsehers abspielt. Sie waren zusammen im Wald spazierengegangen, als sie unvermittelt sagte: »Kommen wir dir immer noch seltsam vor?«
»Das ist eine komische Frage.«

»Aber es war doch die richtige, oder? Das empfindest du doch.«
»Hier bin ich anders als alle anderen, deshalb. Ich kann euch alle nicht begreifen.«
Sie hatte genickt. »Das versteh ich. Stimmt's, daß du alles über Computer und Elektronik und so weißt?«
»Ich weiß viel darüber.«
»Harry sagt, du weißt alles. Er sagt, du bist ein Genie.«
»Ich weiß viel. Mach mich nicht verlegen.«
»Hast du in die Schule gehn müssen, um Elektronik zu lernen?«
»Claire, alle Leute müssen in die Schule gehen, auch Genies.«
»Ist das schwer, das alles zu lernen, was du weißt? Ich mein, so Sachen rausfinden?«
»Eigentlich nicht. Ich glaube, man könnte sagen, es ist einfach eine natürliche Begabung, etwas, das einfach in meinem Kopf bleibt, ob ich mich nun drauf konzentriere oder nicht.«
Sie war nachdenklich. »Ich verstehe.«
»Und wie ist das bei dir? Ist es schwer, das zu tun, was du tust?«
»Hellseher sein? Ganz leicht. Schau, ich bin genau wie du – Hellseher sein ist einfach etwas, was in meinem Kopf bleibt, genau wie bei dir das ganze Zeug mit den Maschinen.«
Michael hatte gegrinst und sie umarmt. Da gehörte schon ein Kind dazu, um aus einer komplizierten Geschichte ein Kinderspiel zu machen.
Kate. Michael war überzeugt, er hatte noch nie jemanden kennengelernt, der ein so vollkommenes Selbstvertrauen hatte wie Kate. Während er sie bei der Arbeit beobachtete, den Kopf über ihre Hände gebeugt, dachte er, daß sie zweifelsohne eine Quelle der Kraft war, von der sich alle weniger Starken sofort unwillkürlich angezogen fühlten. Sogar schon in den ersten Tagen des Projekts wandten sich alle anderen Hellseher an sie als Ratgeber. Und Michael wußte auch, daß sie diese Macht niemals ausnützen würde.
Stef, der seine langen, graziösen Hände ständig bewegte, war ihr geistiger Zwilling. Aber sie waren vom Temperament her sehr

unterschiedlich. Stef hatte zwar dieselben netten Charakterzüge wie Kate, aber er ließ nichts an sich heran. Er sprach nie über sein Leben außerhalb von Astor House, über die Spannung zwischen ihm und Morrison, von der vagen Beziehung zwischen Kate und ihm. Er war zugleich unnahbar und mitfühlend. Er war warmherzig, geistreich, aufmerksam und unerreichbar wie der Nordpol.

Karel. Von allen Leuten am Ebenholztisch faszinierte er ihn am meisten. Schüchtern und würdig zugleich, spielte Karel seine Kräfte völlig selbstverständlich aus. Trotzdem trennte er seine Arbeit von seinem persönlichen Bereich, versuchte die Ergebnisse in sicherem Abstand von sich zu halten. Sein Gesichtsausdruck war immer der eines Menschen, der feststellen muß, daß nach einer langen Pause die Symptome einer tödlichen Krankheit wiedergekehrt sind. Diese Angst war so tief verwurzelt, daß nicht einmal sein gewandtes gesellschaftliches Auftreten sie verbergen konnte. Reingen hatte einen Schutzwall um ihn errichtet. Michael fragte sich, wer das jetzt wohl für ihn machen würde.

Und Evan? Hunderte – ja Tausende – von Minuten waren verstrichen, seit er zuerst wie die Schwarze Pest über Astor House hereingebrochen war. Und nichts, was er seitdem getan hatte, hatte Michaels ursprüngliche Verachtung für ihn geändert. Evan war Evan, ein Widerling, den nichts und niemand ändern konnte.

Kate. »Hör bitte auf.«

»Womit?« fragte Evan mürrisch.

»Das weißt du genau, Evan. Der Bleistift. Hör mit der Klopferei auf.«

»Ich langweile mich.«

»Und ich arbeite. Also hör auf.«

Das Getrommel hörte nicht auf.

»Evan ...«

»Mein Gott, was mach ich denn schon?«

»Du störst mich, du hinderst mich, das zu tun, wofür ich bezahlt werde.«
»Sag bloß, dir liegt was an diesem Quatsch.«
»Ich sag dir gar nichts. Ich versuche bloß zu arbeiten.«
»Jetzt hör bloß auf, hier die Heilige zu markieren, Kate. Dir ist das hier doch genauso egal wie mir. Du bist, genau wie ich, nur wegen dem Geld hier.«
»Hör mit der Klopferei auf.«
»Laß dich nicht stören.«
Kate riß Evan den Bleistift aus der Hand, zerbrach ihn in zwei Teile und gab ihm die Stücke zurück. »Ich laß mich nicht stören«, sagte sie zuckersüß. »Das nächste Mal ist dein Finger dran.«
Stille kehrte wieder ins Pyramidenzimmer ein, fing die Minuten und verzerrte sie zu Viertelstunden. Michael versuchte seine Rastlosigkeit in Griff zu kriegen. Er hatte schon seit einer Stunde nichts mehr zu tun, seitdem er die Computerprogramme für den Tag gemacht hatte. Er langweilte sich, fühlte sich blind und nutzlos im Herzen dieses parapsychologischen Mechanismus. Er mußte unbedingt hier raus.
Er schlenderte durch die vier Labore, dann zurück in den Hauptkontrollraum, in dem Morrison und Elliot arbeiteten. Ganz im Gegensatz zur nüchternen Statik des Pyramidenzimmers und der passiven Stille der anderen Labore, herrschte im weißen Zimmer rege Geschäftigkeit.
»Was ist denn los?« Morrison lächelte ihm zu. »Ist die Arbeit nicht so aufregend, wie Sie sie sich vorgestellt hatten?«
»Er langweilt sich zu Tode«, bemerkte Elliot, ohne von der Konsole hochzuschauen.
»Es ist schön zu sehen, daß wenigstens *jemand* hart arbeitet«, sagte Michael.
»Was haben Sie denn geglaubt? Daß wir hier rumsitzen und Däumchen drehen, bis jemand einen Blitz aus dem Jenseits empfängt?«

»Bitte keinen Sarkasmus, Elliot.«
»Kein Alpha bei Evan«, beschwerte sie sich. »Schau ihn dir an. Simuliert wie ein Weltmeister. Er konzentriert sich nicht, der geht in den Winterschlaf!«
»Vergiß es«, sagte Morrison gelassen. »Wenn sie Pause machen, werde ich mal ein ernstes Wörtchen über Teamarbeit mit ihm reden. Wenn das nichts hilft, dreh ich ihm den Hals um.«
»Laß mich das machen. Es juckt mir schon die ganze Zeit in den Fingern.«
»Gut. Dreh ihm den Hals um. Aber erst später. Paß auf Karel auf: Beobachte, ob ihn Evans mangelnde Konzentration stört. Wenn ja, müssen wir ihn wegschaffen.«
»Du kannst ihn nach Kalifornien bringen, dann würde er Karel auch noch auf die Nerven gehen.«
»Behalte ihn im Auge, ja?« Morrison trug etwas in eine Liste ein und betrachtete sie zufrieden. Er lehnte sich im Stuhl zurück und nahm die Kopfhörer ab. »Sie haben meine Frage wegen der Arbeit nicht beantwortet«, sagte er. »Nicht aufregend genug für Sie?«
Michael ging näher ans Fenster. »Ich hatte geglaubt, ich hätte mehr zu tun.«
»Oh, es gibt genug zu tun. Da drinnen ist mehr zu tun als hier, auch wenn man's nicht sieht. Keine Angst. Sie kommen schon noch an die Reihe. Bevor dieses Experiment vorbei ist, werden Sie das Gefühl haben, Sie stehen in einem Hagelsturm und versuchen Eisklumpen mit einem Teelöffel aufzufangen.«
»Harry«, unterbrach ihn Elliot aufgeregt. »Ich glaube, Karel hat etwas ... Nein, streich das. Falscher Alarm.«
Morrison winkte Michael zu Elliots Konsole. »Erinnern Sie sich an das, was ich Ihnen vom Alpha-Rhythmus erzählt habe? Schauen Sie.« Er deutete auf eine Reihe Oszilloskope. »Sehen Sie diese Wellenlinien, diese langsame, rollende Bewegung? Das ist Alpha. Genau jetzt sind alle da draußen im Alpha-Stadium, sogar unser Freund Evan. Elliot, schau dir das an!«

»Ich hab's gesehen. Ich wollte bloß sichergehen, daß er nicht eingeschlafen ist.«

»Und ist er?« fragte Michael.

»Nein – kaum zu glauben, ich weiß, aber der Mann konzentriert sich.«

»Und dieser Atmungsdrill – diese Vorbereitung –, hat sie ihn in Alpha gebracht?« fragte Michael.

»Nicht direkt«, antwortete Morrison. »Alpha ist einfach herzustellen, aber es ist schwer, diesen Zustand über längere Zeit aufrechtzuerhalten. Vorbereitung hilft eine tiefere, länger andauernde Konzentration herzustellen. Und wenn sie mal eine sehr schwierige Phase haben, können wir es ihnen von hier aus etwas leichter machen.« Er zeigte auf eine Rheostat-Anzeige. »Mit Statik zum Beispiel.«

»Statik?«

»Ein überdeckendes Geräusch niederer Frequenz, das störende Unregelmäßigkeiten im Geräuschpegel ausgleicht. Wir haben es neulich ausprobiert, als Sie drin waren. Sie haben nichts bemerkt, stimmt's? Hätte mich auch gewundert.«

»Wissen sie davon?«

»Nein.«

»Finden Sie nicht, sie sollten das wissen?« »Warum?« fragte Morrison überrascht. »Sie glauben immer noch nicht an das, was wir hier machen, nicht wahr, Michael?«

»Nein, wenn ich ehrlich bin.«

»Sie arbeiten mindestens doppelt so hart an Ihrer Ungläubigkeit wie in Ihrem Job.«

»Ich kann nicht anders.«

»Aber trotzdem sind Sie nicht mehr ganz so verbohrt wie am Anfang.«

»Das ist doch schon ein Fortschritt.« Michael trat nervös von einem Fuß auf den anderen. »Hätten Sie was dagegen, wenn ich ein bißchen rausgehe?«

»Geduld ist ein Plus bei wissenschaftlicher Arbeit, müssen Sie wissen.«

»Ich bin kein Wissenschaftler. Ich bin Mechaniker.«
Morrison schüttelte wohlwollend den Kopf. Er nahm das kleine Funkgerät vom Gürtel und gab es Michael. »Gehn Sie«, sagte er. »Wandern Sie herum. Ich rufe Sie, wenn ich Sie brauche.«
Michael nahm das Gerät und ging schnell aus dem Haus. Er war sicher, man würde ihn zurückrufen, bevor er die Terrasse erreicht hatte. Niemand rief ihn. Er war frei.
Der Morgendunst hatte sich zu einem launischen, sinnlichen Nebel verdichtet, der das ganze Grundstück verhüllte. Michael ging zum Waldrand und drehte sich zurück zum Haus. Eine leichte Brise bauschte die schweren grauen Vorhänge auf, enthüllte das Gebäude und versteckte es dann wieder. Brigadoon, dem Nebel entstiegen.
Der Ort hatte sich verändert. Die Ereignisse im Inneren hatten das Äußere bemerkenswert gemacht. Michael sah Astor House nicht mehr als Gebilde aus Stein und bleigefaßten Fenstern. Jetzt sah er eine Aura des Besonderen. Eine ständige Erinnerung an die Tatsache, daß er anders war. Er wußte, er würde sich wohl fühlen, wenn er nur lernen könnte zu glauben. Aber das war zuviel verlangt von einem Ego, das zeit seines Lebens alles Spiritistische mit größter Skepsis betrachtet hatte. Michael brauchte einen Beweis, der stichhaltig genug war, um ihn aus seiner Ungläubigkeit zu rütteln. Er brauchte ein Wunder – ein spontanes, maßgeschneidertes Wunder, ohne daß er etwas dazu beisteuerte. Er wußte, er würde vergeblich darauf warten.
Michael ging weiter, verlor das Haus ganz aus den Augen. Das Gerät piepte, summte ihn an. Michael riß sich am Riemen und schaute auf die Uhr. Er war schon fast zwei Stunden unterwegs. Meditation und Wanderlust hatten ihn viel weiter als vorgesehen getragen. Der Nebel hatte ihm das Gefühl für Raum und Zeit geraubt. Er fühlte sich desorientiert und verwirrt.
Der Piepser summte wieder, diesmal gefolgt von Morrisons wütender Stimme: »Michael, wo, zum Teufel, sind Sie? Wir haben hier ein Ereignis!«

Das Wort ›verirrt‹ war Michael bis zu diesem Zeitpunkt nicht in den Sinn gekommen. Aber es beschrieb genau seine augenblickliche Situation. Die Brise hatte sich gelegt, der Nebelvorhang bewegte sich nicht. Das Haus war verschwunden. Michael hatte keine Ahnung, wo es war.

Er versuchte sich an längstvergessene Pfadfinderregeln zu erinnern. *Erste Regel: nicht rumlaufen. Still stehenbleiben und abwarten, bis einen jemand findet.*

»Was machen Sie denn da draußen?« fragte Morrison. Michael drückte alle Knöpfe auf dem Piepser, konnte aber den Sendeknopf nicht ausmachen. Das Gerät summte und summte.

*... stehenbleiben und abwarten, bis jemand ...*

Der graue Nebel drückte nach unten. Michael konnte auf keinen Fall ohne Hilfe zurückfinden. Niemals.

Plötzlich zeigte sich eine Richtung so klar an, daß keine andere Möglichkeit in Frage kam. Die Richtung zeigte sich hoch an, wie eine Laterne im Dunkel, zwang Michael, ihr zu folgen. *Versuch nicht den Weg zu finden,* sagte sie ihm. *Keine Entscheidungen. Nicht nachdenken. Einfach folgen.*

Michael folgte dem geistigen Befehl, ließ seine Beine von einem Auge leiten, das weder das Zwielicht noch den Nebel kannte. Wer sah für ihn – wessen Gedanken waren das Leuchtfeuer, das ihn nach Hause führte? Seine jedenfalls nicht.

Morrison hatte einen Führer geschickt.

Michael war wie betäubt. Er hatte erkannt, seine Bemühungen waren nur ein winziges Sandkorn im Universum. Er ging über eine Anhöhe, der Nebel hob sich über dem Haus und seiner Ungläubigkeit. Wie ein Schleier.

# 7

Schon beim Betreten des Kontrollraums wurde Michael klar, daß sich ein Drama abspielte. Morrison winkte ihn ins Pyramidenzimmer. Michael gehorchte schnell und wortlos.

Stefs Stimme durchschnitt die Luft. »Hör auf!«

Michael versuchte zu sehen, was Evan diesmal wieder angestellt hatte, aber das Gesicht des Engländers war ein Bild unschuldiger Neugier.

»Was habt ihr denn da draußen für ein Problem, Stef?« fragte Morrisons Stimme.

»Das können wir selbst regeln.«

»Da bin ich mir ganz sicher. Ich möchte bloß wissen, was passiert ist.«

»Jemand spielt spiritistische Spielchen.«

»Spiritistische Spielchen?«

»Jemand bewegt den Tisch.«

»Der Tisch ist aus Ebenholz. Hast du eine Vorstellung, wie schwer der ist?«

»Nein. Aber ich weiß, was ich gefühlt habe.«

»Ich hab's auch gespürt«, sagte Kate. »Er hat gezittert. Als wenn ein Zug vorbeifahren würde.«

»Wartet. Ich komm raus.«

Morrison eilte ins Zimmer. »Wer hat das auch noch gespürt?«

»Ich glaube, ich«, sagte Marva nicht sehr überzeugt.

Karel nickte zustimmend. Einwandfrei.

»Was ist passiert?« fragte Stef. »Was haben die Instrumente angezeigt?«

»Später.« Morrison ignorierte ihn. »Hat einer von euch visuelle Assoziationen gehabt?«

Kate antwortete. »Nein, nur die Bewegung ... Moment mal ... Moment mal ... «

»Was ist los?«

»Wartet ...«

*Die Straße kräuselt sich, als würde eine Welle durch den Beton laufen.*

»Ich seh es!« Ihre Stimme war überraschend, die gewohnte Gelassenheit verschwunden. »Stef, kannst du mir helfen? Siehst du es auch?«

Stef nickte.

»Iowa? Ist es Iowa?«

Stef sah sie mit zusammengekniffenen Augen an. »Nein. North Carolina.«

»Mein Gott!« Kate klammerte sich an die Armlehnen ihres Stuhls. »Ich seh eine ganze Stadt wackeln!«

*Der erste Erdstoß hat ein Schaufenster zerbrochen und eine Straße voller Einkäufer in Angst und Schrecken versetzt. Der zweite hat eine Ecke von einem Gebäude abgerissen und sie auf die Leute geschleudert, die schreien und herumlaufen und dem Tod geweiht waren, bevor der herabstürzende Stein sie zermalmte.*

»Harry, die ganze Stadt!« Kate starrte mit weitaufgerissenen Augen in die dunklen Ecken des Zimmers, ihre Stimme war so angsterfüllt, daß ihre Mitarbeiter sich unwillkürlich umdrehten und in dieselbe Richtung schauten.

»Die Erde wogt, Menschen laufen durch die Straßen. Gebäude ...« Ihre Stimme verebbte. Ihr Blick blieb weiterhin auf die ferne Vision gerichtet:

*Ein Steinbrocken, der einmal die Ecke einer Bank gewesen war, rollte gegen ihren Schuh. Die Schreie der Verletzten, der Halbverschütteten stiegen gen Himmel. Sie hörte jemanden weit weg ihren Namen rufen, aber das Geräusch ging unter im Getöse der riesigen Erdwelle. Sie lief, und die zerbröckelnde Erde versuchte sie am Fuß zu packen. Sie riefen sie aus dem Pyramidenzimmer, aber sie konnten sie nicht zurückrufen.*

»Kate!«

Ihr Blick verstrickte sich mit dem Stefs, sie erhaschte ihn wie einen Rettungsring.

»Es ist ein Erdbeben, Harry«, sagte sie.
»Stef, was siehst du?«
Stefs Hände verkrampften sich auf dem Tisch. Sein Gesicht war kalkweiß, schutzlos, hatte diesem Grauen nichts entgegenzusetzen. »Ich sehe, was sie sieht.«
»Weiß einer von euch, welche Stadt ihr da seht?«
Keiner wußte es.
»Kate, bleib dran.«
Kate wich einem unsichtbaren fallenden Ziegel aus. »Ich glaube, das kann ich nicht!«
»Du kannst es – Stef wird dir helfen, probier es!«
»Also gut.«
»Gut! Konzentrier dich – rede, solange du kannst. Karel, ich möchte, daß du dich in das, was sie sehen, einschaltest. Versuch es genauer zu lokalisieren.«
Karel schien das ganz normal zu finden. »Gut.«
»Okay, Kate, sprich mit mir.«
Kate redete fünfzehn Minuten lang ununterbrochen, solange das Bild für sie zu sehen war. Sie berichtete alles, was sie sah, alles, was sie fühlte, einen detaillierten Katalog des Grauens. Auf der anderen Seite des Tisches saß Stef kerzengerade auf seinem Stuhl, als würde ihn eine Sekunde Unaufmerksamkeit erdrükken. Die beiden sahen aus wie Opfer ihrer eigenen Katastrophe. Karels prüfende Augen gingen zwischen Kate und Stef hin und her, sein Gesicht war eine Maske der Konzentration. Er hatte in diesem Augenblick nichts Nervöses mehr. Die diffusen Lichter seiner Persönlichkeit waren in einem mächtigen Strahl konzentriert. Er schien unendlich ruhig und sehr, sehr mächtig.
Kate verlor das Bild. Ihre Erzählung stockte.
»Bleib dran!« brüllte Morrison. »Konzentrier dich!«
Die Macht ihres Bewußtseins traf den Raum wie ein heftiger Windstoß. Die Lampe über dem Ebenholztisch fing an, an ihrer schweren Kette hin und her zu schwanken, zuerst in einem winzigen Bogen, dann schneller, weiter. Das Licht schwankte wie verrückt.

»Claire, hör auf!« schrie Morrison.
»Sie macht das nicht!« schrie Stef durch den stummen Wind. »Wir *alle* machen das!«
Die Hängelampe peitschte durch die Luft. Der psychische Wind heulte durch das Kontrollzimmer, ein Wind, der in Michaels Ohren heulte, aber seine Haut nicht berührte. Am liebsten hätte er seinen Kopf verhüllt und wäre aus dem Raum geflüchtet.
Mit einemmal Schweigen. Kates Vision verflüchtigte sich und dann Stefs. Die Luft war wieder still, die Lampe pendelte langsam aus, hielt an. Kate ließ sich in ihren Stuhl zurückfallen. Sie bestand nur noch aus roten Augen und blanken Nerven. Die Medien starrten einander schockiert an.
»Wow«, hauchte Claire.
Kate sagte: »Stef ...«, dann versagte ihr die Stimme. Sie schwieg eine volle Minute. »Alles in Ordnung?«
Stef nickte, sagte aber nichts.
»Bist du sicher?«
Er schaute sie unverwandt an, lächelte nicht. »Hast du die Nummer von diesem Lastwagen lesen können?«
»Harry, was haben wir da erwischt«, fragte Kate mit zittriger Stimme. »Ich war auf alles vorbereitet – aber darauf nicht.«
»Erzähl.«
»Das waren nicht bloß einfach Bilder. Es war *Realität*, hier und jetzt. Zuerst saß ich an diesem Tisch und hab meine Hände angestarrt, im nächsten Moment haben sich unter meinen Füßen Risse aufgetan. Gebäude sind zerfallen. Leute sind unter fallenden Steinen begraben worden. Die Straße hat sich geschüttelt, als wollte sie mich abwerfen, alle Fluchtwege waren versperrt ... Und dann haben der Lärm und das Schütteln aufgehört. Alles war still wie auf dem Friedhof.«
Sie verstummte und berührte den Tisch. Ihre Stimme war verwundert. »Ich bin hier. Ich war dort, aber ich bin immer noch hier.«
Morrison legte die Hand auf ihre Schulter. »Das hast du wunderbar gemacht.«

»Wunderbar«, wiederholte sie monoton. »Einfach wunderbar. Und all diese Leute sind tot.«
Morrison ließ sich nicht beirren. »Elliot, überprüf den Fernschreiber.«
Eine kurze Pause. »Nichts, Harold.«
»Versteht ihr denn nicht? *Das* ist wunderbar: Was ihr gesehen habt, ist noch nicht passiert!«

## 8

Der Abend nach der Erdbebenvoraussage. Die Luft in der Bibliothek war warm, feucht und abgestanden. Die Stimmung der Gesellschaft war auf dem Nullpunkt. Michael spürte, daß das Gespenst der morgendlichen Erfahrung noch in der Ecke lauerte. Morrison unterbrach die Gruppe beim Kaffee nach dem Abendessen, um ihnen von dem Erdbeben in North Carolina zu berichten – diesmal war es das *echte, tatsächliche.* Er kam herein und wedelte mit dem gelben Fernschreiben triumphierend wie mit einem Banner. Die Hellseher konnten seine Freude nicht teilen und hätten ihn wahrscheinlich am liebsten weggeschickt. Aber Morrison war wild entschlossen, jemanden zu finden, der seine Freude mit ihm teilte. Er ging zu Stef, der in der Ecke saß. Michael beobachtete die Szene mit ungutem Gefühl. Während des ganzen Abendessens hatte Stef kein Wort gesagt, hatte nur dagesessen und mit den Fingern auf die Armlehne getrommelt. Seine grimmigen Augen waren abweisend.
»Na, na«, begann Morrison jovial, »was ist denn heute abend bloß los mit euch?«
»Ich hab die Rasseln und Luftschlangen im Zimmer gelassen«, antwortete Stef düster. »Was glaubst du denn, daß mit mir los ist?«
»So bedrückt kenn ich dich gar nicht.«
»Ich hab nicht die geringste Ahnung, woher das kommen könnte. Du vielleicht?«

»Hör auf!« brüllte Morrison. »Die Aggression hier drin ist so dick, daß man sie mit dem Messer schneiden kann!«
Stefs Ton war messerscharf. »Welcher kleine Monitor hat dir das denn verraten?«
Morrison seufzte gereizt. »Na schön ... würde mir bitte jemand sagen, was überhaupt los ist?«
Keine Antwort.
»Raus damit, Stef!«
»Soll das ein Witz sein?«
»Nein. Welche Laus ist euch denn über die Leber gelaufen?«
Stef war fassungslos. »Du stehst da mit diesem Todesurteil in der Hand und fragst noch?«
Morrison versuchte es auf die mitfühlende Tour. »Ich weiß, ihr habt es heute morgen sehr schwer gehabt.«
»Wirklich?«
»Sarkasmus hilft da auch nicht. Das ist doch nicht die erste Katastrophe, die ihr vorhergesehen habt.«
»Wir haben alle schon Katastrophen gesehen, das stimmt. Manche leben sogar ihre eigenen.«
*»Was ist dann bitteschön so anders an dieser?«*
Stef konnte es nicht fassen. »Du hast gehört, was Kate gestern gesagt hat. *Alles* war anders! *Alles!* Die Gebäude, die eingestürzt sind, haben *echte* Ziegelsteine vor unsere Füße geworfen. Hier! In diesem Haus! Welcher Hellseher hat so etwas schon mal durchgemacht?«
»Warum hackt ihr denn alle auf mir rum? Ich hab das nicht gemacht.«
»Verflucht noch mal, Harry, schau dir die Gesichter hier an. Sechs Hellseher, emotional total am Arsch. Und du willst feiern.«
»Warum sollte ich nicht feiern? Warum solltet *ihr* nicht feiern? Ihr seid hier, um uralte Kräfte auf eine neue Art einzusetzen. Wie mir scheint, ist es euch gelungen.«
Stef hielt inne. Seine Stimme richtete sich auf Morrison wie ein Speer. »Du hast gewußt, daß das passiert – stimmt's?«

»Nein, hab ich nicht.«

»Red keinen Scheiß. Die Speziallabore, diese ganze Ausrüstung ... du hast es gewußt, du hast es geplant.«

»Hab ich nicht, Stef.«

»O doch, hast du. Du hast sechs Leute zusammengetan und genau die Ergebnisse gekriegt, die du haben wolltest.«

»Sei bitte nicht lächerlich.«

»Was hast du denn als nächstes für uns geplant? Bestimmt wieder was ganz Tolles.«

Evan ging auf ihn zu. »Das würde ich auch gerne hören. Los, schnapp dir das Schwein, Stef.«

Morrison warf ihm einen strengen Blick zu. »Setz dich. Das ist eine private Unterhaltung.«

»Von wegen – dann darfst du sie nicht in einem allgemein zugänglichen Zimmer führen.« Evan verschränkte die Arme und lehnte sich gegen einen Stuhl. Sein Drink schwappte aus dem Glas auf den Teppich. »Und übrigens gibt es da noch einige Dinge, die ich dir gerne sagen würde ...«

»Hau ab«, brüllte Morrison. »Du hast ja keine Ahnung, worum's hier überhaupt geht!«

»Von wegen!« Er zeigte auf Stef. »*Er* weiß, was hier vorgeht. Alle wissen es. Erwartest du von uns, daß wir glauben, du bist der einzige, der keine Ahnung hat?«

»Evan ...«

»Die Arbeit geht an unsere Substanz, Morrison. Sie frißt Stücke aus unserem Leben. Das bedarf einer speziellen Wiedergutmachung.«

»*Du* hast doch überhaupt noch nichts gemacht. Verschwinde jetzt!«

»Frag doch Stef!« schrie Evan. »Los, frag ihn doch, was die Arbeit mit ihm macht!«

»Halt mich da raus«, murmelte Stef drohend.

»Wenn du *mein* Leben aufs Spiel setzt, dann möchte ich dafür entschädigt werden.«

»Wunderbar«, sagte Morrison. »Morgen früh liegt deine goldene Uhr bereit.«
»Ich mein das ernst, verflucht noch mal! Ich will Geld – viel mehr, als ich jetzt kriege! Kapierst du das? Mein Gott! Wenn ich mir vorstelle, wieviel ich irgendeiner Illustrierten wert wäre, mit dem, was ich weiß ...«
Morrison sprang auf, beobachtete ihn nervös.
»Genau«, fuhr Evan fort. »Das werd ich tun. Entweder du gibst mir, was ich will, oder ich marschier hier zur Tür raus, direkt in die Arme eines guten amerikanischen Skandalblattes. Dann werden wir ja sehen.«
»Halt den Mund!« Das kam von Stef.
»Den mußt du mir schon zuhalten, Farley, du scheinheiliges Arschloch. Du bist genauso schlimm wie er! Ich hab die Nase voll von dir. Von euch allen! Schaut euch doch diese Truppe an: diese lesbische Assistentin von Morrison, die Kuh, die glaubt, sie wäre ein gekröntes, europäisches Haupt, und die kleine, neurotische Kommunistenschwuchtel, die jeder in Schutz nimmt, weil er angeblich ein so großer Pianist ist.«
Stef schlug mit der Faust auf den Tisch, so daß Evan das Wort im Hals steckenblieb. »Gehn wir mal vor die Tür«, sagte er. »Ich will mit dir reden.«
»Einen Scheiß werd ich tun.«
Evan kam nicht mehr dazu, mehr zu sagen. Stef packte ihn am Kragen und zerrte ihn aus dem Zimmer. Wütende Stimmen waren im Korridor eine Weile zu hören, dann verstummten sie mit einemmal. Die Tür wurde aufgerissen. Stef stolperte ins Zimmer, packte seinen Pullover und stürmte wieder hinaus.
Schweigen. Evan kam nicht zurück. Michael dachte, daß er ihn wahrscheinlich ermordet hatte. Morrison dachte offensichtlich dasselbe; er ging zur Tür, schaute nach links, dann nach rechts. Elliot erschien und flüsterte ihm ein paar besorgte Worte ins Ohr. Morrison eilte zu Stefs Zimmer. Elliot lief in die andere Richtung und rief immer wieder Evans Namen.

Marva packte die Gelegenheit beim Schopf und verschwand, ohne irgend jemandem ›gute Nacht‹ zu wünschen. Claire folgte ihr mit Karel im Schlepptau. Kate starrte nachdenklich die Tür an. Michael mußte sie zweimal ansprechen, ehe sie ihn hörte.
»Kate?«
Sie fuhr ihn an. »Warum zischst du mich so an?«
»Was ist passiert?«
»Wie meinst du das?«
»Mit Stef. Was ist mit ihm passiert?«
Sie stand auf und ging zur Tür. »Nichts ist ihm passiert.« Ihr Blick schweifte den Korridor entlang. »Du hast nur die Spitze des Eisbergs gesehen, sonst nichts.«

## 9

Zwei Uhr früh. Die Decke starrte mitleidslos auf den schlaflosen Michael. Die Luft war abgestanden und schwer, wie schon den ganzen Abend. Seine Gedanken ließen ihm keine Ruhe. Der ungewollte Erfolg der Hellseher und der Streit am Abend lagen wie ein Felsblock auf seiner Brust und ließen ihn nicht schlafen. Die klammen Laken lagen zerknüllt um ihn herum und hatten im Mondlicht die Farbe von Leichentüchern. Das schrille Zirpen der Insekten bohrte sich durch die Kissen, mit denen er sich den Kopf zugedeckt hatte, in seine Ohren. Schlaflosigkeit machte alles Unangenehme, jedes Wehwehchen zum Problem.
Er setzte sich auf. Vielleicht hatte Karel Schlaftabletten. Das ewige Nachtlicht brannte zwar in Karels Zimmer, aber Michael hörte keine Schritte. Er brachte es nicht übers Herz, diesen seltenen Schlaf zu stören. Er zog sich statt dessen seinen Bademantel an und ging in die Bibliothek. Irgendwo in dieser umfangreichen Sammlung gab es sicher ein Buch, das zum Einschlafen langweilig war.
Jemand hatte in der Ecke des leeren Zimmers eine Lampe

brennen lassen. Die Türen zur Terrasse standen offen. Eine Gestalt ging über die mondbeschienenen Steinplatten. Kate.
Es überraschte Michael nicht, sie auch hier zu sehen. Sie und Karel – und seit neuestem auch Michael – litten unter chronischer Schlaflosigkeit. Aber im Augenblick bewegte sie etwas anderes als Schlaflosigkeit. Sie wirkte gespannt und entschlossen, getrieben von einem dickköpfigen Vorhaben, nicht von Neigung.
Sie blieb am Ende der steinernen Terrasse stehen und kniete sich hin. Ihre Gebetshaltung war linkisch, unsicher, eine fremde Kunst, lange nicht ausgeübt. Sie hob ihr Gesicht ins Mondlicht. Da war kein Frieden, nur rastlose, bittere Enttäuschung, eine unerfüllte Erwartung.
Er schaffte es, sich gerade noch einen Drink einzugießen, als sie wieder in die Bibliothek kam. Er tat überrascht, als er sie sah. »Noch ein Schlafwandler«, sagte er beiläufig. »Warum bist du denn so spät noch unterwegs?«
Ein skeptischer Blick von Michael zum Garten, dann wieder zurück. Sie fragte sich, wieviel er wohl gesehen hatte.
Michaels Lächeln gestand nichts ein. Er ließ einen Eiswürfel ins Glas fallen. »Ich lieg schon seit drei Stunden wie ein Zombie da oben rum. Ich bin hierhergekommen, um mich mit einem langweiligen Buch einzuschläfern, hab mich aber dann für Scotch entschlossen. Einen Drink?«
Sie nickte.
»Scotch? Oder lieber Wein?«
»Scotch bitte. Auf Eis. Kein Wasser.«
Er goß ein. »Ich hab keinen blassen Dunst, warum ich nicht schlafen kann. Wahrscheinlich ist es die Ruhe. Hier ist's einfach zu ruhig.«
»Stadtkind.«
»Du liegst ja auch nicht oben und schnarchst.«
»Stimmt.«
»Was ist denn los?«

Sie klopfte gedankenverloren an ihr Glas. »Ich würde sagen, es ist die Ruhe vor dem Sturm.«
»Welcher Sturm: morgens oder abends?«
»Kannst du dir aussuchen.«
»War's schlimm?«
»Ich bin überrascht, daß wir alle noch aufrecht stehen.«
»Besonders Stef.«
»Ich meinte Evan«, verbesserte sie ihn schnell.
»Ich wette, die Pest hat schon gepackt und ist vor dem Frühstück verschwunden.«
»Wette nicht zuviel drauf. Wenn die Sonne aufgeht, wird Evan noch da sein und Stef auch. Und keiner wird je wieder ein Wort über die Geschichte verlieren.«
»Warum bist du dir da so sicher?«
»Ich kenne Stef. Was vorbei ist, ist vorbei.«
»Wie lange kennst du ihn schon?«
Darauf würde Kate nicht antworten, da war sich Michael sicher. Jedesmal, wenn er eine Frage in dieser Richtung stellte, entzog sie sich ihm, entfernte sich, das spürte er genau.
Er versuchte es noch mal. »Man kann ihm keinen Vorwurf machen, daß er ausgeklinkt ist. Evan wollte es nicht anders.«
»Evan wollte ermordet werden, wenn du mich fragst. Stef ist mir nur zuvorgekommen.«
Er versuchte sie mit Spott in bessere Laune zu versetzen. »Ich hab gedacht, ihr wärt alle zu sehr Profis für so miese Episoden. Ihr habt Morrison so geschockt, daß er in seiner Arbeit gleich um zehn Jahre zurückgeworfen wurde.«
Sie schüttelte den Kopf. »Nein, nein. Harry hat hier die Zügel in der Hand: Er weiß, wohin die Pferde laufen.«
»Du mußt aber zugeben – das war viel Lärm um nichts. Stef hat total überreagiert.«
»Überreagieren würde ich das nicht nennen. Stef hatte recht. Harry weiß, was von diesem Pyramidenzimmer zu erwarten ist. Er hat es gewußt, ehe einer von uns seinen Fuß über die Schwelle gesetzt hat.«

Michael dachte an den siebten Stuhl, das weiße Geräusch. »Was glaubt er denn, daß es ihm bringt, wenn er es euch nicht sagt?«
»Ich habe keine Ahnung. Wie immer bei Harry.«
»Wenn das eine Warnung sein sollte, danke.«
Kate sah ihm streng in die Augen. »Ich hab dich vor gar nichts gewarnt. Ich habe eine Meinung geäußert, und deine mußt du dir selbst bilden, ohne mein Zutun. Ich bin im Zwiespalt, was diesen Mann betrifft, aber für dich mach ich ihn nicht schlecht. Okay?«
»Genug gesagt.« Michael überlegte. »Kate, sollte man Evan dran hindern, die Drohung wahrzumachen?«
»Du meinst die, daß er dem *National Enquirer* sein Herz ausschüttet?«
»Er hat doch die Freiheit zu reden?«
»Nicht direkt. Das Zauberwort heißt ›Schadensersatzklage‹. Evan steht unter Vertrag, genau wie wir alle, nur daß Harry die Zügel bei ihm etwas fester in der Hand hat als bei einigen anderen. Evan kann nicht mal die Nase in den Garten stecken ohne Harrys ausdrückliche Genehmigung. Er droht zwar damit, zur Zeitung zu gehen, aber er würde es nie tun. Und hinter dem Gehorsam steckt mehr als nur der Vertrag. Die Wahrheit ist, er würde sein eigenes Nest nicht beschmutzen. Er weiß nicht, wo er sonst hin soll.«
»Er hat doch sein Zuhause in England. Er ist doch dort Schauspieler, stimmt's?«
»Nicht mehr, seit er einen Theaterkritiker krankenhausreif geschlagen hat wegen einer schlechten Kritik.«
»Ich verstehe.«
»Nein, tust du nicht. Die Kritik stand noch nicht auf Papier. Sie war erst im Kopf des Kritikers.«
»Aua.«
»Aua«, stimmte Kate zu.
»Warum ist er überhaupt hierher eingeladen worden?«
»Ob du's glaubst oder nicht, Evan ist ein echtes Talent. Weißt

du, ich liebe den Mann wirklich nicht, aber ein paar Zugeständnisse muß man schon machen.«

»Warum nicht? Immer wenn ich Zahnweh habe, vergebe ich dem Loch im Zahn.«

»Ich meine das ernst. Hat Harry dir etwas über ihn erzählt? Wie es dazu kam, daß er Hellseher wurde?«

Michael schüttelte den Kopf.

»Evan hat einen tödlichen Stromstoß abgekriegt.«

»Was!«

»Ja. Es ist vor zweieinhalb Jahren passiert, sein Auto ist gegen eine Starkstromleitung geprallt. Die Drähte sind aufs Auto gefallen. Er war fünf Monate im Koma, und nachdem er aufgewacht ist, war er so wie jetzt.«

»Kaputt?«

»Nicht komisch. Er hatte es schwer, sich anzupassen. Aber man muß eins zu seiner Verteidigung sagen: Er ist nicht verrückt geworden. Ich frage mich manchmal, wie ein anderer von uns damit zurechtgekommen wäre.«

»Das werden wir nie erfahren. Mein Hellsehertalent ist schon vertrocknet, ehe ich auf die Welt gekommen bin.«

»Da wäre ich mir nicht so sicher.«

»Ich bin mir sicher«, sagte Michael, vielleicht ein bißchen zu hastig. »Ich sehe ganz normal.«

»Du hast momentan nur das Problem, daß du ein bißchen kurzsichtig bist. Eines Tages wirst du weiter sehen.«

»Kate, wenn du mir was wünschst, dann bitte nicht, daß ich Hellseher werde. Ich hab beobachtet, was du machst, und ich sehe nur Schmerz. Widrige Umstände, Irrsinn, Tod – der Weg ist zu hart für mich.«

»Es ist nicht leicht. So viel steht fest.«

»Diese Robert-Francis-Geschichte zum Beispiel. Keiner will was darüber sagen, aber es muß ja ganz schön schlimm gewesen sein. Was war denn da los?«

Kate schüttelte den Kopf über eine Sache, die sie immer noch nicht verwunden hatte. »Das, Michael, war die Hindenburg-Katastrophe der Parapsychologie.«

»Was ist passiert?«

»Elf Hellseher, vier Forscher und ein Haus voller Akten sind in Rauch aufgegangen.«

»Mein Gott. Wie?«

»Ihr Institut ist mitten in der Nacht abgebrannt. Es war ein Projekt von Harold. Soviel ich weiß, war er der einzige Überlebende.«

Evan schlich leise über den teppichbelegten Gang, mit den geschulten Bewegungen eines Schauspielers. Er hatte vorgehabt, die Unterhaltung zu belauschen, aber als das Wort Robert-Francis-Feuer fiel, verzog er sich schnell. *Das Feuer. Gott. Die groben Hände, die ihn aus dem Zimmer gezogen und durch den Hindernislauf der Flammen gebracht hatten. Die Schreie der Eingeschlossenen, als die Flammen alle Fluchtwege versperrt hatten. Und, das Allerschlimmste, die Wahl, die er in jener Nacht getroffen hatte. Die Erinnerung ließ ihn kalt werden wie der Schnee, in dem er gelegen hatte. Kein Überlebender – bis auf ihn und Morrison ... und den anderen: Smith. Der Außenseiter, dessen Spiel er gespielt hatte. Aber das Spiel war zu einem feurigen Greuel geworden, und das Wissen darum war noch etwas, was vor neugierigen Hellseheraugen verborgen werden mußte.*

»Wie ist es zu dem Feuer gekommen?« fragte Michael.

»Das weiß keiner. Angeblich hat eine Zigarette versehentlich einen Mülleimer in Brand gesetzt.«

»Kein Wunder, daß Morrison so paranoid ist wegen Zigaretten im Haus.«

»Kann man's ihm verdenken? Der hat ein ganz schönes Päckchen zu tragen.«

»War das Robert-Francis-Projekt vor dem Feuer erfolgreich?«

»Da scheiden sich die Geister. Manche sagen ja, manche nein. Dem Gerücht nach hat sich die Regierung eingemischt, Sachen wurden vertuscht – und so weiter. Harry weigert sich darüber zu reden. Ich glaube, was uns betrifft, war das Feuer die große Sache. Ich glaube, es gibt keinen Hellseher auf dieser Welt, der sich so ohne weiteres in eine Situation wie die, in der wir hier sind, begibt. Robert Francis wird sehr, sehr lange nicht vergessen werden.«

»Stef hat gesagt, er kennt ein paar Leute, die in diesem Feuer Freunde verloren haben.«

Kate stellte ihr Glas ab. »Keine Freunde, Michael. Stef hat seinen eigenen Bruder dabei verloren. Er war einer der Wissenschaftler im Team.«

Michael ging ein Licht auf. »*Jetzt* versteh ich.«

»Was verstehst du?«

»Die Aggression zwischen Stef und Morrison. Ich hab mich gefragt, woher die kommt.« Er hielt inne, lächelte sie verlegen an. »Und ich hab gedacht, ihr habt hier einen guten Platz. Wie der Mörtel zwischen den Ziegeln. Gib's zu – wenn dem nicht so wäre, wärst du nicht mal eine Woche geblieben.«

»O ja, wir haben hier alle Annehmlichkeiten, es ist so gemütlich, daß einige von uns vielleicht für immer bleiben.«

*Zufall ist das schon lange nicht mehr,* hatte sie einmal gesagt. Keine Meinung, dachte Michael. Eine Prophezeiung.

[illegible]

[illegible]

[illegible]

[illegible]

# WOCHE ZWEI

## 10

*Die riesigen Behälter lagen schlafend da: ungeborene Bomben. Bald würde sich ein winziger Funken in einem der halbgefüllten Tanks millionenfach vermehren und die Nacht zum Tag machen.*

Die Deckenbeleuchtung blendete ihn. Er ertrank plötzlich in einer Woge von Chiffon Peignoir, betäubt von einem Sperrfeuer auf tschechisch, das ihm mitten ins Gesicht schoß. Michael versuchte krampfhaft, seine Blöße zu bedecken.

»... welches Feuer, Marva? Beruhig dich!«

Karel erschien in einem Jaeger-Morgenmantel in der Verbindungstür und sagte etwas Verletzendes in Deutsch. Kate lief durch die andere Tür herein, in ein Bettlaken gewickelt. Claire im Nachthemd steckte ihren verschlafenen Kopf um die Ecke. Morrison schritt ohne Schuhe ins Zimmer, hellwach und eine Autoritätsfigur selbst um diese Zeit. Eine Minute später folgte Elliot mit Morgenmantel, Bleistift und Notizblock, als hätte sie im Schlaf Diktate aufgenommen.

»Was, zum Teufel, sagt sie denn?« fragte Elliot.

»Sie sagt, das Haus brennt.«

»Quatsch«, sagte Morrison. Er löste Marvas verkrampfte Hände von Michaels Arm und zwang sie, ihm ins Gesicht zu schauen. Er versuchte beschwichtigend auf sie einzureden, aber genauso hätte er versuchen können, einen dahinrasenden Zug mit vernünftigen Worten aufzuhalten.

»Marva!«

Sie stammelte. Sie zitterte von Kopf bis Fuß.

»Marva, hör mir zu!«
Keine Reaktion, nur Hysterie.
»Marva!«
Marvas Augen richteten sich gehorsam auf die Stimme. Der preußische Feldwebel kam von Karel.
Karel nahm Morrisons Platz am Bett ein. »Was ist los?« fragte er.
Marva fing wieder an zu plappern, irgendwas von wegen, der Himmel würde brennen.
Karel packte sie bei den Schultern und schüttelte sie. »Hör auf! Denk über das nach, was du sagst!«
»Ich weiß es nicht! Ich weiß es nicht!«
»Wo ist das Feuer hergekommen – gib mir Antwort!«
»Ich weiß nicht ...«
»War es eine Bombe?«
»Nein, es war ein Lager von etwas.«
»Von was? Antworte!«
Sie sagte zögernd: »Erdgas?«
»Flüssiges Erdgas?« fragte Elliot. »Gastanks – war es das?«
»Ja, ja.« Marva nickte. »Wie ein Feuer am Himmel.«
Morrison strich sich mit der Hand übers Gesicht, versuchte seine Aufregung im Zaum zu halten. »Also gut. Ich möchte, daß ihr alle in den Labortrakt kommt.«
Evan kam gähnend ins Zimmer. »Mitten in der Nacht? Das kann doch nicht dein Ernst sein.«
»Elliot, hol Stef. Der Rest geht runter.«
»Das mach ich nicht«, beharrte Evan.
»Doch du wirst das tun. Elliot ... geh!«
Claire meinte kleinlaut dazwischen: »Aber es war nicht *mein* Traum, Harry.«
»Es ist mir ganz egal, wer das geträumt hat. Alle nach unten! Jetzt!«

Die dunkle Decke. Der Lichtkreis. Morrisons Eile machte das Pyramidenzimmer unheimlich. Er startete den Alpha-Stimulus des Metronoms und hetzte die Hellseher durch die Vorbereitung. Michael schaltete die Computerprogramme ein, stellte die Videokamera ein, setzte seine Kopfhörer auf und wartete.
Drei Stunden, dann vier. Die Konzentration der Hellseher war ungebrochen, aber ohne Ergebnis. Gegen zehn Uhr nachts erhaschte Marva den Standort der Zielstadt, irgendwo am Wasser in einer dichtbesiedelten Gegend. Keiner konnte dem Bild folgen. Cady rollte einen Servierwagen mit Frühstück herein und rollte ihn auch wieder hinaus, unberührt.
Um zwei Uhr hatten die Medien die Anzahl der möglichen Städte auf zehn reduziert. Sonst hatten sie keine Information.
In der zehnten Stunde verließ Stef das Pyramidenzimmer und murmelte: »Das ist es nicht wert.« Zehn Stunden Versagen war schlimmer als der Kampf um Erfolg. Michael versuchte zum zigtenmal sich das Gähnen zu verkneifen und spielte mit dem ferngesteuerten Zoom auf der Konsole vor ihm. Er holte sich ein Medium nach dem anderen ganz nahe heran. Alle sahen ausgelaugt und erschöpft aus, unfähig, sich zu konzentrieren. Alle außer Karel.
Nur der Russe blieb gespannt. Seine elegante Gestalt war genauso energiegeladen und aufmerksam wie zu Beginn der Arbeit. Er hatte während dieser Sitzung keine psychischen Feuerwerke losgelassen, aber er war der einzige, den der Mißerfolg anscheinend nicht tangierte.
Um zirka vier Uhr dreißig setzte er sich auf den leeren Stuhl, der für Michael bestimmt war, und bot Marva seine Hand.
»Was passiert da draußen?« fragte Michael Morrison.
Morrisons ganze Aufmerksamkeit konzentrierte sich auf das Pyramidenzimmer, er gab keine Antwort.
Karel sagte zu Marva: »Bitte. Ich möchte sehen, was du gesehen hast. Zeig es mir. Hab keine Angst.«
Er lächelte zärtlich. Sie erwiderte zögernd sein Lächeln, ihre

Augen waren voller Vertrauen, aber unsicher. Sie legte ihre Hände in die seinen.

»So ist es richtig«, sagte Karel leise. »Bitte, erinnere dich jetzt.«

Marva schloß die Augen. Sie wiegte sich auf dem Stuhl hin und her, wie immer, wenn die Bilder langsam kamen. Sie atmete tief und regelmäßig. Nach einiger Zeit atmeten die beiden Medien im perfekten Duett.

Michael beobachtete das Drama in zwei Dimensionen: im Pyramidenzimmer und in Nahaufnahme auf dem Fernsehmonitor. Karels Blick fixierte sich auf Marvas Gesicht und suchte darin die Tiefe einer Schlucht. Seine Stirn legte sich in Falten, sein Gesicht verspannte sich von der Anstrengung. Schweißperlen liefen ihm von der Schläfe zum Kinn.

»Was macht er?« fragte Michael Elliot.

»Psst.«

Marvas Augenlider öffneten sich verschreckt. Karel bestätigte die Quelle ihrer Überraschung mit schweigendem, aufmunterndem Nicken. Ihr Gesicht rötete sich, seins wurde blaß. Ihre Energie wuchs, seine schwand. Ihre Atmung wurde ruhiger, seine flach und angestrengt. Hände hielten Hände fest.

Michael stand auf, das Drama lockte ihn ans Fenster. Plötzlich wußte er, was Karel gemacht hatte. Er starrte mit offenem Mund.

Durch seine Hände hatte Karel sich in Marvas Bewußtsein eingeklinkt!

Karel bot seine allerletzten Kraftreserven auf. Die Energie strömte in einem Schrei aus Marva:

»Ich sehe es!«

Kate streckte schnell ihre Hand nach Karel aus, um die Lücke zwischen ihnen zu schließen. Claire brachte ihre Energie in die Kette mit ein, indem sie Evans Hand in die ihre nahm. Im Kontrollzimmer legte Michael seine Hand auf das Plexiglasfenster.

*Das ohrenbetäubende Brüllen riß ihn vom Fenster weg und*

*schleuderte das Zimmer hin und her. Gleißendes, weißes Licht blendete ihn. Er warf die Arme schützend vors Gesicht gegen die Hitze ...*

Das Zimmer war ruhig und still.

Michael schaute benommen hoch. Er hatte keinen Muskel bewegt, hatte keine einzige Geste des Erschreckens gemacht. Seine Hände prickelten, als hätte er einen Elektroschock bekommen. Sein Gesicht war taub. Er sah und fühlte nur noch diese Höllenvision des Feuers, die in seinem Bewußtsein lediglich ein Blitz gewesen war.

*War es das, was sie fühlten? Setzten sie sich dem Tag für Tag freiwillig aus?*

Er fühlte, wie jemand eine warme Kaffeetasse in seine prickelnden Hände schob und daß Kate neben ihm kniete.

Sie lächelte ihn müde, aber fröhlich an. »Ein Gespenst gesehen?«

Michael berührte zögernd ihre Hand. Sie war warm und echt, aus ihr flogen keine Dämonen. Er packte sie ganz fest. »Geister. Ja.«

Sie grinste und drückte auch seine Hand. »Wirklich?«

»Ich hab gesehen, was ihr gesehen habt.«

Das Lächeln verschwand aus ihrem Gesicht »Was genau?«

»Muß die Explosion gewesen sein.« Er schauderte. »Wieviel Uhr ist es?«

»Sechs.«

»O Gott.«

Kate ließ sich in den Stuhl neben Michael fallen. »Erzähl Harry nichts davon – unter keinen Umständen.«

»*Was* soll ich ihm erzählen?«

»Was immer du glaubst, daß mit dir passiert ist. Erzähl ihm nichts davon. Er wird dich sezieren.«

»Er weiß es doch sowieso. Er ist genau da gesessen.«

»Man hat dir nichts angemerkt. Als ich hereingekommen bin, hast du am Fenster gestanden, dann bist du rübergekommen und hast dich gesetzt. Dein Gesichtsausdruck war etwas abwesend,

aber zu dem Zeitpunkt haben wir alle ein bißchen komisch dreingeschaut.«
»Kate, wie kannst du es zulassen, daß das mit dir passiert?«
»Ich weiß es nicht.«
Michael bemerkte jetzt erst, daß keiner mehr im Kontrollraum war.
»Wo sind denn alle?«
»Karel hat sich in der Ruhezone hingelegt. Marva und Claire sind in der Kommunikation mit Harry. Evan ist wahrscheinlich inzwischen betrunken.«
»Wie geht's Karel?«
»Er wird's überleben.«
Michael schloß die Augen. Die Flamme loderte immer noch auf seiner Retina. »Diesmal habt ihr's geschafft, stimmt's?«
»*Psychisch*, ja.«
»Was gibt's denn da noch?«
»Etwas unternehmen gegen das, was wir gesehen haben. Harry ist jetzt im anderen Zimmer und versucht einen seiner Rettungskontakte zu mobilisieren.«
»Da ist doch nichts dagegen einzuwenden, oder?«
»Karel hat die Stadt, die Raffinerie, die Zeit – alles herausgefunden. Muß gewesen sein, als du ohnmächtig warst. Aber da gibt's ein Problem.« Sie schaute in Michaels fragendes Gesicht. »Heute ist Sonntag, verstehst du? Und sogar Gott hat sich am Sonntag ausgeruht.«

Im Kommunikationszimmer brannte der tote Telefonhörer ein Loch in Morrisons Hand, während er darauf wartete, daß das Dienstmädchen den Sekretär ausfindig machte, der ihm sagen konnte, wo Geoff Douglas war. Er beobachtete mit scharfen Augen Michaels Eintritt. »Was ist denn mit Ihnen los?«
Unter diesem mißtrauischen Blick wäre Michael am liebsten unter den nächsten Computer gekrochen. »Nichts«, antwortete Michael zu schnell. »Warum fragen Sie?«

»Sie haben Ihre Kopfhörer noch auf.«

Morrison drehte sich abrupt zum Telefon zurück. »Ja, natürlich warte ich noch! Es ist mir egal, bei wem er zum Abendessen eingeladen ist – ich will mit ihm sprechen!« Eine Pause. »Herbert Paulson. Wunderbar. Geben Sie mir die Nummer ... ich verstehe. Dann rufen *Sie* Mr. Paulson an und bitten ihn, mich zurückzurufen ... ja, mir ist klar, daß Sie nur ihre Arbeit machen, aber es gehört nicht zu Ihren Pflichten, ihn von seinen Freunden fernzuhalten! Wie ich Ihnen mit allergrößter Geduld schon die ganze Zeit erklären will: Es handelt sich um einen Notfall.«

Pause. »Hören Sie. Rufen Sie ihn an und sagen Sie ihm, Dr. Morrison von Astor House will ihn sprechen. Jetzt sofort. Dr. Harold Morrison. Richtig. M-o-r-r-i-s-o-n. Richtig. Ich werde auf seinen Anruf warten. Ich weiß. Wiederhören.«

Morrison saß an der Kontrollkonsole, den Hörer zwischen Schulter und Ohr eingeklemmt. Seine Haare standen ihm zu Berge, wo er sich mit den Händen durchgefahren war, ein Muskel zuckte an seinem völlig verspannten Kinn.

»Wer ist Geoff Douglas?« flüsterte Michael Kate zu.

»Ein reicher Industriemagnat im Ruhestand. Er tafelt mit Prinzen, behauptet Harry. Anscheinend hat er immer Rettungsteams in der Sakkotasche.«

Morrison hämmerte eine Telefonnummer ein. »Hallo, Vermittlung, Arlington, Virginia? Ich hätte gerne die Nummer von Richter Herbert Paulson. Nicht die Büronummer, die private bitte ... Ja, mir ist klar, daß das eine Geheimnummer ist, aber das ist ein Notfall.« Pause. »Geben Sie mir bitte Ihren Vorgesetzten.«

Er trommelte wütend mit dem Bleistift auf die Konsole. »Komm schon, komm schon ... Hallo, ich bin Dr. Harold Morrison, und ich versuche Richter Herbert Paulson zu erreichen ... nein, nichts Privates. Hören Sie, ich habe keine Zeit, mit Ihnen zu diskutieren: Geben Sie mir Ihren Vorgesetzten.«

Eine andere Leitung blinkte. Morrison drückte auf den blinkenden Knopf, schnitt die erste Verbindung ab.
»Morrison ... Ja, John. Nein, ich bin nicht durchgekommen. Das Dienstmädchen hat mir die Nummer nicht gegeben ... Also, wo kann die verdammte Dinnerparty sein, wenn sie nicht bei Paulson zu Hause ist? Sein Stan hat es auch nicht gewußt? Verdammt noch mal, John, du bist doch angeblich sein Assistent, du mußt doch immer wissen, wo er ist... Oh, seine Haushälterin *glaubt*, es wäre im Hilton. Wunderbar.«
Ein Teller mit Broten erschien unter seiner Nase. Er winkte ab.
»Finde jetzt *bitte* raus, wo das Hotel ist, dann ruf mich bitte zurück. Vergib mir, wenn ich nicht auf dich vertraue, aber ich werde versuchen, ihn von hier aus aufzutreiben. Ich laß dir die Fünf-sechser-Nummer offen. Gib ihm die, wenn du ihn erwischst.« Er legte auf.
Elliot kam ins Zimmer.
»Wie geht's Karel?« fragte sie Morrison.
»Gut.«
»Bist du *sicher*?«
»Bin ich.«
Michael sah, wie er sich zusehends entspannte.
»Glück gehabt?« fragte Elliot.
»Douglas ist bei einem Dinner für Herbert Paulson. *Vielleicht* im Hilton, *vielleicht* in Washington. John kann wieder mal sein Arschloch nicht von einem Loch im Boden unterscheiden, und alle anderen in Washington haben ihren Leuten übers Wochenende freigegeben, ohne sich die Mühe zu machen, zu sagen, wo sie hingehen. Gott helfe uns, wenn ein atomarer Angriff stattfindet.«
»Was jetzt? Rufen wir alle Hiltons an der Ostküste an?«
»Ist wohl dasselbe. Fang in Washington an. Finde raus, ob das Hilton eine zentrale Informationsnummer hat.«
Elliot nahm den Hörer, dann legte sie ihn wieder ab. »Ich hab eine bessere Idee.« Sie quetschte sich in die Ecke mit dem

Fernschreiber und hämmerte in die Tasten. Die Maschine schwieg einen Augenblick, dann ratterte die Antwort heraus. Elliot riß das gelbe Blatt ab und reichte es Morrison.
»Ich dachte mir, die Nachrichtenagenturen wissen vielleicht, wo das Dinner ist«, sagte sie. »Dinner für Richter Paulson im Waldorf-Astoria, New York City.«
»Das Hilton, nicht wahr? ... Vermittlung, New York? Geben Sie mir bitte die Nummer vom Waldorf-Astoria. Danke.« Er kritzelte die Nummer auf einen Zettel, tippte sie ein.
»Oh, verdammt. Besetzt.«
Er versuchte es noch mal. Besetzt.
Und wieder.
»Erinnere mich doch bitte dran, daß ich dem Waldorf-Astoria schreibe, was ich davon halte, daß sie an der Rezeption nur ein Telefon haben.«
Vierter Versuch. »Hallo, ich muß dringend mit jemandem sprechen, der an dem Dinner für Richter Paulson teilnimmt. Ich möchte, daß Sie jemanden für mich ausrufen ... ich fürchte, Sie müssen in diesem Fall Ihre Vorschriften brechen. Es handelt sich um einen Notfall. Nein, ich fürchte, ich kann Ihnen nicht sagen, worum es geht. Ich möchte, daß Sie Geoffrey Douglas ausrufen. Mein Name ist Dr. Harold Morrison. Ja, ich bleibe dran.«
Morrison wartete, dann hielt er sich den Hörer vom Ohr weg und starrte ihn an. Er sah aus wie ein Mann, der sich ins Unvermeidliche gefügt hatte. »Man hat mich aus der Leitung geschmissen.«
Er wählte noch mal.
»Hallo. Ich wollte jemand beim Paulson Dinner ausrufen lassen und bin aus der Leitung geschmissen worden ... ach, Sie sind's ... wie ich höre, hatten Sie keine Zeit ... Ja, ich warte.«
Aus einer Minute wurden fünf. Aus fünf wurden zehn.
Plötzlich setzte sich Morrison auf, ganz Ohr. Michael folgte ihm wie eine Marionette an derselben Schnur.
»Ja?« Morrisons hoffnungsvoller Gesichtsausdruck fiel zusam-

men wie ein Kartenhaus. »Konnten Sie nicht. Ich verstehe. Ich habe nicht geahnt, daß es Banketts mit so vielen Leuten gibt. Wohnt Mr. Douglas im Hotel? Könnten Sie mal schaun, ob er in seinem Zimmer ist? Danke.«
Morrisons Stift trommelte jetzt doppelt so schnell.
»Vielen Dank für Ihre Mühe. Noch ein letzter Versuch. Könnten Sie ihn von der Bühne ausrufen lassen, sobald die Cocktailstunde vorbei ist? Könnten Sie dafür sorgen, daß er mich anruft? Es ist sehr wichtig. Er hat die Nummer. Kann ich mich darauf verlassen, daß Sie dafür sorgen, daß er die Nachricht bekommt? Gut. Noch mal vielen Dank.«
Er legte den Hörer auf und schüttelte resigniert den Kopf. »Diese sogenannte Dinnerparty für Paulson ist eine Wohltätigkeitsveranstaltung mit tausend Teilnehmern. Jetzt ist gerade Cocktailstunde, man käm nicht mal mit der Ansage durch, daß die Russen den Broadway hoch marschieren.«
»Er wird die Nachricht kriegen«, beruhigte ihn Kate.
Morrison strich sich durch seine zerzausten Haare. »Aber rechtzeitig?« Er wandte sich an Elliot. »Wir müssen noch ein zweites Eisen im Feuer anpacken. Vielleicht schafft Western Union Dinge, die dem sterblichen System des Mister Bell unbekannt sind. Eine dringende Nachricht an Geoff, Adresse: Rednertribüne. Telegrafier folgendes: ›Notfall. Stop. Katastrophe vorausgesehen circa acht Uhr dreißig heute abend. Stop. Ihr Idiot von Assistent Shaw weigert sich, die Evakuierungsmannschaften ohne Ihr Okay loszuschicken. Dringend bei ihm und mir anrufen. Stop.‹ Und meinen Namen. Hab ich hier irgendwo Kaffee gesehen?«
Claire brachte Morrison eine Tasse aus der großen Maschine in der Ecke. Er starrte sie an, als würde er erwarten, daß etwas herauswuchs.
»Es ist erst halb sieben. Es muß doch etwas geben, was wir von hier aus in zwei Stunden machen können«, sagte Kate.
Morrison schaute sie streng, aber liebevoll an. »Da würd ich meinen Vorderzahn für geben, wenn ich wüßte, was.«

Michael fragte: »Haben Sie schon versucht, in der Raffinerie anzurufen?«
Morrison strahlte ihn an, seine Energie war sofort wieder da. »Natürlich. Warum nicht?« Er tauschte seine Kaffeetasse gegen den Telefonhörer ein, wählte die Auskunft und bekam die Nummer der Americorp Oil Refinery in Bayonne, New Jersey, der die unglückseligen Gastanks gehörten. Er wählte die Nummer und wartete.
»Verfluchte Sonntage!«
Er legte den Hörer so ab, daß er hören konnte, ohne ihn zu halten. Er stand von der Konsole auf und streckte sich.
»Da *muß* doch jemand sein! Das gibt's doch nicht, daß man so etwas übers Wochenende unbeaufsichtigt läßt. Komm schon, komm schon ... geht ans Telefon, verdammt noch mal!«
Morrisons Aufregung war beunruhigend. Es war völlig ungewohnt, daß er Gefühle zeigte. »Geht ans Telefon ...«
Die Telefonklingel kroch in die Substanz des Zimmers, ein Herzschlag mit einer vagen Hoffnung.
»Elliot, hol mir Shaw an den Apparat.«
Elliot wählte und hielt ihm den Hörer hin.
»John, hier ist noch mal Harold. Ich kann Douglas nicht erreichen. Ich hab eine Nachricht hinterlassen, daß er mich zurückruft, aber uns bleibt nicht mehr viel Zeit ... Ich weiß, John, du mußt einfach mal selbst die Initiative ergreifen.« Eine Pause. »Mit anderen Worten, du *willst* es nicht machen ... kannst, willst – hör mir mit dem Scheiß auf. Die Wahrheit ist, du hast nie an das geglaubt, was wir hier machen. Du glaubst nicht, daß es nötig wäre, einzugreifen ... Das ist es, nicht? Was ist dann das Problem? Los, gib den Befehl ... ich weiß, das willst du nicht. Dir ist es egal, weil du nicht in der Zwickmühle steckst, sondern *ich.*«
»Da kannst du Gift drauf nehmen, daß ich dir die Schuld gebe! Wofür, zum Teufel, bist du eigentlich da? Glaubst du, du könntest vielleicht dieses eine Mal einen Auftrag für Erwachsene

in die Reihe kriegen? Ich möchte, daß du mir den Regional-Manager von Americorp Oil an die Leitung holst. Sofort. Mir egal, wie. Wenn ich schon nicht erreichen kann, daß alle im Umkreis von zwei Meilen evakuiert werden, möchte ich doch wenigstens fertigbringen, daß die Arbeiter da rauskommen … aber untersteh dich und sag das dem Manager.«

Er verstummte, horchte und ging hoch wie eine Rakete. »Da hast du verdammt recht, daß ich wegen einer hypothetischen Situation hysterisch werde! Wofür, glaubst du denn, bin ich hier? Mach du das, was du für richtig hältst, und dann schau dir an, wie die sogenannte hypothetische Situation um halb neun Uhr Wirklichkeit wird. Was du dem Mann erzählst, ist dein Problem. Mach es sofort, John!«

Morrison unterbrach die Verbindung, er schäumte immer noch vor Wut. Er stand auf und lief in dem engen Zimmer auf und ab. Er murmelte vor sich hin, dann schlug er mit der Faust gegen die Wand. Nach einigen Minuten beruhigte er sich und setzte sich wieder an die Konsole.

»Das war's also«, sagte er und schüttelte den Kopf. »Keine Eisen mehr im Feuer.«

Langes Schweigen. Schmerz lastete in der Luft.

Claire fragte unschuldig: »Was hilft es denn schon, wenn wir das Zeug sehen und dann nichts tun können?«

»Wenn ich das bloß wüßte«, antwortete er.

»Bis dahin kann noch so viel passieren«, tröstete ihn Kate.

»Ich hoffe, wir können uns drauf verlassen, daß halb neun die richtige Zeit ist«, sagte Marva. Morrison warf ihr einen vernichtenden Blick zu.

»Es gibt keinen Grund hierzubleiben«, sagte Elliot zu den Hellsehern. »Wir rufen an, wenn irgendwas passiert.«

Claire nahm den Hinauswurf dankbar an und verließ den Labortrakt. Morrison ging schmollend zum Kaffeewagen und stocherte mißtrauisch in ein paar trockenen Sandwiches mit seinem Bleistift herum.

Er seufzte. »Ich komm mir vor wie ein Mann, der das Geheimnis des Lebens entdeckt hat und es nicht verschenken kann. Seid ihr sicher, daß ihr hier mitwarten wollt, Leute?«

Kate, Marva und Michael nickten, aber sagten nichts. Das einzige Geräusch im Raum war das Summen des unbeantworteten Telefons.

Karel tauchte aus der Ruhezone auf. Seine blutunterlaufenen Augen waren stumpf wie graue Metallmöbel. Er holte sich eine Tasse Kaffee und setzte sich in die Nähe der Tür. Er sagte nichts.

Dreißig Minuten vergingen. Elliot ging hinaus und kam mit einer Tüte Kekse zurück. Die Stille blieb ungebrochen.

Sechzig Minuten. Morrison füllte Seite um Seite mit abgehackten Strichzeichnungen. Er ignorierte geflissentlich die Uhr.

Fünfundsiebzig Minuten, fast neunzig. Das Telefon klingelte. Morrison nahm den Hörer mit erstaunlich ruhiger Hand ab.

»Ja, hier spricht Dr. Morrison. Mr ... Hedley? Sie sind der Distriktmanager von Americorp Oil? Gut. Ich bin froh, daß es Mr. Shaw gelungen ist, Sie zu erreichen. Würden Sie mir bitte eine kurze Zusammenfassung dessen geben, was er Ihnen erzählt hat?«

Morrison lauschte. Ein verkniffenes, saures Lächeln zog über sein Gesicht. »Ich verstehe. Hat Mr. Shaw irgend etwas angedeutet, außer für welchen Zweig des FBI ich arbeite? Nein. Sie müssen verzeihen, wenn ich mit der Tür ins Haus falle, aber wir arbeiten gegen die Uhr. Wie viele Männer arbeiten momentan in Ihrem Werk in Bayonne? ... ich verstehe. Können Sie sie sofort da rausholen? Alle? Gut. Dann machen Sie das sofort. Wir haben Grund zu der Annahme, daß um acht Uhr dreißig heute abend eine Explosion in Ihrem Werk stattfinden wird ...«

»Nein! Unter keinen Umständen dürfen Sie jemand in das Werk schicken, außer um die Leute herauszuholen. Und ich meine damit nicht bloß hinter die Zäune. Ich meine *meilenweit* weg. Wir werden so bald wie möglich unser eigenes Bombenteam schicken. Ist das klar? Und wenn Sie schon dabei sind, möchte ich, daß Sie anfangen, ganz vorsichtig – vorsichtig die Häuser in der Umgebung zu evakuieren. In einem Radius von einer halben Meile, ja. Ich möchte auf keinen Fall, daß die Presse etwas davon erfährt. Hab ich Ihre Zustimmung, daß Sie das tun, was ich verlange? Sehr gut.«

»Noch eins Mr. Hedley: Die Presse wird sich wegen dieses Vorfalls ganz sicher noch an Sie wenden. Sprechen Sie nicht mit ihnen. Ich weiß, daß das sehr viel verlangt ist, aber es geht hier um die staatliche Sicherheit, ich darf leider jetzt noch nicht darüber sprechen. Jemand wird sich in Kürze mit Ihnen in Verbindung setzen, um Ihnen bei den Fragen der Presse zu helfen. Bis dahin muß ich darauf bestehen, daß Sie schweigen ... Ja, werden wir. Danke. Bitte handeln Sie schnell, die Zeit läuft uns davon. Wiederhörn.«

Morrison legte den Hörer auf und saß das erste Mal seit einer Stunde ruhig da.

»Dieser Idiot Shaw hat dem Mann erzählt, ich würde für das FBI arbeiten«, sagte er und schüttelte den Kopf. »Es ist mir egal, solange die Leute noch rechtzeitig aus der Raffinerie kommen.«

»Glaubst du, ihnen bleibt genug Zeit?«

Morrisons Gesicht verdüsterte sich. »Ich weiß es nicht. Bis Geoff uns anruft, hab ich auf jeden Fall alles gemacht, was ich tun konnte.«

Um viertel nach acht klingelte das Telefon wieder.

»Geoff!« schrie Morrison. »Wo, zum Teufel, warst du? ... ich weiß, ich weiß. Nein, es ist viel schlimmer: Es sind die Americorp Flüssiggastanks in Bayonne ... Nein, ich weiß nicht, wie viele Tanks hochgehn werden. Ist das wichtig? Ich glaube, es ist uns gelungen, die Raffinerie evakuieren zu lassen und vielleicht einen Teil der näheren Umgebung, aber wir haben mit begrenzten Mitteln gearbeitet. Wir haben vielleicht nicht genug Zeit. Shaw? Der soll zur Hölle fahren, dieser kleine Idiot ... Ja, das hab ich ihm gesagt, aber er hat gesagt, er würde es nicht ohne dein Okay machen. Ich will ihn weghaben. Ich möchte seinen Namen nie wieder hören ...«

»Ja, ich wußte, daß du das sagen würdest. Vor zwei Stunden hätte es vielleicht noch was genützt, aber jetzt nicht mehr. So eine große Evakuierungstruppe dahinzubringen wäre nicht möglich. Wir reden momentan von Minuten ... Nein, natürlich solltest du: Versuch alles, was du glaubst, daß helfen könnte ... Ich? Ich glaube, es ist zu spät. Ich glaube, es wird schlimm.« Er hielt inne, sagte leiser: »Ich glaube, man wird's bis nach Midtown hören ...«

Er drückte die Hand über die Augen, sagte einen Moment lang nichts.

»Nein, mir geht's gut. Ich hab nur zu wenig geschlafen, sonst nichts. Ich hör jetzt auf, es bleibt nicht mehr viel Zeit. Oh, noch was: Ruf Bill Hedley an, den Distriktmanager von Americorp. Ich mußte ihm eine Geschichte von einer Bombe auftischen, damit er das Werk evakuiert. Shaw hat ihm gesagt, ich wär vom FBI. Bring das in Ordnung, ja? Wir verschwinden einfach. Ich laß diese Nummer löschen, also ruf mich ab jetzt unter der Sechs-Einser an. Danke. Ich ruf dich später an – wirst du in deinem Zimmer sein? Na schön. Tschüß.«

Morrison ließ den Hörer auf die Gabel fallen. Die offene Leitung zur Raffinerie summte im Hintergrund. Das Geräusch barg keine Hoffnung mehr, war nur noch lästig.

»Reiß bitte das Ding raus, ja?«

Er kehrte der Gruppe den Rücken, damit sie seine Enttäuschung nicht sehen konnten. Michael sah, welche inneren Kämpfe der Mann durchzustehen hatte: die nagende Frustration, daß keiner, kein Wort etwas erreichen konnte. In diesen paar Minuten hatte sich etwas verändert, etwas Tiefgründiges und Unabwendbares. Eine unwiderstehliche Macht war gerade frontal auf ein unverrückbares Schicksal geprallt, und Morrison hatte genau dazwischen gestanden. Das Ergebnis war ein härterer, noch entschlossenerer Mann.

»So, das war's also«, sagte Morrison leise. »Es gibt nichts mehr zu tun. Tut mir leid.«
Und er drehte sich zur Uhr, ein Scharfrichter.

Fünfundzwanzig Minuten nach acht.
»Jetzt hör auf, dir selbst die Schuld zu geben, Harry«, sagte Kate. Sie redete eigentlich mehr mit sich selber.

Fünfunddreißig Minuten nach acht.
Marvas heisere Stimme verteidigte und verdammte gleichzeitig sich selbst: »Harry, ich hab mich nicht geirrt!«

Unvermeidlich klapperte der Fernschreiber. Es war sechs vor neun.
Morrison stand auf, ein Mann, der sein Urteil empfängt. Er ging langsam zur Maschine, riß das Blatt ab und drehte sich zu den anderen mit der Nachricht in der Hand. Morrisons Gesicht zeigte ihnen, daß sie es nicht lesen mußten. Sie kannten den Wortlaut schon.

Marva lag wach im Bett. Sie hatte die anderen über Schlaflosigkeit klagen hören, aber bis heute hatte sie selbst nie darunter gelitten. Das Haus war zu still. Hier, wie in Prag, spürte sie die Anwesenheit schlafender Leute sogar in den stillsten Nächten. Heute abend fühlte sie sich isoliert, einsam. Und betäubt. So wie ein Ohr zeitweise taub wird, wenn es einem zu lauten Geräusch ausgesetzt wird, so hatte ihr psychisches Ohr unter dem Kontakt zu Karel gelitten. Der Kontakt hatte ihr weh getan. Sie würde abwarten und nichts sagen. Vielleicht würde die Taubheit wieder weggehen.

Claire versuchte, die Augen zu schließen. Schlaf rief nach ihr, streckte die Arme aus und zog sie an sich. Aber sie hatte Angst dahinzugehen, wo er sie hinbringen wollte. Der Traum wartete hinter der Dunkelheit.

Sie hatte von der ersten Nacht an in diesem Haus denselben beängstigenden Traum gehabt, aber jetzt verfolgte er sie überallhin, schlafend oder wach. Der Traum saß am Tag neben ihr, hockte nachts auf ihrem Kissen und flüsterte ihr ins Ohr. *Einer nach dem anderen, bis alle tot waren, bis der Boden voller Blut war.*

Sie wuße nicht genau, was der Traum genau bedeutete, nur daß er dieses Haus meinte. Bild häufte sich auf Bild wie kämpfende Bestien, die sich gegenseitig verschlingen wollen. Gesichter griffen sie aus der Dunkelheit an, dann zogen sie sich in bedrohliche Schatten zurück. Verwirrend ... so verwirrend. Ein Feuer fraß sich durch die anderen Bilder. Astor House brannte ewig, und die Leute, die sie liebte, lächelten ihr mit verkohltem dämonischem Grinsen zu, während das Feuer ihr Fleisch fraß.

Das Allerschlimmste war, daß sie nicht wußte, an wen sie sich wenden konnte. Weder im Traumhaus noch im echten. Einige ihrer Freunde waren in Wirklichkeit Vipern, die ohne Warnung zuschlagen konnten. Sie hatte noch keine Ahnung, wer von diesen geliebten Menschen sie verraten würde, alle verraten. Wenigstens jetzt noch nicht.

Sie rollte auf den Rücken und beobachtete, wie die Bilder in der Luft vor ihr schwebten. Der Wachtraum kam ihr näher als je zuvor, und genau wie zuvor sagte er: *Dreh dich nicht um. Kehr keinem den Rücken.*

# WOCHE DREI

# 11

Der Wettkampf: Armedrücken, aufregend wie jede Kraftprobe zwischen zwei ähnlich starken Männern.
»Los, Stef! Gewinn!« schrie Claire und hopste auf ihrem Stuhl auf und ab.
»Evan, streng dich an!« brüllte Morrison. »Tu was! Mach's ihm nicht so leicht!«
»Stef, du wirst faul!« schrie Kate.
Die zwei Männer saßen sich am Ebenholztisch gegenüber, in der traditionellen Pose der Armringer. Sie preßten sich gegeneinander, jeder total konzentriert. Beide warteten nur darauf, daß der andere ein Anzeichen von Schwäche zeigte, jeder besessen von dem tierischen Siegeswillen, den jeder Armringer seit Urzeiten verspürt. Eine Schlacht wie jede andere vor ihr.
Mit einer Ausnahme.
Stef und Evan saßen sich an dem Riesentisch gegenüber, aber berührten sich nicht.
Michael saß im Kontrollzimmer, ein Auge auf das Pyramidenzimmer und nur ein halbes auf dem zickigen Computer, den er richten sollte. Er wollte da sein, wo sie waren, tun, was sie taten. Die Gasexplosion hatte ihn ganz schön mitgenommen, aber das Erlebnis hatte ihn fasziniert.
Morrison hatte ihnen am Tag nach der Gaskatastrophe keine Ruhepause gegönnt. Michael hatte geglaubt, der Schaden an der Sensibilität der Medien – genau wie der Schaden an den Gastanks selbst – bräuchte Zeit, um repariert zu werden. Morrison gab ihnen keine. Man hatte das Gefühl, der Verlust hätte ihn noch angespornt, seine Leute doppelt so hart ranzunehmen und

psychische Schwachpunkte zu lokalisieren und auszumerzen. Vier Tage nach dem schrecklichen Unglück hatte er Astor House in ein Trainingslager verwandelt.

Er begann jeden Tag mit einer Stunde Yoga vor dem Frühstück. Typische Nachfrühstücksprogramme waren Schachturniere und Kartenspiele, bei denen die Spieler an entgegengesetzten Seiten des Hauses saßen, oder Ausflüge in den Wintergarten, wo die Medien versuchten, mit ihren Kräften den Pflanzenwuchs zu beeinflussen: eine Art halb übersinnlicher Baumzuschnitt. Der eigentliche Zweck des Experiments war vergessen.

Im Lauf der Woche wurden die Versuche und Übungen immer merkwürdiger. Einmal ließ Morrison die Medien die Substanz ihres Bewußtseins in das elektrische System des Hauses werfen und allen Kabeln in allen Stockwerken nachgehen. Morrison vereinte Hypnose und sein Metronomtraining und verkürzte die Vorbereitung von fünf auf zwei Minuten. Die Medien wurden rangenommen, daß ihnen der Kopf rauchte, aber keiner beschwerte sich. Michael vermutete, sie waren entweder zu müde oder zu neugierig, um zu meutern.

Jubel aus dem Pyramidenzimmer.

Morrison zog lachend Stefs Hand in Siegerpose hoch.

»Der Sieger heißt – Stef Farley!«

»Mit einer Fahrkarte einfach nach Palookaville«, Stef grinste müde, aber fröhlich. »Die nächsten Wettkämpfer bitte, ich werfe das Handtuch.«

Michael beendete seine Reparaturarbeiten am Computer, während Kate und Claire ihre Plätze am Tisch einnahmen. Er setzte sich an die Kante der Konsole, seinen Logenplatz.

»Kate, Claire: Vorbereitung bis zu meinem Signal. Dann los, und möge die bessere Frau gewinnen.«

Die Wettstreiter brauchten zwei Minuten für die Vorbereitung, diesmal ohne das Metronom. Dann gab Morrison das Signal, und der Wettkampf begann. Aber diesmal war etwas anders.

Claire kicherte, dann fing sie an zu weinen. Ein Lächeln breitete sich von ihrem Mund übers ganze Gesicht aus.

Morrison trat auf sie zu. »Was geht hier vor?« fragte er.
Claire strich über das Porträt von sich, das Stef ihr beim Frühstück gegeben hatte, und schlug die Augen nieder.
»Komm schon, junge Frau, was ist los?«
»Harry, hast du vergessen, was für ein Tag heute ist?« fragte Kate.
»Muß ich wohl. Klär mich auf.«
»Claire hat heute Geburtstag.«
»Warum weint sie dann?«
»Überraschung glaub ich«, sagte Stef.
»Welche Überraschung?«
»Das Lied.«
»Welches Lied?«
»Das *Geburtstagslied.*«
Morrison schaute Stef sehr verwirrt an, dann verstand er plötzlich und war begeistert, genau wie Michael.
Sie hatten tatsächlich ›Happy Birthday‹ gesungen. Aber in Gedanken. In *Gedanken.*

Später an diesem Abend, kurz vor dem Essen, traf Michael Karel, der im Korridor vor der Bibliothek herumlief.
»Gehst du zum Abendessen?« fragte Michael.
»Nein, ich glaube nicht.«
»Lampenfieber vor dem Konzert?«
Karel lächelte. »Wahrscheinlich.«
»Ich finde das eine wunderbare Idee, Claire ein Konzert zum Geburtstag zu schenken.«
»Was anderes habe ich nicht. Ich mußte die Gelegenheit nützen.«
Ein paar Augenblicke lang kam die Konversation ins Stocken, aber Michael ging nicht weg. Er spürte, daß Karel Gesellschaft brauchte, jemanden, der ihn von seiner Nervosität ablenkte.
»Sollen wir für ein paar Minuten in die Bibliothek gehen?« fragte er.

»Das wäre gut, ja.«
Michael ging voraus, um das Licht anzumachen. Wie immer wartete Karel draußen, bis die Lampe an war. Er betrat nie ein dunkles Zimmer.
Die beiden saßen dann an diesem ruhigen Ort, ohne zu reden. Sie lächelten sich freundlich, nichtssagend zu. Für Michael war Karel immer noch das rätselhafteste Mitglied des Haushalts. Sein Bedürfnis, allein zu sein, war inzwischen genauso stark geworden wie das von Stef. Aber bei ihm war es anders – er trug es wie eine Zwangsjacke, nicht wie einen Umhang.
Karel hatte im Verlauf der Trainingslagerwoche immer mehr Anzeichen von Streß gezeigt. Man hatte das Gefühl, Morrisons Übungen würden ihn nicht auslasten, das Nichtstun wäre nicht zu ertragen. Karel war von morgens bis abends rastlos, lief unaufhörlich in seinem Zimmer auf und ab, Nacht für Nacht, Stunde um Stunde. Sein Schlafzimmerlicht brannte ununterbrochen.
Aber seine einzige Entspannung war seine nächtliche Stunde am Piano. Jeden Abend nach dem Essen zog er sich in den Wintergarten zurück, versperrte die Tür und machte wunderschöne Musik. Michael traf ihn einmal danach im Korridor. Zum erstenmal, seit er ihn kennengelernt hatte, wirkte Karel gelöst, heiter. Nicht so wie jetzt.
»Bist du immer so nervös, bevor du spielst?« fragte Michael.
»Nervös, zickig und grob«, Karel lächelte. »Ja, jedesmal.« Karels Lächeln war melancholisch, launisch – nicht immer ein unwillkürlicher Reflex. Das Lächeln kam selten leicht über seine Lippen, vergaß sich nie und diente meistens nur dazu, eine stärkere, ehrlichere Emotion zu verbergen, die Karel nicht zeigen wollte. Wenn Karel lächelte, lächelten seine Augen nicht mit.
Schon wieder veränderte sich das Lächeln, der sanfte Gesichtsausdruck. Karels Gesicht verspannte sich langsam, plötzlich sah er genauso gefangen und hilflos aus wie am ersten Tag, als

Marva ihn in der Empfangshalle überfallen hatte. Er wurde unruhig. Seine Augen flatterten von einer Zimmerecke in die andere.

Karel war ins psychische Stadium übergegangen. Das bißchen Frieden, das er hier gefunden hatte, war wie weggeblasen und würde nicht wiederkommen.

»Was ist los?« fragte Michael.

Der Russe tat die Frage mit einer nonchalanten Geste ab, eine traurige Geste, weil sie völlig mißlang. »Nichts. Bilder.«

»Bilder von Gedanken?«

Karel nickte.

»Von meinen Gedanken?«

»Nicht deinen«, sagte Karel leise. »Deine Gedanken sind ruhig.«

»Wessen dann?«

»Das ist unwichtig.«

»Erzähl mir davon.«

»Lieber nicht.«

Karel versuchte Michaels Interesse in andere Bahnen zu lenken. Er duckte sich, wich aus, versuchte seinen Quäler abzuhalten, die Richtung zu ändern, in die die Fragen drängten. Michael ließ nicht locker, gab ihm keine Fluchtmöglichkeit.

Dann, plötzlich, wider alle guten Vorsätze, konnte er sich nicht mehr zurückhalten. Eine Frage schoß wie ein Pfeil heraus – eine zu simple Waffe eigentlich, um eine so tödliche Wirkung zu haben: »Warum hast du aufgehört, in der Öffentlichkeit zu spielen?«

Michael erkannte sofort, wie uferlos dieser Fehler gewesen war. Wie ein Erinnerungsfilm huschten Gedanken über Karels Gesicht. Michael mußte mit Entsetzen feststellen, wie unverzeihlich er gehandelt hatte: Er hatte Karels Schutzwall durchbrochen, hatte ihn zum Einsturz gebracht.

Einen Moment lang erkannte er den Mann, der dahinter stand, fast nicht mehr.

»Karel, tut mir leid.« Michael hoffte, Karel würde sich verteidigen, mit befreiender Wut reagieren. Statt dessen bekam Karels Gesicht einen so desolaten Ausdruck, ein Eingeständnis, das den Frager beschämte und alle Entschuldigungen zunichte machte. Michael konnte den geheimen Teil Karels, den er entdeckt hatte, nicht zurückgeben.

Karel stand auf und ging in die entfernteste Ecke des Zimmers, zum Fenster. Er schaute sein Spiegelbild im Glas an, stieß das Fenster auf. Eine Ranke kalter Luft schlängelte sich ins Zimmer.

»Karel ...« Michaels Stimme klang hohl.

Karel drehte sich um und musterte Michael mit ernstem Blick. Seine Augen verziehen nicht, aber sie verdammten auch nicht. Angegriffene Heiterkeit zeigte sich in einem kurzen, geisterhaften Lächeln: Der Mechanismus, der ihn so lange am Leben erhalten hatte, war schon an der Arbeit, um seinen Schutzwall wieder aufzubauen.

»Es tut mir so leid.«

»Ich will deine Seele nicht«, murmelte Karel. »Nur deinen gesunden Menschenverstand. Ich hätte geglaubt, du wärst erfahren genug, zu wissen, daß man ein Waisenkind nicht nach den verlorenen Eltern fragt.«

Er setzte sich wieder in den Stuhl Michael gegenüber. »Stell deine Fragen.«

»Nein.«

»Bitte. Bringen wir's hinter uns. Frag einmal, das muß dann genügen.«

»Ich kann nicht.«

»Siehst du denn nicht, daß der Schaden schon angerichtet ist?« Er hielt inne. »Na schön, ich frage für dich.«

»Spiele ich? Ja. Für mich selbst. Sehr, sehr selten auch einmal für einen Kindergeburtstag. Manchmal für Freunde. Aber ich werde nie wieder in einem Konzertsaal spielen.«

Er forderte ihn mit einer Geste auf, die nächste Frage zu stellen, und wurde erneut durch Michaels Schweigen gezwungen, sie selbst zu stellen.

»Du wolltest wissen, *warum* ich nicht spielen kann?« Karels Gesicht war düster, voller Erinnerungen. Er redete ganz schlicht, als würde ihm die Erinnerung Ehrfurcht einflößen. »Ich konnte das Publikum hören. Jeden. Alle Gedanken. Alle haben gleichzeitig gesprochen, lauter als die Musik. Dort ein Gedanke, hier eine Erinnerung. Tausende von Stimmen. Tausende ...«
Seine Stimme wurde leiser. »Ich konnte es nicht mehr ertragen.«
*Die Alptraumerinnerung zeichnete sich vor seinem inneren Auge ab: die verzerrte Realität des Publikums, dreihundert Meter weg, die murmelnde Dunkelheit, eine unglaubliche Kakophonie von Geräuschen, die nicht verschwinden wollte, nicht aufhörte, nicht aufhörte, das Geräusch seiner inneren Stimme, schreiend, plötzlich jemand hinter ihm, Arme, die ihn festhielten, besorgte Stimmen. Die Dunkelheit.*
Langes Schweigen, dann Karels Stimme, leise. »Das einzige, was ich je wirklich wollte, solange ich denken kann, war, Pianist zu werden. Und das ist das einzige, was ich nie werden kann.«
Er hielt inne: »Du hast noch mehr Fragen. Stell sie.«
Michael redete nur zögernd. »Was ist das für ein Gefühl, Hellseher zu sein?«
»Gefühl? Das versteh ich nicht.«
»Wie es ist, wenn man einen Gedanken auffängt?«
Karel überlegte. »Es ist kein *Gefühl*«, sagte er schließlich. »Es ist mehr so, als hätte man einen Einfall, der einen nicht mehr losläßt. Manchmal ist es ein Bild, manchmal eine Stimme. Oft sind die Symbole sehr verschlüsselt. Aber ich glaube, diese Fragen solltest du den anderen stellen. Man sagt mir, ich wäre anders als sie.«
»Mit deinem Talent mußt du dir manchmal wie Gott vorkommen.«
»O *nein*.«
»Sag bloß, das ist dir noch nie in den Sinn gekommen?«
Karel seufzte ungeduldig. »Wie mächtig ist Gott?«
»Deinem Ruf nach –«

»Ich kenne meinen Ruf. Aber ich bin nicht gottgleich. Meine Macht unterdrückt mich. So etwas passiert einem Gott nicht.«
»Aber stell dir eine Gruppe von Medien vor, die so mächtig sind wie du. Könntet ihr nicht fast alles schaffen?«
Karel schaute ihn vorsichtig an, als wäre dieser Gedanke nicht neu. »Dazu darf es nie kommen«, sagte er.
»Wünschst du dir manchmal, du wärst kein Hellseher?«
»Jede Minute.«
»Warum?«
»Ich hab eine Kindheit, eine Frau und eine Karriere dafür eingetauscht. Und dann hat es mir das Alleinsein genommen. Es gibt keinen ruhigen Ort, an den ich gehen kann. Der Preis ist zu hoch.« Er streckte seine Hände aus. Sie zitterten: schwach, aber unablässig.
»Ich hab meine geistige Gesundheit dafür geopfert.«
Michael war überrascht. »Du warst verheiratet?«
»Find ein anderes Thema, Michael – schnell.«
»Wie meinst du das: ›keinen ruhigen Ort?‹ Was hörst du denn?«
»Immer zu viele Stimmen – sehr aufdringlich, wie Schreie. Manchmal ist die Luft ganz dick und ...« Er konnte das richtige Wort nicht finden, machte hektische Bewegungen mit den Händen. »... sehr nervös.«
»Und wenn's am schlimmsten ist?«
Eine lange Pause. »Als wenn man erstickt würde.«
Karel lächelte nervös, um dem Augenblick die Spannung zu nehmen. »Wir werden viel zu ernst, weißt du.«
»Karel, als Hellseher – mit dem, was du weißt: Macht dir irgend etwas noch Angst?«
Die Antwort kam zu schnell. »Dunkelheit.«
»Macht dir der Tod Angst?«
»Nein. Nicht, wenn der Tod still ist.«
Michael erinnerte sich an Reingens Ängste wegen Karels Zukunft: Er sah, daß sie in Karels Augen geboren worden waren.
»Hast du mich jetzt genug gefragt?« fragte Karel. »Kann ich gehen?«

Karel stand auf, ging zur Tür. Er warf einen letzten wohlwollenden Blick auf Michael, dann faltete sich seine besorgte Konzentration wie Schwingen um ihn. Er verließ schweigend das Zimmer, von neuem wieder von seinem Schutzwall umgeben.

Der Wintergarten am selben Abend. Parfümiert vom Geruch schlafender Pflanzen, feucht und sauerstoffüberladen, schattig und still. Karels Piano schimmerte wie ein dunkles Juwel im Licht der einzigen Deckenbeleuchtung. Michael und alle anderen warteten auf den Beginn des Konzerts.
Eine Gestalt löste sich aus der Dunkelheit, Hände und Gesicht schienen ätherisch im Scheinwerferlicht. Die schimmernde Gestalt ging auf ihr Instrument zu, mit dem zufriedenen Lächeln eines Menschen, dem das Erlebnis zwar vertraut, aber nie zur Routine geworden war. Er stellte sich seinem Publikum ganz förmlich, verneigte sich tief, und dann konzentrierte er den Applaus mit einer eleganten Handbewegung auf Claire und machte ihn zu einem Teil des Geschenks. Sogar in den ersten Augenblicken Karels auf der provisorischen Bühne gab es keinen Zweifel daran, daß seine Präsenz auf der Bühne genauso berühmt war wie seine Musik. Alle, die ihn sahen, wußten genau, wer die Zügel in der Hand hielt, ohne jedes Bedürfnis, es anders haben zu wollen.
Er spielte. Das Instrument sang in seiner leidenschaftlichsten Stimme, mit der Kraft eines Orchesters, das von einem strengen und zärtlichen Meister geführt wird. In Karels Gesicht spiegelte sich jedes Drama in der Musik. Offensichtlich war das ein Mann, der die Sache machte, die er am besten konnte und am meisten auf dieser Welt liebte.
*Er hat es für mich getan.*
Eine leise Stimme kam irgendwo von außen in Michaels Gehirn: der erste Teil einer Fuge. Kurz darauf folgte eine zweite und spielte eine lästige zweite Stimme zur ersten:
*Was kann das wohl sein, was er da spielt?*

Karel spielte, als hätte er die Stimmen nicht gehört. Prokofieffs Marsch aus *Die Liebe zu den drei Orangen* tanzte unter seinen Fingern.
Eine dritte Stimme webte sich ins Muster, ließ den Geräuschpegel des Chors in seinem Kopf noch anschwellen.
*Wie wunderbar, daß er das für sie macht.*
Dann eine vierte, chaotisch, kakophonisch.
*Feuer.*
Er konnte die Stimmen nicht identifizieren, war schon halb durch Rachmaninoffs zehntes Prélude, ehe sie wieder seine Konzentration störten.
Plötzlich eine laute Kadenz, ein Zimmer voller Sprecher, alle mit einer Botschaft für ihn.
*Verdammt, fällt mir nicht ein; der kleine Arsch ist gar nicht so schlecht; hab klassische Musik schon immer gehaßt.*
Karel hielt überrascht inne. Seine Finger schlugen die falschen Tasten an, als seine eigene innere Stimme sich dem Chaos in seinem Kopf anschloß:
*Bitte, nur das nicht. Laßt mir meinen einzigen sicheren Ort.*
Nervosität schlich sich in sein Spiel ein. Die kristallklaren Noten wurden hart und kalt. Teufel trieben die Engel aus seinen Fingern.
Karels Kopf richtete sich auf. Seine Augen begannen den Stimmen in der Luft über den Köpfen des Publikums zu folgen. Er zwang sich, sich wieder auf die Tastatur zu konzentrieren, zwang seine Hände, Handgelenke und Finger, wieder ihrem Geschäft nachzugehen. Aber sein Herz war nicht mehr im Spiel, seine letzte sichere Burg war erobert worden.
Er hörte auf, wischte sich Hände und Gesicht mit einem Taschentuch ab, spielte, fummelte herum, fing wieder von vorne an. Die Stimmen bestürmten sein Ohr, lauter als die Musik. Noten und Worte wirbelten zusammen auf das Zentrum eines monströsen Mahlstroms zu – aber Karel spielte weiter. Die, die ihn sahen, glaubten die Gefühle, die sich in seinem Gesicht

abspielten, kämen aus der Seele der Musik. In Wirklichkeit sahen sie die Gefühle eines Mannes, der dagegen kämpfte, daß sich der Alptraum wiederholte.
Karel stand auf, um sein ganzes Gewicht in einen Fortissimo-Akkord zu werfen. Er spielte diesen Akkord nie. Statt dessen stand er mit wilder Herausforderung im Blick am Instrument, als wenn hinter den Tasten etwas Widerliches und Schreckliches versteckt wäre.
Plötzlich schlug er mit aller Macht in die Tasten. Sein Gesicht wurde rot, er rang zitternd nach Luft, schöpfte Atem, um einen Schrei herauszulassen. Bevor er dazu kam, kniete Claire neben ihm und hielt seine Hand. Wie Saul in der Gegenwart Davids, beruhigte sich Karel in der Gesellschaft des Kindes. Er ließ sich von ihr zum Stuhl zurückführen, sich die Hände wieder auf die Tasten legen. Claire setzte sich neben ihn.
»Spiel das«, sagte sie.
Sie spielte ganz langsam den Flohwalzer.
»Los, Karel. Spiel das Lied mit mir.«
Karel rührte keinen Finger.
»Du kannst es, es ist ganz leicht. Du kennst es.«
Aber die schlichte Wahrheit war, daß Karel sich in diesem Moment an nichts mehr erinnern konnte. Und Michael, der ihn beobachtete, mußte mit großem Schmerz feststellen, daß keiner je realisieren würde, was dieses Konzert ihn gekostet hatte.

## 12

28. September. Viele Meilen von Astor House entfernt.
Die Luft war frisch und klar in den tiefen Wäldern. Die Erde selbst schien zu schweigen.
Die beiden Freunde – der eine neunzehn, der andere zwölf – saßen vor ihrem ersten Lagerfeuer an diesem Tage. Für den Jungen war das Feuer ein Tribut an seine Unabhängigkeit, etwas,

das *er* getan hatte, alleine, ohne all diese ständig herumstehenden Geheimdienstmänner, die nur versuchten zu helfen. Die meisten Leute glaubten, es wäre eine ganz tolle Sache, der Sohn *des* großen Politikers zu sein. Für Keith war es eine tolle Sache, daß er eine Zeitlang niemanden anlächeln und niemanden zuwinken mußte.

Er machte seinen Freund auf ein raschelndes Geräusch im Dickicht des Waldes aufmerksam.

»Hör mal, Gene«, sagte er aufgeregt. »Rehe.«

»Nein«, erwiderte sein Freund und stand auf. »Zwei Beine, nicht vier Beine.«

Der Angriff, der folgte, war so brutal, als hätte der Wald etwas Wildes und Hungriges losgelassen, etwas Wildes und total Verrücktes.

Vier Männer mit Pistolen und Messern. Und ein Kartoffelsack. Und eine Schnur.

Keiths Verstand brachte in seiner Panik noch einen klaren Gedanken hervor. Seltsam, dachte er, wie man immer wußte, wenn jemand vorhatte, einem ganz schrecklich weh zu tun.

Eine Ankunft. Stef brachte die Neuigkeit mit an den Frühstückstisch.

»Er ist ungefähr so groß wie ich«, sagte er, »kahler Fleck, grauer Anzug. Militär, glaub ich, oder Polizei.« Er ging zum Fenster und spähte zu dem Mercedes, der in der runden Einfahrt geparkt war.

»Was stört dich an ihm?« fragte Michael.

»Ich weiß es nicht. Harry hat ihn zu schnell ins Haus geschmuggelt ... ich weiß es nicht.«

Kate wanderte durch die Tür. »Was ist das – Paranoia zum Frühstück?«

»Stef findet Kommunisten unterm Bett«, sagte Evan beiläufig.

»Ich finde nirgends jemanden, Kate. Harry hat heute morgen irgendeinen fremden Typen ins Haus gebracht, und ich bin neugierig, wer das ist.«

Kate griff nach der Teekanne. »Er ist von der Regierung«, sagte sie. »Wo ist Karel heute morgen?«
»Er ist noch nicht runtergekommen. Regierung, sagst du. Ich weiß es nicht.«
»Ich schon. Ich hab ihn getroffen.«
»Und er hat gesagt, er ist von der Regierung?«
Kate zog die Augenbrauen hoch.
»Schon gut«, gab Stef klein bei. »Aber was sollte die Regierung hier?«
»Ich hab ihm die Hand geschüttelt, Stef. Ich bin nicht mit ihm ins Bett gegangen.«
»Wird schon nicht so wichtig sein«, sagte Evan schnell. Michael hatte bei dem Mann eine komische Reaktion beobachtet: Evan war bei dem Wort ›Regierung‹ zusammengezuckt.
»Stef, wo gehst du hin?« fragte Kate.
»Ich dachte, es wär zur Abwechslung mal ganz nett, wenn man wüßte, was hier vorgeht.«
Kate stand auf und folgte ihm, und die anderen folgten ihr. Das Frühstück war vergessen. Michael hörte Morrisons sarkastischen Schrei durch den Korridor hallen.:
»Wie können Sie es wagen hierherzukommen! Wie können Sie es wagen, mich um einen Gefallen zu bitten, nach allem, was Sie mir angetan haben!«
»Ich bitte Sie darum, weil Sie unsere allerletzte Hoffnung sind. Die Uhr läuft gegen uns, die Frist ist sehr kurz, und die konventionellen Methoden haben versagt ...«
Evan wich von der Tür zurück. Er fühlte, wie ihm die Kälte langsam die Beine hochkroch, von den Zehenspitzen bis zur Hüfte. Er erkannte die Stimme – und ihre flammende Empfehlung, vor achtzehn Monaten. Die Stimme eines sehr gefährlichen Mannes. *Mein Gott, wollte Smith schon wieder die Zügel anziehen? Jetzt schon?*
Morrison war wahnsinnig gewesen, Smith überhaupt hereinzulassen. Der Mann hörte sich zahm an, aber das würde

nicht andauern. Smith machte keine Deals – er stellte Ultimaten. Und wenn er nicht bekam, was er wollte, würden Leute leiden. Als Robert Francis zu schwer in den Griff zu kriegen war, hatte Smith einfach alles angezündet. Aber diese Gruppe war anders. Dagegen war die letzte Kinderkram gewesen. Diese Leute waren stärker, gefestigter. Da brauchte es schon mehr als einen einsamen Judas und eine Fackel um Mitternacht, um sie aufzuhalten. Diese Leute würden sich wehren – und bei Gott, sie hatten die Mittel.

Aber Smith hatte noch ein As im Ärmel, von dem Morrison nicht einmal etwas wußte. Evan. Er gehörte Smith zweimal: einmal, weil er ihm das Leben gerettet hatte, und einmal für das Geheimnis, das Smith eineinhalb Jahre mit sich herumgetragen hatte. Die Wahrheit war, daß Smith alles in der Welt von Evan verlangen konnte. Und wahrscheinlich auch würde.

»Ich kaufe Ihnen Ihre Gerechtfertigte-Wut-Tour sowieso nicht ab«, sagte Smith. »Auf so eine Gelegenheit haben Sie doch nur gewartet!«

Morrison antwortete nicht sofort, aber als er es dann tat, war seine Stimme voller Wut.

»Na schön. Wir machen es, aber ich will nicht mit diesen Leuten reden. Kein Wort, über nichts. Ich will nicht, daß sie etwas wissen.«

»Dafür ist es jetzt ein bißchen zu spät, wo *er* hier ist.«

»Das Problem hab ich schon unter Kontrolle.«

»Dann steht der Deal?«

»Solange Sie mir aus dem Weg gehn. Ich werde nicht erlauben, daß Sie diesen Haushalt durcheinanderbringen – verstanden?«

»Ich komme mit dem Hut in der Hand zu Ihnen.«

»Und einem Schlagring an der Hand. Das werde ich nie vergessen.«

Die Tür wurde aufgerissen. In dem Bruchteil einer Sekunde, bevor er realisierte, wer da draußen in der Halle stand, war Smiths Gesicht eine Studie: rot vor Wut, aber übernatürlich freudig erregt. Michael fand, er sah aus wie ein verhungernder Mann, dem man gerade ein fünfgängiges Menü versprochen hatte. Dann holte sein Verstand seinen Blick ein, und er hatte sich sofort wieder vollkommen unter Kontrolle, ohne mit der Wimper zu zucken.

»Was wollt ihr?« fragte er die Hellseher.

Stef drängte sich an ihm vorbei ins Zimmer, der Rest folgte ihm.

»*Was* gibt's, Stef?«

»Ich möchte wissen, warum die Regierung hier ist«, sagte Stef.

»Darüber reden wir später. Jetzt ist keine Zeit dazu.«

»Ich finde, das ist doch keine so unerfüllbare Bitte«, sagte Kate.

»Ich hab nicht gesagt, es wäre unsinnig. Ich hab gesagt, dazu haben wir keine Zeit. Es gibt Prioritäten.«

Stef nickte kritisch. »Und wer bestimmt jetzt diese Prioritäten – er?«

»Hör auf, bevor du falsche Schlüsse ziehst. Mr . Smith *ist* ... «

»Nicht Smith, Harry, das kannst du mir doch nicht erzählen.«

»Ich hab gesagt, hör auf! Smith ist bei der Regierung, aber er ist nicht hier, um uns zu dirigieren. Er ist gekommen, um uns um etwas zu bitten.« Morrison wandte sich an Smith. »Sagen Sie's ihnen.«

Smith sah so aus, wie Stef ihn beschrieben hatte, nur größer und mit kälteren Augen. Er war zwar nicht gekommen, um Befehle zu erteilen, aber seine abgehackte Stimme war deshalb nicht weniger autoritär. »Vor sieben Tagen wurde der Sohn von Außenminister William Russel gekidnappt. Eine Lösegeldforderung von zwei Millionen und die Forderung von sicherem Geleit für die Kidnapper sind gestellt worden. Die von ihnen gesetzte Frist läuft in drei Tagen ab; wenn die Frist nicht eingehalten wird, haben die Kidnapper gedroht, damit anzufangen, den Körper des Knaben zu verstümmeln und ihn Stück für Stück nach Hause zu schicken, bis der Minister kapituliert.«

»Und?« fragte Stef.

»Und was?«

»Was sollen wir dagegen tun?«
»Das liegt doch auf der Hand. Ihr werdet den Jungen finden.«
»So einfach. Ist Ihnen vielleicht schon mal in den Sinn gekommen, daß wir vermißte Personen in der Gruppe noch nicht gemacht haben? Es könnte Wochen dauern, das zu kriegen, was Sie wollen – angenommen, daß wir es überhaupt kriegen!«
»Lassen Sie es mich so ausdrücken: Momentan haben wir nichts mehr zu verlieren.«
»Außer das Leben des Kindes.«
»Deswegen bin ich ja hier.«
Morrison mischte sich ein. »Smith, Sie haben gesagt, Sie haben eine Kopie der Lösegeldforderung dabei?«
Smith holte eine Fotokopie aus einem großen braunen Umschlag auf dem Kaffeetisch. Morrison gab sie den Hellsehern, die ihn von Hand zu Hand weiterreichten. Nachdem Stef sie gelesen hatte, gab er sie Michael über Claires Kopf hinweg und warnte ihn mit einem Blick, es das Kind nicht sehen zu lassen.
»Ich will's auch sehen, Stef«, sagte Claire.
»Du willst es nicht sehen, Liebling, glaub's mir.«
Er hatte recht. Michael las die Kopie, die üblichen ausgeschnittenen Buchstaben und die widerlichen Details.
»Wir haben den Jungen«, stand da. »Wir schicken seine Haare als Beweis [das sah aus wie eine Whiskyreklame]. Zehn Tage Zeit, um zwei Millionen an einen bestimmten Ort zu bringen, und sicheren Flug [das sah aus, als wäre es aus einer Fluggesellschaftsreklame ausgeschnitten worden]. Südamerika. Handelt jetzt! Oder bereut. Fristgerecht oder Eins-pro-Tag [der Rest war mit Bleistift geschmiert, als hätte der Autor die Geduld verloren beim Buchstabenpuzzle], linkes Ohr, einen Finger nach dem anderen von der linken Hand, die ganze rechte Hand, beide Füße, Eier.«
Am Ende der Notiz war die bedrohlich selbstzufriedene Unterschrift: »Du wirst weich werden. Wir bleiben in Verbindung.«
»Jetzt wißt ihr, womit ihr es zu tun habt«, sagte Morrison.

»Irgendwelche Einwände? Dann gehen wir ins Pyramidenzimmer.«

Die Hellseher, ohne den abwesenden Karel, nahmen ihre Plätze ein.
»Michael«, Morrison sprach mit dem Kontrollzimmer. »Hast du die Programme eingestellt?«
»Ja.« Seine Nerven vibrierten in Erwartung der nächsten Frage Morrisons.
»Würdest du bitte hier reinkommen?«
Michael nahm, zu Morrisons großer Überraschung, bereitwilligst seinen Platz ein.
»Was – diesmal keine Beschwerden?«
Michael tat desinteressiert: »Ihr braucht doch eine Kontrolle.«
»Ich beschwer mich ja nicht – ich warte nur schon drei Wochen, daß du ein Einsehen hast. Wird das nicht ein bißchen hart für dich?«
»Wenn ich die Wahl habe zwischen Härte hier drin und Langeweile da draußen, dann bleib ich hier, danke.«
»Wie du möchtest.« Er wandte sich an Stef. »Du hast schon mehr mit vermißten Personen gearbeitet als alle anderen. Übernimmst du die Leitung?«
Stef starrte auf den Boden. Er kochte vor Wut. »Ich habe nicht zugesagt, daß ich hier mitmache.«
»Warum, in Gottes Namen, denn nicht?«
»Weil ich nicht die Verantwortung für etwas haben will, was diese Leute nicht selber schaffen.«
Smith sagte: »Brauchen Sie erst einen Beweis, daß diese Kidnapper es ernst meinen, Farley? Ist es das?«
Stef zuckte zusammen. »Woher weiß er meinen Namen, Harry?«
Smith fuhr fort, als hätte er ihn nicht gehört: »Vielleicht müssen Sie erst ein Ohr oder ein Finger von dem Jungen sehen, bevor Sie –«

»Sie haben doch keine Ahnung, was wir hier machen!«
»Dann sagen Sie's mir.«
»Nein, sagen Sie's *mir*: Was passiert mit dem Jungen, wenn wir ihn nicht retten können?«
Smith deutete auf die Lösegeldforderung. »Das vielleicht.«
»Richtig. Und wenn der Junge stirbt, wer wird sich dann verantwortlich fühlen – Sie? Werden Sie nachts wachliegen und drüber nachdenken? Das bezweifle ich.« Stef machte einen ganz verkniffenen Mund. Die anderen Hellseher beobachteten ihn ängstlich. Sie waren verstört, weil dieses Treffen plötzlich so eine häßliche Wende genommen hatte, und warteten auf seine Vorgabe.
»Also, was werden Sie tun?« Smiths Stimme war sehr geschäftsmäßig. »Je mehr Zeit Sie für Ihre Entscheidung brauchen, desto weniger bleibt Ihnen zum Arbeiten.«
»Bestimmen Sie jetzt, was wir tun?«
»Nein, tut er nicht!« sagte Morrison hastig.
»Warum machen wir das denn?«
»Erst einmal, weil ihr etwas versucht, was ihr nie zuvor probiert habt, und zweitens ist es ein Job, den ich aus Gewissensgründen nicht ablehnen kann. Wie ist das bei dir?«
Stef dachte sehr lange darüber nach. Am Ende stimmte er zu, aber nicht ohne Einschränkungen. »Ich laß mich darauf nur ein, weil ich glaube, daß Sie unfähig sind, den Jungen alleine zu retten. Das sollen Sie wissen. Aber sobald ich angefangen habe, endet unsere Beziehung. Ich möchte, daß Sie aus meinem Blickfeld verschwinden. Verstanden?«
Morrison ließ Stef keine Chance, seine Meinung zu ändern. »Er versteht's. Was brauchst du für die Arbeit?« fragte er.
»Ich muß den Tatort besichtigen, aber das ist wahrscheinlich nicht möglich.«
»Ist es nicht. Der Junge ist in Colorado gekidnappt worden.«
»Und ich hab geglaubt, es wäre einfach. Was hat er gemacht, als er gekidnappt worden ist?«

»Gezeltet.«
»Allein?«
»Da war noch ein anderer Junge dabei, namens Gene Perry. Er ist auch vermißt, aber er wird in der Lösegeldforderung nicht erwähnt.«
»Na gut. Können Sie mir Fotos vom Lagerplatz besorgen? Und natürlich ein Bild des Jungen. Ich werde Karten brauchen – und alles greifbare Beweismaterial vom Tatort.«
»Da hab ich schon einiges im Auto«, sagte Smith. »In der Zwischenzeit«, – er langte in den braunen Umschlag – »arbeiten Sie mit diesen.«
Smith gab dem Hellseher zwei Dinge: eine Fotografie, ein Studioporträt eines fröhlichen, mondgesichtigen Jungen, der nicht viel älter als Claire war. Das Foto hatte viel vom Charakter des Jungen eingefangen – listige, grüne Augen zwinkerten in seinem rosa Gesicht. Es war ein rührendes, aber für die Hellseher unbrauchbares Foto.
Das zweite war eine Baumwolljacke. Die Hellseher überprüften sie genau. Jeder von ihnen faßte das Kleidungsstück anders an. Der eine rieb dran, der andere streichelte es, der nächste klopfte es ab. Einige Minuten lang war das einzige Geräusch im Raum das Rascheln des Stoffes.
Nachdem die Untersuchung beendet war, fixierten alle fünf Hellseher Smith mit bösen Augen. Stefs Augen suchten in jedem Gesicht Zustimmung zu einem unausgesprochenen Entschluß. Alle waren sich einig.
Plötzlich packte er die Jacke und warf sie Smith ins Gesicht.
»Was, zum Teufel, ist denn jetzt los?« rief Morrison.
»Er ist dein Freund – find du's raus! Das Beweisstück ist eine glatte Fälschung! Wenn er Spielchen spielen will, dann gib ihm einen Zehner und schick ihn in einen Spielsalon!«
»Was soll das heißen, ›eine Fälschung‹?«
»Diese Jacke war noch nicht mal in der Nähe des Jungen auf dem Bild!«

Morrison ging wütend auf Smith zu, der die Jacke gelassen von seiner Schulter nahm.

»Raus!« sagte Morrison knapp.

»Erspar mir deinen verletzten Stolz, ja?« antwortete Smith. »Ich konnte es mir nicht leisten, Zeit zu vergeuden, um rauszufinden, ob deine Medien gut sind, also hab ich getan, was zu tun war.«

»Gibt es eine echte Jacke?«

»Nein. Aber im Auto sind andere Sachen.«

»Bring rein, was du dabei hast – und dann werden wir uns mal unter vier Augen unterhalten.«

Morrisons wütender Blick durchbohrte den Rücken des Mannes.

»Elliot, wo, zum Teufel, steckt Karel?«

»Woher soll ich das wissen? Warte ... da ist er ja.«

Karel kam eilig ins Zimmer und nahm seinen Platz am Tisch ein. Er holte eine Zigarette aus seiner Jackentasche und verbrauchte fast ein halbes Streichholzbriefchen bei dem Versuch, sie anzuzünden: Seine Hände schafften einfach nicht die gerade Linie vom Streichholzbrief zur Zigarettenspitze.

Morrison sagte nichts wegen der verbotenen Zigarette. Er sagte nur: »Ich werde dir erklären, worum's geht.«

»Nicht nötig«, murmelte Karel.

»Aber du weißt doch nicht – «

»Nicht nötig!«

Karels schlechte Laune – genau wie das Rauchen – waren ein neues Phänomen. Michael hatte beobachtet, wie Karels perfekte Höflichkeit in den Tagen nach dem Konzert immer mehr abbröckelte, bis sie kaum noch reichte, seine zerfetzten Nerven zu kaschieren. Wenn die anderen Hellseher die Veränderung registriert hatten, ließen sie sich trotzdem nichts anmerken. Karel war immer noch das Idol des Pyramidenzimmers, sie hatten gesehen, wie er Wunder aus der Luft holte.

Smith kam mit einem großen Pappkarton voller Beweisstücke vom Tatort ins Zimmer zurück. Karels Augen fixierten sich auf den Karton. Er winkte ihn ungeduldig zu sich her.

Obenauf lag eine schmutzige khakifarbene Mütze, die mit einem weißen Schild als offizielles Beweismaterial gekennzeichnet war. Karel sah nur diese Mütze. Er hob sie vom ordentlichen Stapel herunter, streichelte den Stoff, prüfte das Material mit seinen Fingern und beugte seinen Kopf darüber, als würde er horchen, was sie ihm zu erzählen hatte. Er untersuchte die Mütze so genau, als würde er nach einem Webfehler suchen. Er strich mit den Fingern über einen bräunlichen Fleck, der höchstens so groß wie ein Pfennigstück war – und hielt inne. Sein Gesicht verzog sich zu einer kranken, gequälten Grimasse, er zerknüllte die Mütze und warf sie von sich. Er erschauderte von Kopf bis Fuß und drehte sich mit dem Stuhl vom Tisch weg.
Kate nahm die Mütze. Ihre Hände strichen über den Stoff, aber sie spürte den Makel nicht. Sie las das weiße Schild, das dran hing.
»Gene Perry. War das nicht der Freund des Jungen? Was ist mit ihm passiert, Karel?«
Karel wollte nicht hochschauen, nicht antworten.
»Ist er tot?«
Karel nickte.
»Ist er ermordet worden?«
Karel nickte wieder. Er zog ein Taschentuch aus dem Jackett und wischte sich verbissen damit die Hände ab.
Morrisons Stimme tönte aus dem Kontrollzimmer: »Smith sagt, Gene Perrys Leiche ist noch nicht gefunden worden. Kannst du sie finden?«
Kate schob die Mütze zu Karel zurück, dem Urheber der Vision. Karel legte sie vorsichtig weg und schüttelte den Kopf.
»Ich werd's versuchen«, sagte Marva. »Michael, gib mir die Mütze.«
Michael nahm die Mütze, zögerte, schaute von der Kappe in Karels Gesicht und zurück in die Erinnerung der Gasexplosion.
»Was ist denn los mit dir? Gib sie mir!«
Seltsam gemischte Gefühle, dachte Michael. Man weiß, daß man

sich am Feuer verbrennt, aber man will es trotzdem einmal berühren, um selbst zu fühlen, wie heiß es ist.

»Michael!«

Michael schob Marva die Kappe hin – mit dem Bleistift.

Zuerst Marva, dann Stef, Claire, Evan und Kate. Alle beklagten sich, daß die psychische ›Witterung‹ der Kappe kalt wäre. Eine Stunde Arbeit brachte nur ein zerrissenes, zusammengestückeltes Bild einer Farm, einer Schotterstraße und eines frisch aufgeschütteten Erdhügels. Kein Bild fügte sich ins andere: Sicherer Tod blieb in einem unbestimmten Grab liegen.

Die Mütze gab zwar wenig Informationen preis, aber die übrigen Indizien bargen ein paar böse Überraschungen. Marva riß den Klebestreifen von einem Umschlag, den ihr Stef gegeben hatte, und steckte die Hand hinein. Sie schrie auf und ließ den Umschlag und seinen Inhalt zu Boden fallen.

Michael bückte sich und hob den Umschlag wieder auf, vorsichtig, mit den Fingerspitzen. »Was ist passiert?« fragte er.

Marva weigerte sich, den Umschlag zu nehmen. »Sehr heiß.«

»Was ist da drin?«

»Ich weiß es nicht.«

Kate schaute gelassen hoch. Sie war gerade in der Vorbereitung. »Gib mir den Umschlag«, sagte sie.

Michael tat das.

Kate drehte den Umschlag um und ließ den Inhalt auf den Tisch flattern. »Heiß ist richtig«, murmelte sie.

Die echte Lösegeldforderung.

Kates Finger verharrten über dem Papier. »Das wird böse, ich will es so kurz wie möglich machen. Ich werde versuchen, das Bild auf einmal rauszuholen.« Sie unterbrach. »Michael, wahrscheinlich ist das albern, aber ich muß dich um einen Gefallen bitten, weil ich glaube, du bist der einzige hier, der vor Schaden sicher ist.«

»Was soll ich tun?«

»Wenn's brenzlig wird, zieh einfach meine Hände vom Papier, okay?«

Michael nickte. Sein Herz schlug bis zum Hals, aber er versuchte, das hinter einem gelassenen Äußeren zu verbergen. Er hatte Angst um sie.

»Sei vorsichtig.«

»Ich werde mein Bestes tun.«

Kate beendete ihre Vorbereitung. Sie legte ihre Handfläche auf das Papier und versank in Gedanken und Konzentration darin. Sie wich sofort vom Tisch zurück und versuchte ihre Hände wegzureißen. Michael wollte aufstehen.

»Noch nicht«, sagte sie.

»Geht's dir gut?«

»Wenn ich lernen könnte, daß es ein Vegnügen ist, meine Hände in einen Eimer Würmer zu stecken, wär alles in Ordnung. Laß es mich noch mal versuchen.«

Sie konzentrierte ihren Willen, um sich dazu zu bringen, dem, was sie in dem Brief gesehen hatte, ins Auge zu sehen. Sie holte Luft und tauchte in den Sumpf.

»Drei Männer«, sagte sie. »Gewalttätig, unberechenbar. Nicht sehr gebildet, aber raffiniert.«

Sie redete schneller. »Alle drei sind wegen Gewaltverbrechen vorbestraft, alle waren schon im Gefängnis. Zwei sind erst kürzlich wegen eines Verfahrensfehlers von einer Mordanklage freigesprochen worden. Einer hat eine Frau ermordet und ist nie erwischt worden. Vergewaltigung, Mord, bewaffneter Raubüberfall ... die schneiden den Jungen in Stücke, ohne mit der Wimper zu zucken. Die freuen sich sogar drauf.«

»Namen, Kate!« rief Morrison.

Kate rutschte weg mit ihren gefangenen Händen, als wollte sie sich schützen. »Einer von ihnen hat seinem Opfer die Finger abgeschnitten, um ihre Ringe zu kriegen.«

»Namen!«

»Keine Namen.« Sie versuchte anscheinend, die Vision abzuschütteln. Sie hob die Finger vom Tisch, aber ihre Handflächen blieben an dem Brief hängen. Die Worte drängten sich aus dem

Mund. »Sie waren in einem Motel in Phoenix, Arizona, als sie den Brief geschrieben haben, es heißt Lazy-B oder so ähnlich. Und sie haben eine Tankstelle ausgeraubt, um den Plan zu finanzieren. Sie haben den Tankwart genommen und ... O nein, nicht mehr, Michael, nicht mehr, bitte!«
Michael und Stef kamen gleichzeitig bei Kate an. Beide griffen nach ihren Händen.
»Stef, bleib weg!«
Michael packte Kates Handgelenke und schüttelte den Brief ab. Kate zitterte von Kopf bis Fuß. Michael nahm sie in den Arm und drückte sie fest an sich, dann rieb er ihre eiskalten Hände.
Stef beobachtete die beiden mit unergründlichem Gesichtsausdruck. Er setzte sich wieder an seinen Platz und holte ohne Umschweife den nächsten Gegenstand aus dem Karton.
»Was hast du da, Stef?«
»Eine Blechtasse.«
*Die Tasse, hoch über dem Kopf des Jungen, in einer sinnlosen Geste der Selbstverteidigung; der flache Bogen über dem Kopf, als sie aus seiner Hand geschlagen wird ...*
»Evan, was ist das?«
»Ein Stück Schnur.« *Der Junge: bewußtlos.* »Sie haben den Jungen gefesselt und ihn unter einer Decke auf dem Boden des Autos versteckt.«
»Was für ein Auto?«
»Woher soll ich das wissen?«
»Claire?«
»Ich hab ein Stück Stoff.«
*Angst Angst Angst.*
»Kate, hast du gesehn, was für ein Auto es war?«
Kate löste sich von Michael. »Ich hab nichts gesehn.«
»Karel, du?«
»Nichts.«
»Mein Gott.«
»Was, Marva?«
»O nein.«

»Was hältst du denn?«
Marva ließ ein halbvolles Streichholzbriefchen auf den Tisch fallen.
*Der Schlag – von oben, von hinten.*
Karel: »Denk nicht dran, Marva.«
»Was sieht sie, Karel?«
»Gene Perry hat die Streichhölzer in der Hand gehabt, als er ... Claire, faß sie nicht an!«
»Ich wollte bloß sehen.«
»Setz dich!«
»Haben sie ihn mit einer Pistole umgebracht, Karel?«
*Der Schlag.*
»Vergiß es.«
»Ich will es wissen.«
»Nein, sie haben ihn nicht mit einer Pistole umgebracht.«
*Der Schlag.*
»Wie denn dann ... ?«
»Frag mich nicht! Setz dich!«
Die Arbeit ging voran. Erstaunliche Klarheit, gefolgt von Durststrecken. Aber nach einiger Zeit häuften sich die Durststrecken, die klaren Visionen wurden weniger. Nach zehn Stunden Arbeit wußten die Medien auch nicht viel mehr über den Verbleib von Keith Russell als am Anfang des Tages.
Kate rebellierte schließlich. »Ich kann das nicht mehr tun«, sagte sie. »Ich muß hier raus.«
Morrison kam schnell ins Zimmer. »Kate ... gib mir zwei Stunden mehr.«
»Keine zwei Minuten.«
»*Eine* Stunde dann. Manchmal ist das letzte, was du versuchst, das erfolgreichste, das weißt du doch.«
Stef stand auf und verdrehte seinen langen Körper, um seine steifen Muskeln im Rücken zu strecken. Er ging um den Tisch herum zu Kate und führte sie behutsam zur Tür.
»Der Junge hat noch zwei Tage«, sagte er mit dumpfer Stimme. »Wenn wir mit dem Druck leben können, kann er das auch.«

»Da wird Keith sicher sehr dankbar sein, da bin ich sicher.«
Stef blieb mit dem Rücken zu den anderen stehen. »Bitte, lieber Gott, behüte mich vor Idioten und der Chefetage.« Er wandte sich zu Morrison. »Sie verlangen das Unmögliche. Ich schaff es nicht. Kate schafft es nicht. Sie können die ganze Nacht fordern und drohen, soviel Sie wollen, aber wir sind fertig. Wir – können – nicht – mehr – tun. Okay? Klar?«
»Definitiv nicht okay.«
»Auch damit werde ich lernen zu leben. Wer kommt mit?«
Kate berührte seinen Arm, als sie das Zimmer verließ. »Danke, Mann mit der Maske«, sagte sie.

Die Sonne war untergegangen. Die graue Stunde hatte das Haus in ihren Fängen. Der störende Einfluß von Smith wirbelte wie ein kalter Luftzug durch die stillen Gänge.
Michael eilte durch die Eingangshalle zur Bibliothek. Er wußte nicht, warum er schnell ging, wußte nicht genau, wohin. Seine ziellose Eile hatte ihren Ursprung in Rastlosigkeit und dem Bedürfnis, mit Kate über die Ereignisse des Nachmittags zu sprechen, und dem Verlangen nach Antworten.
Die Silhouette an der Terrassentür war groß und schlank. Die lässige Haltung – das konnte nur Stef sein.
»Wo ist Kate?«
Stef drehte den Kopf zu Michael. Das Nachsonnenuntergangslicht hatte seine blauen Augen verdüstert. Er sah aus wie ein Mann, der vor schweren Entscheidungen steht. Stef sah Michael und ignorierte ihn unverständlicherweise.
»Stef, wo ist Kate?« wiederholte Michael.
Der Mann wollte mit niemandem reden. »Woher soll ich das wissen?«
Die Antwort paßte Michael nicht. »Du bist nach dem Abendessen mit ihr weggegangen.«
»Das war vor zwanzig Minuten. Ich weiß nicht, wo sie ist.«
»Deine Zickigkeit heute hat mich nicht gerade beeindruckt«, sagte Michael mit hochrotem Kopf.

Stef warf ihm einen erstaunten Blick zu, seine Gedanken wurden für einen Moment in den Raum zurückgeholt. »Was?«
»Deine Launen gehn mir allmählich auf den Keks.«
Stef lächelte verlegen. »Wie kommt das?«
Seine angestauten Gefühle kochten plötzlich über. »Du. Dein Gehabe. Den ganzen Tag schon! Du warst wirklich zum Kotzen«, sagte Michael.
Stef sagte nichts, wartete ab, was er sonst noch zu sagen hatte.
»Dein Primadonnengetue kann ich akzeptieren. *Vielleicht.* Aber die Paranoia wegen der Regierung, das ist zuviel!«
»Warte. Langsam.« Stef winkte ab. Er sprach langsam, sehr vernünftig, geduldig, konziliant. »Ich bin unter der Bedingung hierhergekommen, daß dieses Forschungsprojekt sauber, medienfrei und unabhängig von äußeren Einflüssen ist. Das heißt, keine geschäftlichen Interessen und keine Regierungsmachenschaften. *Keine.* Harrys ›Humanitäre Gründe‹-Entschuldigung gilt bei mir nicht. Was mich betrifft, erlischt mein Vertrag mit dem Erscheinen Smiths im Haus.«
»Du glaubst doch nicht, daß Morrison bewußt sein Wort gebrochen hat.«
»Ich weiß es nicht. Aber das kommt letztendlich aufs selbe raus.«
»Und das nennst du nicht Paranoia?«
»Michael, die Regierung würde jubeln, wenn wir Erfolg hätten. ›Humanitäre Gründe‹ ist ein toller Fuß in der Tür. Und glaube mir, wenn du sie einmal reinläßt, wirst du sie nie wieder los. Eine harmlose Bitte führt zur nächsten, früher oder später wird es dann sehr schwer, nein zu sagen. Keiner droht direkt, aber man kriegt das Gefühl, daß die Geldquellen auf geheimnisvolle Weise versiegen, wenn man nicht kooperiert. So geht das nämlich. Plötzlich wird einem dann bewußt, daß man keine andere Wahl mehr hat, und man weiß gar nicht mehr genau, wie es dazu gekommen ist. Sie wollen, daß wir Erfolg haben, denn, je mächtiger wir sind, desto mächtiger sind auch *sie*. Das darfst du nie vergessen.«

»Wie kommst du darauf, daß sie hier mitmischen wollen?«
»Weil sie sich auch beim Robert-Francis-Projekt eingeschlichen haben, und dort hat es genauso angefangen! Mein Bruder war in dem Haus! Je schlimmer es wurde, desto öfter hat er sich in seinen Briefen bei mir beklagt. Er wollte Namen nennen, glaubte aber, die Briefe würden dann nie aus dem Haus gelassen werden. Dem Ende zu ist es ihm dann gelungen, mir zu sagen, die Regierung würde sogar versuchen, einige der Hellseher zu bestechen, damit sie die anderen bespitzeln.«
»Ich bin natürlich bereit zuzugeben, daß ich paranoider bin als die meisten Leute, aber meine Paranoia ändert nichts an der Tatsache, daß die Regierung in dem Haus war, in dem sie gar nicht sein sollte, und daß ein geheimnisvolles Feuer einen Haufen Leute verbrannt hat, die nicht tun wollten, was die Regierung verlangte. Diesen Zufall hab ich nie zu meiner Zufriedenheit klären können.«
»Aber Smith ist weg!«
»Mein Bruder Brian auch. Smith wird morgen wieder da sein. Brian nicht. Schau ... ich bin wirklich nicht arrogant oder launisch, wenn ich sage, daß wir sechs momentan ein ganz heißes Eisen sind. Smith mag unschuldig sein oder auch irgendwas aushecken, aber was immer es ist, Michael, das eine schwör ich dir: Ich werde nicht zur Geheimwaffe. Für niemanden. Nicht, solange ich noch ein Fünkchen Willen im Leib habe.«

»So, Evan, du hast also geglaubt, ich könnte mich nicht an dich erinnern.«
»Jetzt machst du auf einmal einen auf Medium. Du bist ein andrer Mensch geworden, Smith. So zurückhaltend warst du das letzte Mal, als wir uns gesehn haben, nicht.«
»Du weißt nichts mehr über mich. Du kennst mich nicht. Denk drüber nach.«
»Was immer du sagst. Ich bin der unterwürfigste und sanfteste Mensch, den es gibt.« Das überraschende Treffen mit Smith

machte Evan nüchtern. Es gefiel ihm nicht. Er wollte was zu trinken. »Was machst du hier?«

»Alles ein bißchen im Auge behalten.«

»Willst du damit sagen, du hast das Kidnapping arrangiert? Ist es gestellt?«

»Nein, das ist echt. Günstig, aber echt.«

»Ich hab mich schon gefragt, wie lange es wohl dauern wird, bis du aufkreuzt. Wann fährst du?«

Smith ignorierte ihn.

»Und wenn wir schon mal dabei sind: Was machst du überhaupt hier? Das ist Morrisons Projekt. Ich dachte, er hätte es mit unabhängigen Mitteln finanziert?«

»Das glaubt er auch. Sollen wir davon ausgehen, daß du mit demselben Belohnungssystem wie letztes Mal arbeitest?«

»Nein! Diesmal wirst du meinen Kopf nicht wieder in diese Scheißschlinge stecken!«

»Ich glaube, du hast gar keine andere Wahl. Hast du Farley von dem Robert-Francis-Feuer erzählt – daß du seinen Bruder ins Zimmer eingesperrt hast? Wahrscheinlich nicht, außer du wärst inzwischen ehrlicher, als du das letzte Mal, als wir uns gesehn haben, warst.« Er bekam keine Antwort. »Deine Mitarbeiter: Wie kontrollierbar sind die?«

»Zu früh, um das zu wissen.«

»Erwarte ja nicht, daß ich das glaube, oder ...«

»O Gott. Versteckte Drohungen.«

»Ich bin nicht wegen der Matineevorstellung hier.«

»Laß mich in Ruhe! In diesem Haus passieren viele komplizierte Dinge. Man braucht Zeit, um dahinterzusteigen.«

»Wieviel Zeit?«

»Bis ich sicher bin.«

»Dann werde sicher. Ich möchte, daß hier etwas Greifbares passiert.«

»Also gut, dann werd ich sie beobachten!«

»Du wirst mehr tun. Ich will sie *kontrolliert* haben. Ich möchte, daß sie bescheiden bleiben.«

»Warum brauchst du mich dazu? Das letzte Mal hast du sie selbst ziemlich bescheiden gehalten: die bescheidenste Asche, die ich je gesehn hab.«

»Feuer passieren nun mal, Evan.«

»Natürlich.«

Im Gang vor dem Arbeitszimmer unterdrückte Claire einen Schrei und kroch vorsichtig davon, damit ja niemand sie hörte. Sie verstand nicht, worüber die beiden Männer redeten, aber sie erkannte die Kombination aus einem ihrer Träume.

*Dreh dich nicht um.*

Nie wieder. Claire würde nicht mehr schlafen. Sie konnte nicht. Jede Häßlichkeit, die hinter dem Traumschleier hervor ans Licht kam, öffnete den Weg zum Schlechten noch weiter, die Zeit des Traums war im Kommen. Von jetzt an mußte sie ständig Wache halten. Vielleicht gab es eine Möglichkeit, die Vision abzuwehren, bevor sie das ganze Haus in ihre Fänge bekam.

Du mußt sie bescheiden halten, hatte Smith gesagt. Das konnte Evan tun. Er hatte eine Möglichkeit – Claire hatte gesehen, wie er sie in seinen Gürtel gesteckt hatte, ehe er zu Smith gegangen war.

Evan hatte eine Pistole.

## 13

Der Tag begann und endete mit Claire.

Sie klopfte an Michaels Tür, als er gerade beim Anziehen war.

»Komm rein, Monster«, sagte Michael.

Sie blieb mürrisch im Korridor stehen, als ob sie auf eine Sondereinladung warten würde.

»Komm rein.«

Claire fummelte desinteressiert mit den Toilettenartikeln auf Michaels Kommode herum, dann warf sie sich resigniert aufs Bett.

»Du hast ja vielleicht eine Laune heute«, sagte Michael.
Sie wandte sich ab.
»Bockst du privat, oder darf ich mitmachen?«
Sie reckte den Hals, um über die Bettkante hinweg ihre Füße mit den Turnschuhen anzuschauen. Michael fragte sich, ob sie die allgemeine schlechte Laune im Haus angesteckt hatte: Die Hellseher steckten sich oft mit ihren Launen gegenseitig an.
Er versuchte es mit etwas mehr Mitleid. »Hast du Probleme? Willst du drüber reden?«
Keine Antwort. Sie seufzte aus tiefstem Herzen.
»Claire, möchtest du mir sagen, was los ist?«
Sie zuckte mit den Schultern, eine achtlose Bewegung, aber eine Aufforderung zu mehr Mitleid. Michael legte eine Hand auf ihre Stirn. Sie war kühl.
»Jedenfalls bist du nicht krank.«
Sie schüttelte den Kopf, eine zögernde Zustimmung.
»Haben wir gestern abend was falsch gemacht? Haben wir dich beim Abendessen wieder nicht ins Gespräch miteinbezogen?«
Noch ein Nein.
»Ich kann jetzt nicht das große Fragespiel mit dir spielen – du mußt mir schon sagen, was mit dir los ist, wenn ich Mitleid mit dir haben soll.«
Sie setzte sich schnell auf und streckte ihm ihre Hand entgegen.
»Es tut weh«, sagte sie.
Michael untersuchte die Hand. »Aber ich kann nichts erkennen. Hast du drauf geschlafen? Brennt sie oder prickelt sie?«
Wieder ein Schulterzucken, ein Nein.
»Deine Hand ist es nicht. Es ist was anderes.«
Sie stand mit niedergeschlagenen Augen auf und ging zur Tür.
»Ich weiß nicht, was los ist«, äußerte sie verkrampft und machte die Tür hinter sich zu.

Ihre Laune besserte sich auch beim Frühstück nicht.
»Du ißt ja nichts, Schätzchen«, bemerkte Stef freundlich.

»Keinen Hunger.«
»Wir beide machen ein Geschäft. Iß die Hälfte von dem, was auf deinem Teller ist, dann geb ich dir heute abend noch eine Zeichenstunde.«
Sie schien ihn nicht zu hören. Sie starrte ihre Mitarbeiter trübsinnig aus der dunklen Stimmung an, die in ihr gärte.
»Alles in Ordnung, Kleines?«
Sie zeigte Stef ihre Hand, genau, wie sie sie Michael gezeigt hatte.
»Tut weh«, sagte sie traurig.
Stef untersuchte bereitwillig die dargebotene Hand. »Da ist nichts.«
»Doch ist da was!«
»Dann mußt du's mir zeigen, weil ich's nicht sehe.«
»Ich hab mir die Hand an einer Flasche aufgeschnitten.«
»Nein, hast du nicht.«
»Hab ich doch!« Sie zeigte auf ihre makellose Hand. »Genau da ... siehst du nicht?«
»Tut mir leid, nein. Was ist denn in dich gefahren?«
Stef zog sie sanft an den Haaren und versuchte, sie in den Arm zu nehmen. Claire schreckte vor seiner Berührung zurück und hätte dabei fast eine Lampe vom Sideboard gestoßen.
»He ... langsam, Madame.«
»Warum macht ihr das mit mir? Warum kann ich nicht nach Hause gehn?«
»Keiner hält dich hier fest«, sagte Stef leise. »Holt Harry.«
Er legte sanft eine Hand auf ihren Arm. Sie sprang von ihm weg.
»Claire, sag uns, was los ist!«
»Ich weiß es nicht!«
»Weißt du, wo du bist?«
»Nein!« Die Augen eines Fremden glänzten in ihrem Gesicht. Sie wanderten durch ein Zimmer voller fremder Leute und blieben bei Michael und Marva stehen. »Hört auf zu streiten! Hört auf zu streiten!«

»Wir streiten nicht.«
»Sei still, Michael«, sagte Kate in scharfem Ton. »Siehst du denn nicht, was mit ihr passiert?« Sie kniete sich zu ihr und sprach das Kind mit klarer, ruhiger Stimme an. »Sag mir, wer streitet.«
»Die Männer.«
»Welche Männer?«
»Die Männer! Die Männer!«
»Die, die dich gekidnappt haben?«
Claire sprang Evan an und schlug ihm den Teelöffel aus der Hand. »Nein ... nicht wieder jemand umbringen! Ich lauf nicht weg!«
Evan stand auf und rannte los, um Morrison zu suchen.
Sie wich zur Wand zurück, ihre Augen zuckten von rechts nach links, folgten dem Verlauf einer unsichtbaren Schlacht. Sie schrie wieder, ein langgezogenes, leises Heulen. »Bitte nicht. Bitte ... « Sie zwängte sich in eine Ecke, ihr ganzer Körper zitterte vor Angst.
Marva stürzte auf sie zu, von Mitleid getrieben.
Eine Stimme fing sie ein und hielt sie fest. »Laß sie in Ruhe! Faß sie nicht an!« Karel. Seine Augen waren rußschwarz, sein Gesicht blutleer und blaß. Er stellte sich vor Claire. Sein Gesicht zeigte keine Zuneigung, kein Mitleid. Er ließ ein Sperrfeuer von Fragen auf sie niederprasseln, gnadenlos wie ein Maschinengewehr. »Bleib stehen! Hör mir zu!«
Claire gehorchte.
»Wie viele Männer?«
»Drei.«
»Haben sie dir weh getan?«
»Nicht sehr.«
»Dann versuch's. Schau, wo du bist!«
»Okay.«
»Sag's mir!«
»Ich bin in einem Haus.«
»In der Stadt oder auf dem Land?«

»Land.«
»Was für ein Haus?«
»Ein Farmhaus.«
»Wo?«
»Ich glaube ... Vermont.«
»Genauer.«
»Ganz im Norden. Die nächste Stadt hat ein College, und nah bei der Farm ist eine alte verlassene Tankstelle mit einem Dinosaurier auf dem Schild.«
»Wie lange wirst du da bleiben?«
»Bis ... O Gott!«
Sie fiel gegen die Wand, als wäre etwas Schweres auf sie gefallen. Sie riß Mund und Augen auf. Ein Schrei entrang sich ihrer Kehle und brach ihre Stimme, sie schrie mit jeder Faser ihres Körpers. Sie schlug mit den Armen in die Luft und wischte hektisch an ihren Armen herum, als wollte sie irgendeinen schrecklichen Fleck entfernen. Sie schrie wieder, lauter, höher.
Karel ging in die Mitte des Zimmers. Seine Augen waren streng, seine Haltung starr. »Claire!« befahl er. »Hier! Zu mir!«
Claire fixierte sich auf sein Gesicht, seine Stimme. Sie rannte auf ihn zu, als wäre er die Tür aus einem Alptraum. Karel sank auf die Knie, fing sie auf, umarmte sie und drückte sie fest an sich. Er wiegte sie, tröstete sie, als wäre sie sein eigenes Kind. Seine Stimme flüsterte jetzt, streichelte, entschuldigte sich immer und immer wieder: »Tut mir leid, tut mir leid, tut mir leid.«
Stef berichtete die Details, ohne einmal Luft zu holen. »Keith Russell ist in einer Collegestadt im Norden von Vermont. Er wird in einem Farmhaus in der Nähe einer verlassenen Sinclair-Tankstelle festgehalten. Ist das genug, um das Kind zu retten?«
»Sollte es sein.«
»Dann gib es Smith und schieb ihn ab.«
Morrison lief hinaus auf den Korridor.
»Und, Harry!«
Morrison blieb stehen.

»Nimm dir vielleicht mal eine Minute Zeit, um über Claire nachzudenken. Um deinetwillen hoffe ich, daß *dem* Kind nichts fehlt.«

# WOCHE DREI

# 14

Keith Russell war in Sicherheit. Smith dirigierte vom Kontrollraum in Astor House aus die fünfzig Mann starke Elitetruppe, die den Jungen noch vor Tagesende aus dem Farmhaus befreite. Er verschwand ohne ein Wort des Dankes oder des Lobes und hinterließ ein Haus voller feiernder Leute. Keith war in Sicherheit. Und Claire.

Morrison organisierte ein besonderes Abendessen für das Kind, das die Tortur ganz locker überstanden hatte. Beim Essen waren alle gut gelaunt und genossen, wie Michael bemerkte, das einzige wirkliche Vergnügen, das die Gruppe in den fast vier Wochen, in denen sie zusammen waren, gehabt hatte. Erst nach Mitternacht holte die Müdigkeit die Feiernden ein. Claire nickte an Karels Schulter ein. Ein Engel flog vorbei.

Claire bekam Schluckauf, ein lächerlich lautes Geräusch in dem ruhigen Zimmer. Evan kicherte. Claire wachte auf und kicherte über Evans Kichern. Michael kicherte über beide. Die ganze Albernheit des Abends fing sich in diesem einen Moment und steckte alle Leute an. Keiner war immun. Sie lachten über alles und nichts, lachten, bis sie keine Luft mehr kriegten, bis ihnen die Tränen übers Gesicht liefen. Michael beobachtete, wie gesund dieses Verdrängungsmanöver war. Einer nach dem anderen versuchte zur Tür zu gehen, um dem Wahnsinn zu entrinnen, wurde aber wieder von Lachsalven niedergestreckt, fiel hilflos vor Lachen zurück ins Zimmer.

Plötzlich hörte Stef mitten in einem Lacher auf und krümmte sich vor Schmerzen. Der Moment ging im allgemeinen Gelächter unter. Michael allein sah, wie es passierte. Instinktiv hielt er

ihm seine Hand entgegen. Stef warf ihm einen bösen Blick zu und torkelte aus dem Zimmer.
Michael war wie vom Donner gerührt, wußte nicht, was er sagen sollte, wem er es sagen sollte.
Er fragte Morrison: »Ist mit Stef alles in Ordnung?«
Morrison unterbrach den Witz, den er Elliot erzählte, war aber zu fröhlich, um genau hinzuhören, was Michael sagte. »Ja, natürlich – wo ist er?«
»Er ist gerade aus dem Zimmer gegangen.«
»Sehr gescheit. Zeit, daß wir alle ins Bett kommen.« Morrison drehte sich um, um seinen Witz zu Ende zu erzählen.
»Da ist etwas passiert.«
»Er wird schnell müde, das ist alles.«
Das war nicht alles. Michael war sich sicher. Aber erst als der Schock über Stefs Reaktion zur Sorge geworden war und aus der Sorge Schlaflosigkeit – erst als Michael um drei Uhr nachts wach in einem Stuhl in der Bibliothek saß –, da erkannte er, wie dringend er jemanden brauchte, um über alles mal zu reden.
»Warum bist du denn noch auf?« Kate, die Erfüllerin unausgesprochener Wünsche.
Michael schaute benommen zu ihr hoch. »Ich werde verrückt. Das mach ich hier.«
Sie lächelte nicht. »Du willst mich wohl auf den Arm nehmen.«
»Nur zur Hälfte.« Er rieb sich das Gesicht. »Weißt du, du hast die unheimliche Angewohnheit, immer genau dann aufzutauchen, wenn ich dich am allermeisten brauche.«
»Ich bin nur gut im Raten.«
»Wir müssen aufhören, uns so zu treffen. Die Leute reden schon.« Er wartete auf ihre Reaktion. Es kam keine. »Alter Witz. Totaler Reinfall.«
»Tut mir leid.«
»Was ist denn los?«
»Ich warte, daß die Luft sich wieder beruhigt. Warum fragst du?«

»*Ich?* Hast du mal in den Spiegel geschaut?«

Michael zögerte, er war mit einemmal ernüchtert. »Kann ich dir was anvertrauen?«

»Natürlich.«

Er holte tief Luft, dann platzte die Geschichte von Stefs Anfall aus ihm heraus. Sehr irritiert mußte Michael feststellen, daß Kates Gesicht ihm keinerlei Anhaltspunkte über ihre Gefühle zu dem Mann, keinen Leitstrahl für seine eigenen Emotionen gab.

»Was ist denn los mit ihm, Kate?«

Sie schaute ihn mißtrauisch an. »Was hat er dir gesagt, daß es war?«

»Er hat gar nichts gesagt, er hat nur geschaut, als würde er mich am liebsten in zwei Mülleimern nach Hause tragen.«

»Dann kann ich deine Fragen nicht beantworten. Wenn er's dir erzählen will, dann soll er das selbst tun.«

»Warum kannst du das nicht?«

»Es steht mir nicht zu.«

»Du bist ja nicht besonders besorgt um ihn.«

»Aber doch«, konterte sie sanft. »Ich bin *sehr* besorgt. Was, glaubst du denn, hab ich gemeint, als ich gesagt habe, daß ich Stef kenne?«

Eine Pause.

»Na, sag schon was. Hab ich dich schockiert?«

»Nein, ich hab's vermutet.«

»Warum schaust du dann so niedergeschlagen?«

Er hatte Schwierigkeiten, ihr direkt in die Augen zu schauen. »Vielleicht hatte ich gehofft, du würdest dir keine Sorgen um ihn machen. Du magst ihn immer noch sehr gerne.«

»Sollte es nicht so sein? Vor fünf Jahren hab ich ihn gerne gemocht. Ich mag ihn jetzt und ich werde ihn immer mögen. Stef und ich sind Freunde. Das sollte einem bleiben, nachdem alles andere vorbei ist.« Sie lächelte. »Seh ich da Eifersucht?«

»Würde mir das was nützen?« Michael konnte das, was er eigentlich sagen wollte, nicht sagen, brachte es nicht fertig, seine

Gefühle frei auszudrücken. Eigentlich wollte er sie ganz schnell und fest in den Arm nehmen, ehe sie etwas dagegen sagen konnte. Aber der Moment verstrich aus schierer emotioneller Impotenz.
»Sag, was du fühlst«, sagte sie.
Sie legte ihre Fingerspitzen auf seinen Handrücken und ließ sie da. Wo waren jetzt ihre psychischen Kräfte, fragte sich Michael, wenn sie die Arbeit hinter seinem unbeholfenen Schweigen nicht erkennen konnte?
Kates Berührung wurde stärker. Mit der anderen Hand hob sie seinen Kopf an, bis ihre Blicke sich trafen. Ihr liebevoller Blick zeigte ihm, daß sie tatsächlich seine Gedanken gelesen hatte, daß sie sich bei ihm noch nicht festlegen wollte, aber die Möglichkeit nicht ausschloß. Der Blick verspottete ihn, weil er geglaubt hatte, er wäre kein offenes Buch für sie, daß sie in ihm nicht lesen konnte, wie sie wollte.
»Ich sehe *wirklich* alles«, sagte sie. »Ich sehe, was du gerade denkst.«
Zu seinem großen Entzücken stellte Michael fest, daß *sie* diesmal rot wurde.
Vom Gang her kam Stefs Stimme: »Laß mich in Ruhe, ja?«
»Stef ... « Morrisons Stimme war beschwichtigend.
»Ich hab gesagt, laß mich in Ruhe. Es geht dich nichts an!«
»Ich habe ein Recht zu wissen, ob es wahr ist!«
»Welches Recht?«
»Das Recht, das mit dem Territorium vergeben wird. Beantworte meine Frage.«
»Ich würde wirklich sehr gern wissen, wer mit dir gesprochen hat.«
»Gehn wir doch in die Bibliothek.« Die Tür ging ein Stück auf. »Der Gang ist der falsche Platz für dieses Gespräch.«
Die Tür schlug zu, daß die Bibliotheksfenster klirrten.
»Der Gang genügt vollkommen, Harry. Ich will wissen, wer dir Geschichten über mich erzählt hat.«

»Laß das meine Sorge sein. War die Geschichte wahr?«
Michael ließ betreten den Whisky im Glas kreisen.
»Warst du das?« fragte ihn Kate. »Hast du Morrison gefragt, was du mich gefragt hast?«
Michael nickte schuldbewußt. »Ich hab geglaubt, er hat mich nicht gehört.«
»Das hättest du nicht tun sollen«, sagte sie.
»Du kannst mich anstarren, bis deine Arterien verkalken«, sagte Stef. »Aber dir werd ich nichts erzählen.«
»Dann gibst du zu, daß es was zu erzählen gibt!«
»Ich gebe überhaupt nichts zu!« schrie Stef wutentbrannt. »Meine Gesundheit geht nur mich etwas an – warum willst du das nicht begreifen!«
»Erzähl's mir nicht. Ich find's sowieso raus.«
»Dann verschwinde und hör auf, mich um drei Uhr früh damit zu belästigen. Wenn du mit dem Kreuzverhör weitermachst, dann wirst du nur noch demjenigen Fragen stellen, der mich ersetzt.«
»Ich nehm dich beim Wort, wenn du nichts dagegen hast. Du drohst in letzter Zeit ein bißchen viel.«
»Hast du's jetzt endlich begriffen?«
»Wir könnten das gemeinsam lösen, Stef, wenn du mir sagen würdest, was du willst.«
»Ich hab's dir gesagt: Ich will in Ruhe gelassen werden!«
»Aber ich hab dich in Ruhe gelassen!«
»Warum stehst du dann hier rum und diskutierst mit mir?«
»Du erstaunst mich.«
»Du wärst nicht mal erstaunt, wenn unter deinen Füßen eine Falltür zur Hölle aufgehn würde. Ich fange an dich zu hassen, Harry.«
»Warum?«
»Weil ich merke, wenn ich ausgenützt werde, und das gefällt mir nicht.«
»Du hast keinen Grund, so etwas zu behaupten.«

»Ich hab mehr Gründe als Stunden!«

»Sag mir einen!«

»Einen großen: Du hast mich ausgelutscht. Du hast mir meine Eingeweide ausgesogen und nur Schuld wieder hineingestopft. Ich bin hier zu einem wissenschaftlichen Experiment hergekommen, und plötzlich hab ich das einzige am Hals, was ich überhaupt nicht in meinem Leben haben will: Verantwortung für andere Leute. Was hab ich nur getan, um dieses Haus am Hals zu haben?«

»Ist das alles?«

»Nein, auch deine Blindheit. Fühlst du denn nicht die Veränderungen in uns, fühlst du denn nicht, wie wir uns alle verändern? Hier fliegen Energien herum, die kein Mensch versteht und von denen niemand weiß, wie sie einzusetzen sind. Empathie, mein Gott. Was wäre, wenn Claire gestern was passiert wäre – was hättest du dann gesagt: ›Tut mir ja so leid‹?«

»Zum letztenmal, das hab ich nicht inszeniert.«

»Das ist mir egal! Was ich schon die ganze Zeit versuche dir zu sagen, ist, Claire ist kein Einzelfall. Verdammt, ich halte schon wieder Reden.«

»Sprich aus, was du sagen wolltest.«

»Was ich mehr als alles andere in der Welt hasse, ist: Jedesmal, wenn du unsere Mitarbeit brauchst, versuchst du uns deine Laßt-uns-doch-ein-Leben-retten-Tour zu verkaufen. Und weißt du was? Obwohl ich weiß, daß du uns nur wie Figuren auf dem Schachbrett herumschiebst, glaub ich es immer noch, Gott steh mir bei! Ich laß es zu, daß es mich hier ankettet, obwohl ich weiß, daß es nur ein Haufen Mist ist!« Langes Schweigen, dann: »Und?«

»Und was, Stef?«

»Hast du gar nichts zu sagen?«

»Warum sollte ich mir die Mühe machen? Du bist ja offensichtlich mit dem Bild zufrieden, das du dir von mir gemacht hast. Warum willst du, daß ich versuche, es zu ändern?«

»Sei nicht kindisch.«

»Oh, jetzt bin ich auch noch kindisch. Ein ganz schöner Katalog, manipulierfreudig, herzlos, unsensibel, herablassend, blind ... und jetzt kindisch. Ich weiß nicht, wie ich es ertragen werde, mit mir selbst weiterzuleben.«

Dann explodierte Morrison mit einemmal. »Du wirst nicht aufhören, darauf herumzureiten, stimmt's? Wirst du mich nie in Ruhe lassen?«

Stef brauchte einige Zeit, bis er antwortete. »Wovon redest du?«

»Dein Bruder. Meine Verantwortung. Das ist der Grund für deine Aggressionen – stimmt's? Du wirst mich nie vergessen lassen, daß ich ihn habe sterben lassen?«

Stef stieß ein zischendes Geräusch durch die Zähne aus, fast einen Schmerzenslaut. »Sprich nicht davon – setz das nicht gegen mich ein, ich warne dich.«

»Du hast mich gefragt, ob ich was zu sagen habe. Hab ich. Ich glaube, du reagierst übertrieben. Ich glaube, du bist hysterisch und rachsüchtig – das hätte ich dir nie zugetraut. Ich glaube, dir ist vor ein paar Stunden etwas passiert, und das hat dir einen ganz schönen Schrecken eingejagt. Und statt damit rational umzugehen, schlägst du ins Dunkel. Alles, was ich von dir will, ist ein bißchen Zeit und ein bißchen Arbeit. Ich will keinen Ärger.«

»Ein bißchen Zeit. Ich sag dir was, Harry: Du spielst deine Karten, ich meine.«

Kate machte die Tür auf, bevor Michael sie daran hindern konnte, und konfrontierte die beiden Männer im Korridor. Sie bewegte sich auf gefährlichem Boden, furchtlos. »Stef, ich will mit dir reden.«

Ihre Stimme hatte einen ungewöhnlichen Effekt auf Stef. Die Wut in seinem Gesicht war wie weggeblasen. Sein Gesicht wurde sanft und öffnete eine Tür, die nur sie betreten durfte, ihre Stimme war die einzige, die er hören konnte. Michael, der das beobachtete, wußte, daß in diesem Augenblick etwas, das in

ihnen gelebt hatte und fast gestorben war, zu neuem Leben erwacht war.
Das Telefon klingelte und klingelte noch mal. Morrison fluchte leise auf Cady und ging in das Arbeitszimmer, um ungestört telefonieren zu können. Kate führte Stef in die Bibliothek, setzte ihn hin und begann Feuer im Kamin zu machen. Sie redete nicht, wie sie vorgehabt hatte, mit ihm, ließ ihn lieber alleine mit seiner unberechenbaren Laune. Michael fühlte sich nicht wohl in seiner Haut, als er die beiden so ansah, als hätte er etwas verloren, von dem er gar nicht genau wußte, was es war, als wäre ihr zufriedenes Schweigen für ihn unerträglich.
Kate blieb in der Hocke vor dem Kamin, hypnotisiert von den aufsteigenden Flammen. Stef hinter ihr war ruhiger, aber noch nicht zufrieden. Er ging zur Balkontür und stellte sich wieder genauso hin wie gestern abend. Er stand lange in der kühlen Brise, aber er schien die Kälte nicht zu spüren. Seltsamerweise schwitzte er, als er wieder an seinen Platz am Kamin zurückkehrte. Er war angespannt und außer Atem. Seine Augen waren unruhig. Kate setzte sich neben ihn und beobachtete sein Gesicht genau, aber er wollte ihr nicht in die Augen schauen.
Kate war besorgt. »Alles in Ordnung?«
Stef reagierte nicht auf ihre Stimme. Er nahm eine winzige Pille aus seiner Jackentasche und legte sie unter seine Zunge. Er schien überhaupt nicht zu merken, was er tat, so in Gedanken war er. Es war das erste Mal, daß Michael so etwas bei ihm bemerkt hatte.
Morrison kam zurück ins Zimmer. Sein Schritt, seine Haltung, alles zeugte von seiner Aufregung. »Es ist etwas im Gange«, sagte er.
Das Telefon klingelte, elektrisierte alle Nerven in dem ruhigen Zimmer.
Morrison nahm den Hörer ab. »Geoff! Ich hab nicht erwartet, daß du so schnell zurückrufst. Was gibt's Neues ... ? Noch nichts? Keinen Ton? Wollen sie uns? ... Nein, das versteh ich.

Ich habe das hier noch nicht durchgesprochen … natürlich werd ich das. Ich ruf dich an, sobald sie eine Entscheidung getroffen haben.«
Pause. »Hör zu … mach ihnen keine falschen Hoffnungen mit mir. Laß die Rettungsteams weiterarbeiten – und laß um Gottes willen keinen anderen wissen von unserer Teilnahme. Ich will nicht, daß irgend jemand weiß, daß wir es auch nur in Betracht ziehen. Ich melde mich auf jeden Fall bei dir. Wiederhören.«
Morrison legte den Hörer auf und ließ sich ein bißchen Zeit, um seine Gedanken zu sammeln. Kate und Michael hatte das Telefon aus ihren Gedanken geholt, sie warteten, was er zu sagen hatte.
»In einer Kohlenmine in Pennsylvania hat es eine Explosion gegeben«, sagte er. »Seit heute mittag ein Uhr sind vierzig Männer in einem Schacht eingeschlossen. Ich möchte, daß ihr das übernehmt.«
Kate, skeptisch: »Und was machen wir dann?«
»Rausfinden, ob die Minenarbeiter noch am Leben sind.«
»Nehmen wir an, daß sie es sind?«
»Wir nehmen an, was eure Sinne euch sagen. Ihr habt die Möglichkeit, in die Mine runterzugehen, lange ehe die Rettungsmannschaften das schaffen.«
»Und dann was?«
»Sag's du mir.«
Kate beugte sich vor. »Harry, hast du schon für uns zugesagt?«
»Nein, hab ich nicht. Ihr habt es alle gehört.«
»Aber du würdest es zu gerne – stimmt's?«
»Die endgültige Entscheidung liegt bei euch«, sagte Morrison pikiert. »Ich kann euch nicht zwingen, irgend etwas zu tun.«
»Seit wann?«
»Von Anfang an. Was glaubt ihr denn, was ihr hier gemacht habt? Es war immer eure Entscheidung.«
»Das hört sich in der Public-Relations-Mappe gut an, aber ich frage mich, was daran wahr ist.«

Der Streit ging weiter, aber Stef nahm nicht daran teil. Er lehnte sich auf der Couch mit gebeugten Schultern und verschränkten Armen zurück. Sein Kinn war ihm auf die Brust gesunken, die Augen hatte er zu Boden geschlagen. Michael beobachtete ihn fasziniert. Stefs Gesicht hatte auf Morrisons Neuigkeiten reagiert, als hätte er sie erwartet und wäre außerdem erleichtert. All die merkwürdigen Reaktionen der letzten Viertelstunde ergaben plötzlich einen Sinn. Stefs Lungen hatten mit der dünnen, feuchten Luft gekämpft und das Symptom zu ihrem eigenen gemacht. Er hatte den kalten, klammen Stein eines Grabes gefühlt und seine Zukunft darin begraben. Stef hatte gefühlt, wie ihn der Tod berührt hatte, und lange gebraucht, um zu realisieren, daß sein Eindruck falsch war: nicht *sein* Tod, *sein* Körper, *sein* Grab – sondern etwas anderes.

Er hörte nicht, als Morrison ihn ansprach. »Bist du noch bei uns?«

Stef nickte.

»Ich möchte gerne hören, was du dazu zu sagen hast.«

Stef zögerte. Morrison hatte ihn nicht bloß einfach um eine Meinung gebeten, es war eine Herausforderung – gehen oder bleiben. Entscheide dich jetzt. Er hob die Augen zu Morrisons Gesicht, sah ihn mit Mordgedanken an, dann starrte er wieder auf den Boden.

»Wenn wir etwas tun wollen, dann tun wir's besser jetzt«, sagte er. »Da unten in der Mine sind Leute, die noch leben.«

## 15

Evan, den um diese späte Stunde wieder einmal eine unerträgliche Laune überkam, sang wie ein Kater um Mitternacht. »Wir sind hier, weil wir hier sind, weil wir hier sind, weil wir hier sind ...«

»Halt den Mund!« Karel schlug mit der flachen Hand auf den

Ebenholztisch. »Harold, wenn der Mann nicht still sein kann, werd ich das Zimmer verlassen!«

»Haltet den Mund, alle beide!« Morrisons Stimme aus dem Kontrollraum.

Schweigen.

»Was hast du gesagt, Marva?«

»Ich sagte, da unten ist keiner mehr am Leben.«

»Doch«, beharrte Stef. »Ich weiß es.«

Schweigen – so ominös wie das Ticken einer großen Uhr.

»Wie lange wollen wir das weitermachen?«

Stille.

»Stef, gib Claire einen Schubs. Ich glaube, sie schläft«, sagte Kate.

»Sollten wir alle.«

»Hör auf, Evan.«

»Ich hab gestern nacht drei Stunden geschlafen. Sag mir nicht, ich soll ›aufhören!‹ Alles, was wir haben, ist Stefs Meinung, daß da noch jemand lebt in der Mine.«

»Gib mir eine Minute, dann geb ich dir eine schriftliche Garantie!«

»Kinder, bitte!«

»Wir brauchen kein Hausmütterchen, Harry.«

Drei Stunden. Vier. Man hatte sie dafür aus ihren warmen Betten geholt. Michael konnte ihnen nicht verdenken, daß sie sich beschwerten. Ihm war langweilig, weil er sich nutzlos vorkam im Kontrollraum. Er war auch nicht gerade bester Stimmung.

Kate und Stef standen nebeneinander am Teewagen, so stumm und reglos nebeneinander wie König und Dame auf einem unbespielten Brett. Kate war die personifizierte gefühlsmäßige Ruhe, im Gegensatz dazu vibrierte Stefs ganze Gestalt vor Ideen. Seine rotgeränderten Augen tanzten von der hellen Deckenlampe zur dunklen Spitze der Decke. Sein Fuß trommelte nervös den Gedanken.

»Mein Kopf fühlt sich an, als hätte ihn jemand mit Sägemehl ausgestopft«, beschwerte sich Claire.
Stef ging zu ihr und zog sie an den Haaren. »Vielleicht können wir das wieder in Ordnung bringen«, sagte er. »Kate, komm setz dich. Ich hab eine Idee, über die ich mit dir reden will.«
Er drehte sich zu den Schatten. »Harry, irgendwelche Nachrichten aus der Mine?«
»Das hätte ich euch doch gesagt.«
Stef wandte sich zurück an den Tisch. »So kommen wir nicht weiter. Evan hatte recht. Der einzige Beweis, den wir hier haben, ist, was ich fühle. Momentan fühl ich mich nur abgestumpft. Ich glaube, was wir brauchen, ist ein Schock.«
»Was meinst du damit?« fragte Kate.
»Der Berg wird zum Propheten kommen. Wenn wir nicht in die Mine kommen, dann bringen wir sie eben hierher.«
»Wie?«
»Im Dunkel arbeiten.«
»Es ist dunkel genug«, sagte Evan.
»Ich meine völlige Dunkelheit.«
»Du bist verrückt!«
»Vielleicht. Es gibt nur eine Möglichkeit, das herauszufinden.«
Morrison: »Meinst du Dunkelheit nur für euer Zimmer oder für den ganzen Laborkomplex?«
»Kann man euer Licht von hier aus sehen, wenn unseres aus ist?«
»Ja.«
»Dann den ganzen Komplex.«
»Ich versuch's«, sagte Kate.
»Ich auch«, kam es von Claire.
»Ihr seid reif fürs Irrenhaus, wißt ihr das. Alle.«
»Ist das eine Neinstimme, Evan?«
»Ja. Richtig.«
»Marva?«
»Ich seh nicht ein, was das bringen soll. Tut mir leid: nein.«

Unvermeidbar lag die Last der Entscheidung wieder auf Karel. Nur er hatte noch nicht gestimmt, hatte ruhig dagesessen und alles beobachtet. Hatte einer der anderen sich daran erinnert, fragte sich Michael, daß Karel nur bei Licht schlief, kein dunkles Zimmer betrat, daß er zugegeben hatte, daß seine einzige Angst die Dunkelheit war? Was würde er tun?

»Du hast die entscheidende Stimme, Karel.«

Karels Blick verlor sich im Brunnen der Dunkelheit hinter dem Tisch, testete sie vorsichtig, maß ihre Tiefe. Seine Finger verkrampften sich ineinander.

»Ja oder nein, Karel?«

Er holte tief Luft, bewegte kaum die Lippen, als er antwortete: »Ja, machen wir's.«

»Danke«, sagte Stef. »Okay, ihr alle, schaun wir noch mal unsere Karten an. Versucht Tiefe und Richtung der Minenkammer von der Oberfläche aus zu fühlen. Verstanden? Sind wir soweit?«

Stef senkte die Hände wie ein Dirigent. Nacheinander gingen die drei großen Fensteraugen der äußeren Labors aus. Der ganze Komplex versank in verwirrender totaler Finsternis, die einen vertrauten Ort zu einer Wildnis machte.

Der Geist von Claire, ein nervöses Kichern schwebte aus der dunklen Grube des Pyramidenzimmers. Michael hielt sich mit beiden Händen an seiner Konsole fest, um seinen Sinn für Dimension nicht zu verlieren. Er merkte, daß er die Sitzordnung um den Ebenholztisch vergessen hatte: War sie Marva, Stef, Claire, Evan, Kate und Karel im Uhrzeigersinn, oder war es Kate und dann Evan?

Bald definierten die Geräusche der Vorbereitungsatmung die Dimensionen des Kreises neu. Allmählich, nachdem die Hellseher Alpha erreicht hatten, verstummten die Atmungsgeräusche – und sogar die Geräusche, die jede Person machte, um ihren Platz in der Dunkelheit zu markieren. Jede Verbindung vom Kontrollraum zu den Medien war unterbrochen.

Die Zeit verging langsam, weil sie kein Maß hatte. Michael versuchte Atemzüge zu zählen, um die verstrichenen Minuten zu stoppen, aber die Übung war zu einschläfernd. Bald fand er sich mitten im Vorbereitungsmuster. Das gab ihm ein friedliches Gefühl wie Meditieren, half ihm das Unheimliche der Dunkelheit zu vergessen. Rein, raus. Ein, aus. Ein, aus. Ein, aus.
Ein Geräusch betrat Michaels Bewußtsein an der fernen Kante des Gehörs. Das Geräusch fließenden Wassers. Sehr seltsam. Kein Sturzbach, ein Tröpfeln, das Geräusch eines tropfenden Hahns in einem leeren Zimmer. Sehr seltsam. Im Kontrollraum gab's kein Wasser. Im ganzen Laborkomplex gab's kein Wasser, nur in der Ruhezone. Und die lag ganz am anderen Ende, hinter schalldichten Türen. Das Wassergeräusch war eine Halluzination. Mußte eine sein.
Die zweite Halluzination war viel beunruhigender. Michael roch unverkennbar Gas in der gefilterten Luft des Raums. Er versuchte, die Quelle dieser neuen Empfindung zu finden, aber sie war nicht feststellbar.
Plötzlich zwang sich ihm ein anderer Geruch auf: der Geruch von kaltem, feuchtem Stein. Ein Höhlengeruch. Ein Minengeruch. Michael hielt sich an seiner Konsole fest und versuchte sich auf das, was kommen würde, vorzubereiten. Genau wie bei der Gasexplosion, hatte das Pyramidenzimmer wieder seine Netze nach ihm ausgeworfen.
Karels Schrei krachte wie ein elektrischer Schlag durch die Dunkelheit. »Dreht das Licht an!«
Michaels Ohren dröhnten. Seine Hände waren feucht. Er fühlte sich eingeschlossen, lebendig begraben.
»Die Lichter ... bitte!«
Die Deckenlampe antwortete, blendend hell. Das erstickende Gefühl blieb. Karel saß mit ausgestreckten Armen da, die Handflächen nach oben. Seine Finger erkundeten eine unsichtbare Barriere. Sein Gesicht war schweißnaß, aber von der Arbeit, nicht vor Angst. Wenn Karel Angst hatte, dann nicht vor der Dunkelheit.

»Wo steht die Rettungsmannschaft jetzt?« fragte er.
Morrison: »Zwei Stunden vom Explosionsort entfernt.«
»Halt sie auf!«
»Warum?«
»In der Wand, über der Kammer, in der die Minenarbeiter eingeschlossen sind, ist ein ... « Er suchte nach Worten, wechselte verzweifelt ins Russische. Er beruhigte sich und fing noch mal an. »Die Explosion hat das Dach der Kammer, in der die Minenarbeiter eingeschlossen sind, beschädigt. Wenn das Rettungsteam durchbricht, wird die Wand einstürzen und alle begraben – die Minenarbeiter, die Retter, alle.«
Eins mußte man Morrison lassen: Er verschwendete keine Zeit mit Kreuzverhören. Er sprang aus seinem Stuhl im Kontrollraum und lief ins Kommunikationszentrum. Zwei Minuten später war er wieder an der Gegensprechanlage: »Sie haben alle Arbeiten im A-Tunnel gestoppt und B geöffnet.«
»Zehn Stunden Arbeit vergeudet«, sagte Stef verbittert. »Wie lange wird die Rettungsmannschaft brauchen, um die Männer durch den B-Tunnel zu erreichen?«
»Mindestens noch mal zehn Stunden.«
»Bis dahin sind die Arbeiter tot, Harry. In der Kammer ist Gas.«
»Gas«, wiederholte Michael leise. Keine Halluzination.
»Aber da unten ist auch Luft, Stef«, sagte Kate. »Ich spür es.«
»Aber wo? Das ist das Problem.«
Claire meldete sich. »Ich weiß es. Ich weiß es!«
»Zeig's mir.«
Sie zeigte auf das dunkle Fenster hinter Stef.
»Zeig's mir genau.«
Claire lief um den Tisch herum und berührte das Biolaborfenster weit oben, soweit ihr Arm reichte.
Stef folgte ihr und streckte eine Hand zu dem Fenster aus. Er lächelte. »Wie findet ihr das?«
»Jetzt kannst du die Luft fühlen«, kicherte Evan. »Sehr gut.«
»Ich fühle sie wirklich. Komm her, dann zeig ich's dir.«

»Nein danke.«
»Komm her!«
Evan schlich sich neben Stef und streckte eine Hand zum Glas aus. Dann duckte er sich weg. Ein Grinsen zog sich über sein überraschtes Gesicht. »Da laust mich doch der Affe!«
»Bestimmt.«
»Was habt ihr denn da?« fragte Morrison.
»Einen kalten Fleck.«
Michael sagte in sein Mikrophon: »Kalte Stellen sind für Geistergeschichten.«
»Na, die hier hat sich verirrt. Da muß eine Luftblase in der Minenwand sein.«
»Im Stein. Dann zum Teufel damit«, sagte Evan grimmig. »Das hilft uns überhaupt nichts.«
»Harry, wie lange brauchst du, um mir die Namen der Arbeiter zu besorgen?« fragte Kate hastig.
»Warum?«
»Tut nichts zur Sache. Wie lange?«
»Drei oder vier Minuten.«
»Dann mach es. Die älteren Männer und die Schichtführer zuerst.«
»Du denkst dasselbe wie ich?« fragte Kate.
»Immer.«
Vier Minuten später brachte Morrison den Medien ein Fernschreiben. Stef nahm das Papier und ging mit dem Bleistift drauflos, er strich schneller Namen aus als ein Lehrer, der Schreibfehler in einer Arbeit der dritten Klasse korrigierte. Dann hörte er auf. Totenstille. Er schaute sich an, wie viele Namen er gestrichen hatte. Die Namen der Toten.
»So viele«, sagte er erschüttert.
Kate kam um den Tisch herum und schaute über seine Schulter. Sie sagte: »Du könntest dich irren.«
Stefs Gesicht zeigte zwar Hoffnung, aber er wußte es besser. Er schaute zu ihr hoch, und seine Augen waren voller Schuldgefühle.

»Wie lautet der Name oben auf der Liste?« sagte sie.

Stefs Blick schweifte von der Liste zu Kate und wieder zurück. Sein Gesicht war ganz weiß.

»Stef?«

Er schüttelte langsam den Kopf. Sein Kinn schob sich vor.

»Bist du okay?«

»Der erste Name ist James Powers.«

»Gib mir die nächsten zwei.«

»Mike Westlake. Fred Fitzgerald.«

»Und was machen wir jetzt?« quengelte Evan. »Wir sagen ihnen, sie sollen ihre Schaufeln nehmen und nach Hause gehen?«

»Zuerst mal ja«, erwiderte Kate.

»Du willst, daß sie die Luftblase finden, richtig?«

»Richtig.«

»Und wer wird ihnen zeigen, wo sie ist – ich vielleicht?«

»Du und Claire«, sagte Morrison aus dem Kommunikationszimmer. »In einer Empathie.«

»Warum nicht Claire und Karel?«

»Weil ich möchte, daß du es machst.«

»Wie kommst du darauf, daß ich das kann?«

»Weil du in Duke so was gemacht hast.«

»Das war ein Unfall.«

»Das glaub ich nicht. Ich war dabei. Du hast es dort gemacht, und du kannst es jetzt machen.«

Evan schüttelte energisch den Kopf. »Keine Chance. Was passiert mir, wenn der Kerl stirbt?«

Claire war ganz die sarkastische Erwachsene. »Ich werde dich beschützen, Evan.«

»Nein. Vergiß es. Schlag's dir aus dem Kopf.«

*»Evan, komm her!«* donnerte Morrison.

Evan ging langsam in den Schatten, durch die Tür zum Kontrollraum. Morrison kam aus dem Kommunikationsraum und zerrte ihn in die Ruhezone. Die Tür schloß sich hinter ihnen, die Schalldämpfung schluckte ihr Gespräch.

Michael verstand, daß Evan zögerte. Der Mann hatte gesehen, was seine Mitarbeiter im Namen der parapsychologischen Forschung durchgemacht hatten. Man konnte ihm nicht verdenken, daß er nicht in ihre Fußstapfen treten wollte. Seine Argumente zählten aber offensichtlich nicht. Er kam ins Pyramidenzimmer zurück, fünf Minuten nachdem sich die Tür der Ruhezone hinter ihm geschlossen hatte, ein besiegter, aber um so ängstlicherer Mann. Er setzte sich, legte seinen Kopf in die Hände und vergaß völlig das Zimmer um sich herum. Das war das Ende des Streits. Die anderen Hellseher machten eiligst ihre Vorbereitungen und konzentrierten sich.

Kates Stimme schlängelte sich durch den Raum wie Rauch durch schwere Luft: »Jim. Jim Powers.«

Evan drehte sich verschlafen.

»Jim Powers.«

Evans Finger drückten an seine Schläfe, prüften eine Wunde.

»Jim.«

»Was ... ?«

»Hör dir meine Stimme an. Hab keine Angst.«

Evans/Jims Lippen zitterten. »O Jesus.«

»Hab keine Angst.«

»Mein Gott ...«

»Wir wollen dir helfen.«

»Er glaubt dir nicht«, sagte Karel. »Er glaubt, er stirbt.«

»Jim, wir versuchen dir zu helfen!«

Jim Powers fing an zu weinen. Seine Tränen liefen über Evans Backen.

»Nein, nein«, schluchzte er. »Hat keinen Sinn.«

Claire packte Evans Arm. Ihr Gesichtsausdruck war ein fremder, ihre Sorge war auf Evan gerichtet, aber nicht für ihn bestimmt.

»Bist du's, Jim?« fragte sie.

»Ja, ich, Mike. Ich hab Stimmen im Kopf.«

»Ich auch«, sagte Claire. »Muß uns ganz schön erwischt haben.«

Sie schnaubte verächtlich. »Stimmen!«

Evan lächelte mühsam und wischte sich das Gesicht am Ärmel ab. »Was glaubste denn, was es is – Engel? Haste vielleicht gebetet oder so was?«
»Ich bestimmt nicht. Zu spät für so was. Da müßt ich ja zwanzig Jahre lang durchbeten, damit ich alle Sünden wegkriege.«
Kate: »Jim Powers.«
»Scheißstimmen. Ich bin doch nicht verrückt, oder?«
»Auch nicht verrückter als sonst.«
»Weißte, Mike, ich hab über Ruth nachgedacht. Ich hoffe, die steht nicht da oben, wenn sie ... na, du weißt schon.«
»Du wirst nicht sterben!« schrie Kate.
»Du wirst nicht sterben«, sagte Claire/Mike.
»Nein? Wie willste denn das drehen?«
Kate ging zum Fenster. »Schaut mich an, ihr zwei. Schaut die Wand an. Im Stein liegt Zeit. Kommt her.«
Michael füllte den Videomonitor mit Kates Gesicht. Er fühlte ihre Frustration, weil sie es wieder nicht fertiggebracht hatte, den Arbeitern ihre Botschaft zu bringen, eine Aufgabe, die genauso unmöglich war, wie mit ihr über den Bildschirm zu kommunizieren.
»Claire, Evan, schaut mich an. Hier drüben.«
Die Arbeiter ignorierten sie. »Wie lange warn wir denn weg?« fragte Claire/Mike.
»Keine Ahnung. Du länger als ich, glaub ich. Komisch, daß man immer glaubt, man ist gegen diese Einstürze immun, bis es einen erwischt. Ich hab immer gehofft, daß ich gleich hin bin.«
»Dein Wunsch ist nicht in Erfüllung gegangen, mein Freund.«
»Was de nicht sagst.«
»Ich war schon mal in 'ner Explosion«, erinnerte sich Claire/Mike. »Unten in Kentucky.«
»Was is denn passiert?«
»Das siehste doch, du Trottel – ich bin gestorben.«
Ihr dünnes, ersticktes Lachen war der pure Galgenhumor.
»War ganz komisch aber«, fuhr Claire fort. »Ich hab genau gewußt, daß sie mich rausholen, daß ich nicht sterben muß.«

»Jetzt hab ich's. Du bist einer von denen ... wie heißt das noch? Hellseher. Jetzt schau mal in die Zukunft, Mr. Klugarsch, und sag mir, was du siehst.«
Claire schaute zum Biolaborfenster hoch und schüttelte den Kopf. »Das würdste nicht glauben.«
»Du hast es!« schrie Karel. »Mach was damit!«
Die Arbeiter husteten wieder. Diesmal keuchten sie.
»Die Luft geht aus, Jim. Riechste das Gas?«
»Ja.«
»Bleibt nicht mehr viel Zeit.«
»Ich hab mir überlegt ... glaubste, ich solln Streichholz anzünden und kurzen Prozeß machen?«
»Da kommst du nie in den Himmel, wenn du so 'nen Abgang machst.«
»Ich weiß nicht, wie meine Chancen für den Himmel überhaupt stehen.«
»Da sind deine Männer, Jim. Laß sie den Weg gehen, den Gott für sie vorgesehn hat.«
»Mike, du warst immer der beste Mann, den ich hier unten gehabt habe.«
»Toll. Steck mir doch irgendwann mal eine Medaille an.« Claire lächelte vor sich hin. »Weißt du, ich hab keine Angst. Ich hab gedacht, ich hätte, aber nö. Und du?«
»Nö, keine Angst. Enttäuscht vielleicht.«
»Wenn ich bloß wüßte, was das für Stimmen sind.«
»Einbildung, sonst nichts. Oder deine Hoffnung redet mit dir. Ich glaube, man muß ein bißchen verrückt werden, wenn's aufs Ende zugeht.«
»Ich glaub, ich mach ein kleines Nickerchen«, seufzte Claire/Mike.
»Ja, mach das mal.«
Claire legte den Kopf auf die Hände. »Gute Nacht.«
»Tschüß, Mike.«
Langes Schweigen.

»Mike?«
»Mmmm.«
»He, Mike?«
»Ja ...«
»Kannst du mir sagen, wer da drüben so plärrt?«
Claire hob den Kopf. Ihre Augen waren glasig. »Hört sich an wie Fitz.«
»Wenn der doch bloß aufhörn würde. Der macht's allen noch viel schwerer. He ... Ruhe da drüben!«
»Geh und red mit ihm. Vielleicht hat der auch Stimmen gehört.«
Evan erhob sich steif, rieb sich die Beine und stolperte auf das Biolaborfenster zu. Er tastete sich langsam durch die Dunkelheit der Mine, flüsterte in unsichtbare Ohren, klopfte unsichtbare Schultern. Er kniete sich neben den Mann, den er weinen gehört hatte.
»Fitz? Ich hör dich, Alter. Hör jetzt auf, beruhig dich. Nimm's wie ein Mann.« Seine Hände zeichneten die Umrisse eines Brustkorbes und von Schultern nach, beim Gesicht riß er plötzlich die Hände weg.
Jim Powers starrte wirr ins Dunkel. »Der Mann ist tot!« schrie er. »Mein Gott, was geht hier vor? Was, zum Teufel, wird hier gespielt?«
Evan fand etwas auf dem Minenboden, packte es mit beiden Händen und schwang es mit aller Macht wie einen Baseballschläger gegen das Fenster. Das unzerbrechliche Glas dröhnte, hielt stand.
Stef sprang auf und rang mit Evan, bremste seinen zweiten Schlag in der Luft ab.
»Evan ... da hat niemand geweint! *Ich* hab das Geräusch gemacht! *Ich* hab dich zu der Wand geschickt!«
Aber Evan hörte nicht, und Jim Powers hatte nur Augen für das Fenster. Er riß sich von Stef los und fühlte die Stelle, wo seine imaginäre Waffe eingeschlagen hatte. Er riß seine andere Hand los und preßte sein Gesicht ans Glas.

»Mike«, brüllte er. »Da ist eine Luftblase in der Wand! Hörst du mich?«
Mike antwortete nicht – oder wenn er es tat, hörten ihn die Leute im Pyramidenzimmer nicht. Claire war wieder Claire, zurückgekehrt nach Astor House. Evan, immer noch im Banne der Empathie, schlug noch mal gegen das Fenster. Stef packte ihn an der Schulter und drehte ihn zur Gruppe.
»Es ist alles vorbei«, sagte er sanft zu dem Engländer. »Schau, wo du bist.«
Evan blinzelte erstaunt das Zimmer voller Leute an. Lauter Fremde. Er drehte sich zurück zum Fenster, als wäre gerade sein wahres Leben dahinter verschwunden.
Michael schaute zu Morrison, um zu sehen, wie seine Reaktion auf das war, was sich im Pyramidenzimmer abspielte. Von allen möglichen Gefühlen machte ihm das, was er jetzt beobachtete, am meisten Sorgen. Morrison saß an seiner Kontrollkonsole, das Kinn in die Hände gestützt. Er lächelte, ein Lächeln wie ein Vater, wenn seine Tochter gerade die Aufnahmeprüfung in die High School bestanden hat. Aber sein Stolz galt nicht Evan oder Claire oder irgendeinem der Hellseher. Er galt einer Idee. Reifeprüfung war richtig. Aber es war Morrisons eigene. Die Jahre der Kindheitsphantasien waren vorbei, die Phantasien Wirklichkeit.
Michael streifte die Kopfhörer ab und ließ sie auf die Konsole fallen. Er wollte jetzt hundert Meilen laufen, schnell und weit genug, um den Gasgeruch loszuwerden, der immer noch schwer in der Luft im Zimmer lastete. Er wollte zurück in die Welt, in der fünf Sinne normal waren, wollte sein, wo man stand, und wissen, daß es tatsächlich der *einzige* Ort war, an dem er war. Das wollte Michael mehr als alles andere auf dieser Welt.
Dann hörte er das Geräusch. Schwach, aber klar, und kein Teil von Astor House. Das Geräusch von Metall. Hämmern auf Stein.

# WOCHE FÜNF

## 14

Nacht.

Es war zwar noch früh, aber man hatte das Gefühl, daß niemand Lebendiges im Haus war. Michael setzte seinen rastlosen Spaziergang fort und sah keine Menschenseele. Bis er Evan fand.

Evan saß auf der Vordertreppe des Hauses und starrte den Mond an. Er hatte etwas Verrücktes in seinen Augen seit seiner Empathie mit dem Minenarbeiter, als wäre er sich nicht ganz sicher, ob er im nächsten Moment nicht eine ganz andere Person wäre. Er schien seltsam verletzbar und zugleich verwirrt.

Und er redete mit sich selbst. »Er ist weg. Er kommt nicht zurück. Tu das Ding weg.«

Er redete nicht nur mit sich selbst, er gab sich auch selbst noch Antwort. »Wenn er weg ist, warum fühl ich mich dann nicht sicher?«

»Evan?«

Evan zuckte zusammen, griff sich an die Brust. »Mein Gott, hast du mich erschreckt!«

»Was machst du denn hier draußen?«

»Rumsitzen.« Er grinste verlegen. »Und mit mir selbst reden. Ich geb's nur zu, weil ich glaube, du hast mich dabei erwischt.«

»Na ja, wenn's nett mit dir ist, dann solltest du das ausnützen.«

Evan bot Michael sein Glas an. »Einen Drink. Fast wie neu.«

Michael setzte sich neben ihn auf die Treppe. »Das ist ja ein feierlicher Anlaß. Ich hab nie gesehn, daß du ein Glas auch nur halbvoll zurückläßt.«

»Sogar die Gezeiten ändern sich. Das darfst du nicht vergessen.« Er schaute Michael prüfend an. »Mein Gott, du siehst ja schrecklich aus.«

»Danke.«
»Irgendwas Spezielles – oder geht dir das hier auf die Nerven?«
»Echte Sorge, Evan? Ich hab nicht gedacht, daß du das kannst.«
»Eine ständige Quelle der Überraschungen, so bin ich eben.«
»Du bist heute abend gut gelaunt.«
»Nein. Eigentlich bin ich am Boden zerstört. Jeden Morgen, wenn ich aufwache, tut mir der ganze Kiefer weh, weil ich die ganze Nacht die Zähne zusammengebissen habe. Keine gute Stimmung. Ich bin Schauspieler, weißt du noch?«
»Ist das Nüchternsein auch bloß wieder eine Rolle?«
»Nüchternheit ist kein Verbrechen, wenn man's nicht übertreibt.« Evan richtete seinen Blick wieder auf den Mond.
»Der Blick in die große weite Welt.«
»Ja. Ich gehöre zu der Sorte, die am liebsten immer ganz woanders wäre.«
»Wo wärst du denn jetzt, wenn du's dir wünschen könntest?«
»London.«
»Warum?«
»Keine Nacht. Nur elektrische Lichter.«
»Was ist denn so schlimm an der Nacht?«
*Er hörte sie nur bei Nacht: die entsetzlichen Sterbelaute des Robert-Francis-Projekts. Brennendes Haus. Brennende Leute. Sie hatten ihm vom Scheiterhaufen zugerufen.*
»Evan?«
»Tut mir leid. Wie war die Frage?«
»Wegen der Nacht. Was ist schlimm daran?«
»Nichts. Vergiß es.«
»Dir gefällt's doch hier nicht – stimmt's?«
Evan brauchte lange für die Antwort. Seine Stimme klang ungewöhnlich bedrückt. »O doch«, sagte er. »Das ist ja das Problem. Mir gefällt's, und ich hab keine Ahnung, warum. Ich hasse harte Arbeit. Vielleicht bin ich deshalb Schauspieler geworden.«
»Harte Arbeit hat noch niemanden umgebracht. Besonders nicht an einem Ort wie diesem hier.«

»Hier spricht die echte Gewächshauspflanze.«
»Ich meine es ernst.«
»Dann schlag ich vor, daß du Themen, von denen du nichts verstehst, meidest«, sagte Evan kühl.
»Also komm jetzt.«
»Hat noch nie jemanden umgebracht, sagst du? Zu schade, daß du mit Petrosians Frau Sascha nicht darüber reden kannst.«
»Was soll das heißen?«
»Tot. Ein Opfer harter Arbeit. Und es war nicht mal *ihre* harte Arbeit. Sie hat sich umgebracht – hast du das nicht gewußt?«
Michael bekam einen trockenen Mund. »Wann? Warum?«
»Es ist vor ungefähr drei Jahren passiert. In Düsseldorf. Harry hat Karel privat trainiert. Wie uns jetzt.«
»Kate hat so was mal angedeutet.«
»Hat sie dir erzählt, daß Harry Karel in Stücken wieder nach Haus geschickt hat? Er hat ihn zu hart rangenommen. Karel hatte einen totalen Zusammenbruch, physisch und nervlich.«
»Die Ärzte haben Sascha gesagt, er würde sich wieder erholen, aber das hat sie wahrscheinlich nicht geglaubt. Sie hatte schon einmal einen seiner Zusammenbrüche erlebt, ungefähr ein Jahr davor, bei dem Konzert, von dem Marva immer schwafelt.«
»Was ist passiert?«
»Karel war schon ungefähr zwei Wochen zu Hause und immer noch unansprechbar, da hat Sascha eine Überdosis Schlaftabletten geschluckt. Sie wurde begraben, und Karel ist total ausgerastet, war vollkommen hinüber. Reingen hat ihn da wieder rausgeholt, sonst wär er wahrscheinlich nur noch ein Gemüse. Und die kleine Sascha hat es wohl einfach nicht mehr ausgehalten.« Evan grinste ohne jeden Humor. »Ich für meinen Teil kann's ihr nicht verdenken.«
Michael nahm Evan das Glas aus der Hand und trank. *Ich hab meine Kindheit, meine Frau, meine Karriere ... meine geistige Gesundheit dafür aufgegeben.* Zum erstenmal wurde Michael klar, daß er, trotz allem, was passiert war, sich stur an die

Vorstellung geklammert hatte, daß Psi ein harmloser, trivialer Zeitvertreib wäre. Falsch. Von Psi kam nichts Sanftes, nichts Schmerzloses, nichts Leichtes.

»Hat hier denn gar nichts ein Happy-End?«

»Was hast du denn erwartet – *Die Trappfamilie?«*

»Ich weiß auch nicht, warum ich ausgerechnet von dir mehr Verständnis erwartet hätte.«

Evan warf ihm einen mißtrauischen Blick zu. »Was sagst du da?«

»Einen Stromschlag abkriegen. Du hast das sicher auch bloß auf die leichte Schulter genommen.«

»Du Schwein, für wen hältst du dich eigentlich, daß du davon anfängst?«

Michael erschrak, überrascht und beleidigt. »He ... ich wollte dich doch nicht beleidigen.«

»So? Hör gut zu. Zwei Sachen. Erstens: Meine Vergangenheit geht dich einen Scheißdreck an. Zweitens: Solltest du je wieder davon anfangen – bei mir oder bei irgend jemand anderem –, tret ich dich quer durch den Wald.«

»Mein Gott, tut mir leid. Ich hatte keine Ahnung.«

»Dein großes Maul hat dir in letzter Zeit ganz schöne Schwierigkeiten gemacht. Stimmt's? Ich hab von dem Drei-Uhr-früh-Auftritt zwischen Stef und Morrison gehört. Gute Arbeit, Michael.«

»Ich hab gesagt, es tut mir leid.«

»Was weißt du denn schon, was es heißt, ein Hellseher zu sein?«

Michael hob die Hände zur Kapitulation. »Überhaupt nichts. Ich bin nur ein kleiner Techniker.«

»Richtig. Da wirst du aber noch einige Überraschungen erleben, Freund.«

»Wie zum Beispiel?« fragte Michael beunruhigt.

»Hast du geglaubt, dein Stuhl wäre der einzige, der nicht mit Morrisons Instrumenten gekoppelt ist? Kontrolle – das wärst du, hat er dir doch gesagt, oder?« Evan nickte wissend. »Wart's nur ab. Seine Akte über dich ist fast genauso dick wie die von Karel.«

»Das glaub ich nicht.«
»Glaub, was du willst.«
»Aber das ist doch verrückt!« Michaels Puls raste, Puzzlestücke in seiner Erinnerung fielen an den richtigen Platz. Der Feuerblitz von der Gasexplosion, die Geräusche und Gerüche aus der Mine. Er war begeistert gewesen von seinem kurzen Flirt mit den übernatürlichen Kräften, war verführt davon. In seinen kühnsten Träumen hatte er sich nicht erhofft, daß er auch Hellseher werden könnte, daß seine Erfahrungen vielleicht Teil eines größeren Plans waren.
»Ich bin kein Hellseher!« schrie er.
»Na, ist der Groschen endlich gefallen?« Evan lächelte.
»Warum sollte Harry mich beobachten?«
»Du kannst genausogut raten wie ich.«
»Ich werde nicht raten, ich werde ihn fragen.«
Michael rannte nach oben. Morrison war nicht in seinem Zimmer. Er lief wieder runter in den Laborkomplex. Die Eingangstür rutschte ihm aus der Hand und schlug gegen die Wand.
Morrison schaute gelassen von seinem Stuhl hinter dem Fernschreiber hoch. »Ein bißchen spät für solche Gymnastik, findest du nicht?«
Michael war außer sich. »Wo sind sie?«
»Wo sind was? Ich bin kein Hellseher.«
»Ich auch nicht. Wo sind meine Anzeigen?«
Morrison zeigte keinerlei Überraschung. »Meinst du deine Monitoren?«
»Was immer. Zeig sie mir.«
Morrison stand auf und führte Michael in den Kontrollraum. Er zeigte Michael einige Abschnitte der Hauptkonsole.
»Die vier sind deine: Puls, Atmung, EEG, EKG. Und dieser. Der mißt an bestimmten Punkten die Körpertemperatur. Der hier ist für Blutdruck. Muß ich fortfahren?«
»Warum machst du das?« Michaels Stimme war leise geworden.
Morrison lächelte. »Wir versuchen, einen Hellseher aus dir zu machen.«

Die Worte trafen Michael wie ein Schlag in die Magengrube. Er mußte sich an die Konsole lehnen.
»Wirst du ohnmächtig?«
Michael konnte nicht antworten, das Dröhnen in seinem Kopf war zu laut. »Ich kann nicht ... ich ...«
»Du kannst was nicht? Es glauben?«
Michael nickte.
»Gut. Dann glaub es nicht. Es ist nicht wahr. Ich wollte nur sehen, wie du reagierst, wenn du das glaubst.« In diesem Augenblick verlor Morrison noch das bißchen an Zuneigung, das Michael ihm entgegengebracht hatte, und trampelte auch noch darauf herum. Auf diesem Stück Boden würde nie wieder etwas wachsen.
»Wenn es nicht wahr ist, warum machst du dir dann die Mühe mit den Anzeigen?«
»Aus vielen Gründen. Um zu erfahren, wie dein enger Kontakt mit Hellsehern sich auswirkt. Um zu erfahren, welcher für Hellseher typische Streß sich auch bei Menschen ohne mediale Fähigkeiten bemerkbar macht. Das alles. Dinge, die für dich unwichtig sind und für uns sehr viel bedeuten.«
»Das ist mein Körper!«
»Ist er auch immer noch. Wir haben nichts verändert.«
»Woher weiß ich das?«
»Schrei mich nicht an. Keiner hat dir weh getan.«
»Es ist ein bißchen spät, um mich davon zu überzeugen, glaubst du nicht? Ich gehe nicht mehr ins Pyramidenzimmer.«
»Du wirst dahingehen, wo ich dir befehle hinzugehen!«
Michael war nervlich am Ende, völlig aus dem Häuschen. »Hinter was bist du eigentlich wirklich her, Harry? Den anderen kannst du ja vielleicht einreden, daß sie Katastrophen voraussagen sollen, aber mich hast du nicht überzeugt!«
»Mit wem hast du geredet, mit Stef?«
»Mit keinem. Ich habe *dich* beobachtet. Die Hellseher sind dir scheißegal – dich interessiert nur das, was dich angeht, und das, was du willst, was immer das ist!«

»Ich tue, was zu tun ist, und dir bin ich keine Rechenschaft schuldig.«

»Du verstehst wirklich nicht, was hier los ist, stimmt's? Du benützt einen Menschen, wirfst ihn weg, nimmst dir den nächsten. Mein Gott – tun, was zu tun ist? Karel hast du als Gemüse nach Hause geschickt. Du zerstörst die Leute um dich herum. Du hast ein Haus voller Menschen verloren.«

»Hör auf. Du weißt ja nicht mehr, was du redest.«

»Was ist bei der Robert-Francis-Geschichte passiert – ist die Sache außer Kontrolle geraten? Ist das Haus deshalb abgebrannt? Hast du's angesteckt?«

Morrison ging auf ihn los wie der Blitz. »Wage ja nicht, *ja nicht* ... « Er bremste sich an der Schwelle zur Gewalttätigkeit. »Raus hier.«

»Wer muß denn sterben, damit du endlich einsiehst, welches Grauen dieses Haus regiert?«

»Raus!«

»Für immer?«

»Für jetzt. Raus.«

Michael gehorchte, aber nicht aus Pflichtgefühl oder Angst. Er hatte sich selbst wie einen Irren toben hören – das Furchtbarste daran war, daß er all die schrecklichen Sachen, die er zu Morrison gesagt hatte, bejahen mußte. Harry hatte Michael seine Skepsis genommen, hatte ihn waffenlos hingestellt. Michael hatte sich wie ein Kind führen lassen, durch alle Stadien der Ungläubigkeit bis zum totalen, uneingeschränkten Glauben an das, was seine Freunde taten. Aber sogar jetzt, wie fasziniert er auch von ihren Kräften sein mochte, wollte er nicht daran teilhaben. Und er wollte nicht, daß Morrison sie ihm gab. Das war nicht im Vertrag.

Michael klopfte an Kates Schlafzimmertür.

Kein Ton. Keine Antwort.

Er klopfte wieder, ungeduldiger. Er murmelte ihren Namen.

Wieder Klopfen ohne Reaktion. Und ein wütenderes Gemurmel: »Kate, komm schon.«
Nichts. Er joggte durchs Parterre und suchte sie. Keiner in der Halle, im Arbeitszimmer oder im Speisezimmer, keiner in der Küche oder in der Bibliothek, keiner auf der Terrasse und keiner im Park.
Dann, als er wieder in den Gang zurückkam, hörte er sie lachen, ein üppiges Nachtklublachen mit einem Hauch von geflüsterten Gedanken und freudiger Wiederentdeckung. Michael stolperte in die Bibliothek und setzte sich mitten auf den Boden in einen Teich aus kaltem, weißem Mondlicht. Sein Körper zitterte vor Wut – auf Kate und auch auf Morrison.
Konnte niemandem vertrauen. Niemandem. Wenn man es machte, war man auch schon auf dem besten Weg, beschissen zu werden. Michael wußte, wo Kate war, und sie war nicht allein. Das Lachen war aus Stefs Zimmer gekommen.

## 17

Morgen.
Stef kam singend ins Pyramidenzimmer. Er hatte einen überraschend guten Bariton. Er begrüßte alle fröhlich und umarmte Claire.
»Du warst nicht beim Frühstück«, sagte sie beleidigt.
»Ich weiß, Schätzchen. Ich bin heute morgen einfach nicht aus dem Bett gekommen.«
»Das kann ich mir denken«, murmelte Michael durch den Schraubenzieher, den er im Mund hatte .
Kate kam herein. Ihr strahlendes Lächeln wetteiferte mit der großen Hängelampe. »Morgen allerseits. Weiß einer von euch, was mit Harry los ist? Ich hab ihn vor der Tür getroffen, und er hat schon wieder dieses fanatische Blitzen in den Augen.«
Sie beugte sich über Michael, der auf dem Boden saß und bis über

beide Ellbogen vom Drahtgewirr aus ihrem Stuhl eingewickelt war, und küßte ihn auf die Stirn. »Was ist dir denn heute morgen schon wieder über die Leber gelaufen, o Launischer?«
»Nichts«, war Michaels einsilbige Antwort. Lüge. Sie war ihm über die Leber gelaufen, heute war sie zum erstenmal, seit er sie gesehen hatte, fast schön. Sie hatte rote Backen, und ihre Augen strahlten. Sie sah sehr jung und sehr glücklich aus. Anblick und Wissen bohrten ein Loch in Michaels Brust. »Verschlafen, stimmt's?«
Kate nickte wissend. »Oh, das ist es also. Wir werden uns später drüber unterhalten.«
»Ich weiß nicht, ob ich überhaupt noch mit dir reden will.«
»Sei nicht ekelhaft«, sagte sie zärtlich. »Selbst wenn du nicht reden willst, wirst du mir trotzdem zuhören müssen.«
»Dazu werde ich vielleicht noch in der Lage sein.«
»Ich habe nichts Furchtbares getan.«
Michael klappte die Rücklehne ihres Stuhls herunter. »Ich hab auch nicht um eine Rechtfertigung gebeten, oder?«
»Nein, aber du scheinst eine zu erwarten.«
»Du kannst jetzt deinen Stuhl wiederhaben.«
»Danke. Wie viele Volts hast du mir reingelegt?« Morrison betrat den Raum. »Also gut. Alles bleibt hier.« Er schaute Michael direkt an. »Nimm deinen Platz ein.«
»Ich dachte, darüber hätten wir gestern abend geredet.«
»*Du* hast gestern abend drüber geredet. Setz dich.«
Michael gab nicht nach.
»Ich sag's dir noch einmal. Setz dich. Zwing mich nicht dazu, dich vor all diesen Leuten zu blamieren.«
Michael setzte sich widerwillig.
»Wir werden heute etwas versuchen, was wir noch nie probiert haben«, sagte Morrison. Er legte eine große Karte auf den Tisch.
»Was ist das?« fragte Kate. »Schaut aus wie eine Wetterkarte.«
»Genau das ist es auch.«
Morrison berührte die Symbole, die überall in Illinois, Kansas

und Indiana wie Pilze aus dem Boden schossen. »Das sind Tornados«, sagte er. »Die längste und schlimmste Serie, die der mittlere Westen je erlebt hat. Es gibt schon Hunderte von Toten, und noch keine Besserung in Aussicht.« Er zeigte auf ein Symbol in der Nähe der Grenze von Illinois zu Missouri. »Hier sind in fünfzehn Minuten siebenundsechzig Leute gestorben. Ein Twister hat das getan.«

»Was sollen wir denn dagegen tun?« unkte Evan. »Das Wetter ändern?«

»Nein, ich möchte, daß ihr voraussagt, wo der Wirbelwind als nächstes runterkommen wird.«

»Macht das nicht der National Weather Service?« fragte Kate.

»Die tun ihr Bestes, aber im allgemeinen können sie nur die Richtung vorhersagen, nicht wo der Wirbel runterkommen wird. Was sagt ihr dazu? Ich glaube, ihr könnt es.«

»Und ich glaube, du kannst den englischen Kanal durchschwimmen«, schimpfte Stef.

»Wenn ihr damit nicht fertig werdet, könnt ihr ja kneifen«, sagte Morrison streng.

»Wir können die Natur nicht verändern!«

»Das verlange ich auch nicht. Macht eure Vorbereitung und schaut, was ihr tun könnt. Mehr verlang ich nicht.«

»Harry?«

Überraschung. Es war Marva, die mit einer Ecke der Wetterkarte spielte. Sie hatte schon eine ganze Woche lang keinen Beitrag zur Arbeit geleistet, seit der Entführung nicht mehr. Seitdem war ihre Laune tiefschwarz. Sie hatte sich fast total abgekapselt.

»Ja, Marva, was gibt's?«

»Das ergibt keinen Sinn für mich.« Sie streckte die Hand über die Karte. »Ich seh hier ein Glas Champagner. Als ob ich es berühren könnte.«

»Wo? Zeig's mir genau.«

Sie berührte die Karte.

»Elliot, prüf die Berichte für Champaign, Illinois«, sagte Morrison in Richtung Fenster.

»Bin schon unterwegs.«
»Hat einer von euch andren was?«
Claire hob zögernd die Hand.
»Also gut. Der Rest von euch geht in die Vorbereitung und folgt ihr.«
»Marva hat auch nicht durch die Vorbereitung gemußt«, sagte Claire.
Morrison grinste. *Wie ein entzückter Hai vor dem Mittagessen,* dachte Michael.
»Das stimmt, hat sie nicht«, sagte Morrison.
Marva war nicht so begeistert von dieser Leistung, wie es Morrison offensichtlich war. Sie packte Michaels Hand und drückte sie verängstigt. »Es kommt!« flüsterte sie. »Ich hör's. Es klingt wie ein Zug!«
Michael versuchte sich aus ihrem Griff zu befreien, er fürchtete, die Bilder würden von ihrem Kopf in seinen überspringen. Sie ließ ihn nicht los.
*Die Windhose peitschte vom Himmel herab und tobte durch die Straßen der stillen Stadt. Sie zerrte an den Bäumen auf ihrem Weg und riß die Äste aus, schlug Fenster in Häusern ein, schlitzte, zerfetzte, machte dem Erdboden gleich und schrie ihre Wut hundertfach in hundert mal hundert Stimmen.*
»Diese Wolke – sie schneidet in die Erde!« Marva schrie. »Und sie schleudert die Stücke in die Luft!« Sie schaute zur Pyramidendecke, bereit, den fallenden Putzstücken auszuweichen. Michael fühlte, wie sich das Bild in seinem Hinterkopf aufrollte. Karel hatte sich geirrt, man *fühlte* es doch.
Elliots Stimme explodierte aus dem Lautsprecher. »Ich hab das Wetteramt in Springfield in der Leitung. Sie haben einen Anruf erhalten, daß der Sturm gesichtet worden ist. Sie sagen, er bewegt sich in Richtung Westen.«
»Nein!« schrie Marva. »Er wird plötzlich die Richtung ändern – nach Westen und nach *Süden.* Zu einem Ort namens ... Monticello. Die Wolke wird hier runterkommen, im Nordteil der Stadt.«

Ihr Gesicht hellte sich auf, als das Bild sie wieder verließ. »Weg«, sagte sie.
»Hast du Geoff in der Leitung?« fragte Morrison Elliot.
»Schon die letzten fünf Minuten. Er redet gerade mit seinen Leuten.«
Marva ließ Michaels Hand los. Das bösartige Rumoren in seinem Kopf ging nicht weg.
»Harold, komm bitte hier rein. Ich will dir was zeigen.«
»Das ist etwas anderes. Ein ... Instrumentenproblem.«
Michael stand auf. »Ich kümmere mich drum.«
»Nein, das geht dich nichts an.«
Das gefiel Michael nicht. Die Antwort war verdächtig schnell gekommen. Es gab keinen Grund für ihn, sich *nicht* um den kaputten Teil der Maschinerie zu kümmern – außer, wenn da irgendeine Anzeige auf der Konsole war, die sie ihn nicht sehen lassen wollten.
*Hast du geglaubt, dein Stuhl wär der einzige, der nicht an die Monitoren angeschlossen ist?*
Michael bekam die Antwort, als Morrison in Richtung Kommunikationsraum schaute. Er hatte wieder dieses Haifischlächeln: Er wußte, was Elliot ihm hatte zeigen wollen, wußte es ganz genau.
Nach fünfzehn Minuten konnte Stef Morrisons Schweigen nicht mehr länger ertragen. »Was gibt's Neues aus Illinois?«
Morrisons Stimme erwiderte wie eine Totenglocke aus der Dunkelheit: »Zu spät. Der Sturm hat das Dach einer Kirche weggerissen, die als Notunterkunft eingerichtet worden war. Sieht nach großen Verlusten aus. Macht es nächstes Mal besser.«

Kate, kristallklar und nicht von Marvas Furien gehetzt, erwischte die nächste Windhose eine Stunde vor ihrer Ankunft und sah einen gefahrlosen Weg über offenes Farmland in Kansas voraus. Karels Blick auf das Ereignis war noch schärfer:

*Sie fiel aus dem sturmgrünen Himmel und schlängelte sich mächtig dahin, ein Wolkengigant, der seine Muskeln ausprobiert. Sie blieb stehen und schien die Landschaft einen Augenblick lang zu studieren, dann krümmte sie ihren mächtigen Körper über den flachen Horizont, wirbelte eine ungeheure Staubwolke auf, wo immer sie sich hinbewegte.*
*Der Anblick des Sturms, der sich über die frischgemähten Felder bewegte, lenkte die Aufmerksamkeit des Jungen von dem, was er gerade hätte denken sollen, ab: von seiner eigenen Sicherheit. Statt sich irgendwo unterzustellen, blieb er sitzen, schlang die Arme um die Knie und beobachtete die Himmelsshow. Er stellte sich dabei vor, wie sein Vater ihn prügeln würde, wenn er das wüßte.*
*Die Windhose bewegte sich viel schneller, als er erwartet hatte. Plötzlich war die Luft schnell und staubgrau, und es donnerte überall um ihn herum. Weizen und Staub und Holzsplitter wirbelten durch die Luft. Der Schwanz der Wolke schlängelte sich vor wie das Ende einer Ochsenpeitsche, riß ihn um und ließ ihn fallen ...*
*... um einen runden, schwarzen Tisch in einem pyramidenförmigen Zimmer. Der hilflose Verstand des Jungen blitzte Bilder einer unfaßbaren Realität, sie waren furchterregender als der Sturm.*
*Die Windhose rollte ihn auf den Bauch und in einen schlammigen Graben neben der Straße. Der Donner schien sich zurückzuziehen. Er riskierte einen Blick – und warf die Arme über den Kopf. Der graue Riese dräute über dem Graben und brüllte Gewalt auf ihn herab. Er fetzte Erdbrocken vom Rand des flachen Grabens und bewarf ihn mit Steinen. Trotz allem blieb er noch ungeschoren. Er war geheimnisvoll, wunderbar unverwundbar. Etwas schützte ihn.*
*Der Junge lachte in sich hinein und rollte sich auf den Rücken. Er verschränkte die Arme über dem Kopf, um zu beobachten, wie der Riese seine letzten Kräfte vergeudete. Die Windhose tanzte*

*über ihm, er dankte dem Geber für sein Geschenk. Sicher am Fuß eines Sturms zu liegen, kein Mensch auf dieser Welt hatte je Gelegenheit dazu gehabt.*
»Karel«, flüsterte Michael.
Man hörte Karels Atem in seiner Brust: ein dünnes, hohes, schnelles Pfeifen. Michael sah das Herz des Pianisten durch sein Hemd schlagen. Der Rhythmus flatterte durch seinen ganzen Körper, aber sein Gesicht war völlig triumphierend, entspannt.
Michael schnitt eine Grimasse. »Karel, schau dir deine Hände an!«
Karel betrachtete seine Finger, die zerfetzt und blutig waren, so heftig hatte er sich in die Lehnen seines Ledersessels gekrallt.
»Vergiß es«, sagte er.
»Was hast du gemacht?«
Karel winkte erschöpft ab.
»Okay, jetzt bin ich an der Reihe«, sagte Stef. »Ich hab einen.«
»Ich auch!« sagte Claire.
»Mach du zuerst.«
»Es ist ein Ort, der heißt ... Ohh ... « Sie tat, als würde sie etwas mit den Händen formen. »Clay City, das ist es. In Südindiana.«
»Wann?« fragte Morrison.
»Ich glaube ... fünfundvierzig Minuten.«
»Nicht glauben, Claire, wissen!«
»Dann fünfundvierzig Minuten. Sicher.«
»Wie viele Leute sind in Gefahr?«
»Vielleicht zweihundert. Aber nicht viele verletzt.«
»Du, Stef.«
»Der Staatspark in Kankakee, Illinois. In einer Stunde. Ich weiß nicht, wie viele Verletzte.«
»Geht Claires Vorfall nach«, befahl er.
»Nein!« protestierte Kate. »Wenn wir eine echte Chance haben, jemanden zu schützen, dann laßt uns den Staatspark machen. Da sind vielleicht weniger Leute, aber die haben weniger Möglichkeiten, sich zu schützen, als die Leute in der Stadt.«

»Aber –«
»Kein Aber! Du hast dabei nichts zu melden!« Sie wandte sich hilfesuchend an die anderen Hellseher. »Wenn die Zeit nicht reicht, um beide Orte zu retten, welchen wählen wir: die Stadt oder den Staatspark?«
Die Hellseher zögerten. Kates Forderung nach einer Kopf-oder-Zahl-Entscheidung lähmte sie. Den einen zu retten bedeutete den sicheren Tod für den anderen. Eine Entscheidung, die Michael nicht gerne getroffen hätte.
Trotz allem fiel die Entscheidung ziemlich schnell. Die Hellseher wollten den Leuten im Park helfen, falls möglich. Die Entscheidung war einstimmig.
Kate: »Harry, kannst du uns eine Karte besorgen?«
»Wie detailliert?«
»Bis zu Vogelnestern in den Bäumen.«
»Ich laß sie aus Illinois telekopieren. Ihr könnt sie in fünfzehn Minuten haben.«
»Ich nehm dich beim Wort. Stef, ist unter dem ganzen Zeichenmaterial in deinem Zimmer vielleicht Pauspapier?«
»Ein bißchen.«
»Hol's.«
»Warum?«
»Das wirst du sehen.«
Morrison brachte die telekopierte Karte im selben Augenblick, als Stef mit dem Papier zurückkam. Kate führte die Hellseher in die Vorbereitung, dann verteilte sie Bleistift und Pauspapier an dem Tisch. Sie legte ein Stück Pauspapier über die Karte, markierte ein paar Orientierungspunkte und begann zu zeichnen.
Claire stand auf, um besser sehen zu können. »Was machst du da?«
»Nicht herschauen. Ich zeige, wo der Tornado hingeht. Du kriegst gleich deine Chance.«
Sie reichte das Blatt nach links weiter. »Jeder von euch macht

dasselbe auf seinem Papier. Macht euer Zeichen und reicht die Karte weiter.«
Die Karte wurde langsam von Person zu Person weitergereicht. Als das Papier zu Michael kam, machte er einen hastigen, halbherzigen Versuch, das Chaos in seinem Kopf geordnet zu Papier zu bringen. Er kam sich sehr albern dabei vor. Als er fertig war, faltete er schnell das Papier und ließ es auf seinen Schoß fallen. Er reichte die Karte weiter.
Marva brauchte lange, um sich zu entscheiden, wo sie ihre Zeichen hinsetzen sollte. Stef setzte seine Zeichen kühn und zuversichtlich. Claire zeichnete umständlich und radierte zweimal. Evan wollte es überhaupt nicht machen, aber er kapitulierte schließlich meckernd.
»Gib sie her«, befahl Kate. Sie legte ihr Pausblatt über die Karte und ersetzte es dann durch Karels. Sie legte die Stirn in Falten, war verwirrt von dem, was sie sah. »Marva, gib mir deins.« Sie legte Marvas Karte auf die von Karel, dann Stefs über die von Marva, dann Claires, dann Evans. Jetzt lächelte sie. Sie hob drohend den Zeigefinger zu Michael. »Gibst du's her!«
Michal faltete zögernd sein Papier auseinander und gab es ihr. Sie strich es über dem obersten Bogen glatt und lachte übers ganze Gesicht. »Kommt und schaut.«
Michael und die Hellseher drängten sich um sie. Michael packte die Lehne von Kates Stuhl und hielt sich fest. Die Karte selbst war unter den Schichten durchsichtigen Papiers verschwunden, aber die Zeichnungen waren klar erkennbar. Mit einigen geringen Abweichungen waren sie genau gleich. Auch die von Michael.
Kate nahm heimlich Michaels Zeichnung vom Stapel und steckte sie ihm mit einem kurzen Lächeln zu. »Versteck's in deiner Tasche«, murmelte sie. Sie stutzte, legte ihre Hand auf die seine. »Was ist denn los mit dir? Du siehst ganz grün aus.«
Er fühlte sich *grün.* Man hatte so ein Gefühl, wenn man genau wußte, daß einem schlecht wird und daß es nur noch eine Frage

der Zeit war. Nur jetzt war noch dieses brodelnde Gefühl in seinem Hinterkopf, und das war wesentlich schlimmer als das Fühlbare im Magen.
»Schule«, murmelte er unter Würgen. »Auf der Karte.«
Kate versuchte ihn zu decken. Sie packte ihn am Kragen und zog ihn hoch, bis seine Wange an ihrem Ohr war, dann küßte sie ihn auf die Nase.
»Zeig mir, wo«, flüsterte sie.
Michael knickte über dem Tisch zusammen, er mußte sich nicht verstellen, er hatte gewisse Schwierigkeiten mit seinen Knien. Er berührte die Karte kurz mit seinem Stift, an der westlichen Grenze des Parks.
»Irgendwelche Namen, Michael?«
Seine Antwort war kaum hörbar.
»Adams.«
»Okay. Setz dich schnell hin, bevor du umfällst.«
Michael gehorchte dankbar.
Elliot sammelte die Pausen ein und brachte sie in den Kommunikationsraum. Eine halbe Stunde verging. Alle Augen waren unverwandt auf das dunkle Glas gerichtet, hinter dem Morrison arbeitete. Eine zweite halbe Stunde Warten zwang sich dem ruhelosen Zimmer auf.
»Harry, was geht da drin vor?« jammerte Kate. »Es ist schon fast eine Stunde vergangen. Sag uns was – *irgendwas!* Auch schlechte Neuigkeiten!«
Morrison sagte: »Moment mal. Ich möchte, daß ihr euch die Aufnahme anhört, die ich gerade gemacht habe.«
Eine fremde Stimme kam aus den Lautsprechern, der Sprecher war aus dem Süden und ganz aufgeregt. »Bin ich vielleicht froh, daß ihr angerufen habt«, sagte der Mann. »Mensch, vor einer Stunde hab ich gedacht, Sie sind ein Verrückter – oder einer, der gern Leute am Telefon erschreckt. Ich meine, ich hab noch nie gehört, daß das Wetteramt jemanden *anruft*. Schon gar nicht mit so 'ner Vorhersage. Aber ich hab gedacht, ich werd verrückt, wie

zehn Minuten nach Ihrem Anruf einer von meinen Streifenpolizisten kommt und mir meldet, daß genau da, wo Sie gesagt ham, eine Windhose gesichtet worden ist. Na, dann hab ich alle Wagen eingesetzt, und das kann ich Ihnen sagen, wir ham die Leute aus dem Weg von dem Ding geräumt wie im Film.«

Die Stimme wurde leise. »Und die Schule – die Jane-Adams-Volksschule. Von der is nicht mehr viel übrig. Aber die Kinder ham wir rausgeholt, dank Ihnen. Wir haben hier vierundsiebzig Leute in der Kirche, die glauben, daß sie Ihnen ihr Leben verdanken. Ich möchte Ihnen danken. Für uns alle.«

Wenn auf dem Band noch mehr war, hörte es Michael nicht mehr. Jedes weitere Gespräch ging im Jubelgeschrei unter. Das Zimmer war erfüllt von Hurras und Geschrei. Michael wußte bald nicht mehr, wer wen umarmte.

Evan packte Stef an den Schultern und umarmte ihn, dann ließ er ihn plötzlich wieder los und setzte sich. Angst verdrängte seine Fröhlichkeit. Seine Stimme schnappte über vor Angst. »Ich hab ... ich hab etwas!«

Die Feier wurde sofort abgebrochen. Evan versuchte, die Aufmerksamkeit, die sich auf ihn richtete, lässig abzutun, aber er war offensichtlich total verängstigt. Sein Blick flackerte hektisch durch den Raum, während seine Vision ihn von seiner vertrauten Welt ausschloß.

Stef war sofort an seiner Seite. Er legte seine Hand auf Evans Schulter und führte ihn sanft mit seiner Stimme. »Ich weiß, es war eine Überraschung, Evan. Keine Panik, sag mir nur, was du siehst.«

Evans Blick schweifte über eine unsichtbare Landschaft. »Es ist ein Haus«, sagte er mit bebender Stimme. »Eine kleine Hütte.«

»Bist du drinnen oder draußen?«

»Draußen.« Er schaute hoch. »Böser Himmel. Bald schlimmer Regen.«

»Wo ist die Hütte?«

»Im Wald. Am Rand einer Lichtung.«

»Welcher Staat, mein ich.«
»Woher soll ich das wissen?«
»Du weißt es. Laß das Bild hingehn, wo es hin muß. Es wird dir nicht weh tun.«
»Es ist in Illinois.«
»Gut. Welche Stadt ist in der Nähe?«
*»Springfield natürlich.«*
Die Gruppe murmelte überrascht. Die kleine Stimme, mit der Evan gesprochen hatte, war nicht seine eigene gewesen.
Es war die Stimme eines kleinen Mädchens.
Evan redete weiter, wieder mit seiner eigenen Stimme, jetzt viel ruhiger. »Ich scheine auf jemanden zu warten, der aus dem Wald kommen wird. Eine Familie, glaub ich. Die sind gerade angekommen, sie laden ein Auto aus.«
Die Stimme des Mädchens fügte hinzu: *»Ich war zuerst hier! Ich bin König der Berge!«*
Evan warf Claire einen wütenden Blick zu, dann wurde er ganz bleich, weil ihm klar wurde, daß sie ihn nicht unterbrochen hatte.
»Was, zum Teufel, passiert denn mit mir?«
Stef klopfte ihm auf die Schulter. »Mach weiter.«
Evans Angst verblaßte, als die Vision ihn wieder in Bann zog.
»Jetzt Blitz und Donner. Der Sturm kommt hierher. Auf dem Weg nach hier hat es so schlimm geregnet, daß die Autos links und rechts angehalten haben.«
»Warum bist du verreist, wenn das Wetter so schlecht ist?«
Das Mädchen antwortete. *»Papi hat gesagt, der Regen wird bald wieder vorbei sein. Er hat gesagt, er wird nicht einfach eine Woche Urlaub verschenken, ob's jetzt regnet oder nicht.«*
Evan fuhr fort: »Das ist wirklich komisch, Stef. Ich hab jetzt ihre Gedanken und Erinnerungen. Ich *kenne* sie!« Er krümmte sich zusammen. »Mein Gott, der Blitz!«
Und das Mädchen: *»Ich mag Blitze. Macht mir keine Angst!«*
»Wie heißt du?« fragte Stef das unsichtbare Kind.

*»Jody.«*
»Wie alt bist du?«
*»Neun.«*
Evan verbesserte sie. »Sie ist acht.«
»Gehst du in die Schule?«
Evan wieder: »Mein Gott, der Blitz war aber nahe!«
»Jody, gehst du in die Schule?«
*»Ja, aber ich hasse sie.«*
»Warum?«
*»Weil Billy zu Hause bleiben darf und spielen. Ich möcht viel lieber bei ihm bleiben.«*
»Ist Billy dein Bruder?«
»Ja«, antwortete Evan. »Drei Jahre jünger. Richtig niedlich ... *oh, oh, da ruft jemand nach mir.«*
»Ist Billy auch mit in Ferien?«
*»'türlich.«* Das Kind war mit einemmal abgelenkt. *»Muß ein Versteck finden.«*
»Warum? Kommen deine Eltern?«
*»Ja, sie kommen. Jetzt gleich. Ich weiß – ich versteck mich hinter dem Baum. Die können suchen, soviel sie wollen, ich komm einfach nicht raus.«*
*»Der Himmel hat sich geöffnet! Ich hab noch nie solche Blitze gesehn!«*
Das Kind: *»Da kommen sie. Haha, Billy.«*
Evan: »Es kommt direkt runter. Feuerbälle! Jemand sollte das Kind ins Haus bringen, weg von dem Baum.«
*»Ihr findet mich nie!«*
»Hol das Kind raus!« bettelte Evan. »Bitte!« Er packte Stef am Handgelenk. »Kannst du nichts tun? Mein Gott! Blitze überall! Um Himmels willen, kann denn niemand –«
Evan schrie auf und hielt die Arme schützend vors Gesicht. Evan erschauderte, schluchzte. Dann nahm er langsam die Hände vom Gesicht. Er schaute seine Mitarbeiter mit großen, leeren Augen an. »O Gott«, schluchzte er. »Wir sind blind.«

## 18

Morrison verfrachtete Evan in eine Limousine und raste mit ihm zu einem angesehenen Augenspezialisten in Boston. Er kam am nächsten Morgen zurück – allein, mies gelaunt und voller Bostoner Frust – und sperrte sich im Laborkomplex ein. Er blieb zwei Tage drin. Wenn er schlief, schlief er auf der Couch in der Ruhezone. Wenn er überhaupt etwas aß, dann nur das, was Cady ihm auf Tabletts brachte und vor der Tür abstellte. Nur Elliot durfte zu ihm. Sie berichtete knapp und angespannt, daß Morrison in ständiger Verbindung mit Evans Ärzten stünde, aber ihr Arbeitgeber beantwortete selbst keine Fragen, sah niemanden. Alle Arbeit war eingestellt, und Michaels Skrupel, ob psychische oder persönliche, waren vergessen.

Michael war sehr überrascht, als er Morrison am vierten Tag nach Evans Abreise vor dem Haus stehen sah. Der Nieselregen hatte sich in Tropfen auf seinem Jackett gefangen und war unter dem Kristall seiner Uhr kondensiert, auf die er alle paar Minuten schaute. Er machte keine Anstalten, sich mit Michael in Verbindung zu setzen, reagierte überhaupt nicht auf seine Anwesenheit.

Michael wartete. Schließlich sagte Morrison, angestachelt von der Hartnäckigkeit der ungewollten Gesellschaft: »Was erwartest du denn, daß ich sage, Michael – daß es mir leid tut?«

»Was erwartest du, daß ich sage – ich hab's dir gleich gesagt?«

»Eigentlich ja.«

»Tut mir leid, nein. Du mußt dich Evan stellen, wenn er zurückkommt: Das dürfte dir genügend Schuldgefühle bringen.«

Morrison schaute wieder auf seine beschlagene Uhr. Dann sah er die Straße hinunter.

»Wartest du auf Evan?« fragte Michael.

Morrison nickte.

»Kann er sehen?«

Keine Antwort.
»Was wirst du mit ihm machen, wenn er es nicht kann?«
»Geh ins Haus, Michael.«
Michael ging nicht, wollte einfach nicht. Er sah die Ankunft der Limousine in Morrisons Gesicht, bevor er sie hörte. Ein dünnes Licht der Hoffnung strich über seine hageren Züge, Hoffnung, wo keine war, wo keine sehr lange leben konnte.
Evan stieg aus dem Auto, ehe der Chauffeur auch nur die Tür erreichen konnte. Er sah ausgeruht, fit und nüchtern aus. Er ging zuversichtlich den Weg hoch, stolperte auf der ersten Stufe, suchte verzweifelt nach Halt. Er richtete verbitterte blinde Augen dahin, wo er die Eingangstür vermutete, breitete die Arme aus und brüllte: »He, ihr alle – bin ich zu Hause?«
Michael konnfe hörten, wie Morrison schluckte. *Schuldgefühle genug.*

Das weiße Zimmer schwebte um Morrison herum, ohne Dimension, absolut still. Keine blinkenden Lichter oder Wellenlinien störten seine Tagträume. Er saß da mit der Hand auf dem Hörer, machte aber keine Anstalten zu telefonieren.
Evans Blindheit war nur wieder ein Beispiel für das, was zur Faustregel der Parapsychologie geworden war: fünf Schritte vorwärts, vier zurück. Wenn der Erfolg etwas brachte, dann einen Nährboden für die schlimmsten menschlichen Tragödien. Evan war nicht die erste gewesen, auch nicht das Robert-Francis-Projekt. Die erste war Karel gewesen.
Karel war nach Düsseldorf gekommen, voll mit dem ätherischen Zeug, das ihm als Stärke diente. Seit seinem Zusammenbruch in Prag war ein Jahr vergangen, seine Nerven waren wieder intakt und gesund, wie ein menschlicher Knochen, der gebrochen und dann wieder geheilt war. Das Training selbst war der Traum jedes Parapsychologen. Karel hatte jede Aufgabe, die ihm Morrison gestellt hatte, angenommen und doppelt soviel gegeben wie erwartet, jedesmal. Er war immer bereit, noch einen Test zu

versuchen, noch eine Übung, war immer bereit gewesen, noch eine Minute zu geben, noch eine, und noch eine ...

Als er abstürzte, stürzte er so schnell, daß Morrison nicht mal eine Chance hatte, ihn aufzufangen. In einer Sekunde war er noch alert und produktiv, im nächsten Augenblick ein katatonischer menschlicher Pudding. Sein Verfall kam schlagartig, ohne Übergang und ohne Zeit, etwas auszubügeln oder auszuweichen. Drei Monate nach dieser Séance sah Karel aus, als wäre er mit einem Jahresvorrat an Alpträumen in einem Zimmer eingeschlossen gewesen.

Und seine Frau. Die arme, hübsche Sascha. Diese winzige, blasse Kreatur mit dem Naturell einer Spinnwebe. Sie war so abhängig von ihrem Mann und so niedergeschlagen von dem Gedanken an ein Leben ohne ihn, daß sie wahrscheinlich die hoffnungsvollen Genesungsprognosen der Ärzte nicht geglaubt hatte. Karel hatte einen vollen Monat lang nach ihrem Tod geweint. Er hatte ihren Namen nie wieder aussprechen können.

Jetzt Evan. Das Verderben hatte ihn wie ein Bluthund aufgespürt. Achtzehn Monate lang verfolgt, Tausende von Meilen, hier hatte es ihn eingeholt. *Die Nächte und Tage hinunter, die Bögen der Jahre hinunter, die Labyrinthe des Verstandes hinunter.*

Karel und Evan. Sie waren Soldaten. Kriegsgeschädigte. Sollte es notwendig sein, ein paar andere zu opfern, Morrison würde es tun.

Trotzdem klebte Rauchgeruch an seinen Erinnerungen, sogar jetzt noch. Sein Verstand bewahrte sich ein diabolisch klares Bild der Ereignisse. Robert Francis war für seine Erfolge gestorben, aus Versehen getötet, nicht mit Absicht, ein schlichter Akt der Selbsterhaltung, der schiefgelaufen war. Morrison erinnerte sich an jedes Gesicht, das im Feuer umgekommen war.

*Mea maxima culpa.*

Er holte tief Luft. Die Atmosphäre im Kontrollraum war mit Spannung durchzogen: Irgendwo im Haus war wieder eine

Konferenz seiner Leute im Gange. In diesen Tagen erzitterte das Haus förmlich, wenn sie ihre Köpfe zusammensteckten.

Fünf Wochen. Die erste Phase der Arbeit neigte sich dem Ende zu. Die Hellseher waren schon fast so weit gegangen, wie Morrison sie führen konnte. Er hatte sie nach bestem Wissen trainiert, hatte sie weitergeführt von Katastrophen-Vorhersagen bis dahin, daß sie sich für die Leben, die nicht gerettet wurden, verantwortlich fühlten. Nur noch eine Ebene war übriggeblieben, und er mußte lediglich ein Streichholz anzünden, um den flüchtigen Geist des Hauses in die Luft zu jagen. Das eine letzte, perfekte Desaster, er wartete nur darauf. Er würde den Leuten die Wahl zwischen Leben und Tod lassen. Und er würde sie zwingen, das Leben zu wählen.

Der Rauchgeruch verflüchtigte sich aus dem Vordergrund seiner Aufmerksamkeit, wurde von dem Gedanken an den greifbaren Erfolg verdrängt. Die Toten hatten ihm den Willen und das Wissen gegeben, um den Lebenden zu helfen. Was er tun würde, tat er für sie.

Die Lebenden, die Soldaten. Morrison brauchte alle sechs, wenn das Ende in absehbarer Zeit kommen sollte. Er brauchte Evan.

Er nahm den Hörer und wählte die Nummer für Harvard.

Morrison stürzte in Michaels Zimmer. Sein Gesichtsausdruck war so ernst, daß Michael befürchtete, etwas ganz Schreckliches wäre passiert. »Evan will mit dir reden.«

Michael bekam vor Schreck ganz große Augen. »Ist ihm etwas passiert?«

»Komm mit.«

Evan saß mit verschränkten Armen im Bett, in einen Berg Kissen gelehnt. Er sah besorgt und aufgeregt aus, aber er war nicht in Lebensgefahr.

Sein Ton aber sang ein anderes Lied. Er klang, als wollte er seine letzten Entschuldigungen auf dem Totenbett abgeben. »Hast du ihn gebracht, Morrison?«

»Ich bin hier, Evan. Ich bin's. Michael.«

»Gott sei Dank.« Evan griff nach Michaels Hand, zog ihn zu sich aufs Bett. »Ich hatte Angst, du würdest nicht kommen, nach allem, was ich dir an den Kopf geworfen habe.«
»Ist schon okay. Ich hab's vergessen.«
»O nein. Ich hab mich benommen wie ein Schwein, und ich weiß es. Ich möchte, daß du mir verzeihst.«
»Was soll denn das? Du brauchst dich nicht zu entschuldigen.«
»Ich möchte alles geregelt haben, bevor ich mich auf das einlasse.«
»Auf was?«
»Nimmst du meine Entschuldigung an?«
»Sicher – auf was einlasse, Evan?«
Morrison unterbrach. »Wenn ihr mit Entschuldigen fertig seid, bring ich Michael jetzt wieder weg.«
»Nein!« Evan saß kerzengerade im Bett, nervös, verängstigt und offensichtlich, falls nötig, bereit, sich körperlich zu verteidigen. »Michael wird hierbleiben! Du bringst diesen Mann nicht hierher, ohne daß eine dritte Partei anwesend ist!«
»Ich verpasse anscheinend immer wieder die Klingel bei diesem Karussell«, sagte Michael hilflos. »*Welcher* Mann?«
»Karels Arzt. Wie heißt er noch?«
»Reingen?« Michael wandte sich zu Morrison. »Reingen ist hier?«
»Ich hab ihn hergeholt, damit er Evan hilft.«
»Dazu wird er nie die Gelegenheit haben, wenn Michael nicht hier im Zimmer bleibt!« brüllte Evan.
Morrison machte eine übertrieben dramatische Geste der Kapitulation. »Was immer du sagst, Evan. Kann ich den Doktor jetzt reinbringen?«
Evan beruhigte sich. »Ja. Bring ihn.«
Evans Verhalten änderte sich, als sich die Tür hinter Morrison schloß. Es war, als hätte jemand bei ihm die Luft rausgelassen. Michael ängstigte Evans blindes, intensives Anstarren der Tür. Irgend etwas fehlte in diesen leeren Augen. Michael wußte

nicht, ob das, was fehlte, je wieder hineingebracht werden konnte.
»Mein Gott. Jetzt geht's wieder los«, keuchte Evan. »Ich hasse das.«
»Wie fühlst du dich?«
»Gut.« Es ging ihm überhaupt nicht gut. Die Wahrheit war offensichtlich. Er stand noch immer unter Schock.
»Du wirst ganz sicher wieder gesund. Morrison hat gesagt, die Ärzte wären sich einig.«
Evan lächelte mühsam. »Dann muß ich mir ja keine Sorgen machen, oder – wenn Morrison das sagt.«
»Kann ich dir irgend etwas holen?«
»Meine Lesebrille.«
»Wie wär's denn mit einem Drink? Möchtest du einen Scotch?«
»Danke, aber ich bin momentan nicht in der Stimmung. Deine Gesellschaft reicht mir.«
»Hör zu, ich wär schon früher gekommen – wir alle –, aber Morrison hat es nicht erlaubt. Er sagt, du brauchst Ruhe. Cady schiebt draußen vor der Tür Wache.«
»Der ist total wahnsinnig. Ich bin hier oben alleine fast verrückt geworden.«
»Wir auch, weil wir nicht gewußt haben, was mit dir los ist. Was ist in Boston passiert?«
Evan schüttelte niedergeschlagen den Kopf. »Ich weiß es nicht. Nichts, was die letzten Tage passiert ist – wie viele Tage? –, ergibt irgendeinen Sinn. Ich glaube, jeder Sadist von Arzt in ganz Massachusetts hat sich an mir versucht. Sie haben alles geröntgt, nur mein Arschloch haben sie anscheinend vergessen, und an mir herumgestochert, bis ich grün und blau war. Schau mich an. Wunderheilung.«
»Du wirst wieder gesund.«
»Natürlich. Daran besteht kein Zweifel«, sagte Evan lustlos. »O Gott. Da kommen sie.«
Reingen war größer, als Michael ihn in Erinnerung hatte,

jünger. Seine Aufmerksamkeit richtete sich direkt auf Evan. Das Zimmer war voller Mitgefühl.

Morrison sagte: »Das ist Dr. Reingen. Du erinnerst dich an ihn.«

Evan saß jetzt auf der Bettkante und lauschte nervös. »Richtig. Ich erinnere mich.«

Reingen ging zu ihm und legte die Hand auf Evans geballte Fäuste. »Harold hat mir von Ihrem Problem erzählt«, sagte er. »Man sieht's ja auch, nicht wahr?«

»Vielleicht gar nicht so sehr, wie Sie meinen. Ich würde Ihnen gerne helfen, es loszuwerden. Werden Sie mir helfen?«

Evan nickte skeptisch.

»Verzeihung, Evan, ich hab Ihre Antwort nicht gehört.«

»*Ja.*«

»Gut. Dann legen Sie sich hin.« Reingen drückte Evans Schultern sanft in die Kissen. Er zog sich einen Stuhl ans Bett, stellte seine Arzttasche neben sich auf den Boden und begann Evans Ärmel hochzurollen.

Evan zog seinen Arm weg. »Was machen Sie da?«

»Ich rolle Ihren Ärmel hoch.«

»Warum?«

Reingens Stimme war sanft. »Ich werde Ihnen eine Spritze geben, damit Sie zur Ruhe kommen. Bitte haben Sie keine Angst. Ich werde Ihnen keinen Schaden zufügen. Vertrauen Sie mir.«

Evan reichte ihm widerwillig seinen Arm. »Michael, beobachtest du das alles?«

»Ich bin direkt neben dir«, sagte Michael, der keine Ahnung hatte, wie und wann er ihm helfen konnte.

Reingen hielt einen beruhigenden Monolog, während er Evan den Arm abband und die Spritze aufzog. »Sehr gut. Entspannen Sie sich.«

»Könnten wir diese Nadelgeschichte hinter uns bringen?«

Reingen lächelte. »Schon vorbei. Bitte biegen Sie den Arm ab.«

Evan holte tief Luft. »Was sollte ich denn fühlen?«
»Warum erzählen Sie's mir nicht? Was fühlen Sie?«
»Ich weiß es nicht. Entspannung?«
»Sehr gut. Wo? In Ihren Füßen?«
»Ja.«
»Natürlich. Und in den Beinen? In den Schenkeln?«
»Da auch.«
»Und jetzt in den Fingern.«
Evan probierte seine Finger. »Ja.«
»Wo noch? In den Armen und Schultern, nehm ich an.«
»Ja.«
»Sehr beruhigend, nicht wahr?«
»Ja.«
»Es ist gar nicht wie eine Droge. Mehr wie ein warmes Bad, das alle Spannungen nimmt. Wie ein friedlicher Schlaf, nur viel besser. Wie ein Samtzimmer. Weich und üppig.«
Reingens Stimme entfernte sich langsam aus dem Bereich normaler Sprache. Sie wurde zu einem Murmeln, mitfühlend und zwingend zugleich, ein Werkzeug, das fast mystisch war in seiner Wirkung, wie der Pinsel in der Hand eines großen Malers. Reingen hatte die Droge als Hilfestellung benutzt, aber die Kunst lag in der Stimme.
»Wie fühlen Sie sich?«
Evans Augenlider wurden schwer. »Gut. Gut.«
»Sehr gut. Denken Sie dran, wir sind Verbündete. Sie werden alle Fragen beantworten, die ich Ihnen stelle, aber Sie werden sich an nichts erinnern, wenn wir fertig sind.«
»Ja.«
»Sie können jetzt die Augen öffnen.«
Evan machte das.
»Jody, Evan. Wissen Sie noch, wer das ist?«
Evans Augen wurden feucht. »O ja.«
»Wo ist Jody jetzt?«
»Ich weiß es nicht«, sagte Evan traurig. »Ich werde es nie wissen.«

»Als sie bei Ihnen war, wo hat sie da gelebt?«
»Illinois.«
»Nein, ich meine, in welchem Teil von *Ihnen?*«
Evan schien ihn nicht zu verstehen.
Morrison unterbrach, ehe Reingen weitermachen konnte. »Du bist auf der falschen Spur, Franz.«
»Wieso? Du hast gesagt, Jody wäre das Ergebnis eines psychischen Vorfalls?«
»Eines psychischen Vorfalls – nicht ein Phantasiegebilde Evans. Jody ist kein Teil von Evans, sie hat lediglich ... seinen physischen Raum für eine Zeit geteilt.«
Reingen konnte den Ausdruck des Ekels in seinem Gesicht nicht unterdrücken. »Willst du damit sagen, *du* hast ihm das angetan?«
»Hab ich nicht«, verteidigte sich Morrison. »Die Blindheit rührt aus einer psychischen Empathie mit dem Kind.«
»Eine Empathie!« rief Reingen erstaunt. »Was für Hexenzauber werden denn hier veranstaltet?«
»Es war ein gültiges wissenschaftliches Experiment.«
»Das so etwas mit einem Menschen macht? Harold, hast du eine psychologische Bewertung dieser Leute gemacht, bevor du sie hierhergebracht hast?«
Morrison schüttelte den Kopf.
»Dann mach ich dich verantwortlich für das, was mit diesem Mann geschehen ist!« Er unterbrach. »Tut mir leid, Michael. Ich sollte in Ihrer Gegenwart nicht über solche Dinge reden. Würden Sie das Zimmer verlassen?«
»Nein«, antwortete Michael entschlossen. »Evan hat mich gebeten, zu bleiben. Das werd ich tun.«
»Wie Sie wünschen.« Er wandte sich an Morrison. »Was dich betrifft: Dir werde ich nie verzeihen.«
Ohne noch ein Wort an die beiden zu richten, wandte sich Reingen wieder Evan zu und führte den Dialog langsam zu der Episode, die seine Blindheit verursacht hatte. Es genügte ihm

nicht, die Geschichte einfach erzählt zu bekommen, er ließ Evan den Vorfall Stück für Stück wiedererleben, detaillierter als das erste Mal, ohne Hindernisse, die hatte die Hypnose beseitigt. Er stellte keine hintergründigen Fragen, und er duldete es nicht, daß Evan etwas verschwieg. Er verwandelte den Vorfall in eine Konfrontation zwischen Evan jetzt und Evans Angst vor dem Vorfall, eine Wiederaufführung des Dramas in der totalen Isolation von Evans Bewußtsein.

Michael fürchtete sich vor dem Ende: der Schrei, das verdeckte Gesicht und die Tränen.

Reingen drängte mit Gewalt an dem Augenblick vorbei. »Ist Jody noch immer bei Ihnen, Evan?«

»Ja.«

»Sind Sie im selben Moment geblendet worden wie sie oder später?«

»*Ich weiß es nicht.*« Die Kinderstimme.

»Nein, Evan! Sprechen Sie selbst!«

»Ich weiß es nicht. Selber Moment.«

»Wo ist Jody?«

»Liegt auf dem Boden.«

»Und wo sind Sie?«

»Astor House.«

»Und Sie *wissen*, daß Sie in diesem Haus sind? Kein Irrtum?«

»Kein Irrtum.«

»Haben Sie das Kind blind gemacht?«

»Nein!«

»Und trotzdem fühlen Sie sich schuldig, daß dem Kind was passiert ist?«

Pause. »Ja.«

»Sie können sich ausruhen, Evan. Ich werde jetzt mit dem Kind reden.«

Evan wirkte plötzlich kleiner im Bett, sein Gesicht unschuldiger. Seine Kinderpersönlichkeit wirkte viel ausgeglichener, viel weniger angreifbar als die des Erwachsenen.

»Jody«, sagte Reingen sanft. »Hast du Schmerzen?«
Evans Stirn legte sich in kindliche Sorgenfalten, als er sich innerlich betrachtete. *»Nein.«*

»Weißt du, was mit dir passiert ist?«

*»Was Schlimmes. Ich kann nicht sehen.«* Sie machte einen Schmollmund. *»Mami und Papi werden sehr böse auf mich sein.«*

»Spürst du einen anderen Erwachsenen in deiner Nähe?«

*»Einen Mann in meinem Kopf. Sicher.«*

»Ist er echt oder nur eingebildet?«

*»Ich glaube echt.«*

*»Weißt du, warum er da ist?«*

*»Nein, ich glaub, er weiß es auch nicht.«*

»Macht es dir angst, daß er da ist?«

*»Nein.«*

»Hat er dir weh getan?«

*»Nein, warum sollte er das?«*

»Hat er gewollt, daß dir was Schlimmes passiert?«

*»Nein.«*

»Dann gibst du ihm nicht die Schuld für das, was dir passiert ist?«

Der Kinderteil von Evan schien sehr überrascht von dieser Frage. *»Warum sollte ich das tun? Das war meine Schuld. Ich hab was ganz Schlechtes gemacht.«*

»Na schön, Jody. Du kannst dich jetzt ausruhen. Evan?«

»Ja?«

»Sie haben gehört, was das Kind gesagt hat?«

Vorsichtig: »Ja.«

»*Glauben* Sie es?«

Eine Pause. »Ja.«

»Gut. Jetzt ruhen Sie sich einen Augenblick in der Dunkelheit aus. Schließen Sie die Augen. Wenn ich meine Hand auf Ihre Schulter lege, werden Sie die Augen öffnen. Ihr Augenlicht wird wiederhergestellt sein, denn der Grund für Sie, es zu verleugnen, wird verschwunden sein. Ruhen Sie jetzt.«

Er erwiderte Michaels neugierigen Blick. »Ich muß glauben, was Evan mir erzählt hat – daß er seinen Kontakt mit dem Kind in dem Augenblick, als der Blitz einschlug, noch aufrechterhalten hat. Sie haben gesehen, daß er sich bei der Erzählung des Vorfalls an viel mehr Details erinnern konnte, als ihm bewußt ist. Deshalb glaube ich nicht, daß Evan sein Bedürfnis, dem Kind kein Leid zugefügt zu haben, projiziert, sondern sich tatsächlich daran erinnert, was das Bewußtsein des Kindes ihm in den letzten gemeinsamen Augenblicken gezeigt hat. Ich glaube, Evan kann sich zwar nicht genug verzeihen, um sich von seiner Blindheit zu befreien, aber die Vergebung des Kindes könnte es für ihn tun. Das werden wir jetzt herausfinden.«

Reingen legte seine Hand auf Evans Schulter. Evans Augenlider flatterten langsam auf. Reingen hielt ihm zwei Finger hin. »Evan, was sehen Sie?«

Evan kniff die Augen zusammen.

»Nichts.«

Reingen gönnte sich keine Pause, um über den Mißerfolg nachzudenken. »Dann sitzt es tiefer«, sagte er. »Wir werden weitermachen.«

In der zweiten Stunde der Sitzung hörte Evan mit einemmal auf, Reingens Fragen zu beantworten, und konnte nicht dazu bewegt werden, weiterzumachen.

»Was ist passiert?« fragte Michael. »Hat die Droge aufgehört zu wirken?«

Reingen schüttelte den Kopf. »Nein, da ist was anderes. Er hat über sein Leben vor mehr als zwei Jahren berichtet. Was ist ihm damals zugestoßen?«

Morrison reichte Reingen eine braune Akte, auf der Evans Name stand. Aber Michael kannte schon die Antwort auf die Frage. Vor zweieinhalb Jahren hatte Evan bei einem Autounfall einen fast tödlichen Stromschlag erlitten.

Reingen legte die Akte weg. »Wir befinden uns jetzt in der Zeit vor zweieinhalb Jahren«, sagte er. »Wir haben April.«

Evans Gesicht verzog sich vor Angst, als wüßte er sogar in der Tiefe der Trance, was als nächstes kommen würde. Er zitterte, schüttelte den Kopf.
»Hören Sie mir zu, Evan. Sie sind in einem Auto.«
Evan biß sich auf die Unterlippe. Er schüttelte immer wieder den Kopf.
Morrison trat einen Schritt vor. »Das genügt, Franz.«
Reingen schaute nicht hoch. »Evan, alles ist ruhig und dunkel. Nichts sehen. Ruhen.« Er drehte sich zu Morrison, mit fragendem Blick.
»Ich weiß, was du vorhast«, sagte Morrison.
»Ja, und?«
»Ich kann das nicht zulassen.«
Reingens Blick war stählern. »Ich glaube nicht mehr, daß die Blindheit dieses Mannes etwas mit dem zu tun hat, was in deinem grotesken Pyramidenzimmer passiert ist. Evan ist von etwas in seinem Inneren verletzt worden. Ich kann ihn erst heilen, wenn ich entdeckt habe, was das ist.«
»Auf diesem Weg wirst du es nicht herausfinden.«
»Als du mich hierhergeholt hast, hast du keine Methode bestimmt, nach der ich arbeiten soll. Hast du gedacht, ich schüttle eine Rassel vor seinem Gesicht? Oder wär's dir lieber, wenn er so bleibt, wie er ist?«
»Du hast ihn schon unter ungeheuren Druck gesetzt.«
»Der emotionale Mechanismus, der Evan zum Hellseher gemacht hat, kann mit dem Vorfall verknüpft sein, der ihn blind gemacht hat. Aber ich nehme an, du hast das schon vorausgesehen: Wenn ich ihn von seiner Blindheit kuriere, könnte da noch etwas geheilt werden. Ist es das, Harold, wovor du *wirklich* Angst hast?«
»Du hast kein Recht, das zu sagen.«
»Nein. Du hast ihn doch hierher zurückgebracht, stimmt's? Du wolltest doch, daß ich ihn hier behandle und nicht in Boston? War das nicht, um ihn hier zu haben, wenn du ihn brauchst?«

»Franz, der Mann hat einen fast tödlichen Stromschlag bekommen!«

»Das weiß ich.«

»Würdest du ihm das noch mal zumuten?«

»Würdest du ihn blind lassen?«

Morrison durchbohrte den Psychiater mit Blicken. »Ich wasche meine Hände in Unschuld. Mach mit ihm, was du willst: Du trägst die Verantwortung.«

»Nein, du trägst die Verantwortung. Ich kann lediglich versuchen, etwas von dem Schaden, den du bei ihm angerichtet hast, wiedergutzumachen.« Er sprach Evan an. »Sie werden meine Anweisungen befolgen, Sie werden sehen, was ich Ihnen befehle zu sehen.«

»Ja.«

»Sie fahren ein Auto. Beschreiben Sie's mir.«

Evan stellte sich der Vergangenheit wie einem Exekutionskommando. Er wimmerte.

»Sprechen Sie!«

»Grauer Porsche.«

»Ihrer?«

»Nein. Von einem Freund.«

»Sind Sie allein?«

»Nein.«

»Wer ist bei Ihnen?«

»Schauspielerkollege. Hugh Barber.«

»Wohin fahren Sie?«

»Nirgendwohin. Wir fahren einfach rum. Schlechte Premiere. Versuche drüber wegzukommen.«

»Die Nacht ist naß und kalt. Die Straßen sind glatt.«

»Damit werd ich schon fertig.«

»Haben Sie was getrunken?«

»Nicht genug, um nicht fahren zu können.«

»Sie fahren schnell?«

»Wir fliegen.«

»Ja. Erzählen Sie mir, was Sie sehen.«

Evan machte ein unverständliches Geräusch. Er kämpfte gegen das Bild, das Reingen in seinen Kopf projiziert hatte. Michael hätte alles gegeben, um Evan das zu ersparen, was jetzt auf ihn zukam, aber er war nur ein Außenstehender, konnte es nicht über sich bringen, sich einzumischen.

»Erzählen Sie mir, was Sie sehen«, wiederholte Reingen.

»Regen. Schwerer Regen. Die Wischer können die Windschutzscheibe nicht sauberhalten.« Evan zitterte weniger aus Angst als vom Rausch des Fahrens. Er sagte zu seinem Freund, der neben ihm im Auto saß: »Hugh, mein Freund, ich hab was bei dir entdeckt. Du bist der einzige Waliser auf dieser Welt, der nicht singen kann.« Er lachte. »Null Gehör. Erstaunlich. Was? Du weißt doch selbst, wo die Flasche ist – hol sie dir selbst, du besoffenes Schwein.«

Er schob den unsichtbaren Freund beiseite. »He! Laß das Lenkrad in Ruhe, du Irrer! Es kann immer nur einer fahren, und das Rad ist auf meiner Seite. Du kommst auch dran – hab Geduld. Reich uns die Flasche. So ist's brav.«

Evan lachte wieder, noch verwegener diesmal. »So, du willst also schneller fahren? Eingabe angenommen. Ein tolles Auto ist das, nicht wahr? Wenn wir Flügel hätten, wären wir jetzt schon auf dem Kontinent ... Hugh, wenn du das Scheißlenkrad nicht in Ruhe läßt, dann fahr ich rechts ran und mach dir ein paar Beulen in dein makelloses Profil. Hände weg!«

»Hoi! Was war das? Ein Igel? Nicht mehr. Ah, da schau mal, wie der ehrenwerte Gentleman sein Auto spazierenführt. Und das um diese Uhrzeit. Mein Gott, ich hab schon schnellere Schnekken gesehen. Zur Seite, Methusalem ... ja, Freund, ich *versuch* ja, ihn zu überholen. Fick dich auch ins Knie, mein Lieber. Ich kann doch nichts dafür, wenn er zu taub ist, um die Hupe zu hören. Ich werde ihn überholen, sobald er nur einen Zentimeter ausweicht. Wir kriegen ihn hier in der Kurve. Los, Charger ...« Seine Augen wurden riesengroß. »Mein Gott, ich kann ihn nicht mehr halten!«

Evans Hände gestikulierten wild, er versuchte ein unsichtbares Steuerrad unter Kontrolle zu bringen. Er schrie nicht, sein angstverzerrtes Gesicht ließ nur ein Wort zwischen zusammengepreßten Zähnen raus: »Gott!«

Eine Sekunde später war alles vorbei. Evan wurde ganz steif, dann kollabierte er. Er sah aus wie tot.

»Was ist mit ihm passiert?«

»Seien Sie still, Michael. Setzen Sie sich!« Reingen berührte Evans Hals und suchte den Puls. »Evan?«

Die Antwort kam aus den Tiefen eines Traumes. »Ja?«

»Wo sind Sie?«

»Dunkel.«

»Sie leben.«

Ungläubigkeit. »Ja?«

»Sie haben einen fast tödlichen Stromschlag von einer Hochspannungsleitung bekommen. Sie sind im Koma. Sie werden sehr lange nicht mehr sehen und hören können. Nach einiger Zeit werden Ihre Sinne wiederkommen. Sie sehen das Krankenhaus, die Ärzte und die Schwestern. Was haben sie Ihnen erzählt?«

»Sollte eigentlich nicht mehr am Leben sein.«

»Und was ist mit Ihrem Freund?«

»Tot.«

»Hat Ihnen das der Arzt erzählt?«

»Nein.«

»Woher wissen Sie es dann?«

Evan schaute verwirrt hoch. »Ich weiß es nicht!« Sein Verstand löste sich vom Hier und Jetzt, seine Gedanken bohrten sich in die Gedanken des Arztes von vor zwei Jahren.

»Ich hab ihn nicht umgebracht! Verdammt noch mal, hab ich nicht!«

»Schon gut, Evan. Gehen Sie zurück ins Dunkel.«

Das Feuer des Irrsinns erstarb in Evans Augen, wurde ersetzt durch einen zahmen, hirnlosen Blick.

Reingen sagte mehr zu sich selbst: »Wieder Schuldgefühle.« Er sprach Evan direkt an. »Sie haben einen Unfall gehabt. Sie haben dafür genug gelitten. Da ist ein Unterschied zwischen damals und jetzt, hier ist nichts, was ihre Blindheit weiterbestehen läßt. Ich werde wieder Ihre Schulter berühren. Befreien Sie sich von dem, was vergangen ist.«

Er packte Evans Schulter noch mal. »Wie viele Finger sehen Sie?«

»Vier.«

Es waren drei.

Reingen beobachtete Evan einige Zeit. Er schien verdutzt, als wisse er nicht genau, wie sein nächster Schritt aussehen würde.

»Was empfinden Sie für diesen Platz?«

»Ich hasse ihn.«

»Warum?«

»Die anderen finden, ich gehöre nicht hierher.«

»Wer speziell?«

»Alle.«

»Ohne Ausnahme?«

»Eine Ausnahme.«

»Wer? Wer ist Ihr Verbündeter?«

»Brian Farley.«

»Er meint Stef«, verbesserte ihn Morrison hastig.

»Stimmt das, Evan?« fragte Reingen. »Meinst du Stef?«

»Brian. Den toten Brian.«

»Mein Gott«, murmelte Michael und erschauderte, als er begriff. »Evan war beim Robert-Francis-Projekt dabei.«

»Da ist er offensichtlich immer noch«, sagte Reingen, ganz Ohr.

»Was war Robert Francis?«

Morrison: »Das Robert-Francis-Projekt. Mein Projekt. Wie das hier. Vor achtzehn Monaten.«

Reingen war außer sich. »Du hast ihn sechs Monate nach seiner Entlassung aus dem Krankenhaus arbeiten lassen – *nachdem er fünf Monate im Koma gelegen war?*«

Morrison sagte nichts.

»Was ist mit dem Projekt passiert?« fragte Reingen.
Michael antwortete. »Das Haus ist mitten in der Nacht abgebrannt. Angeblich hat nur Morrison überlebt.«
»Und noch einer, wie mir scheint: Evan, wer war Brian Farley?«
»Stefs Bruder«, sagte Michael. »Sie wissen schon, der große Mann, der Hellseher.«
»Brian war mein Assistent«, sagte Morrison leise. Seine Stimme war bewegt wie nie zuvor. »Bitte, Franz, bring ihn aus der Vergangenheit zurück. Laß ihn nicht noch mal diese Nacht durchleben.«
»Evan, wo stehen Sie jetzt gerade? Was sehen Sie?«
»Im Schnee. Das Haus brennt.«
»Dort. Sehen Sie? Er hat den Moment gewählt, *nachdem* er aus dem brennenden Haus geflohen war. Bei jeder Begegnung, die wir bis jetzt hatten, hat er die Sache vermieden, die ihm Schmerzen bereitet, die ihn schuldig macht. Die Antwort liegt im Haus, die Schuld lebt immer noch dort.«
»Er hat überlebt«, murmelte Morrison. »Das ist Schuld genug.«
»Harold, wir machen jetzt seit zwei Stunden Ausgrabungen in der Psyche dieses Mannes. Wenigstens weiß ich jetzt, wo wir das, wonach ich suche, finden.«
»Es gibt wohl *überhaupt* nichts, was ihm zuviel werden könnte, wenn du es machst, stimmt's?«
»Alles war zuviel – vom ersten Tag an, an dem du ihn in die Finger gekriegt hast.«
»Hätte er weiterhin in Restaurants wahrsagen sollen? Da hab ich ihn nämlich aufgegabelt.«
»Und da ging's ihm viel schlechter als jetzt, nicht wahr? Wie man sieht, hast du ihm wirklich einen großen Gefallen getan, indem du ihn da rausgeholt hast.« Wie schon so oft an diesem Nachmittag unterbrach sich Reingen, um seine Wut in Zaum zu kriegen.
»Ja, nun, dieses Gerede bringt dir deinen Hellseher auch nicht wieder zurück, nicht wahr? Es ist wohl das beste, wenn ich jetzt mit dem weitermache, weshalb ich hergekommen bin. Evan?«

»Ja?«
»Du stehst vor dem brennenden Haus. Was sticht dir am meisten ins Auge?«
»Brian. Er steht am Fenster.« *Brian, der in aller Ruhe den verklemmten Fenstergriff bearbeitet, die taghellen Flammen hinter ihm im Zimmer.*
»Was ist mit ihm passiert?«
»Das Feuer ist reingekommen.« *Das Gesicht, in Evans Augen genauso groß wie das Haus selbst. Es schaute nach unten, furchtlos. Der letzte Augenblick, als Brian schicksalsergeben mit der Faust das Glas zerschlug und das Feuer einlud, über ihn hinwegzubrausen.*
Reingen schien durch Evans spärliche Beschreibung der letzten Momente des Robert-Francis-Projekts hindurchzuschauen. Sein Verständnis für den Mann war genauso gründlich und unerklärlich wie das Verhältnis der Hellseher untereinander. Was er in Evan sah, was er aus ihm herausgraben wollte, war genauso geheimnisvoll für Michael wie das, was sich im Elfenbeinturm-Pyramidenzimmer abspielte.
»Warum haben Sie sich ausgerechnet auf Brian Farley versteift?« fragte Reingen.
Dieser Blitz kam aus heiterem Himmel:
Evan sagte: »Weil ich ihn umgebracht habe.«

## 19

Michaels und Morrisons Fragen schwirrten durch den Raum. Reingen ermahnte sie streng, ruhig zu sein, dann konzentrierte er sich wieder ganz auf Evan.
»Wir gehen zurück zu der Nacht, in der Brian gestorben ist«, sagte er. »Sie werden sie noch einmal durchleben. Meine Stimme wird Ihre einzige Verbindung zu Astor House sein, wenn ich Sie rufe, werden Sie zurückkommen. Ich werde Ihren Namen

viermal aussprechen. Beim viertenmal werden Sie beim Robert-Francis-Projekt sein, bei Ihren letzten Minuten mit Brian. Sind Sie bereit?«
Evan verkrampfte sich.
»Eins: Evan.«
*Das Zimmer schwebte leicht und schmerzlos davon.*
»Zwei: Evan.«
Im Tauziehen um seine Sinne gewann die Vergangenheit allmählich die Oberhand über die Gegenwart. Reingens Stimme war eine ferne Irritation.
»Drei: Evan.«
*Eine Höhle aus Feuer.*
»Vier: Evan.«
*Der Korridor war ein geschlossener Behälter, mit Flammen gefüllt. Es gab keine Wände, keine Decken mehr, nur noch einen alles verschlingenden, orangefarbenen Tunnel mit einem feurigen Treppengeländer am Ende. Der Luftsog des Feuers hämmerte auf ihn ein, erstickte ihn in schwarzem, dickem Rauch. Er stand betäubt und reglos da, wie versteinert, weil keine Hoffnung auf Flucht bestand.*
*»Evan! Komm schon!« brüllte Smith. Er war nur wenige Meter entfernt, aber Evan konnte seine Stimme im Flammengetöse kaum verstehen. Smith packte Evan grob am Ärmel und zog. »Komm schon – bevor die Decke einstürzt.«*
*Dann wäre Evan losgerannt, wenn er nicht dieses andere Geräusch gehört hätte. Klopfen. Und dahinter Brians Stimme:*
*»Ist da draußen jemand? Kann mich jemand hören?«*
*Evan riß sich von Smith los und rannte zu Brians Tür.*
*»Brian, es brennt. Komm da raus!«*
*»Evan, ich komm nicht raus. Die Tür ist verklemmt.«*
*Evan probierte die Türklinke, zerrte an der Tür. »Sie ist abgesperrt! Die Tür ist abgesperrt!«*
*»Das gibt es nicht! Der Schlüssel steckt draußen! Das Holz hat sich in der Hitze verzogen. Zieh fester – ich ersticke hier drin!«*

*Aber Evan drehte schon den Schlüssel. Flammen von der brennenden Wand leckten über sein Gesicht und versengten seine Haare. Der Gestank war furchterregend.*
*Brian drehte den Türgriff und stieß gegen die Tür. »Nein, Evan, du hast sie zugesperrt! Dreh den Schlüssel anders rum!«*
*Evan drehte den Schlüssel in eine Richtung, dann wieder in die andere, wußte nicht mehr, in welcher Richtung offen und in welcher zugesperrt war. Plötzlich krachte hinter ihm ein lichterloh brennendes Stück Decke von der Wand, ein Hagel brennender Holzstücke prasselte auf ihn herunter. Evan wich zurück. Der Schlüssel kam mit und rutschte aus seiner verschwitzten Hand auf den Boden.*
*»Evan, ist mit dir da draußen alles in Ordnung?«*
*»Paß auf!« brüllte Smith.*
*Der feuerzerfressene Balken über Evans Kopf gab nach, bedeckte Evan mit glühenden Flocken. Evan fiel auf die Knie und tastete blind nach dem Schlüssel. Die Decke übersäte ihn mit Flammenbrocken.*
*Brians Stimme klang erstickt: »Evan, mach die Tür auf!«*
*Der Balken über ihm bewegte sich wieder. Er hing nur noch an einem Nagel.*
*»Lauf, Evan!«*
*Ein Splittern, Krachen. Diesmal ließ sich Evan am Ärmel mitzerren, ergab sich seiner Angst.*
*»Evan!« schrie Brian.*
*»Ich kann nicht!« Evan floh den Gang hinunter. Er hörte die Stimmen der Opfer in ihren Zimmern, die von Feuertüren versiegelt waren. Hinter jeder Tür, an der er vorbeilief, zerrten und rissen die Stimmen an ihm. Die von Brian am stärksten.*
*»Spring!« schrie Smith.*
*Keine Treppe, kein Geländer lag vor ihnen, nur eine feurige Jakobsleiter. Hinter ihnen eine Flammenwand und der Boden tief, tief unter ihnen.*
*»Halt dir die Arme so vors Gesicht«, befahl Smith. »Laß alles*

*locker, wenn du auf dem Boden aufkommst, und roll dich auf die Schulter! Spring!«*

*Evans Kleidung hatte angefangen zu rauchen. Die Hitze machte ihn schwindlig. Er stolperte rückwärts, wäre fast wieder im Feuer gelandet. Dann schloß er die Augen und warf sich nach vorne. Er kam ungeschickt auf dem Boden auf und fühlte, wie die Muskeln in seinem linken Knöchel rissen. Smith landete federleicht neben ihm, hakte ihn unter und schleifte ihn aus dem Haus.*

*Evan stand halb barfuß im Schnee und balancierte, so gut es ging, auf seinem unverletzten Knöchel. Er fühlte nichts, weder den kalten Wind noch den Schnee, der seinen einzelnen Hausschuh durchweichte. Nichts. Das Bild Brians am Fenster raubte ihm alle Gefühle: der Anblick des Freundes, der bei lebendigem Leib verbrannte.*

»Evan.« *Eine Stimme aus Astor House.*

*So würde er Brians Gesicht immer vor Augen haben: ruhig und ohne Furcht, dem von Stef so ähnlich, daß es derselbe Mann hätte sein können.*

»Er fängt an, Vergangenheit und Gegenwart zu vermischen«, *sagte die Stimme aus Astor House.* »Evan! Hör mir zu!«

*Das Feuer verblaßte im Hintergrund. Hundert Meter weiter weg sah Evan Morrison aus dem Haus stolpern und kopfüber in den Schnee fallen.*

Dicht neben ihm schluchzte ein anderer Morrison aus einer anderen Zeit laut auf. Evan hörte eine andere Stimme fragen: »Harold, ist alles in Ordnung?«

Ein tiefer Atemzug von diesem Mann, ein Versuch, sich selbst wieder in den Griff zu kriegen. »Ja.« Noch ein Atemzug. »Ich hab nicht ... ich hab das von Brian nicht gewußt. Evan hat's mir nie erzählt.«

»Ich glaube, er hat's nie jemandem erzählt«, antwortete die andere Stimme. »Wenn ich das höre, wundert's mich nicht, daß er blind geworden ist – ich bin überrascht, daß er nicht wahnsinnig geworden ist.«

»Bring ihn zurück, Franz. Ich will mit ihm reden.«

»Einen Moment. Evan, haben Sie Robert Francis gehaßt?«

»Ja.«

»Wollten Sie, daß das Haus stirbt?«

»Ja.«

»Haben Sie Brian Farley gehaßt? Wollten Sie, daß er stirbt?«

»O nein.«

»Haben Sie das Feuer gelegt?«

»Nein!«

»Haben Sie Brians Schlüssel mit Absicht fallen lassen?«

»Nein! Aber ...«

»Aber das Feuer hätte auch Sie getötet, wenn Sie noch länger geblieben wären.«

»Ja.«

»Also sind Sie vor etwas weggelaufen, was Ihr eigener Tod auch nicht geändert hätte.«

»Ja ...«

»Evan, machen Sie die Augen zu. Hören Sie. Sie fühlen sich schuldig an der Blendung des Kindes, am Tod von Hugh Barnard und Brian Farley. Es ist eine Sache, sich für eine absichtliche oder fahrlässige Tat schuldig zu fühlen, aber sich für einen Unfall zu bestrafen ist eine andere. Ihr Hellseherleben war bis jetzt von Schmerz erfüllt. Aber Ihre Schuldgefühle können das, was passiert ist, nicht ändern. Ein Unfall ist ein Unfall, gleichgültig, wie furchtbar dieser Unfall ist.

Wenn ich meine Hand auf Ihre Schulter lege, werden Sie die Verbindung zwischen Ihren hellseherischen Fähigkeiten und Ihren Schuldgefühlen vergessen. Sie werden sich ungeheuer befreit fühlen. Im Lauf der Zeit werde ich Ihnen helfen, die Unfälle als das zu sehen, was sie wirklich sind, aber für jetzt werden wir's gut sein lassen.

Ich werde meine Hand auf Ihre Schulter legen, Evan. Machen Sie die Augen auf und sagen Sie mir, was Sie sehen.«

Reingens Hand packte Evans Schulter. Evan wand sich, seufzte.

Er schlug die Augen auf. Er blinzelte Michael und Reingen verständnislos an. Dann schaute er zu Morrison, der auf der Bettkante saß, sein Gesicht ein Spiegel trauriger Erinnerungen. Er machte das Siegeszeichen und sagte leise: »Zwei Finger.«
Und dann passierte etwas Bemerkenswertes. Evan fiel Morrison um den Hals, klammerte sich an ihn wie ein Ertrinkender und heulte sich an seiner Brust aus wie ein kleines Kind, dessen Blindheit er hinter sich gelassen hatte.

# WOCHE SECHS: DIE LETZTE

## 20

»Kate, hast du Karel gesehn?« fragte Michael.
»Nein. Was gibt's?«
»Reingen wird bald aufbrechen. Er will mit Karel reden, aber keiner weiß, wo er ist.«
»Hast du in seinem Zimmer nachgeschaut?«
»Nein, das will ich gerade. Halt die Augen offen, falls ich ihn verpassen sollte, ja?«
»Sicher.«
Michael klopfte an Karels Tür. Keine Antwort. Michael drehte den Griff. Die Tür war abgesperrt. Michael lief in sein eigenes Zimmer, von einer ungeduldigen Vorahnung getrieben, die er selbst nicht verstand. Er versuchte die Verbindungstür, schob sie auf. Karel war nicht in seinem Zimmer, aber etwas war hier passiert. Das Zimmer war ein Chaos: Eine zerbrochene Lampe lag halbversteckt unter einer Bettdecke, jemand hatte einen zerbrochenen Porzellanaschenbecher unter die Kommode geschoben. Ein Spiegel, eine Bürste, ein Kamm und ein altes Rasiermesser lagen auf dem Boden, als hätte sie jemand einfach von der Kommode gewischt. Der Stuhl am Fenster lag auf der Seite, eine der Holzstreben war gebrochen. Michael schaute aus dem Fenster in den regenverhangenen Park. Eine kleine, dunkle Gestalt ging über den Rasen in Richtung Bäume. Michael lief die Treppe hinunter, schnappte sich einen Regenschirm aus dem Messingständer neben der Tür und stürzte hinaus in den Regen.
Er fand Karel auf einer Steinbank am Waldrand. Er saß da und starrte gefühllos zum Haus. Karels Haar hing in nassen Strähnen über seine Augen. Regen strömte von seiner Nase. Sein maßgeschneiderter Anzug war tropfnaß und ruiniert.

»Karel, was machst du hier draußen?«
Ein Regenguß kam plötzlich heruntergeprasselt, als hätte jemand einen Eimer ausgeleert. Die Nadelbäume hinter der Bank zitterten und beklagten sich leise: ein Ssschch, eine Ermahnung. Karel sagte nichts. Aber dann zuckten seine Schultern, und er fing an zu weinen. Michael setzte sich neben ihn auf die Bank und versuchte, ihn mit dem Schirm zu schützen. Karel schob ihn weg.
»Was ist passiert? Was ist los?«
Er wollte nicht aufhören zu weinen. Michael legte den Arm um Karels Schulter. Er weinte nur noch mehr.
»Um Himmels willen, sprich mit mir.«
Karels Stimme war so farblos, daß man hätte denken können, der Regen hätte seinen ganzen Esprit weggewaschen. »Wofür denn? Ich habe gerade eine unverzeihliche Tat begangen. Jetzt ist es vorbei. Da gibt es nichts zu reden.«
»Was hast du getan?«
Karel starrte unverwandt auf das Haus. »Ich habe jemanden umgebracht«, sagte er. »Gott steh mir bei.«
Michael zwang Karel, ihm ins Gesicht zu schauen. Er konnte vor Angst kaum die Frage stellen. »Nicht jemanden im Haus, Karel.«
»Nein. Einen Fremden.«
»Erzähl's mir!«
»Einen Mann in einem Flughafen. Ich weiß nicht mal, in *welchem* Flughafen. Er hatte eine Bombe in einer Leinentasche, er wollte sie in ein Schließfach legen.«
»Ein Terrorist?«
»Ja.«
»Was ist passiert?«
»Er hat die Bombe auf den Parkplatz hinausgetragen und den Zündungsmechanismus ausgelöst.«
»Warum?«
Karel kämpfte erneut gegen die Tränen. »Weil ich ihm gesagt habe, was er tun soll.«

Michael drehte sich der Magen um. Er kämpfte gegen Karels Neuigkeiten mit der einzigen Waffe, die ihm noch blieb, und die war vom langen Liegen rostig geworden: seine Skepsis. *Was blieb ihm noch danach?*
»Das ist doch unmöglich, Karel.«
»Es *ist* möglich, und ich bin verantwortlich. Soll ich dir sagen, was der Mann als letztes empfunden hat, bevor er sich in die Luft gejagt hat?«
Michael nickte.
»Erstaunen. Er wußte, daß er Selbstmord beging, aber er hat nie begriffen, warum.«
Der Regen ließ nach, der Sturzbach war versiegt. Karel wischte sich mit einem durchnäßten Taschentuch Regen und Tränen aus dem Gesicht.
»Du bist schockiert«, sagte er leise. »Glaubst du etwa, ich nicht? Ich hab nicht vorgehabt, einen Mord zu begehen. Ich hab es automatisch gemacht. *Automatisch*, Michael – wie man eine Mücke totschlägt.«
»Hast du deshalb dein Zimmer auseinandergenommen? Weil du so ohne weiteres einen Menschen getötet hast?«
»Nein. Weil ich mich selbst nicht dran hindern wollte.«
Michael schwieg sehr lange. »Dr. Reingen wartet im Haus auf dich«, sagte er schließlich. »Ich möchte, daß du ihm das erzählst.«
Ohne zu überlegen: »Nein.«
»Warum nicht?«
»Warum sollte ich? Er hat seit seiner Ankunft kaum ein Wort mit mir geredet. Er hat ein anderes Pflegekind gefunden. Er braucht mich nicht mehr.«
»Wie dumm, so was zu sagen – der Mann ist dein Arzt!«
»Ja, ich weiß«, sagte Karel erschöpft. Er legte die Hände flach auf die Steinbank. Ein Kiesel tanzte unter seinen Fingern davon und kugelte von der Bank. »Verstehst du denn nicht? Es gibt Orte in mir, die selbst *er* nicht erreichen kann.«

»Ja, aber was ist mit dem Rest? Siehst du denn nicht, was mit dir passiert? Du ißt nicht mehr, du schläfst nicht – dieses Haus reißt dich in Stücke! Du mußt hier weg!«
»Nein, du verstehst nicht.«
»Ich verstehe nur, was ich sehe!«
»Dann hör mir zu.« Karels Worte waren eindringlich, todernst. »Das Haus hier ist meine letzte Herausforderung an mich selbst. Was hier passiert, wird mir ein für allemal Klarheit schaffen, ob ich in der wirklichen Welt existieren kann.«
»Dieser Herausforderung muß sich jeder in diesem Haus Tag für Tag stellen.«
»Mit einem Unterschied. Wenn sie versagen, können sie die Herausforderung beiseite schieben und nach Hause gehen. Wenn ich versage, hab ich nur eine Möglichkeit: mich ganz in die Hände von Reingen zu geben.«
»Was ist denn so schlimm daran?«
»Möchtest du in totaler Isolation leben, auf dem Gelände eines Irrenhauses? Für den Rest deines Lebens?« Er schaute Michael direkt in die Augen. »Das wartet auf mich, wenn ich versage.«
»Das wirst du nicht überleben, Karel.«
Eine Pause. »Nein.«
»Hast du es Morrison gesagt?«
»Von dem Test? Nein.«
»Ich meine, von dem, was mit dir passiert. Er sieht es nicht.«
»Natürlich nicht. Harold hat solche Schuldgefühle wegen dem, was er glaubt mir in Düsseldorf angetan zu haben, daß er mir nicht mal mehr in die Augen schauen kann. Deswegen hab ich ihm nicht mein wahres Ich gezeigt, und deshalb hab ich ihm meine Arbeit nicht gezeigt. Mehr als die Hälfte von dem, was ich hier tue, mach ich heimlich. Das ist nicht sein Problem, sondern meins.«
Michael schüttelte den Kopf. »Ich muß es jemandem erzählen. Ich kann nicht einfach zugucken, ohne wenigstens *irgend etwas* zu tun.«

»Ich verstehe«, antwortete Karel. »Ich bitte dich nur um eins: Gib mir wenigstens eine Woche für mich selbst. Misch dich nicht ein.«

»Wie soll ich das machen?« fragte Michael zerknirscht. »Reingen sollte es wissen.«

*»Keiner!«* sagte Karel schroff. »Leg's nicht darauf an, daß ich dich aufhalte, du weißt, ich kann es.«

Michael zuckte mit der Schulter. Er kapitulierte. »Aber ich weiß nicht, was das bringen soll.«

Karel erhob sich von der Bank und ging in Richtung Haus. »Wunder vielleicht.«

»Was für Wunder?«

Er drehte sich nicht um. »Vielleicht werde ich sterben. Vergiß dein Versprechen nicht. Ich warne dich.«

Michael saß alleine auf der Bank. Das Haus schien weit entfernt – wie ein Spielzeug sah es aus – von hier. Aber es war sehr, sehr schwer, eine schier unerträgliche Last auf Michaels Schultern. Das Versprechen, das Karel von ihm erpreßt hatte, war nicht die einzige Last und auch nicht die schwerste. Was er über Brian Farley erfahren hatte – und dies vor Stef zu verbergen –, war eine andere. Der ständig wechselnde Charakter der Arbeit war widerlich faszinierend, wie ein öffentlicher Selbstmord – das war auch einer. Kein Wunder, daß die anderen Karels Probleme nicht bemerkt hatten: Sie waren in einer Lawine von Leid untergegangen.

Nein, Astor House war mehr als eine Last geworden: es war ein erdrückendes Gewicht, das Michael zerquetschte. Er konnte momentan kaum noch in einen Spiegel schauen, vor lauter Angst, was er da sehen würde. Sein Gesicht hatte sich verändert, die Wangen waren schmäler geworden, die Nase spitzer, sein Kinn eckiger. Er hatte das Gefühl, jemand hätte sein vertrautes Ich gestohlen. Und seine Augen. Die machten ihm am meisten zu schaffen. Ihr Ausdruck war nicht mehr der gewohnte, trotzdem war er nicht fremd. Er hatte denselben Blick bei den sechs Leuten gesehen, die Tag für Tag um den Ebenholztisch saßen.

Kate hatte es einmal vor langer Zeit ausgesprochen: *Eins der ersten Dinge, die du lernen wirst ... ist, daß es bestimmte Dinge gibt, die du lieber nicht wissen möchtest.* Michael hatte keine Lust mehr, sich Morrisons tägliche Intrigen anzuschauen. Er hatte keine Lust mehr, mitansehen zu müssen, wie seine Freunde sich verausgabten. Er hatte auch keine Lust mehr, jeden Morgen aufzuwachen und sich zu fragen, ob das der Tag wäre, an dem er sich mit einemmal als Hellseher wiederfände. Und außerdem wollte er nicht unter einem Dach mit Kate leben, die offensichtlich sehr verliebt war – in den falschen Mann.
Die Zeit für seine Flucht war nahe. Noch eine Woche, sagte er sich, dann würde er wie der Wind davonrennen, bevor das Haus eine Möglichkeit fand, ihn so festzuhalten, wie es Karel festhielt, oder ihn wieder zurückzog, wie es Stef zurückgezogen hatte. Er würde davonlaufen, ehe das Haus ihn verrückt oder Morrison ihn zum Hellseher machte. Wenn er davonlaufen würde, dann würde er um sein Leben rennen.

Zwanzig Minuten später an diesem unerfreulichen Nachmittag stand Michael mit seinen Mitarbeitern in der runden Auffahrt und beobachtete Karel, der eine oskarverdächtige Vorstellung gab.
Karel hüpfte fröhlich aus dem Tor, frisch umgezogen und ganz souverän. Gerade als er aus dem Haus kam, umarmte Reingen Evan liebevoll zum Abschied. In diesem Augenblick begann die Vorstellung. Innerhalb einer Sekunde spiegelten sich in seinem Gesicht Eifersucht, tragischer Verlust und dann eine Glanzleistung von Selbstsicherheit, wie sie Michael noch nie gesehen hatte.
Reingen sah Karel zum erstenmal seit seiner Ankunft. Er drehte sich überrascht zu Morrison. »Harold, er sieht ja wunderbar aus.«
Morrison nickte lächelnd. Er irrte sich vollkommen.
Karel schlenderte auf sie zu. »Du verläßt uns schon!« rief er, scheinbar verletzt. »Jetzt schon!«

Reingen studierte Karels Gesicht ängstlich hoffnungsvoll und suchte – aber vergeblich – einen Fehler in Karels Maske.
»Natürlich geh ich«, er lächelte zögernd. »Bevor du mich anbrüllst. Du weißt doch genau, daß du mich hier nicht haben willst.«
»Sei dir da nicht so sicher«, antwortete Karel. Jetzt scherzte er: »Laß dich von mir nicht aufhalten. Wirst du deinen Sohn mitnehmen?«
Reingen sah die Wahrheit hinter der Ironie. »Nein«, sagte er. »Ich glaube, ich laß ihn bei seinem Bruder. Bist du damit einverstanden?«
»Du weißt es am besten, *Batyushka.*« Karel lächelte.
Er begleitete Reingen die Vordertreppe des Hauses hinunter zu der wartenden Limousine und hielt dabei einen großen, schwarzen Schirm über den Kopf des Arztes. Er plauderte fröhlich, lachte immer wieder, versicherte immer wieder, wie gut es ihm ginge, mit liebevollen Umarmungen und aufmunterndem Lächeln. Er log mit jedem Wort, mit jeder Geste.
Nachdem der Augenblick des Abschieds nicht mehr länger hinausgezögert werden konnte, küßte Karel Reingen auf beide Wangen, strahlte ihn zufrieden an und schloß die Autotür für seinen Beschützer. Die Vorstellung war vorbei. Karel stand in der Auffahrt und winkte noch lange hinterher, nachdem die Limousine schon verschwunden war.

Marva saß in ihrem Zimmer am Fenster und beobachtete mißgelaunt Reingens Abfahrt. Alles war wieder beim alten, was bedeutete, daß die Arbeit wieder beginnen würde. Und vor nichts hatte sie mehr Angst. Was einmal ein helles Feuer von Bewußtseinslicht gewesen war, war jetzt nur noch das flackernde Licht einer sterbenden Kerze. Die Vision des Tornados in Champaign war fast ausschließlich Erfindung gewesen. Sie hatte eine fadenscheinige Intuition mit dem Geschick einer Schauspielerin aufgebauscht. Sie hatte ihre Rolle so gut gespielt, daß alle sie für bare Münze nahmen. Evans Unfall hatte ihr weitere Täuschungen erspart, die Arbeit war auf unbestimmte Zeit unterbrochen. Aber jetzt ... Die Arbeit wurde wichtiger, stellte höhere Anforderungen. Früher oder später würden sie ihre Mitarbeiter fordern, wenn sie sie *wirklich* brauchten. Sie durfte gar nicht daran denken, was dann passieren würde. Auch ohne Hellseher zu sein, war ihr klar, daß das eine Katastrophe geben würde.

## 21

Zwielicht. Stef kam durch die Tür der verlassenen Bibliothek auf die Terrasse. Der Regen hatte aufgehört. Die gesprenkelten Erdfarben der nassen Steinterrasse, der dunstige grüne Mantel, der sie einhüllte, und der zart rosa-violette Himmel vereinten sich zu einem atemberaubenden Naturgemälde, einer perfekten Harmonie der Farben. Stef verspürte den vertrauten Drang, diesen Zwang des Künstlers, diese Schönheit zu Papier zu bringen, aber gab ihm nicht nach. Diesen Ort im Augenblick vollkommener Schönheit einzufangen hieße einer Lüge Vorschub zu leisten. Schönheit war nicht diejenige der vielen Zwiebelschichten von Illusionen, die Astor House ausmachten, die er fördern wollte.
Er ging zum Rand der Terrasse und setzte sich dort auf die einzige trockene Stufe. *Sechste Woche.* Stef mußte sich ein Gefühl der Erleichterung verkneifen, wenn er daran dachte. Aber Astor House machte es einem nicht so leicht, die Aussicht, es zu verlassen, war auch nicht die reine Freude.
Zum Beispiel glaubte er nicht, daß Morrison sie zum vorgesehenen Zeitpunkt gehen lassen würde. Irgendwie waren die medialen Ereignisse so nach Plan eskaliert, daß er sich nicht vorstellen konnte, daß Morrison freiwillig sechs genauestens programmierte Instrumente so einfach gehen lassen würde, nur weil der Vertrag abgelaufen war. Nein, Morrison hatte ein Gefängnis

gebaut, und zwar gut, er hatte mitreißende Ereignisse mit einem starken Verantwortungsgefühl gepaart und die Fenster mit unwiderstehlichen Idealen zementiert.

Aber was für Idealen? Auch das war beunruhigend unklar. Katastrophen waren nicht mehr das vorrangige Interesse in Astor House. Sie waren die Motivation für die Arbeit, aber nicht uneigennütziger Zweck. Man hatte das Gefühl, Morrison wollte seine Hellseher für einen Durchbruch durch die Wand, die er geschaffen hatte, rüsten. Aber die Geheimniskrämerei machte seine Absichten suspekt. Wieviel mehr konnte man noch erreichen? Und wieviel war er willens dafür zu bezahlen? Die Zukunft war einfach zu verschleiert.

Es gab auch noch einen erschwerenden Faktor im Haus, der nichts mit Morrison zu tun hatte. Eine Situation, die so geladen war von inneren Konflikten, daß alle anderen Probleme Stefs sich dagegen wie Bagatellen ausnahmen. Kate. Innerhalb von zwei Wochen hatte sie ihm irgendwie den Frieden und die Liebe wiedergegeben, die sie geteilt hatten. Es war, als hätte es seine ernsthaften Bedenken an seiner Zukunft, wegen deren er sich von ihr getrennt hatte, überhaupt nie gegeben.

Die körperliche Seite ihres Wiederzusammenseins war nicht der Grund für die Komplikationen. Kate gab sich ihm so unbeschwert leidenschaftlich hin, wie es in ihrer Natur lag, und machte ihre intimsten Momente zu einem wunderbaren Erlebnis. Die Komplikationen ergaben sich aus dem ungleichen Einsatz: Ein Teil von ihm hätte sich nur zu gerne von Kate zurückführen lassen in das Glück, das nur sie für ihn hatte schaffen können, den Frieden wiederzufinden, den er verloren hatte. Wenn er diesen Teil ihrer Beziehung haßte, dann nur, weil er ihr eins immer noch nicht zurückgeben konnte, obwohl sie die matten Flächen seiner letzten zwei Wochen poliert und eine solide Basis für seine ständig wechselnden Launen und Ängste geschaffen hatte. Und dieses eine war Zeit. Verlorene Zeit und Zukunft. Das eine war vorbei, und er wußte nicht, was von dem anderen noch übrig war.

Etwas blitzte kupfern am Rande des Parks und erregte seine Aufmerksamkeit. Jemand bewegte sich über die langen Streifen des Sonnenuntergangslichts auf der Wiese. Stef stand neugierig auf, um zu sehen, wer das war.
Er schlich langsam am Waldrand entlang. Seine Mokassins waren auf dem feuchten Boden lautlos. Er schlich sich bis auf siebzig Meter an die Gestalt heran. Es war Claire.
Sie saß auf dem Beckenrand des Goldfischteichs, der in einem Wäldchen in einer sehr entlegenen Ecke des Anwesens lag. Aber hier war alles so gepflegt, daß Stef vermutete, Cady hätte es für seinen persönlichen Gebrauch hergerichtet. Er beobachtete, wie Claire durch die Vorbereitung ging und sehr schnell äußerste Konzentration erreichte. Er fragte sich, was sie damit hier draußen im Wald vorhatte.
Claire rollte langsam ihren Ärmel auf und streckte ihre Hand über den Teich. In dieser Stellung blieb sie reglos über eine Minute sitzen, dann schoß ihre Hand wie der Blitz ins Wasser und kam mit einem schlängelnden goldenen Preis wieder hoch. Stef sah den gedankenverlorenen, neugierigen Blick, mit dem sie beobachtete, wie die Opferkreatur im Gras keuchte und kämpfte. Er lief zu ihr, um sie aufzuhalten, aber er kam zu spät. Der Fisch klappte noch einmal die Kiemen auf und zu, dann starb er.
»Claire ... was geht denn hier vor?«
Claires Augen strahlten überirdischen Frieden aus, als sie Stef ansah, ein Ausdruck, dem irdische Probleme fremd waren. Sie lächelte seine Bedenken weg.
Ihre nächste Handlung ließ Stefs Haut vor Schock feucht werden. Claire streckte die Hand aus und nahm den toten Fisch, hielt ihn so nahe an sich, daß ihr Atem seine Schuppen streichelte. Ihre Augen verschleierten sich, so stark konzentrierte sie sich. Und dann warf sie den goldenen Leichnam in den Teich zurück. Der Fisch schlug mit dem Schwanz und schwamm davon.
Stefs Herz hämmerte hohl in seinem Brustkorb. »Was, in Gottes Namen, hast du da gemacht?«

Claire grinste ihn liebevoll an, ihr war überhaupt nicht bewußt, daß sie da etwas Falsches gemacht haben könnte. »Weiß nicht«, sagte sie.
»Wo hast du das gelernt?«
Ihr Grinsen erstarb. »Das ist doch bloß ein Trick«, sagte sie verlegen. »Schrei mich nicht an – Harry hat ihn mir beigebracht.«
»Wann?«
»An freien Tagen.«
»Heimlich?«
»Nein ... eigentlich schon.«
»Hat er dir gesagt, warum er will, daß du das lernst?«
»Nein. Ich soll eigentlich momentan nur mit Pflanzen oder Käfern arbeiten, hat er gesagt.«
»Momentan?«
»Ist das nicht okay?«
»Wie kommst du nur drauf, daß es das ist?«
»Harry hat gesagt, es wär in Ordnung.«
»Das kann ich mir denken. Wie funktioniert es? ... Vergiß es, ich will es gar nicht wissen.«
»Ich wollte doch nichts Böses tun«, stammelte Claire.
Stef setzte sich neben sie und nahm sie in den Arm. »Das weiß ich doch.« Er küßte sie auf die Stirn. »Versprich mir, daß du das nie wieder tun wirst, egal, was Harry dir erzählt.«
»Ich versprech es.«
»Braves Mädchen.«
Claire schaute ihn neugierig von der Seite an. »Zitterst du?«
»Mir ist bloß kalt«, sagte er.

Kate lag in dem dunklen Zimmer mit der Wange auf Stefs Brust und lauschte seinem unruhigen Herzschlag. Seine Hand zuckte rastlos auf ihrer Schulter, zeugte von einem Traum.
Er war nicht zum Abendessen erschienen, war erst lange nach Sonnenuntergang ins Zimmer gekommen. Er war aufgeregt im

Zimmer auf und ab gelaufen und hatte gesagt, er könnte erst dann mit ihr über das, was ihn bewegte, reden, wenn er darüber nachgedacht hatte. Er hatte lange gebraucht, bis er sich beruhigt hatte, sie hatten sich kurz und unbefriedigend geliebt. Jetzt war sein Schlaf rastlos, fiebrig, seine Probleme verfolgten ihn.
Sie strich zärtlich mit der Hand über seine Brust und blieb an einer trockenen Hautstelle über seinem Herzen hängen. Sie hatte schon eine andere auf seiner linken Seite entdeckt, beide waren wie alte Brandwunden. Komisch, daß sie sie jetzt entdeckte. Sie hatte geglaubt, sie würde inzwischen jeden Zentimeter seines Körpers kennen.
Dann fiel ihr plötzlich ein, wo sie solche Narben schon mal gesehen hatte. Vor sechs Jahren, sechs Monate nach dem Vorfall, der sie verursacht hatte. Stef hatte gesagt, die Defibrillatoren würden die Haut verbrennen, wenn sie nicht richtig eingeschmiert waren. Mein Gott – war es *wieder* passiert? Und wenn ja, wieso arbeitete er dann jetzt schon wieder?
Kate fror, obwohl das Zimmer überhaupt nicht kalt war, weder Stefs Wärme noch die Decke, die sie sich noch holte, konnten sie erwärmen. Kälte – wie die Kälte, die sie am ersten Tag verspürt hatte, auf der Vordertreppe von Astor House. Der Kreis war geschlossen.
Sie stand auf und zog sich Stefs Bademantel an. Sie schaltete sein kleines Arbeitslicht an und setzte sich vor die Staffelei mit einem halbfertigen Bild. Sie studierte seinen Pinselstrich und dachte an frühere Zeiten. In den ersten Monaten ihrer Beziehung zu Stef hatten sich die fremden Gerüche von Terpentin und Leinsamenöl in ihre Sinne eingeschlichen. Stef hatte in der ersten Zeit Tag und Nacht gemalt, mit einer körperlichen Leidenschaft, die sie bei ihm nicht vermutet hatte. Zuerst hatte er immer nur alleine gemalt, er wollte sich und seine Arbeit schützen. Später, als er gelernt hatte, ihr zu vertrauen, hatte er diese unwahrscheinliche Leidenschaft in andere Zimmer, auf andere Aktivitäten übertragen. Es war ein wunderbares Jahr gewesen.

Aber die Zeiten hatten sich geändert. Die Linien in Stefs Bildern waren sanfter geworden, und genauso hatte sich die Beziehung verändert, war zarter, ätherischer geworden. Und wie allen ätherischen Dingen fehlte ihr die Basis. Kate hatte das Gefühl, im Feuer gefangen zu sein, in dieser sanften Hektik einer wiederentflammten Liebe. Wie schön wäre es gewesen, wenn sich das alles irgendwo anders abgespielt hätte, bloß nicht in Astor House.

Und dann war da Michael. Zynisch, stur, angreifbar und schutzlos. Ein Mann voller Gegensätze. Vielleicht genauso kompliziert wie Stef, aber kein so tiefes Wasser. Er war nicht so von seiner eigenen Sterblichkeit verzehrt, war aber auch nicht so gefährdet. Kate hatte ein bißchen Schuldgefühle, weil sie nur ein paar Meter vom Bett ihres Liebhabers entfernt saß und an einen anderen Mann dachte. Aber tief in ihrem Innersten vermutete sie, daß sie sich bei Michael sicherer gefühlt hätte als bei einem Mann, der sich jederzeit in Luft auflösen konnte.

Sie schaute sich das unvollendete Bild an. Eine idyllische, imaginäre Landschaft schlief unter der Kohleskizze auf der Leinwand. Nur der Himmel war vollendet: ein kraftvoller, bunter, englischer Herbsthimmel mit einer riesigen, nährenden Sonne. Stef hatte an dem Bild nicht mehr gearbeitet, seit er diesen erstaunlichen Himmel zu Ende gebracht hatte. Es war, als könnte keine Schönheit auf Erden den Wundern gleichkommen, die er im Himmel gesehen hatte. Und so blieb das Bild – unvollendet und dem Maler sehr ähnlich: reich an Ästhetik, aber irgendwie unvollkommen, unbefriedigt.

Die goldene, dunstverhüllte Sonne zog sie wieder an. Sie wußte, was daran falsch war. Die Idee war zu gewaltig für das Bild. Zu lebendig. Sie öffnete das Auge und füllte es mit Licht.

Die erste Vision sprang sie an wie ein Blitz aus dem Dunkel. Die nächste stieg hoch, als würde die Sonne auf der Leinwand ihr Feuerbälle ins Auge schleudern. Sie fühlte, wie ihr Blutdruck anstieg, ihr Puls sich beschleunigte. Sie kämpfte mit ihren

Lungen, um den Alpha-Rhythmus auf ihre außer Kontrolle geratene Atmung zu legen. Ihr Kopf füllte sich mit heißer Statik, wie kurz vor einer Ohnmacht, aber sie verlor nicht das Bewußtsein.
*Kalt. Helles weißes Licht. Leichen. Blut.* Kate war schon lange genug Hellseher, um zu wissen, was jetzt kommen würde.

## 22

Das Pyramidenzimmer war von einer hohen Neonröhre erleuchtet, ein Licht wie am frühen Morgen. In diesem Licht barg der Ebenholztisch keine Geheimnisse, er stand da wie ein vergessenes Requisit auf einer leeren Bühne. Kate saß alleine am Tisch, das Kinn auf eine Hand gestützt. Sie schlief.
Michael rüttelte sanft an ihrer Schulter. Sie bewegte sich, aber ihre Augen blieben zu. »Was?« murmelte sie verschlafen.
»Zeit zum Frühstück.«
Kate seufzte, richtete sich auf und streckte sich. »Ich bin wach.«
»Was machst du denn hier?«
»Oh. Du hast dich also nach einer Woche durchgerungen, wieder mit mir zu sprechen?«
»Beantworte die Frage.«
»Ich hab nachgedacht.«
»Und das ausgerechnet hier. Hast du heute nacht geschlafen?«
»Eigentlich nicht.«
»Das hab ich mir gedacht. Was war's – ein Traum?«
Kate nickte.
»Erzähl mir davon.«
Sie legte ihre Hand in die seine, wie sie es immer getan hatte. Ihre Finger waren kalt. »Bitte heute morgen keine Inquisition!«
»Das muß aber ein schlimmer Traum gewesen sein.«
Sie massierte sich die Nackenmuskeln. »Ich will jetzt nicht drüber reden ... Oh, Michael, schau doch nicht so niederge-

schlagen drein. Wenn ich dir den Traum mal erzähle, dann wirst du dir wünschen, du hättest es nie gehört.«
Stef kam ins Zimmer gelaufen, sein attraktives Gesicht war besorgt. Er blieb sofort stehen, als er Kate sah. »Ich hab dich überall gesucht!« sagte er. Er klang wütender, als er eigentlich war. »Ich bin aufgewacht, und du warst nicht da, und da bin ich ... » Er verstummte, wurde rot. »Na ja, keiner hat mir je vorgeworfen, daß ich taktvoll bin. Tut mir leid, Katie.«
»Michael vermutet sowieso das Schlimmste«, sagte Kate sanft.
»Direkt diskret wart ihr ja sowieso nicht«, antwortete Michael.
»Michael, ich glaube, die Zeit ist reif für unser Gespräch«, sagte Kate. »Du wartest hier auf mich. Ich bin gleich wieder da.« Sie verließ das Zimmer durch die Tür zur Ruhezone.
Stef folgte ihrem Abgang mit den Augen. »Irgendwas macht ihr zu schaffen«, sagte er.
»Du solltest es wissen.«
Stef schaute Michael verwundert an. Er verstand nicht, warum er so giftig war. Dann ging ihm plötzlich ein Licht auf. Er entschuldigte sich: »Tut mir leid, Michael. Kate – natürlich. Ich hab es nicht gewußt.«
»Nein, das merkt man.«
»Ich hab nicht aufgepaßt. Manchmal bin ich wirklich ein bißchen dumm.«
»Ja, das warst du. Du warst dumm, als du sie verlassen hast.«
Ein direkter Blick. »Michael, ich liebe Kate, das hab ich immer – oder ist das der Teil der Geschichte, den du nicht mitgekriegt hast?«
Michael schwieg beschämt.
»Glaube mir, wenn ich die Kraft hätte, ihr die Gefühle auszureden, hätte ich das getan«, sagte Stef.
»Warum denn?«
Eine Pause, ein warnender Blick. »Weil ich nicht gerne lange an einem Ort bleibe.«
Michael war fassungslos. »Willst du damit sagen, nach allem,

was passiert ist, willst du sie *noch mal* verlassen? Mein Gott, man sollte dich zertreten. Sogar *ich* kann sehen, daß sie den Rest ihres Lebens bei dir bleiben will!«

»Und ihr Leben wird auf alle Fälle viel länger werden als meins, verdammt noch mal!« brüllte Stef. »Verstehst du denn nicht, was ich damit sagen will?«

Michael lief puterrot an und schaute betreten zu Boden. Stef beobachtete das abgewandte Gesicht des Mannes, aber der Blick war ohne Spannung, ohne Drohung.

»Deine Neugier, was mich betrifft, frißt dich schon seit einiger Zeit auf, stimmt's? In der Nacht, als wir das von den Minenarbeitern erfahren haben – die Nacht des großen Streits – ich weiß, da hast du Morrison über mich ausgefragt.«

Michaels Gesicht wurde noch röter. Leugnen war zwecklos, das wußte er. »Wie? Hat Kate dir das erzählt?«

»Ich hab's einfach gewußt.«

»Na schön – es geht mich nichts an. Aber ich hab mir Sorgen um dich gemacht. Ich wußte nicht, was ich sonst hätte tun können.«

»Danke.«

»Den Sarkasmus brauch ich nicht, Stef.«

»Sei nicht gleich eingeschnappt. Ich war nicht sarkastisch. Ich sagte danke und hab es so gemeint.«

»Wenn du nur nicht immer so zivilisiert wärst.«

Stef lächelte. »Ist die bittere Pille leichter zu schlucken, wenn du mich haßt?«

»Ja. Und du machst mir das sehr schwer.«

»Ich versuch's. Schau, ich würde die Uhr zurückdrehen, wenn ich könnte. Ich hätte Kate nie mir ausgesetzt, jetzt nicht und das erste Mal auch nicht. Aber ich bin machtlos. Was passiert ist, ist nun mal passiert. Eifersucht macht's dir nicht leichter – und Kate auch nicht. Sie mag dich.«

»Besser geliebt und verloren zu haben ist für den Gewinner einfacher.«

»Hör auf.«

»Ich werd's versuchen.« Michael seufzte. »Ich brauch bloß Zeit, bis ich mir über meine Gefühle im klaren bin, sonst nichts.«
»Laß dir Zeit, ich werde versuchen, dir aus dem Weg zu gehen. Aber ich muß dich um einen Gefallen bitten, der überhaupt nichts mit Kate zu tun hat.«
»Bitte.«
»Hör auf, mich wie eine Leiche zu behandeln jedesmal, wenn du mich siehst. Du hast es an dem Abend gemacht, als ich in der Bibliothek zusammengeklappt bin, und vor ein paar Minuten schon wieder. Was meine Gesundheit angeht, hab ich überhaupt keinen Nerv für Mitleid. Wenn dir jemand leid tun muß, dann such dir bitte jemanden aus, der es nötig hat. Wir beide kennen eine Person im Haus, die das viel mehr braucht als ich.«
»Das könnte auf jeden hier zutreffen.«
»Du weißt, wen ich meine. Ungefähr so groß und spielt Klavier.«
»Ich hab gedacht, du weißt das nicht von ihm.«
»Keine Geheimnisse hier, weißt du noch?«
Aber es gab doch *eins*. Ein Geheimnis, das Michael nie mit jemandem teilen konnte. Brians Tod. Stef davon zu erzählen wäre die widerlichste Rache gewesen.
Michael seufzte. Dieser Seufzer war eine Summe aller langen Augenblicke, die er in diesem Haus, in diesem Zimmer verbracht hatte.
»Ich hasse diesen Ort«, sagte er.
Stef lächelte Michael zu wie noch nie zuvor, das Lächeln eines Verbündeten. »Ich hatte schon geglaubt, nur ich würde so empfinden.«
»Glaube mir, das tust du nicht ... Was ist los, Stef?«
Stef riß sich zusammen, stand auf, weil Kate in der Tür stand. Ihr Gesicht war kalkweiß. Sie sah krank und hilflos aus. »Stef, hol alle her«, sagte sie kaum hörbar. »Ich hab was Großes eingefangen, und ich kann es nicht mehr verdrängen.«

Stef ging los, um die anderen Medien zu holen. Michael blieb bei Kate. Er setzte sie an den Tisch und rieb ihr den Nacken.
»Schrecklich, mmh?« fragte er.
»Unbeschreiblich.« Sie schaute hoch zu ihm. »Du hast mit Stef geredet, nicht wahr?«
»Mach dir um mich keine Sorgen.«
»Um ehrlich zu sein, ich brauch all mein Sorgenmachen momentan für mich selbst, ich glaube, da ist nichts mehr übrig.«
»Ich bleib hier bei dir und steh es mit dir durch, Kate.«
»O Gott, ich wünschte, du würdest das nicht tun. Nicht um meinetwillen, bitte. Diese Episode hat etwas ganz Furchtbares. Etwas sehr Starkes. Ich glaube, du solltest dem nicht zu nahe kommen.«
»Ich bleibe. Ich werd's mir nicht anders überlegen.«
Sie fragte ihn streng: »Hast du seit dem letzten Mal noch psychische Erlebnisse gehabt?«
»Nein«, log Michael. »Und du kannst mich nicht hier verscheuchen, selbst wenn ich welche gehabt hätte.«
»Ich *brauche* dich hier nicht.«
»Du brauchst mich mehr, als du glaubst.«
Claire kam ins Zimmer. Instinktiv erkannte sie Kates Stimmung, ging direkt zu ihr und umarmte sie. »Bist du okay? Du schaust so ängstlich.«
»Ich *hab* Angst. Deshalb.«
»Vor dem, was du gesehn hast?«
Kate nahm Claires Hand und drückte sie fest. »Nein, Baby. *Jemand* muß tapfer sein.«
Jemand, dachte Claire, aber nicht ich. Sie spürte den sechs Wochen alten Alptraum in diesem Zimmer. Er näherte sich verschlagen wie ein Tiger und genauso todbringend. Nachdem Evan nach Boston gegangen war, hatte sie eine Erleichterung in der Luft verspürt, den Rückzug einer unbekannten Bedrohung für sie und ihre Freunde. Aber jetzt war er wieder da, und obwohl sich etwas in ihm total verändert hatte, so hatte er doch

die Angst mit ins Haus zurückgebracht. Dr. Reingen war nach Astor House gekommen, um Evan zu helfen. Hatte er vielleicht was übersehen?

Das Zimmer war kalt. Claire erwachte aus ihrer tiefen Meditation und sah, wie Evan sie anstarrte. Sie verscheuchte ihre Gedanken an den Alptraum, an ihn. Wenn Evan etwas suchte, bei ihr würde er nichts finden.

»Das ist aber eine nette Art, meine Rückkehr zu feiern«, sagte Evan lässig.

Kate holte tief Luft und sah aus, als würde sie jeden Moment anfangen zu weinen.

Evan ging schuldbewußt auf sie zu. »Was hab ich denn Falsches gesagt?«

»Das hat nichts mit dir zu tun«, antwortete Kate und riß sich zusammen. »Es ist das, was ich gesehn habe.«

»Große Katastrophe?«

Sie nickte.

»Du meinst etwas Weltweites?«

»Nicht direkt.«

Morrison kam ins Zimmer. »Also gut«, sagte er brüsk. »Was hast du?«

Kate war zu aufgeregt, um von seiner Unverschämtheit Notiz zu nehmen. »Ich weiß es nicht«, antwortete sie. »Es ist größer und komplizierter als alles, was ich bisher gesehen habe, aber ich hab keine Ahnung, worum es geht.«

Morrisons Augen funkelten vor Vorfreude. »Ist es in der Gegenwart oder in der Zukunft?«

»Ich bin mir nicht sicher. Die Kette der Ereignisse hat schon begonnen, aber ich glaube, das Schlimmste kommt noch.«

»Elliot, los, mach dich an die Arbeit«, rief er. »Alle Nachrichtenagenturen abhören, egal, was da reinkommt.«

Er schaute Michael an. »Was machst du denn hier? Ich dachte, du wolltest ab jetzt nur noch im Kontrollraum sein?«

»Ich hab's mir anders überlegt«, erwiderte Michael kurz.

»War auch Zeit.«
»Ich tu's nicht für dich.«
Ein kurzer Blick zu Kate. »Für dich selbst auch nicht, nehm ich an. Mir ist es egal, wo du sitzt – Elliot und ich schaffen den Kontrollraum auch alleine.« Er verschwand in den Schatten.
»Bist du sicher, daß du bleiben willst?« fragte Kate Michael.
»Ignorier mich einfach. Mach deine Arbeit.«
Kate legte die Hände in den Schoß und begann ihren Weg nach Alpha. Die anderen Hellseher folgten ihr in die Vorbereitung, hatten aber die Augen auf sie gerichtet und warteten ab.
»Die Episode hat mit Kälte angefangen«, sagte sie ruhig. »Mir ist schon seit acht Stunden kalt.«
Mit einemmal wurde der Raum eisig.
»Siehst du irgend etwas?« fragte Morrison über den Lautsprecher.
»Alles ist weiß«, antwortete sie. »Die Helligkeit tut weh, wie Sonne auf Schnee.«
»Könnte es Sonne auf Schnee *sein?*«
»Könnte es, ja.«
»Was sonst noch?«
»Blut. Leichen.«
»Wie viele Leichen?«
»Ich weiß es nicht. Ich spüre etwas Gesehenes, etwas Ungesehenes.«
»Wie siehst du sie?«
»Ein paar kopfüber im Schnee – *dort:* Es ist Schnee. Dann seh ich eine Leiche, die ...«
Die anderen sahen es wie sie, erschraken, wie sie erschrak.
»Was ist es?« bettelte Michael. »Was siehst du?«
»Weg mit dem Bild! Weg!« sagte Stef. Sein Gesicht wurde blaß.
»Was für ein Unfall kann das sein, der solches Grauen macht?«
»Autozusammenstoß«, sagte Evan.
»Flugzeug«, verbesserte ihn Kate.
»Irgendwelche Überlebenden?« fragte Morrison.

»Das könnte sein. Ich seh keine.«
»Okay, bleib auf dem Bild. Wir werden es später untersuchen. Was sonst?«
»Anzüge und Krawatten!« Claires Stimme war schrill.
»Was?«
»Das seh ich.«
»Das wird schwer zu interpretieren sein«, sagte Kate. »Aber wir können es nicht ignorieren. Ich seh es auch.«
»Ich bin auf ein anderes Böses eingeklinkt«, sagte Stef.
»Her damit.«
»Paul Newman.«
»Was?«
»Paul Newman. Mit einem kleinen Schnurrbart.«
»Wie in ›The Sting?‹«
»Das ist es! Nicht Paul Newman, aber ein Filmtitel!«
»Sting?« fragte Marva. »Wie Bienenstich?«
Michael erklärte: »Ein Sting ist ein Betrug, ein Nepp.«
Evan warf die Hände in die Luft. »Was soll denn das heißen? Das ist unmöglich!«
»Nein, es ist viel schlimmer«, sagte Stef. »Was noch?«
»Unwahrscheinliche körperliche Gewalt«, schlug Kate vor.
»Ist es Gewalt, Kate, oder nur die *Bedrohung* mit Gewalt? Denk drüber nach: Das ist ein Unterschied.«
Sie überlegte. »Ich weiß es nicht. Die Absicht ist der Realität zu nahe. Was immer es ist, diese Episode ist voll davon.«
»Ich seh immer wieder ein Pokerspiel.«
»Es ist eher ein Schachbrett, Stef. Ein Plan. Nichts ist dem Zufall überlassen.«
Morrison: »War es ein Privatflugzeug oder ein öffentliches?«
Alle Hellseher nahmen sich dieser Frage an. Nach fünfzehn Minuten gab Stef die Entscheidung bekannt: »Keine Aufschrift auf dem Flugzeug. Kein Linienflug.«
»Kriegt ihr vielleicht eine Seriennummer?«
»Nein.«

»Seht ihr ein Land – Herkunft oder Ziel?«
»Nein.«
»Flaggen vielleicht?«
Nichts.
Karel wandte sich an Kate. »Kannst du einen Flughafen sehen?«
»Standort, meinst du? Woher soll ich wissen, was ich anschaue? Ich kenn nicht alle Flughäfen der Welt.«
»Nein, aber *ich*. Versuch's bitte.«
»Ich sehe etwas am selben Ort wie den Schnee, aber es sieht nicht aus wie ein Flughafen.« Sie schaute sich das Bild noch mal an, verstärkte es in ihrem Verstand, damit die anderen es auch sehen konnten. »Er ist ländlich, fast primitiv. Wie eine Landebahn mit einer Blechhütte daneben. Mehr weiß ich nicht.«
»Versuch jetzt mal den genauen Standort.«
Kate setzte ganz tief an, um das Bild zu kriegen. »Nein, ich kriege nichts.«
»Hast du an Amerika gedacht?« fragte Stef.
»Ich weiß es nicht. Ich bin kurz davor, zu verstehen, was ich anschaue, aber es verblaßt immer wieder.«
»Dann können wir, glaube ich, nicht damit rechnen, daß dieses Land der Standort dieser Landebahn ist. Ich glaube, das versucht dir dein Verstand zu sagen.«
»Bist du da ganz sicher?« fragte Morrison.
»Woher soll ich das wissen?«
»Keif mich nicht an, Stef. Ich soll eure Interpretationen in Frage stellen, weißt du noch?«
»Kate hat nicht interpretiert – sie hat berichtet!«
»Das ist richtig. *Du* hast interpretiert.«
»Was soll ich denn sonst machen? Wenn ich auf eine sichere Sache warte, wird's da oben einen Haufen sehr kalter Leute geben.«
Morrison hakte sofort ein. »Einen *Haufen* Leute – wo oben?«
»Dort.«
»*Wo* dort?«

»Kanada«, brüllte Stef. Er grinste. »Danke, Harry. Das beste Paar Sporen an der Ostküste.«
»Aber was bedeutet das?« fragte Kate. »Bis jetzt haben wir nur ein dummes Rätsel: ›Was liegt im Schnee in einer gottverdammten Wellblechhütte in Kanada, betrügt oder wird betrogen, stirbt auf verschiedenste Art, fliegt ein Privatflugzeug und trägt Anzug und Krawatte?‹ Ist euch das kompliziert genug oder hab ich was vergessen?«
Stef dachte ernsthaft darüber nach. »Können wir jetzt eine Pause einlegen?« fragte er.
»Was soll das heißen? Ihr seid fünfundvierzig Minuten hier drin«, sagte Morrison.
»Ich meinte nicht vorübergehend. Ich meinte überhaupt abbrechen.«
»Auf keinen Fall! Vor drei Minuten hast du mir noch gedankt, weil ich ein paar Informationen aus dir herausgekitzelt habe, und jetzt willst du das Handtuch werfen. Du weißt ja noch nicht einmal, wovor du davonläufst!«
»Warum ist das so wichtig für dich?«
»Da sind offensichtlich Menschen in Gefahr: Für mich ist das Grund genug dranzubleiben.«
Stef schüttelte den Kopf. »Ich muß darüber nachdenken. Machen wir eine Pause.« Er stand auf und ging in die Ruhezone, setzte sich auf die Couch.
Kate ging ihm nach. »Warum das lange Gesicht?«
Stefs Hände ballten sich immer wieder zu Fäusten. Krämpfe der Hilflosigkeit. »Ich weiß es nicht.«
»Doch du weißt es, oder du würdest nicht so ein langes Gesicht machen.«
»Hör auf, mich zu drängen, Katie.«
»Also gut, ich dränge, stimmt.« Sie wartete vergeblich, daß er etwas sagte. »Ich kann genauso lange warten wie du.«
»Ich bin müde.«
»Ja ... und?«

Stef schloß die Augen und ergab sich ihr in seiner trüben Stimmung. »Leute im Schnee. Mein Gott. Wie sollen wir das hinkriegen?«

»Ich weiß es nicht.«

»Aber du weißt, was passieren wird: keine Wahl. Es ist jedesmal dasselbe.«

»Was passiert ist, wäre sowieso passiert – mit dir oder ohne dich.«

»Wirklich?«

»Du weißt es doch. Spuck's aus, Stef: Was ist dir denn wirklich über die Leber gelaufen?«

»Ich hab ein schlechtes Gefühl. Harrys Augen, der Klang seiner Stimme ... er will diesmal was draus machen.«

»Ist das ein Teil von dem, was dir letzte Nacht Sorgen gemacht hat?«

»Vielleicht.«

»Und du willst ihm keine Chance geben, dich zum Hierbleiben zu überreden.«

»Er hat es noch jedesmal gemacht. Diesmal laß ich mich nicht drauf ein.«

»Also, *ich* muß mich drauf einlassen. Mir gefällt's auch nicht, aber ich hab eine Verantwortung.«

»Weil Harry dir eine Verantwortung eingeredet hat.«

»Ich traue seinen Motiven genausowenig wie du, aber ich kann mich nicht vor der Realität dessen, was ich gesehen habe, verschließen.«

»Wenn du dich von ihm breitschlagen läßt, das durchzuziehen, dann machst du einen schweren Fehler.«

»Wer verlangt denn von dir, daß du gegen dein Gewissen handelst! Hilf mir nicht!«

»Wie könnte ich *nicht!*«

»Schau's dir doch mal von der praktischen Seite an, Kate. Ich wär schon zufrieden, wenn du dir nur eins der Probleme, die ich erwähnt habe, vor Augen führen würdest, aber du kannst ja

nicht mal das! Leute im Schnee, um Gottes willen: Wie willst du da was machen?«
»Ich weiß es nicht!« schrie sie. »Aber im Gegensatz zu dir werd ich's versuchen! Wenn du was von mir willst, ich bin mit den restlichen Schafen am Tisch!«
Sie rauschte wütend aus dem Zimmer. Stef blieb alleine im Zimmer sitzen.
»Nicht Schafe«, murmelte er vor sich hin. »Gänse. Gänse, die goldene Eier legen. Du bist im falschen Märchen.«
Er stand auf und folgte ihr.

## 23

»Mein Gott, Tony, das ist ja vielleicht ein Scheißplatz für ein Meeting«, sagte Arkem, der Börsenmagnat.
Anthony Cooper gab keine Antwort. Er saß einfach da und starrte auf die weiße Wildnis, die seinen Privatjet umgab.
»Wo glaubst du denn, daß wir sind?« Greene, der Textilproduzent. »Für mich schaut's aus wie Kanada.«
»Du bist aus New York, Leon«, bemerkte DiCenzi, der Filmproduzent. »Alles, wo ein paar Bäume stehn, schaut für dich aus wie Kanada.«
»Was machen wir denn hier? Das würde ich gerne wissen.« Meg Atwell, die Werbeagenturenpräsidentin aus Los Angeles, meldete sich zu Wort. »Setz dein Gehirn in Betrieb. Zum Auftanken sind wir bestimmt nicht hier.«
»Wenn das ein Witz sein soll, kann ich nicht drüber lachen«, sagte McKay, Rüstungsmagnat. »Ich weiß auch nicht, warum du so wild auf unsere Unterschriften bist. Bis jetzt hat immer noch ein Händedruck gereicht. Ich meine, ich gehör dir doch sowieso, du weißt es, und ich weiß es. Warum muß ich ein Papier unterschreiben, auf dem das steht?«
»Vielleicht vertraut uns Tony nicht mehr«, sagte Arkem. »Sind

wir deswegen hier, ist es das, Tony: eine bessere Verhandlungsbasis für dich?«
Keine Antwort.
Arkem wandte sich an den nervösen jungen Mann, der neben Cooper saß. »Was ist denn los mit ihm, Bernd? Warum sagt er denn nichts? Du bist sein Anwalt – rede du mit ihm.«
»Schau aus dem Fenster, du Trottel! Denk doch mal nach!« sagte Bernd Allen wütend. Er wandte sich an seinen Brötchengeber. »Bist du okay?«
Cooper schaute weiterhin aus dem Fenster. Sein Schweigen war wie ein Schlag ins Gesicht.
»Tut mir leid.«
»Braucht dir nicht leid zu tun. Halt bloß den Mund.«
Ein achter Passagier, ein ruhiger Unternehmer aus Chicago, sagte zum erstenmal seit der Landung etwas. »Warum sollte jemand so etwas tun wollen?«
»Du machst wohl Scherze!« DiCenzi lachte verächtlich. »Wieviel bist du wert?«
»Mehr, als ich *dir* je erzählen werde.«
»Das mein ich doch. Schau uns doch an: Ich geb dir tausend Dollar, wenn einer in diesem Flugzeug weniger als zwei Millionen Dollar im Jahr wert ist. Leon hier zum Beispiel. Er ist verantwortlich für jeden überteuerten Anzug in diesem Land. Arkem könnte ihn locker zweimal aufkaufen und wiederverkaufen. McKay hängen die Rüstungsverträge schon aus dem Hintern raus, und die Dragon Lady da drüben hat für ihren kleinen Superladen dreihundert Millionen Dollar an Land gezogen, nur weil sie das weißere, bessere Lächeln nach Amerika gebracht hat. Du, Anderson, bist ein weiser Idiot, der im Dunkel über Erfolge stolpert. Tony hier gehören wir alle mit Haut und Haaren, und Bernd, der Schnüffler, ist der Rechtsberater für ungefähr fünfzig Gesellschaften. Von dem, was wir letztes Jahr bezahlt haben, könnte das Finanzamt einen neuen Flügel anbauen – warum sollte *irgend jemand* soviel Geld kidnappen wollen?«

»Möchtest du was Ironisches hören?« sagte McKay und schüttelte den Kopf. »Bis vor drei Tagen hab ich noch einen Bodyguard mitgeschleift. Ich hab den Scheißer gehen lassen.«
»Ich glaube nicht, daß dir das hier oben sehr viel genützt hätte«, sagte Arkem. »Ich glaube, wir sollten uns mal ernsthaft mit deinem Piloten unterhalten, Tony.«
»Ja«, sagte Cooper und stand langsam auf. »Ich glaube, es ist soweit.« Er blieb stehen, um seine Kräfte zu sammeln. Er fühlte sich schrecklich, das lag zum Teil an dem Verräter in seinem Blut und auch an dem Verräter im Flugzeug.
Er klopfte an die Cockpittür. »Komm raus, Parker.«
Die Tür öffnete sich. Ein junger Mann kam heraus. Er trug eine wuchtige Jagdweste und ein überlegenes Lächeln. Er hatte eine 357er Magnum in der Hand. »Na, wie geht's euch denn so allen hier?« sagte er grinsend.
»*Was* bitte machen wir alle hier draußen?« fragte Meg Atwell.
»Jetzt aber. Eine so hübsche Frau und so gebildet und hat noch nicht rausgefunden, was los ist?«
»Wie lange wollen Sie uns hier festhalten?« fragte DiCenzi.
»Weiß ich nicht. Wie gern ham euch eure Verwandten?«
McKays Wut richtete sich auf Cooper. »Mein Gott – was für Leute beschäftigst du denn?« rief er. »Hast du diesen Mann nicht überprüfen lassen, bevor du ihn angestellt hast?«
»Parker ist schon seit zwei Jahren bei mir«, sagte Cooper apathisch. Er wandte sich an Parker. »Warum? Warum jetzt?«
»Berechnung«, Parker lächelte bei dem Wort. »Das hab ich von Ihnen gelernt.«
»Weil ich Ihnen gesagt habe, daß ich Sie ab nächsten Monat nicht mehr brauche?«
»Nicht ganz. Sagen wir einfach, ich hab auf eine Chance gewartet, und die richtige ist gekommen. Komm raus, Hartman.«
Ein zweiter Mann kam aus der vorderen Kabine, ein Mann in exklusiver, arktischer Ausrüstung. Er trug einen voll isolierten Anzug mit Kapuze und Stiefeln. Die Kapuze war zurückgescho-

ben, er trug eine Matrosenwollmütze über seinen blonden Haaren. Thermohandschuhe baumelten an seinen Ärmeln. Auf dem Rücken hatte er einen Rucksack mit voller Ausrüstung. Und das letzte I-Tüpfelchen: Aus dem Rucksack ragte ein langes Gewehr mit Zielfernrohr, rassig und gefährlich wie ein Dobermann. Parker bedeutete dem Mann, nach hinten zu gehen.

»Alles bleibt bitte an seinem Platz«, Parkers höflicher Ton war ein frostiger Kontrast zu der stummen Feuerkraft in seiner Hand. »Ihr werdet jetzt alle nach draußen gehen. Hartman geht als erster, dann, wenn ich es sage, wird jeder von euch sein Gepäck nehmen und alles andere Warme, was ihr hier drin findet, und direkt in den Unterschlupf gehen. Versucht nicht zu gehen, bevor ich es sage, weil Hartman auf mein Signal wartet. Wenn er es nicht bekommt – oder wenn ihr nicht ordentlich und brav da rausgeht –, dann wird er jeden Einzelnen, der durch die Tür geht, abschießen.«

»Wo bleibt der Satz: ›Wenn Sie alles tun, was wir sagen, wird Ihnen nichts passieren‹?«

»Ja, Mr. DiCenzi – was ist damit?« sagte Parker gefährlich ruhig. »Es wird uns beiden guttun, wenn Sie eine Weile drüber nachdenken.«

Der sture McKay stand wieder von seinem Stuhl auf. »Hier drin steht's acht zu eins, wenn Ihr Partner rausgeht!«

»Mein Gott, halt doch endlich den Mund!« schrie Arkem.

Parker lächelte unbeirrt. »Nein, ist schon gut. Ich glaube nicht, daß ihr irgendwas versuchen wollt. Ah, wie ich sehe, hat Miss Atwell gerade entdeckt, warum nicht. Los, Schätzchen ... erzähl ihnen, warum nicht.«

»Die Weste«, murmelte Meg.

»Etwas lauter bitte. Sie haben es nicht gehört.«

»Erklären Sie's doch selbst.«

Parker zeigte den Gefangenen, was er in der Hand hielt. Es war ein schwarzer Plastikgegenstand, ungefähr so groß wie der Handgriff an einem Fahrrad. Er war mit Drähten an die Weste angeschlossen.

»Vielleicht haben Sie bemerkt, daß die Weste ein bißchen zu schwer ist, um bloß mit Daunen gefüllt zu sein. Haben Sie. Das ist gut ... weil ihr's euch dann vielleicht überlegt, ob ihr auf mich losgeht, wenn Hartman weg ist. Die Weste ist mit Plastiksprengstoff gefüllt – genug, um euch und dieses Flugzeug vom Erdboden verschwinden zu lassen.«

»Und Sie auch«, sagte Cooper.

»Ich werd's riskieren.«

»Ich kann mir nicht vorstellen, wie Sie glauben können, daß Sie damit durchkommen«, sagte Meg.

»Das ist das beste an Ihrer Lage, gnä' Frau: Mit Wissen werden Sie nie belastet.« Er schaute zu Hartman. »Alles unter Kontrolle?«

Hartman grinste und nickte.

»Na, dann los und warte auf mein Signal.«

Hartman warf sich ein Paar Schneeschuhe über die Schulter, den Gewehrriemen über die andere und ging zur Tür.

Parker warf einen prüfenden Blick auf seine Gefangenen. Sie waren alle aufgeregt und wütend – was zu erwarten war –, aber gefährlich waren sie nicht. Außer vielleicht Cooper. Sogar McKay versteckte sich hinter ihm wie das Fohlen hinter der Stute. Der Mann würde auf jeden Fall Ärger machen. Er war es gewohnt, das zu kriegen, was er wollte, der brauchte eine starke Hand.

Parker sprach Cooper direkt an. »Ich möchte, daß alles schön ordentlich abläuft«, sagte er.» Und Sie werden dafür sorgen, daß es so geht. Ich weiß, daß es Ihnen nicht gefällt, daß ich hier mit Ihrem Flugzeug rumspiele, aber machen Sie keine Dummheiten.« Er hob die 357er. »Die Verantwortung für die Sicherheit dieser Leute liegt bei dir, Papa.«

An der Art, wie Cooper sich entspannte, sah Parker, daß er die Warnung ernstgenommen hatte. Er war ein gescheiter Mann, der den feinen Unterschied zwischen Drohung und Antagonismus abschätzen konnte. Er wußte, daß er keine leeren Drohungen machte. Er würde nichts Unüberlegtes tun.

Parker gab mit einer orangefarbenen Taschenlampe ein Zeichen aus dem Fenster. Ein ferner Gewehrschuß antwortete.

»Zeit, in Gang zu kommen. Nehmt eure Sachen. Denkt dran, schön langsam und feige. Der erste, der mutig ist, ist auch der erste, der stirbt.«

Angst und nicht Mut führte zu dem, was als Nächstes passierte. Völlig unerwartet warf Anderson, der am wenigsten Aggressive der Truppe, ein Kissen in Parkers Gesicht und stürzte vorbei an den Leuten, die zwischen ihm und der Tür waren. Parker legte an und schoß ... vorbei. Der Schuß riß ein Loch in die Verkleidung neben der Ausgangstür. Anderson kämpfte mit dem Riegel, riß die Tür auf und sprang in den Schnee.

Parker lief ihm nicht nach, er blieb einfach ruhig stehen, den Kopf leicht zur Seite geneigt, als würde er horchen. Er nickte im Takt der Sekunden, die vergingen: eins ... zwei ... drei ... vier ... fünf ...

Ein Schuß peitschte durch die kalte Luft.

Parker schaute aus dem Fenster. Er grinste immer noch. »Wo wollte der Mann bloß hin«, überlegte er laut. »Selbst wenn er es geschafft hätte, er wär nicht weit gekommen – nicht so, wie er angezogen war.«

Er blinkte O.K. mit der Taschenlampe.

»Fangen wir noch mal von vorne an, und schön feige, wie schon gesagt«, befahl er den Passagieren.

Er begleitete seine Schützlinge bis zur Tür.

»So ist's richtig«, rief er ihnen nach: »Geht direkt in den Unterschlupf und macht's euch bequem. Wir bringen euch bald was zu essen. Denkt dran: Kommt ja nicht auf die Idee, spazierenzugehen. Wo's schon eine Leiche gibt, können's leicht mehr werden, also seid vorsichtig.«

Er schaute zu, wie die sieben langsam durch den jungfräulichen Schnee gingen und durch die Tür in der Hütte verschwanden. Er schaute hoch in den bleifarbenen Himmel. Das roch nach Schnee, ganz sicher. Er hoffte, der Sturm würde bis zum Abend warten.

Er schloß schlotternd die Flugzeugtür, dann goß er sich in der winzigen Küche des Flugzeugs eine Tasse Kaffee ein, ging vor zum Pilotensitz und schaute zufrieden aus dem Fenster. Er lächelte. Keine schlechte Verwandlung. Vom kleinkarierten Piloten zum Meisterverbrecher, alles an einem Tag. Verdammt gutes Gefühl.

Er steckte den Zündmechanismus für die Weste in eine seiner tiefen Hemdtaschen. War ein gutes Gefühl, soviel Donner mit sich rumzutragen. Wirklich ein guter Tag, alles in allem.

## 24

Das Pyramidenzimmer war kalt, kälter, als es zu Beginn der Arbeit gewesen war, als Kate den Frost aus dem Nichts geholt hatte. Die Hellseher schufteten schon seit sechs Stunden, entlockten der verschwiegenen Zukunft ein Geheimnis nach dem anderen. Das Bild hatte allmählich Formen angenommen, dann Farbe, aber das verschwommene innere Bild wurde mit jedem neuen Element noch komplizierter.

Michael bereute seine Position als selbsternannter Beschützer Kates nicht, aber er kam sich dabei fast völlig nutzlos vor. Er hatte die Veränderung zwischen ihr und Stef registriert, als die beiden aus der Ruhezone zurückkamen, hatte sich nach dem Grund gefragt und sogar ein bißchen Gewissensbisse gehabt, weil er sich darüber freute. Von da an war die Stimmung im Raum ziemlich aggressiv gewesen. Alle Naselang wurde wieder ein kleinlicher Streit vom Zaun gebrochen. Marva hatte seit heute morgen kaum ein Wort gesagt. Kate jammerte, sie hätte entsetzliches Kopfweh. Keiner schien glücklich.

»Ein Schneider, Claire, bist du sicher?« griff sie Kate an.

Claire nickte, sie war genauso verwirrt von ihren eigenen Beiträgen wie ihre Mitarbeiter.

»Könnte das einer von den ›Anzügen und Krawatten‹ sein, an die du heute früh gedacht hast?«

»Einer von denen ist es. Ein Schneider.«

»Einer von ihnen. Das ist wohl das verrückteste Patchwork, das ich je gesehen hab. Ich kann mir da überhaupt nichts vorstellen.«

»Gehn wir doch mal durch, was wir über die Personen wissen, schaun wir mal, ob wir die Fakten irgendwie ordnen können«, schlug Stef vor. Er hatte sich sehr bemüht, das abzuschalten, was ihn beunruhigte, wenigstens redete er jetzt. »Also, schaun wir mal: Angst, Gefahr ... «

»Drohende Gewalt«, sagte Kate.

»Geld«, sagte Claire. »Sehr viel Geld.«

»Ordnung, Schicklichkeit. Das ist sehr stark«, sagte Evan.

»Das könnte Politiker bedeuten«, fügte Michael hinzu. »Oder Anwälte oder Polizisten. Oder Geschäftsleute.«

Morrison blieb an der Zwielichtgrenze der Schatten im Zimmer stehen, dort hatte er den Tisch wie ein jagender Falke umkreist. »Oder Schafzüchter oder Rinderzüchter oder texanische Ölbarone«, sagte er sarkastisch. »Könnte ja auch ein Treffen der Militanten Mütter sein. Das wäre genauso logisch.«

»Wenn's dir hier nicht gefällt, kannst du gerne gehen«, sagte Stef.

»Jetzt vergeudet keine Zeit mit Streitereien«, sagte Kate. »Ich möchte versuchen, das emotionelle Klima in der Hütte einzufangen – was da außer Angst und Wut noch abläuft. Vielleicht gibt uns ein allgemeines Charakterbild der Geiseln Aufschluß über ihre Identität. Hast du etwas, Karel?«

»Ungewöhnlicher Egoismus.«

»Okay, sehr egoistische Leute. Laßt uns doch einfach als Diskussionsgrundlage annehmen, es wären Geschäftsleute.«

»Die wütend und verängstigt sind«, fügte Stef hinzu. »Ein sehr interessantes Bild.«

»Vergiß das Flugzeug nicht«, fügte Evan hinzu.

»Das gehört nicht zum emotionalen Bild.«

»Aber es ist wichtig.«

»Warum sollte ein Flugzeug jemanden wütend machen?« fragte Marva.

»Ich hab keine Ahnung«, sagte Kate. »Außer das Flugzeug ist von seinem ursprünglichen Ziel abgebracht worden.«

»Oder ist schon sehr lange gekreist«, sagte Claire.

»Oder wenn das Flugzeug entführt worden ist«, fragte Michael aufgeregt.

Ein Raunen ging durch den Raum. Stef fischte den Gedanken auf, auch er war ganz erregt. »Denkt darüber nach!« sagte er. »Geschäftsleute auf einem Privatflug. Wütend, und sie haben vor etwas Angst. Ich fühle Emotionen, die zu eingeengt, zu konzentriert sind. Entweder die Leute in diesem Flugzeug reagieren gemeinsam auf einen Stimulationseffekt, oder es ist ein Flugzeug voller Leute, die ein gemeinsames Interesse an dem haben, was mit ihnen passiert. Eine Entführung paßt genau in dieses Schema.«

»Warum eine Entführung?« fragte Morrison. »Wie lauten die Forderungen?«

»Geld. Was gibt's denn da sonst noch?«

»Das könnte hinkommen, aber ich krieg einen anderen geografischen Standort als den mit Schnee. Einen heißeren und trockeneren Platz«, sagte Kate.

»Vielleicht der Abflugsort«, schlug Stef vor. »Wie sicher bist du?«

»Ziemlich sicher. Mein Kopf versucht es mir schon seit einer Stunde zu sagen.« Sie rieb sich die Stirn und versuchte, die Kopfschmerzen dahinter zu vertreiben. »Natürlich ist es absolut möglich, daß ich mir das einbilde. Wenn wir doch nur wenigstens einen sicheren Anhaltspunkt hätten. Mir sind das zu viele Hypothesen.«

Stef lächelte sie verständnisvoll an. »Wir können nur aufbauen auf dem, was wir haben«, sagte er. »Stein für Stein.«

»Und dann finden wir raus, daß der unterste Stein faul ist, und müssen wieder von vorne anfangen.«

»Deshalb haben wir ja alles rausgeschmissen, was nicht wie ein Korken auf die Flasche paßt. Los jetzt. Noch mal: ein Privatflugzeug ...«

» Kein *Verkehrsflugzeug, vielleicht* privat.«
»Kein *Verkehrsflugzeug*. Danke. Was noch? Männer mit Geld?«
»Ich glaube, es sind nicht nur Männer«, sagte Claire.
Stef lächelte. »Danke dir, du frühreife Feministin.«
»Mein Gott. Kann man denn nicht die Heizung ein bißchen aufdrehen?« beschwerte sich Evan. Die Kälte machte ihm schwer zu schaffen. Lange nachdem sich die anderen daran gewöhnt hatten, stampfte er immer noch mit den Füßen und rieb sich die Hände.
»Es ist nicht mehr so schlimm«, sagte Kate. »Ich hab mich dran gewöhnt.«
»Ich nicht, verdammt noch mal! Ich hab schon ganz blaue Finger!«
»Führ dich nicht so auf«, sagte Stef. »Nimm meinen Pullover, wenn's dich friert.«
»Ich will deinen Pullover nicht! Ich will wissen, wie lange wir noch mit diesem Quatsch weitermachen! Jetzt sind wir schon den ganzen Tag hier und wissen noch nicht mal, ob dieser verdammte Vorfall überhaupt schon passiert ist!«
»Beruhige dich«, sagte Morrison.
»Du hast gesagt, diese Katastrophe wäre persönlicher als die anderen. Was wäre, wenn du dich diesmal irrst? Was, wenn diese Geschichte in Wirklichkeit ein Banküberfall in Denver oder ein Attentat in San Francisco war?«
»Kein Schnee in San Francisco. Nicht im Oktober.«
*Der Schnee – der Rauch – die Nacht – die Kälte* ... Evan bemühte sich, die Erinnerung loszuwerden, aus der die Schmerzen kamen. »Vergiß es. Vergiß es. Ich bin müde. Laß mich bloß in Ruhe.«
»Es interessiert euch vielleicht, daß es noch keine Nachrichten von einer Geiselnahme oder Entführung gibt«, verkündete Elliot.
»Was heißt das?« fragte Claire.
»Das heißt bloß, daß keine Nachrichten keine Nachrichten sind«, sagte Stef. »Die Nachrichtenagenturen wissen vielleicht noch nichts davon. Siehst du etwas, Karel?«

»Nein«, log Karel. Er sprach aus einem abstrakten, abgetrennten Teil seiner Konzentration. Seine Gedanken waren anderswo, weit weg. Alles, was seinen Mitarbeitern verschlossen war, war für ihn ein offenes Buch. Er hatte alles durch die scharfe Linse seines inneren Auges gesehen. Gesichter, Namen, Beziehungen, die Geiselnahme bis zum jetzigen Moment: Er sah einfach alles. Er setzte tiefer an, dort, wo alle Gedanken, alle Persönlichkeiten klar sein würden. In diesen Tiefen versteckte sich etwas, etwas Entsetzliches. Er ging noch tiefer. Die Anstrengung drückte ihn wie die Hand eines Riesen. Die Muskeln hinter seiner heiteren Gesichtsfassade verknoteten sich vor Schmerz. Seine Haut bedeckte sich mit Schweiß. Sein Zögern beeinträchtigte sein Bedürfnis zu wissen, denn dort, wo die Antworten lagen, wartete auch der Tod.

Mit einemmal blitzte ein Bild auf, so klar und überraschend wie die Vorahnung über die Minenwand, es versetzte ihm einen scharfen Schlag auf den Kopf, ihm wurde schwindlig durch den Schock.

Karel tastete sich vorsichtig zum Ursprung des Schocks vor, mußte dagegen ankämpfen, vor dem Kontakt zurückzuschrekken. Ein wilder Gedankensturm hämmerte auf ihn ein, und wieder wich er zurück. Er lehnte sich im Stuhl zurück und wischte sich das Gesicht mit einem Taschentuch ab. Er hatte in das Gesicht einer Schlange geschaut: *Eine Viper am Busen der Geiseln.*

Gegenüber von Karel auf der anderen Seite des Tisches hatte Claire den Schock auch gespürt, aber sie hatte das Bild völlig anders interpretiert. *Die Schlange:* Das war Evan. Evan und seine Pistole.

Claire sah, wie noch ein Schleier von ihrem Traumbild gelüftet wurde, das Ende war greifbar nahe.

Nur eins war jetzt anders, vielleicht das einzige, was noch zwischen ihren Freunden und der Zerstörung lag. Karel wußte es. Wenigstens konnte sie ihren Traum mit jemandem teilen.

Aber jetzt konnte er ihr nicht helfen, nicht von diesem tiefen Ort aus. In seinen Verstand zu schauen war, wie wenn man in ein Loch schauen würde, das bis in den Kern der Erde reicht. Es machte sie schwindlig.

Aus dieser tiefen Höhle rollte ein Gedanke zu ihr hoch, ein Flüstern auf einem Windhauch, eine Botschaft, die nur für sie gedacht war:

*Geduld*

Und noch einer, diesmal eine Beschwichtigung:

*Zeit*

Sie nickte. Karel war doch bei ihr. Er hatte ihre Besorgnis gelesen, hatte ihr gesagt, daß noch Zeit blieb. Sie machte sich Sorgen um ihn. Sie fragte sich, ob der Ort, an den sein Verstand gegangen war, vielleicht zu tief war, um daraus zurückzukommen.

*Scheißkälte,* dachte Evan. Und eine Kälte, wie er sie noch nie erlebt hatte. Diese Kälte prickelte an Händen und Füßen. Wie Erfrierungen. *Er hatte nur noch einen Schuh, und der war voller Schnee.*

Nein. Es gab einen Platz, wo er war, und einen, wo er nicht war. Von einer schlechten Erinnerung bekam man keine Erfrierungen. Es war wie eine Granate, bei der der Abzug herausgezogen war, sicher wie ein Haus, solange man sich daran festhielt. *Warum war dann das Zimmer so kalt?*

Evan bemerkte, daß Harry brüllte. Vielleicht wollte er bloß etwas, was er nicht kriegen konnte. Genau wie Robert Francis. Dasselbe Stück, andere Besetzung. Evan dachte an Smith, warum, wußte er nicht. Vielleicht weil er da draußen in der richtigen Welt auch an einer Entführung interessiert war. Vielleicht weil die Leute hier in Astor House auch zu gut geworden waren, nicht unterwürfig genug. Smith hatte ihm gesagt, er sollte sie bescheiden halten.

Unbewußt arrangierte Evan seine Mitarbeiter in einer Schlachtordnung. Wie Vieh. Das hätte Smith auch getan.

Auf der anderen Seite des Tisches stieg ein Gedanke in Michaels Kopf. Eine Dringlichkeit ohne Namen.
Die Dringlichkeit bestand aus drei Teilen: Der erste Teil war über jemand, der krank war – jemand weit weg. Der zweite Teil war, daß es hier in Astor House eine Krankheit gab, aber eine andere. Und der dritte eine Botschaft an Stef: *Geh, solange es noch geht, nimm das nicht an.* Michael wußte nicht, was er mit diesem dreiteiligen Gedanken anfangen sollte. Er verstand ihn nicht. Also schob er ihn beiseite, das war leicht. Er schob ihn beiseite, aber er vergaß ihn nicht. In dieser Umgebung konnte man nie wissen, wann so ein Gedanke wichtig sein könnte.

## 25

Meg wischte die verdreckte Scheibe mit einem teuren französischen Taschentuch ab. »Ich möchte gern wissen, wie lange die vorhaben, uns hier festzuhalten.«
»Bis wir trauriger, weiser, älter und dünner sind«, erwiderte DiCenzi. »Ich hoff, deine Verwandten haben reichlich flüssiges Bargeld.«
»Apropos Flüssigkeit, hat irgend jemand eine Flasche im Gepäck?« fragte Arkem.
»Hat schon irgend jemand mal bei Tonys Ausflügen eine Flasche gebraucht?«
»Momentan wär mir schon mit ein bißchen geschmolzenem Schnee gedient«, sagte McKay.
»Geh doch raus und hol dir was, dann hast du nie wieder Durst. Hast du das Zielfernrohr an dem Gewehr gesehn?«
»Ohne Wasser können wir leben«, sagte Leon trübsinnig. »Aber was passiert, wenn wir mal müssen?«
Meg sagte zu Cooper, der in der offenen Tür stand: »Würdest du die bitte zumachen, Tony? Der alte Ofen hier funktioniert nicht besonders gut.«

Cooper ignorierte sie und suchte weiter hinter den Bäumen nach Hartman. Er mußte sich momentan schwer am Riemen reißen, sonst wäre er hineingegangen und hätte irgend jemanden verprügelt. Es war eigentlich egal, wen. Das zu galgenhumorige und zu mutige Geplapper ging ihm langsam auf die Nerven. Er spielte kurz mit dem perversen Gedanken, Andersons Leiche von draußen reinzuholen und sie neben den Ofen zu setzen. Da würden sie ausrasten. Doch er verwarf ihn wieder.

»Bernd, komm mal schnell hier rüber«, rief er.

Allen stand sofort Gewehr bei Fuß. Er war völlig überdreht. »Wie geht's dir, Tony? Du siehst ein bißchen mitgenommen aus – du solltest dich vielleicht ein bißchen hinsetzen.«

»Das ist jetzt egal. Hast du das überprüft?« Er zeigte auf die Landebahn.

»Nein, warum?«

»Ich möchte, daß du kalkulierst, wieviel Platz man braucht, um einen Notstart zu machen.«

Allen wurde blaß. »Warum?«

»Nur für alle Fälle.«

»Was für Fälle?«

»Für den Fall, daß ich einen Weg finde, uns hier rauszuholen.«

»Ich kann das nicht für dich tun, Tony.«

»Warum nicht? Du fliegst doch.«

»Propellermaschinen ja. Aber ich hab meinen Jetschein noch nicht. Ich hab noch nicht mal einen Alleinflug gemacht.«

»Weißt du, wie die Instrumente funktionieren?«

»So ziemlich.«

»Und das Funkgerät kannst du auch bedienen, stimmt's?«

»Ja.«

»Dann wirst du dein Bestes tun.«

»Ich werd's versuchen.«

Cooper legte Allen den Arm um die Schulter. »Sei kein solcher Pessimist – du bist ja ein nervliches Wrack. Schau mich an. *Ich* bin ruhig.«

»Du wirst trotzdem sterben!« Er schlug die Augen nieder. »Tut mir leid, Tony.«
»Ist schon okay«, Cooper lächelte. »Die Wahrheit braucht dir nicht leid zu tun. Aber denk dran: Wenn du den Start vermasselst, wirst du gleichzeitig mit mir sterben. Wie gefällt dir das als tröstlicher Gedanke?«
Allen schaute hinaus zu der Landebahn, und was er sah, gefiel ihm nicht. Die Landebahn war entsetzlich: ein Streifen bröseliger Beton mit einer Wand Fichten am Ende. Die ganze Fläche war ein Hürdenlauf aus Eis und Schnee und faulen Löchern.
Und dann war da noch der Himmel. Ein Sturm zog auf. Selbst wenn die Landebahn gut gewesen wäre, stellte der schneeverhangene Himmel wieder alles in Frage. Wenn das Flugzeug nicht innerhalb der nächsten Stunde startete, würde keiner mehr irgendwo hinfliegen.
Sei kein Pessimist. Klar.
Auf der Landebahn dröhnten die Motoren des Jets. Die Maschine rollte ein paar Meter, dann blieb sie wieder stehen und schwieg.
»Warum hat er denn das gemacht?« fragte Cooper.
»Er bewegt die Räder, damit sie nicht festfrieren. Er geht kein Risiko ein.«
»Wir werden das auch nicht. Ich werde uns hier rausbringen.«
Cooper war nicht so zuversichtlich, wie er sich anhörte. Während er dem Rechtsanwalt Mut zusprach, überlegte er sich, daß sein Geschäftsleben die denkbar schlechteste Voraussetzung war, um mit einer solchen Situation fertig zu werden. Er mußte jeden Tag Krisen aller Art bewältigen. Es hatte ihm immer Spaß gemacht, den Knüppel der Macht zu schwingen. Aber hier war eine andere Macht im Spiel. Hier ging's um Leben und Tod.
Dann mußte da noch etwas anderes in Betracht gezogen werden. Die Leukämie forderte ihren Zoll, täglich mehr; und auch wenn er sich seiner Krankheit nicht beugen wollte, so hätte er sich doch gerne ein bißchen ausgeruht. Selbstmitleid war nicht sein Pro-

blem, aber das Ende seines Lebens war schon in Stein gemeißelt, egal, was hier passierte. Die anderen taten ihm wirklich leid. Es war seine Entscheidung gewesen, sie alle nach Las Vegas zu fliegen, um die ›Handschlag-Basis‹ ihrer Geschäftsbeziehungen zu Papier zu bringen, die sie alle hierher verschlagen hatte. Sie alle hätten wenigstens noch die Wahl gehabt, wie sie den Rest ihres Lebens verbringen wollten. Jetzt nicht mehr.

Essenszeit war schon lange vorbei. Cooper fragte sich, wie viele Lebensmittel wohl an Bord der Maschine waren, wie lange die Vorräte reichen würden.

Die Hütte war noch eine ödere Realität als das Essen. Die Wellblechhütte war klaustrophobisch eng und hatte keine Isolierung gegen die Kälte. Der Ofen war zu klein, um etwas zu nützen, und für die Öllampen war nur noch ein halbvoller Behälter Kerosin da. Die Hütte war für höchstens drei Mann vorgesehen, wahrscheinlich ein Vorposten einer Ölgesellschaft oder eines Minenunternehmens. Es gab keine Einrichtung außer den Lampen, dem Ofen und einem Tisch, der aussah, als würde er unter einer halben Tasse Kaffee zusammenbrechen ... wenn es Kaffee gegeben hätte.

Alles in allem standen zwischen den Geiseln und der Kälte nur zwei miese Decken und die völlig unzureichende Kleidung in ihrem Übernachtungsgepäck. Der Holzstapel neben dem Ofen war entmutigend klein. Und der drohende Schnee war Realität: Die ersten Flocken fielen.

Jetzt hatte er einen Plan, eine winzige Chance der Flucht. Die Kidnapper hatten wahrscheinlich genauso viele Schwierigkeiten, zu entscheiden, wann sie starten sollten, wie Cooper sie hatte, zu erraten, was sie tun würden. Wenn die Zeit für den entscheidenden Angriff gekommen war, würden ihre Nerven ziemlich angekratzt sein. Schnee, Dämmerung, die kurze Rollbahn und die allgemeine Spannung waren vielleicht zuviel für sie. Wenn die Geiseln angreifen würden, zum Beispiel, wenn einer der Kidnapper das Essen brachte, dann würde das Durcheinander ihm und allen vielleicht eine Chance geben, die Maschine zu erreichen. Was passieren würde, wenn ihnen das gelang, hing von Sekundenbruchteilen ab. Die Aussicht auf Erfolg war ungefähr so glänzend wie eine Geburtstagskerze in einer Höhle, aber es *war* eine Chance.

»Bernd?«

Allen zuckte vor Schreck zusammen.

»Immer mit der Ruhe. Ich glaube, ich habe einen Ausweg gefunden. Ich möchte, daß du hier stehen bleibst und schaust, wer das Essen bringt. Dann greifen wir an, okay?«

Der Mann nickte nervös.

»Bernd, du bist zu aufgeregt. Ich möchte, daß du damit fertig wirst. Ich werde dich brauchen.« Cooper holte tief Luft. Die Schmerzen in seinen Adern machten ihm zu schaffen. »Ich werd mich hinsetzen. Ruf mich, sobald du was siehst.«

Allen nickte und wandte seine Aufmerksamkeit dem Flugzeug zu.

Karel versank wie ein Stein im Brunnen seiner Konzentration, tiefer, als er je zuvor gegangen war. Er stählte sich mit all der Willenskraft, die sein Geist aufbringen konnte, und machte sich wieder auf, den Verstand der Menschenbombe zu ergründen. Dieses Mal war er auf das schwindelerregende Kraftwerk der Verwirrung, das dort herrschte, vorbereitet. Die Präsenz der Menschenbombe brodelte wie ein aufgepeitschtes Meer: Karel mußte seine ganze Willenskraft einsetzen, um sich dagegen abzuschotten.

Karels Macht über Menschen in seinem Übersinn war groß. Hier lag die Lösung für die Gefahr der Geiseln. Karel wußte, daß er mit dieser Schlange dasselbe machen konnte wie mit dem Flughafenterroristen, den er vor drei Tagen dazu gebracht hatte, sich selbst in die Luft zu sprengen. Aber diese Entscheidung machte ihm mehr Mühe als die letzte. Wenn ein Mensch einmal tötet, befreit er sich von seinen letzten Gewissenshemmungen, und

nicht einmal das Bewußtsein, daß man einen umbringt, um viele andere zu retten, war ein Trost. Reflex war eine Sache. Mord eine andere.
Karel bereitete sich auf den letzten Abstieg vor. Er atmete wie ein Gewichtheber, ließ nicht zu, daß Geräusch oder Gesichtsausdruck Aufschluß über das gaben, was er vorhatte. Die Entscheidung, die Verantwortung, die Last des Gewissens trug einer allein. Keiner kam unversehrt von dem, was er jetzt vorhatte, zurück. Die Menschenbombe mußte eliminiert werden. Und Karel würde der Henker sein.
Er hatte gespürt, wie Evan ihn beobachtet hatte, hatte gefühlt, wie der Mann immer verwirrter wurde, je mehr er an Karels Gedanken anklopfte und jedesmal wieder auf einen dunklen Vorhang stieß. Karel hatte einen Schutzwall gegen neugierigen Übersinn errichtet. Er vertraute Evan nicht, aber er hatte keine Zeit herauszufinden, warum.
»Ich bin müde«, seufzte Claire. »Ich bin wirklich müde.«
»Ich hab das Gefühl, jemand hat mir einen Riesennagel durch den Kopf getrieben«, beschwerte sich Michael.
»Schau mal, wie spät es ist!« sagte Marva. »Wir sind seit neun Stunden hier!«
»Stef, wo willst du hin?« fragte Morrisons Stimme aus dem Kontrollraum. »Moment mal. Ich komme raus!«
Er stürmte wie ein angriffslustiger Stier ins Zimmer. »Wo glaubst du denn, daß du jetzt hingehen kannst?«
Die Frage traf Stef unvorbereitet, er blieb wie angewurzelt stehen.
»Oh, ich weiß noch nicht«, sagte er mit einem humorlosen, zitronensauren Lächeln. »Vielleicht geh ich ein bißchen in den Gängen spazieren. Vielleicht gönn ich mir wirklich was und esse ein Sandwich. Ich brauch eine Pause, bevor mir mein Gehirn zu den Ohren rausläuft.«
»Wir *müssen* eine Pause machen«, sagte Claire.
»Dann macht sie. Ich hab nichts dagegen einzuwenden.«

»Gott sei Dank«, sagte Stef.
»Zwanzig Minuten.«
»Ich nehme mein Dankeschön zurück. Zwanzig Minuten? *Zwanzig?*«
»Mehr können wir uns nicht leisten. Ich glaube, ihr steht kurz vor etwas ganz Wichtigem.«
»Schickt bitte keinen Suchtrupp hinter mir her, wenn ich eine Stunde weg bin. Ich werde zurückkommen, aber erst wenn ich dazu bereit bin.« Er nahm Kates Hand, der Streit war vergessen, und er zog sie hoch. »Krieg ich eine Tasse Kaffee?«
Kate lächelte, war froh, daß die Feindseligkeit ein Ende hatte. »Du warst so ein braver Junge, du kriegst zwei. Karel, kommst du nicht mit?«
Karel, leise: »Nein, danke.«
»Harry, red mit ihm!«
»Karel, mach eine Pause. Ich besteh drauf.«
Resigniert stand Karel von seinem Stuhl auf. Er würde in sein Zimmer gehen. Er konnte da genausogut arbeiten wie hier.
Kate gab Claire die Hand. »Komm, Kleine.«
Zwei Schritt von der Tür weg versagten Stef die Knie, er packte Kates Arm, um nicht umzufallen. Er sah aus, als hätte ihn jemand in ein Faß mit eiskaltem Wasser geworfen.
Michael hörte, wie er erschreckt Luft holte. »Stef, was ist denn?« fragte er.
»Ich hab jemanden erwischt!«
Kate stützte ihn. »Komm, wir setzen uns wieder.«
Stef streckte seine Arme aus. »Gott ... meine Finger prickeln.«
Kate führte ihn zu seinem Stuhl zurück und legte die Arme um ihn. »Versuch dir deshalb keine Sorgen zu machen.«
»Zu spät.«
Morrison konnte seine freudige Erregung kaum verbergen. »Wie ist das passiert?«
»Ich weiß es nicht. Es hat mich plötzlich wie der Blitz getroffen.«
»Wer ist es?«

»Eine der Geiseln. Ein Rechtsanwalt ... nein, ein Pilot ... Mist, ich weiß es nicht. Es ist ganz verworren.«

»Wieviel von ihm hast du?«

»Alles. Ich steck bis zum Hals drin.«

»Weißt du, wo du bist?« fragte Kate schnell.

»In einer Wellblechhütte.«

»Kriegst du den geografischen Standort?«

»Ich weiß nicht ... Kanada.«

»Stef, wieviel Uhr ist es?«

Stef schaute auf die Uhr. Er trug keine. »Fünf Uhr.«

»Zwei Stunden Unterschied heißt Mountain Standard Time. Wenigstens wissen wir jetzt, in was für einer Zeitzone wir sind: Das ist doch ein Anfang.«

Stef kuschelte sich fester an Kate. Er zitterte. »Ich wollte das nicht.«

»Ich weiß.«

»Kannst du dranbleiben?« fragte Morrison?

»Ich weiß nicht, ob ich da je wieder *raus*komme!« sagte Stef.

»Kannst du den Mann kontrollieren?«

»Ich glaube nicht. Er ist furchtbar nervös wegen irgend etwas.«

»Was?«

»Ich bin mir nicht sicher. Was immer es ist, er kann jeden Moment durchdrehen. Ich glaube, es hat etwas mit dem Flugzeug zu tun.« Er stand auf. »Ich muß ein paar Minuten hier raus.«

»O nein, Stef! Du kannst jetzt nicht gehen, denk doch dran, was du hier aufgefangen hast!«

»Ich hab überhaupt nichts aufgefangen! Es hat mich eingefangen! Hast du eine Ahnung, was für ein Gefühl das ist? Es ist, als ob man eine Treppe hinunterfällt. Du solltest es mal ausprobieren.«

»Stef, setz dich. Mach diesen Vorfall nicht kaputt. Es könnte das Wichtigste sein, was dir bis jetzt in diesem Haus passiert ist.«

»Du willst wohl damit sagen, daß es für *dich* das Wichtigste ist! Es ist mir zuviel! Es ist die Hölle!«

»Du hältst vielleicht den Schlüssel zur Freiheit für diese Geiseln in der Hand! Das könnte die Krönung von allem, was wir gemacht haben, sein!«
»Dir läuft jetzt schon das Wasser im Mund zusammen, stimmt's?« sagte Stef wütend. »Auf so was hast du gewartet. Du kannst es vergessen!«
»Du willst mir doch nicht einreden, daß du so einfach aufgibst – nicht nachdem du soviel Zeit investiert hast, um es heraufzubeschwören.«
»Ich hab nichts heraufbeschworen! Es ist auf mir *gelandet.*«
»*Menschen im Schnee.* Denk doch mal dran: Du hast die Möglichkeit –«
»Komm mir ja nicht damit.«
»Sie werden ohne dich sterben. Sie *werden* sterben. Das weißt du. Dein *Übersinn* hat sie dir anvertraut!« Er schaute Stef direkt in die Augen. »Hilf ihnen. Um deines Bruders willen.«
Punkt. Stefs Aggressionen verpufften nach diesem Schlag unter die Gürtellinie.
»Na schön. Auf die Tour hast du's noch nie versucht«, murmelte er.
Er setzte sich wieder. Etwas Schreckliches – teils Haß, teils Resignation, teils Niederlage und teils Pflicht – war in seinem Gesicht zu lesen. Er schloß die Augen und gab sich der fernen Identität hin. Dieses eine Mal mußte er nicht danach suchen.

Karel hatte gefühlt, was mit Stef passiert war, aber das war jetzt irgendwie unwichtig. Unwahrscheinlicher Frieden hier im inneren Auge. Um ihn herum pulsierte sein Körper mit den warmen Geräuschen seines lebendigen Ichs: Er hörte jeden Herzschlag, nahm jeden vibrierenden Nerv wahr. Außerhalb von ihm wogten Gedanken, Stimmen und Bilder aus der Gegenwart, der Vergangenheit und der Zukunft wie der grenzenlose Ozean. Hier konnte ihn keine Angst berühren, kein materielles Problem. Der psychische Frieden war wie ein Betäubungsmittel, das

ihn hinunterzog, ihn einlullte. Karel war von der Verzückung verführt worden: Von allen Dingen, die er je getan hatte, war dieser Mord das leichteste. Hier war keine Schuld.
Karel stürzte sich in das Bewußtsein und in den Körper des Mannes, legte die Last seines Wesens auf dessen Herz. Jetzt mußte er nur darauf warten, daß er müde wurde.

## 26

Hartman fluchte leise vor sich hin und drückte das Gewehr fester an sich. Er studierte den Himmel. Schnee. Davon hatte Parker nichts gesagt. Vielleicht hatte er es gar nicht registriert. Bei ihm war das schwer festzustellen. Wahrscheinlich war es ihm sowieso egal. Er vertraute mit einer fast mystischen Arroganz auf seine Flugkünste, als wären die Tragflächen seine verlängerten Arme. Er war auch ein bißchen verrückt. Deshalb war er so gut. Die Verrücktheit war sein großes Plus. Sie gab ihm totale Ehrlichkeit. Ehrlichkeit unter Dieben: Wer immer sich das ausgedacht hatte, kannte Parker nicht. Jetzt, und solange Hartman ihn kannte – schon seit jenen Tagen, als sie zusammen in Arizona als Landarbeiter gearbeitet hatten –, wußte er, daß Parker immer sein Wort hielt. Wenn er sagte, diese Entführungsgeschichte würde gut laufen, dann wußte Hartman, daß er das glauben konnte. Er hätte sich nie auf Parkers Geheimniskrämerei über diesen Standort eingelassen, wenn er nicht damit gerechnet hätte, daß er genauso verrückt war.
Hartman streifte sich die ersten Schneeflocken vom Ärmel. Der arktische Anzug war ein Wunder, er hatte viel mehr Bewegungsfreiheit als erwartet, und er hielt so warm, als wäre er in eine Daunendecke gewickelt. Er hatte seinen wuchtigen Rucksack abgenommen und ihn unter den Bäumen verstaut. Jetzt waren die Schneeschuhe der einzige Teil der Ausrüstung, mit dem er sich noch nicht so ganz anfreunden konnte. Aber er hatte auch

nicht vor zu laufen, sein Zielfernrohr würde ihm das ersparen. Jemand erschien wieder in der Tür der Hütte, eine schwache Silhouette in der Dämmerung. Hartman hob das Gewehr an die Schulter und richtete das Zielfernrohr auf die Gestalt. Es war wieder der Anwalt, der war unverkennbar. Der Mann war in der letzten Stunde alle paar Minuten an die Tür gekommen. Was wollte der bloß?

Hartmans Finger flirtete mit dem Abzug. Ein Warnschuß würde genügen. Er würde in die Tür neben dem Kopf des Typen schießen, ihm zeigen, daß er es ernst meinte. Aber was, wenn er daneben schoß und den Mann statt der Tür erwischte? Na ja, sein Sturkopf machte dem Typen sowieso bloß Ärger. Dem konnte man vielleicht abhelfen.

Im Pilotensitz nickte Parker immer wieder ein, er konnte den Kopf nicht mehr länger hochhalten. Er versuchte aufzustehen, aber seine Beine versagten, als würde er bis zur Hüfte im Schlamm stecken. Etwas passierte mit ihm. Er hörte, wie sein Körper Organ für Organ, Kammer für Kammer, Blutgefäß für Blutgefäß abschaltete, und er wußte, was das zu bedeuten hatte. Er lag im Sterben, und er wußte nicht, warum.

Er konzentrierte seine schwindenden Kräfte auf seine Finger, versuchte den Zündungsmechanismus in seiner Tasche zu ertasten. Von hinten, von oben, von innen drückte etwas schwer auf ihn. Seine Hände flatterten in seinem Schoß wie sterbende Schmetterlinge. Er fühlte keinen Schmerz, nur den gnadenlosen, unwiderstehlichen Sog des Todes und die Schwerelosigkeit einer Feder, die in einen tiefen Abgrund segelt. Er war zu müde und zu verwirrt, um Angst zu haben.

Karel sah es vor sich: das unverkennbare Schwarz. Sein Übersinn nahm den reduzierten, besiegten Geist der Menschenbombe und steuerte ihn auf das Dunkel zu, wo er sich noch einmal schwach aufbäumte, ehe er überwältigt wurde. Karels Übersinn klappte zu wie eiserne Handschellen. Er zerrte die schreiende, sich windende Seele an den Rand des Grabens, warf sie hinein und drückte sie hinunter. Er schickte ein Fragment seines Ichs in die verebbenden Lebensfunktionen des Mannes. Bald. Er würde fühlen, wie er starb. Dann konnte er ruhen.

Hartman spannte seinen Finger am Abzug und drückte ab. Ein sauberer Schuß zerriß die Ruhe des Zwielichts. Der Rechtsanwalt blieb stehen. Hinter Hartman krachte ein Elch tot zu Boden, der unseligerweise gerade aus dem Wald gestürzt war. Hartman lächelte zufrieden über seine exakten Reflexe und richtete das Zielfernrohr auf sein anderes Ziel.

Stef, plötzlich: »Mein Gott, der Rechtsanwalt will fliehen!«

»Verdammt, halt ihn zurück!« sagte Morrison.

»Ich versuch's! Ich komm nicht durch zu ihm!«

»Dann befrei dich!« rief Kate.

»Ich kann nicht!«

Allen brauste wie ein Sprinter beim Knall des Startschusses los. Er hörte Cooper hinter sich brüllen, er solle zurückkommen, aber seine Spannung hatte ihn schon zur Tür hinauskatapultiert. Es gab kein Zurück.

Der erste Schuß traf seinen Stiefelabsatz und schleuderte ihn kopfüber in den Schnee. Einen Augenblick lang lag er starr da. Der zweite Schuß zischte Zentimeter neben seiner Schulter in den Schnee und scheuchte ihn hoch. Hinter sich hörte er das Schlurfen der Schneeschuhe, als Hartman versuchte, eine bessere Schußposition zu finden. Allen stolperte in den Schutz des Flugzeuges und warf sich unter die Tragfläche.

Das schwindende Licht und die dichten Schneeflocken waren auf seiner Seite. Er hörte, wie Hartman mit seinen Schneeschuhen aus dem Takt kam, hörte den Aufschlag und den Fluch, der folgte. Gott hatte ihm widerwillig einen Augenblick geschenkt. Allen riß die Tür des Flugzeugs auf und sprang hinein.

Das Flugzeug verschwand nicht in einem Feuerball, wie er erwartet hatte. Allen schloß die Tür hinter sich und sperrte sie zu, redete wie ein Wasserfall auf den Mann ein, der nicht erschien. Die tausend Entschuldigungen, die aus ihm heraussprudeln wollten, versiegten kurz vor seinen Stimmbändern: Der Kerl war nirgends zu sehen. Allen rief seinen Namen ganz ruhig und gefaßt auf das, was immer da kommen würde. Immer noch keine Antwort aus dem Cockpit. Irgendwie war das seltsam. Er schlich langsam in den vorderen Teil des Flugzeugs.
Der Junge saß im Kopilotensitz, seine Hände lagen reglos, die Handflächen nach oben in seinem Schoß. Am Steuer eingeschlafen, das darf ja wohl nicht wahr sein ...
Aber nein. Er schlief nicht. Er war tot. Der Kopf lag auf der Seite, die Mundwinkel waren nach unten gezogen wie bei einer tragischen Maske. Die weitaufgerissenen Augen waren auf die Instrumente gerichtet, ein Alptraum schaute noch immer aus ihnen. Allens Herz wurde zu Eis. So hatte er den Tod noch nie gesehen. Etwas hatte einfach in den Jungen gefaßt und ihn angehalten. Das war alles: einfach angehalten.
Er schüttelte sich. Ein Schuß Psychonovocain brandete durch seine Adern, befreite ihn von jeder Emotion, die ihn von dem, was er zu tun hatte, abbringen konnte. Er würde einen Funkspruch schicken. Alles andere war jetzt unwichtig.
Dann kam die Kugel.

Der Aufprall traf Stef genau zwischen die Schulterblätter und warf ihn zu Boden.
»Stef!«
Eine schreckliche Lähmung erfaßte die vom Schuß versengte Luft. Keiner bewegte sich.
Stefs weiße Hand erschien auf dem Ebenholztisch. Sein noch weißeres Gesicht tauchte dahinter auf, schockverzerrt, betäubt, aber dennoch stur. Zugleich verzückt. Erstaunt.
» ... hab ihn noch«, sagte er. »Ich zieh es durch ...«

Allen richtete sich vom Boden auf und fiel auf den Sitz. Blut pumpte aus dem Loch in seiner Brust und tränkte sein Hemd, seine Hosen, seine Hände. Sein Körper prickelte, aber er fühlte keinen Schmerz.
Er streckte seine blutige, klebrige Hand nach den Schaltern für das Funkgerät aus. Die Instrumententafel verschwand in der Traumrealität. Das Tempo der Schüsse wurde schneller, und sie kamen immer näher. Salven nagten an der Windschutzscheibe. Er erweckte per Schalter das Flugzeug zum Leben, um etwas Abstand zwischen sich und den Scharfschützen zu bekommen. Das Flugzeug erzitterte unter dem Schub der Düsen und bewegte sich vorwärts. *Bei Gott, sollte es ihm tatsächlich gelingen, das durchzuziehen!* Ein stechender Schmerz bohrte sich durch ihn.

Stef lief rot an, stoppte die Hand, die automatisch an die verkrampften Muskeln seiner Brust faßte. Er preßte seine Handfläche flach auf den Tisch. *Okay, nur noch ein bißchen länger,* sagte er sich. *Noch ein paar Minuten, dann kannst du ihn gehen lassen.*
»Stef, hör auf!«
»Nur einen Funkspruch, Kate. Zwei Minuten, nicht mehr.«

*Nur zwei Minuten.* Allens Verstand war glasklar. Er fühlte den Tod im Nacken, aber er hatte keine Angst. Einen Funkspruch: *Mayday* – nur so viel Zeit brauchte er noch.
Er fühlte, wie etwas in ihm platzte und sprudelte, aber er wußte, daß diese überirdische Klarheit ihn bis an die Tore am Rande seines Lebens begleiten würde. Seine Kräfte schwanden, er sackte nach hinten zusammen, zog den Knüppel mit. Er fühlte, wie die Maschine in der Luft schwebte ...

»Stef, bitte ... komm jetzt da raus!«
Stef riß die Augen auf. Der Blick war immer noch in die Ferne

gerichtet. Er hatte sich noch nicht befreit, das war jedem klar, der sein Gesicht sah.
»Karel, hol ihn da raus!« brüllte Morrison.
Das Zimmer sackte plötzlich kopfüber, wie bei einer Talfahrt auf der Achterbahn, weg.

Das Flugzeug streckte die Nase in den Himmel und landete auf dem Bauch, es pflügte eine Furche durch den gefrorenen Boden und drehte Saltos bis zu der Fichtenwand am Ende der Rollbahn. Die Explosion schoß einen Feuersturm gebrochener Metallteile in den Himmel.

## 27

Michael und die Hellseher blieben wie eingefroren in diesem Augenblick sitzen.
Morrisons Stimme rief: »Stef?«
Stefs Kopf rollte nach vorn.
»Stef«, sagte Kate und rief ihn. Die anderen schlossen sich ihr an. »Stef.«
Seine Augen öffneten sich langsam. Er war immer noch weit weg, er hörte die Stimmen nicht.
»Tot«, murmelte er mit gebrochener Stimme. »Das Flugzeug ist weg.«
»Du meinst, es ist gestartet?« fragte Morrison.
»Explodiert.«
»Hat dein Mann den Funkspruch geschickt?«
»Er hat nicht mal das Mayday geschafft.«
»Hast du seine Position von ihm gekriegt?«
»Nein.« Stef schlug sich die Hände vors Gesicht, als wollte er einen Anblick verdecken. »Nein.«
»Wirst du dich wieder erholen?«
»Ich weiß es nicht. Ich glaube schon.«

»Na schön. Komm ins Biolabor. Ich möchte dich untersuchen.« Er winkte den anderen Hellsehern ab. »Ich brauch den Rest von euch für einige Zeit nicht. Geht raus. Macht Pause. Geht zum Abendessen.«

»Nein!«

»Was soll das heißen, Stef?«

»Wir können jetzt nicht aufhören.«

»Warum nicht? Bevor das hier passiert ist, wolltest du doch Pause machen.«

»Jetzt nicht, Harry! Das Flugzeug ist weg, zusammen mit den beiden Männern, die es hätten fliegen können. Da draußen ist immer noch ein Scharfschütze, der demnächst alle Geiseln abknallen wird.«

»Woher weißt du das?«

»Er muß es. Momentan ist er der einzige, der so ausgerüstet ist, daß er sich in Sicherheit bringen kann; er trägt eine Art Polaranzug, der ihn vor der Kälte schützt. Er glaubt vielleicht nicht, daß jemand außer ihm es schafft, da lebend rauszukommen, aber er wird auf keinen Fall eine Hütte voll Leute zurücklassen, die sein Gesicht gesehen haben. Er hat ein Gewehr mit enormer Durchschlagskraft, und er wird es benützen.«

»Wie wirst du ihn aufhalten – indem du ihn umbringst?«

»Das würde dir so passen, was?«

»Hast du vielleicht einen besseren Vorschlag?«

Michael hatte. »Schlaf!« sagte er plötzlich. »Schläfere ihn ein!«

»Das ist *gut!*« rief Stef.

»Stef, warte. Denk drüber nach«, sagte Morrison. »Selbst wenn der Scharfschütze die Leute nicht erwischt, wie können sie sich retten?«

»Ich weiß es nicht. Das Funkgerät hat vielleicht den Absturz überlebt.«

»Wieviel würdest du da drauf wetten?«

»Es geht nicht darum, sondern um das, was der Anwalt gedacht hat. Er ist für diesen Funkspruch gestorben.«

»Stef«, sagte Kate. »Hast du dich für heute noch nicht genug strapaziert?«
Stef warf ihr einen wütenden Blick zu. »Na, dann los, triff *du* die Entscheidung. Du scheinst ja zu glauben, wir können uns Zeit lassen.«
Kate schlug die Augen nieder. »Tut mir leid.«
»Wenn du anfängst, dir Sorgen um mich zu machen, dann bin ich hier fertig. Ich kann nicht zwei Belastungen auf einmal ertragen. Das weißt du.«
»Ich hab gesagt, es tut mir leid.« Sie schluckte. »Wie kann ich helfen?«
»Folge mir. Hilf mir, das Schwein außer Gefecht zu setzen.«

Hartman gähnte. Eine seltsame Reaktion auf Schock, dachte er. Der Plan, der mit der Präzision eines Schweizer Uhrwerks abgelaufen war, hatte sich vor seinen Augen selbst zerstört, und er hatte nur eins im Kopf: schlafen.
Er legte das Gewehr an und zielte auf den Schatten am Fenster der Hütte, aber seine Gliedmaßen waren schwerer als die Waffe. Der Schatten fiel aus dem Zielfernrohr. Das Gewehr fiel aus seiner Hand. Seine Knie wackelten, gaben nach. Er setzte sich in den Schnee.
Trotz seiner schwindenden Sinne nahm er sich vor, den Mord zu vollbringen. Später. Nachdem er geschlafen hatte. Für den Augenblick gab es keine Fluchtmöglichkeit für die Geiseln.
Er kroch in ein schützendes Nadelholzdickicht, wo keiner ihn finden würde, selbst wenn einer den Mut faßte, nach ihm zu suchen. Er zerrte sein Gewehr hinter sich her. Er verlor das Gleichgewicht und fiel auf die Seite. Er schlief bereits tief und fest.

Eine grenzenlose Stille hatte sich auf alle Gedanken, alle Dinge gelegt. Die Ruhe verführte zu – *verlangte* – Schlaf. Sie bot einen reichen, warmen, bequemen Platz, an dem sich der Verstand ausruhen konnte.

»Michael, wach auf!«
Michael riß den Kopf hoch und versuchte möglichst wach und aufmerksam auszusehen. Er hatte den Schlaf nicht kommen sehen: Er hatte sich einfach aus der schweren Stille materialisiert und klebte jetzt im Inneren seines Kopfes wie ein angenehmer Traum, der nicht weggehen wollte.
Kate neckte. »Haben wir dich erwischt, was?«
»Wieviel Uhr ist es?«
»Fast halb neun.«
*Gott, was hatten sie mit der Zeit gemacht?*
»Was ist mit dem Scharfschützen passiert?«
»Er schläft. Wie du.«
»Habt ihr den Standort schon rausgefunden?«
»Nein. Hast du vielleicht eine Idee?«
Morrison kam aus der Ecke, in der er mit verschränkten Armen gestanden hatte. Er sah ungeduldig und streitsüchtig aus. Irgend etwas, das unter der Oberfläche seiner Emotionen gebrodelt hatte, war kurz vor dem Überkochen.
»Gibt es eigentlich eine Erklärung dafür, daß keiner von euch dran gedacht hat, den Standort durch den Scharfschützen rauszufinden, ehe ihr ihn bewußtlos gemacht habt?« fragte er.
»Wahrscheinlich aus demselben Grund, wie du es vergessen hast«, erwiderte Kate. »Wir waren mit unseren Gedanken woanders.«
»Ihr habt alle keine so rechte Lust, das hier erfolgreich zu Ende zu bringen, stimmt's?«
»Wir arbeiten schon seit über elf Stunden dran. Wie würdest du das nennen?«
»Und jetzt wollt ihr unterbrechen, um zu schlafen, nicht wahr?«
»Harry, wenn du nicht hier und jetzt ermordet werden willst, dann stell das ab. Wenn du noch mal acht Stunden Arbeit aus uns rausschinden willst, dann hast du dir den falschen Zeitpunkt ausgesucht.«
»Aber ihr habt den Standort der Geiseln nicht!«

»Ich hab versucht, ihn zu kriegen.« Karels Stimme nach stundenlangem Schweigen. Sein Ton war so bemerkenswert gefühllos, daß er sofort den anstehenden Streit im Keime erstickte. »Der Scharfschütze hat nicht gewußt, wo er ist, er hat nur daran gedacht, die Geiseln zu töten. Er schläft jetzt, *und das muß er auch*. Alles, was von ihm genommen werden kann, ist genommen worden – würdet ihr also bitte mit dieser idiotischen Streiterei aufhören!«

Stef hielt lange die Luft an. »Hört mal. Ich bin nicht gerade der Friedlichste hier, ich hab also kein Recht, euch hier Geduld zu predigen, aber Karel hat recht. Wut bringt uns nicht weiter. Harry will, daß wir bleiben, und ich auch. Ich brauche euch alle noch ein bißchen länger. Bitte.«

»Warum?« fragte Evan. »Wir haben dir alles gegeben, was du wolltest!«

»Ich glaube, ich weiß jetzt, wie wir den Standort der Geiseln rausfinden können.«

»Nicht von dem Scharfschützen«, sagte Marva.

»Nein, von einer der Geiseln.«

»Rede!«

»Noch nicht. Ich möchte erst noch die Alternativen durchdenken. Ist irgendwas, Michael?«

»Nein, ist schon okay.« Aber da *war* irgendwas los. Ein Gefühl, von dem Michael geglaubt hatte, es wäre mit dem Ende des Schlafs verschwunden, das unheimliche Gefühl, er sollte Stef aufhalten, bevor alles außer Kontrolle geriet, ein Gedanke wie das Kopfweh, das nicht weggehen wollte.

»Warum bleiben wir, Stef?« fragte Kate und führte den Dialog auf Stefs ursprüngliches Thema zurück. »Was können wir vor morgen früh tun?«

»Wir können das Fundament schaffen.«

»Wie zum Beispiel?«

»Zur Abwechslung mal was Einfaches. Helft mir, die stärkste der Geiseln zu finden.«

Die erste Reaktion der Geiseln auf den Absturz war, als hätte man sie gelähmt. Die Landung und die ersten Stunden der Gefangenschaft waren Schrecken ohne Hoffnung gewesen. Aber jetzt war die stahlgraue Dämmerung zur Nacht geworden, und Angst und Hunger hatten schonungslos ihre Zähne gezeigt. Das Flugzeug brannte immer noch am Ende der Rollbahn. Es gab keine Hoffnung mehr.

»Gut. Gut!« Die Heiterkeit in der Stimme des Textilproduzenten war nur ein Vorspiel für die Hysterie, die bald folgen würde. »Kein Holz, kein Essen, kein Funk, kein Flugzeug, kein Pilot. Wir werden alle hier am Nordpol sterben!«

»Halt den Mund!« keifte ihn DiCenzi an. »Wir müssen was unternehmen!«

»Was zum Beispiel?« Leon lachte. »Vielleicht möchtest du versuchen, das Flugzeug wieder zusammenzubauen? Wenn das alles ist, was ihr Filmleute an Intelligenz aufbringt, dann braucht man sich nicht zu wundern, daß es der Filmindustrie in Kalifornien so schlecht geht.«

»Schade, daß wir nicht Nadel und Faden dabeihaben; dann könntest du rausgehn und es wieder *zusammenflicken.*«

»Du könntest es wieder zusammen *schwafeln.*«

»Haltet den Mund! Alle beide!« brüllte Arkem. »Hartman wird jeden Moment hier reinkommen und losballern. Er kann uns nicht zurücklassen – wir haben sein Gesicht gesehn.«

Leon hob die Hände. »Ich hab nichts gesehn.«

»Erzähl *ihm* das!«

Cooper hatte seit dem Absturz fast überhaupt nichts gesagt. Jetzt drehte er sich vom Fenster mit sehr strengem Blick um. »Ihr macht euch selbst zu Idioten«, sagte er.

»Darüber soll ich mir jetzt den Kopf zerbrechen ... über meine Würde«, murmelte Leon und schüttelte den Kopf.

»Du solltest dir den Kopf darüber zerbrechen, wie wir hier rauskommen. Bis jetzt hat noch keiner von euch ein Wort darüber verloren.«

»Das einzige, was uns hier rausholen könnte, hat blaue Strumpfhosen und ein rotes Cape an«, sagte Meg niedergeschlagen.

Cooper machte den Reißverschluß seiner Lederjacke zu.

»Wo willst du hin, Tony?«

»Eine Telefonzelle suchen«, kicherte DiCenzi.

Cooper ignorierte ihn. »Ich hab mir angeschaut, wie das Flugzeug gebrannt hat. Es besteht die Chance, daß ein Teil den Absturz überlebt hat, etwas, das wir gebrauchen können. Vielleicht Lebensmittel.«

»Das glaubst du doch selbst nicht«, sagte McKay.

»Nein, tu ich auch nicht, wenn ich ganz ehrlich bin.«

»Was soll das dann?«

»Ich weiß es nicht.«

»Was ist mit Hartman?«

»Wir haben in der letzten halben Stunde keinen Schuß gehört.«

»Das heißt gar nichts.«

»Ich werd's ja bald rausfinden.«

»Das einzige, was du rausfinden wirst, ist, wie gut er schießen kann. Bleib hier.«

»Er wird mich nicht sehen können. Es ist dunkel. Sein Zielfernrohr war nicht mit Infrarot ausgerüstet.«

»Wie willst *du* dann was im Dunkel finden?«

»Solange das Flugzeug brennt, hab ich Licht.«

»Dann kannst du aber auch gesehn werden.«

»Ein schneller Tod ist besser als ein langsamer.«

»Und wenn du Lebensmittel findest, was dann?«

»Ich werd sie mit euch teilen.« Cooper öffnete die Hüttentür und trat hinaus in die Nacht.

»Du bist verrückt, Tony, aber viel Glück«, sagte Arkem.

Die Tür schloß sich hinter ihm.

»Warte!«

Es war Meg.

Cooper steckte den Kopf zur Tür herein. »Warum?«

»Weil ich mit dir komme.«

»Nicht so, wie du angezogen bist.«
Sie kniete sich vor ihren Koffer und zog Kleidungsstücke heraus, Hosen, Mokassins, einen Pullover.
»Gib mir fünf Minuten zum Umziehen.«
»Nein, ich muß das Licht des Feuers ausnützen.«
»Dann gib mir zwei Minuten«, sagte sie und knöpfte ihren Rock auf. »Die anderen drei waren für die Keuschheit.«

Claire sagte. »Da ist eine starke Frau. Sie heißt Meg.«
»Und dann ist da ein Mann, der Arkem heißt. Scheint sehr ausgeglichen zu sein«, fügte Kate hinzu.
»Nein. Ich hab meine Entscheidung schon getroffen«, sagte Stef.
»Wen hast du ausgesucht?«
»Anthony Cooper. Ich habe ihn ganz klar vor mir. Er ist rausgegangen, um Lebensmittel zu suchen.«
»Warum hast du ihn ausgesucht?«
»Das erzähl ich dir gleich.«
Stef schaute hinaus in die ferne Vision. Sein Übersinn schwebte über dem Mann, scheute den Kontakt. Das war auf jeden Fall der Richtige, aber Stef zögerte, in seinen Verstand einzudringen, ehe der richtige Zeitpunkt gekommen war. Er hoffte, daß Abstand von der Persönlichkeit des Mannes irgendwie die Schuld dessen, was er vorhatte, mindern würde.
Stef hatte sich die anderen Geiseln auch angeschaut. Die Frau wäre in Frage gekommen und Arkem auch. Wie der Mann seiner Wahl waren beide mutig und hatten eine überdurchschnittliche Portion gesunden Menschenverstands. Aber Stef hatte einen überwältigenden Eindruck von seinem Mann gehabt, der seine Wahl gefestigt hatte. Anthony Cooper war todkrank. Eine seltsame Gnade bei einer unmöglichen Entscheidung. Cooper war der Richtige. Stef würde die Frau als Reserve im Auge behalten. Sie hatte das Zeug dazu, als letzte Möglichkeit eingesetzt zu werden.
Wieder Morrison: »Was willst du mit ihm machen, jetzt, wo du ihn gefunden hast?«

»Bevor ich dir das sage, müßt ihr mir etwas versprechen«, sagte Stef. »Ihr alle.«

Alle warteten neugierig.

»Ich möchte, daß ihr mir versprecht, daß ihr mir nur beim Anfangsschub helft und euch an meine spezifischen Anweisungen haltet, aber euch dann aus dem Vorfall raushaltet. Ich möchte alleine die Verantwortung dafür tragen.«

»Jetzt schlägt's aber dreizehn«, sagte Morrison. »Was hast du denn mit den Geiseln vor?«

Stef gab keine Antwort.

## 28

Cooper war schon immer ein Anführer gewesen, aber noch nie unter solchen Umständen. Meg hatte sich umgezogen, begierig darauf, mit ihm auf die Suche zu gehen. Es war ihm nicht gelungen, sie davon abzubringen. Er befahl den Männern, die Laternen auszumachen, nahm Meg an der Hand und führte sie zur Tür hinaus, von Dunkelheit zu Dunkelheit.

DiCenzis Flüstern schickte ihnen einen makabren Gedanken nach: »Stolpert nicht über Anderson.«

»Denk nicht zu viel drüber nach«, hatte Cooper zurückgeflüstert. »Du könntest der nächste sein.«

Der Sturm hatte die Drohung des Himmels bis jetzt noch zurück gehalten, aber es schneite kräftig. Die beiden stapften unbeholfen durch die ansteigenden Wehen, ihre dunkle Kleidung hob sich gegen das Weiß ab und machte sie verwundbar. Sie kämpften sich langsam zu dem lodernden Wrack am Ende der Rollbahn vor. Die Wärme des Feuers war kein Trost.

Die Frau ließ den Blick über die fernen Bäume schweifen. »Er schießt nicht«, sagte sie und versuchte wieder Luft zu kriegen. Es war nicht nur eine Beobachtung, sondern auch ein Gebet.

»Entweder hat er sich aus dem Staub gemacht oder er hat sich schlafen gelegt. Er hat ein Zelt dabei.«

Meg beobachtete ängstlich das Feuer. »Wird das wieder in die Luft gehen?«
»Das bezweifle ich«, antwortete Cooper. »Was soll denn da noch explodieren?«
Sie tasteten sich vorsichtig durch die Überbleibsel des Absturzes im unsteten Licht des Feuers. Zerfetzte, verbogene Metallstücke ragten aus dem Schnee, sie wurden immer dichter, je näher sie dem Aufschlagspunkt kamen.
»Ich hab eine Kaffeekanne gefunden«, rief Meg.
»Und ich den Kaffee«, erwiderte Cooper und hielt die Dose hoch.
»Das ist schön. Wir verhungern vielleicht, aber jedenfalls fangen wir unseren letzten Morgen richtig an. O schau! Eine Tasse! Eine richtige Tasse!« Sie steckte sie in ihren Pullover. »Die behalt ich.«
»Schau, da drüben. Eine Tüte Äpfel. Kannst du das glauben? Der Beutel ist fast unbeschädigt.«
Sie näherten sich dem Rumpf des Wracks, sammelten unterm Gehen ein. Jeder Fund verlängerte ihre Hoffnung auf Überleben um einen Moment, um eine Stunde.
»Hier ist eine Flugtasche, nicht mehr viel davon übrig.«
»Ich hatte gehofft, Parker hätte ein paar Steaks mitgebracht«, sagte Meg. »Das klingt makaber, nicht wahr? Warte . . . , ich seh da was.«
Sie lief zu einem Gegenstand, der aussah wie ein schwarzer Sack und zur Hälfte unter einem verbeulten Stück Tragfläche begraben war. Sie langte mit der Hand in ein Loch im Metall.
»Hier! Ich hab was!« rief sie und zog mit aller Kraft. »Ich –.«
Cooper hörte ihren Schrei, sah, wie sie auf die Knie fiel. Er lief hin, um zu sehen, was sie da im Affekt von sich geschleudert hatte.
Es war ein breites Stück Stoff. An einem sauber abgetrennten Arm.

»Du willst *was* tun?« sagte Morrison. Es war eine Herausforderung, keine Frage.

»Ich *will* nicht«, antwortete Stef geduldig. »Ich *will* es nicht tun. Ich wollte nichts von dem tun, was ich seit meiner Ankunft hier getan habe, aber ich glaube, daß das unser einziger Ausweg ist.«

»Erzähl's mir noch mal. Du willst diesen Mann unter Kontrolle kriegen, und dann was?«

»Dann ins Gebirge hochschicken, weit genug, damit er die Topografie identifizieren kann. Wenn wir das mit den anderen Indizien kombinieren, dann müßten wir ein einigermaßen klares Bild zusammenkriegen, oder wenigstens genug Anhaltspunkte, daß jemand anders den Standort identifizieren könnte.«

»Warum benützt du nicht den Scharfschützen?«

»Ich glaube, den könnte ich nicht kontrollieren.«

Kate war ganz ernst. »Wenn man bedenkt, was da draußen ist, Stef, glaube ich nicht, daß der Mann überleben kann.«

»Ich würde sagen, das ist praktisch unmöglich«, antwortete Stef. »Deshalb hab ich Cooper ausgesucht. Er wird sterben.«

»Du bist sicher?«

Stef nickte: »Leukämie.«

Morrison machte ein häßliches Geräusch, es klang verdächtig nach einem Lacher.

»Was hatte denn dieses miese kleine Geräusch zu bedeuten?« fragte Stef.

»So klingt Ironie. Cooper muß sterben. Rechtfertigt das, daß er geopfert wird?«

»Nein. Dadurch bin ich für ihn verantwortlich. Warum glaubst du, daß ich alle anderen da raushalte?«

»Das ist ja das Ironische. Du bist genauso opportunistisch, wie du mir immer vorwirfst. Du schickst Cooper raus, benutzt ihn, dann wirfst du ihn weg. Alles, was du mir immer vorwirfst, machst du jetzt selbst. Und weißt du was? Ich hab's gewußt, daß du's tun wirst. Es mußte nur was kommen, was du unbedingt wolltest, ich hab gewußt, dann würdest du es machen.«

Michael drehte sich erwartungsvoll zu Stef. Der würde wie der Blitz zurückschlagen. Aber er schlug nicht zurück. Er gab nicht mal eine Antwort. Stef schaute vorbei an seinem Peiniger, zum Ausgang. Als würde er sich fragen, ob das Zimmer ihn diesmal gehen lassen würde. Er sah älter aus, sah aus, als wäre sein Maß voll.

Er stand auf.

»Wo gehst du hin?« fragte Claire ängstlich.

»Raus.«

Sie wurde lauter, als ob sie hoffte, die Angst in ihrer Stimme würde ihn zurückbringen. »Das kannst du nicht, Stef! Was sollen wir denn als nächstes tun?«

»Das ist mir egal. Mir reicht's.«

Die Tür fiel hinter ihm zu und gab ihm recht. Am Tisch stieß Michael einen unerklärlichen Seufzer der Erleichterung aus, als hätte sich der Lauf der Dinge geändert. Er wurde das Gefühl nicht los, daß Stef Astor House die schlimmste Katastrophe von allen erspart hatte.

Meg war viel zäher, als man ihr ansah. Sie war zwar sehr verängstigt, reagierte aber schnell auf Coopers Beruhigungsversuche und war sehr bald davon zu überzeugen, daß die Suche nach Nahrungsmitteln fortgesetzt werden mußte.

Die Zähigkeit hatten sie auch beide dringend nötig. Fast blind vom schwindenden Licht des Brandes und mit kältestarren Fingern, tasteten sie sich Zentimeter für Zentimeter durch den Schnee. Makabre Funde lagen in den Wrackteilen: Leichenteile waren mit den Metallstücken vermischt.

Das Metall war tödlich. Meg langte unter ein abgebrochenes Heckstück und riß sich das Handgelenk an einem messerscharfen Stück Aluminium auf. Sie gab keinen Laut von sich, packte Schnee auf die Wunde, wickelte die Reste ihres Taschentuchs darum und fuhr mit der Suche fort. Für Cooper war sie in diesem Augenblick der Inbegriff von Mut.

Nach einiger Zeit hatten sich die beiden bis zu den Resten der Bordküche vorgearbeitet, ungefähr zehn Meter vom Flugzeugrumpf entfernt. Dort starb wieder eine Hoffnung: Die meisten Lebensmittel waren zerschmettert, versengt, verstreut, ungenießbar. Cooper zog seine Jacke aus und sammelte das bißchen, was er finden konnte, ein.
»Wär schön, wenn wir jetzt das Gewehr hätten«, sagte er.
»Damit wir uns den Lauf in den Mund stecken könnten?«
»Ich dachte an Elch.« In seinem Verstand, plötzlich: *ein sauberer Blattschuß.*
»Was hast du gesagt, Meg?«
»Ich hab gar nichts gesagt. Was hast du denn gehört?«
»Nichts.« Er schaute in die Berge hoch. »Meinst du, du kannst mit dem verletzten Handgelenk das ganze Essen tragen?«
»Das *ganze* Essen? Sehen wir beide ein und dasselbe?« Pause. »Warum fragst du?«
»Ich hab da so eine Intuition, der ich nachgehen will.«
»Worüber?«
»Frag nicht, dann wirst du auch nicht enttäuscht sein. Hier ... gib mir deinen Jackengürtel.«
»Warum?«
»Bitte.«
Sie tat, was er verlangte, und schaute ihm verwundert nach, als er in die Dunkelheit davonmarschierte. Als er fast nicht mehr zu sehen war, hörte sie ihn rufen. »Geh zurück, bevor du Erfrierungen kriegst.«
»Und du?« rief sie zurück.
Die einzige Antwort war das Schweigen der Berge.

Cooper blieb stehen, um Andersons Leiche zu plündern. Er zog den Ledergürtel von der erstarrenden Leiche, versuchte dabei, möglichst nicht in die Reste des Gesichts zu schauen. Er nahm als nächstes die Jacke, ein längerer, härterer Job. Die Leiche war unhandlich wie ein Sägebock, die Gliedmaßen hölzern und

gerade. Coopers Schweiß war an seinem Kragen festgefroren, als er fertig war.
Die Jacke war kalt wie das Grab, als Cooper sie um seine Schultern legte. Er stolperte. Hunger, Kälte und seine makabren Verrichtungen trafen ihn mit einemmal wie ein Schlag. Er fiel neben der Leiche auf die Knie und wartete, bis der Schwindelanfall vorbei war.
Er fühlte ein Stupsen, einen Gewissensbiß, der ihn auf die Berge zuschob. Er stand mit zittrigen Beinen da und erinnerte sich, woher der Schuß gekommen war. Das Stupsen wurde eine führende Hand, die ihn in die richtige Richtung geleitete. Er dachte nicht darüber nach, genausowenig wie über die Intuition, die ihn bis hierher geführt hatte. Er ließ sich einfach durch den Schnee führen und hoffte, der Scharfschütze würde nicht auf ihn warten.

## 29

Cooper kam zur Hütte zurück und schleifte den Elch in einer provisorischen Schlinge aus Gürteln und Jacke hinter sich her. Er ließ den Elch neben der Tür fallen, stolperte in die Hütte und sank neben dem Ofen in sich zusammen, total erschöpft. Die anderen starrten ihn an, als wäre er von den Toten auferstanden. Eine Meg, die ganz weit weg war, wickelte ihn in eine Decke. Ihm war so kalt, daß er nicht mit ihr reden konnte.
Er hatte den Scharfschützen im Gebirge nicht gesehen. Er hatte überhaupt sehr wenig gesehen. Die Luft war weiß vor Schnee. Er wußte nicht mal mehr, wie er zurückgefunden hatte. Blinder Instinkt war sicher dabeigewesen. Der Rest war wohl mehr göttliche Vorsehung.
Er schaute seine Hände an. Sie waren blutig und taub vor Kälte. Das war wohl das allerseltsamste von all den seltsamen Dingen, die ihm in den letzten zwei Stunden passiert waren. Nicht

verirrt, nicht tot. Nicht mal Erfrierungen hatte er. Er wollte nicht darüber nachdenken, wie das passiert war.
Während die anderen allmählich akzeptierten, daß dieser unverwundbare Tote zurückgekehrt war, fingen sie an, wegen eines bißchen Holz zu streiten, das Meg hinter der Hütte gefunden hatte. Das Geplänkel hatte offensichtlich schon während Coopers Abwesenheit begonnen. Megs kräftige Stimme brachte das kindische Gezeter zu Ende. Sie verkündete ohne Umschweife, das Holz wäre zu naß, um zu brennen, und legte einige Scheite zum Trocknen in die Nähe des Ofens. DiCenzi, der seine einzigen Erfahrungen mit der Natur auf den fünf Morgen manikürten Rasen um sein Haus in Beverley Hills gesammelt hatte, erklärte einfach, das Holz sei trocken genug, trat die Ofentür auf und warf ein Scheit hinein. Das Feuer ergriff Megs Partei bei dem Streit und starb prompt einen rauchigen Tod.
Die Kälte, die um die Hütte geschlichen war, setzte zum letzten Angriff an. Die armseligen Kerosinlampen flackerten traurig. Rauch von dem schwelenden Scheit erfüllte die Luft.
»Gratuliere«, keuchte Leon. »Ich habe Asthma. Du hast gerade die idealen Voraussetzungen geschaffen, um mich umzubringen.«
»*Wie* sollen wir jetzt das Holz trocken kriegen?« schimpfte Arkem.
»Ihr vergeudet bloß eure Kräfte mit der Streiterei«, hörte Cooper sich sagen. »Geht alle schlafen.«
»Ich werde nicht schlafen«, erklärte McKay. »Wir werden erfrieren!«
»Hört doch mal zu. Wenn die Glut das Scheit getrocknet hat, werden wir ein neues Feuer machen. Bis dahin wäre es viel wärmer, wenn ihr euch nah zusammensetzt. Wenn ihr schlaft, vergeßt ihr die Kälte.«
»Wie junge Hunde miteinander schlafen? Nein, danke«, sagte Leon. »Da erfrier ich lieber allein.«

»Aber dann halt bitte dabei die Klappe«, sagte DiCenzi, setzte sich neben Cooper und wickelte sich in seine übrigen Kleidungsstücke. »Ich werde schlafen.«

»Wenn du nicht gewesen wärst, dann wär das nicht nötig. Nasses Holz verbrennen.«

Arkem setzte sich neben DiCenzi. Er hatte jedes Kleidungsstück an, das er dabeihatte. Er sah aus wie eine Brooks-Brothers-Delegation in einem Landstreicherdschungel. »Wißt ihr was? Das mit dem Kuscheln haut hin«, sagte er überrascht. »Mir ist schon wärmer.«

»Mir auch«, stimmte Meg zu. »Ich versteh das nicht.«

Sie schaute in den Ofen, der eine Rauchwolke in den Raum stieß. »Von hier kommt's bestimmt nicht.«

McKay schaute aus dem Fenster. »Der Schnee wird schlimmer.«

»Vergiß den Schnee«, sagte DiCenzi. »Komm hier rüber und wärm uns.«

McKay setzte sich zu ihnen. »Leon!« rief er. »Fühl doch mal, wieviel wärmer es hier drüben ist. Komm, setz dich zu uns.«

Leons einzige Antwort war ein tiefes, kehliges Schnarchen. Bald schnarchte auch DiCenzi, dann Arkem, dann McKay. Die Wärme hatte einen geheimnisvollen Sog von Schläfrigkeit, der die zusammengekauerten Menschen mitriß. Cooper fühlte es auch.

Meg setzte sich nahe zu Cooper und legte eine Decke um sie beide. Der seltsame Schlaf war deutlich in ihren Augen erkennbar. »Komisch«, murmelte sie und nickte ein. Cooper verstand, was sie meinte. Die Wärme, der Schlaf, alles. Komisch. Wie der Schutzmantel, der ihn vor der Kälte geschützt hatte – er wußte nicht, wie er es ausdrücken sollte –, aber es kam ihm so vor, als wäre da eine menschliche Hand im Spiel gewesen. Ja, er hatte sogar das Gefühl, er könnte die sanfte, besorgte Persönlichkeit, die dahintersteckte, spüren. Eine verrückte Idee. Zu verrückt.

Cooper schlief.

Der Schmerz. Das Feuer.

Karel saß alleine am Schreibtisch in seinem Zimmer, immer noch voll konzentriert, wie schon seit vierzehn Stunden. Ein steter Wärmepuls kam aus diesem kleinen psychischen Ofen. Die Wärme und der Schlaf für die Geiseln, die Kontrolle über den Scharfschützen und der Kontakt mit Cooper waren alles Karels Werk und Karels Geheimnis. Er hatte keinem erzählt, was er vorhatte.

Karels Anzug hing an ihm wie an einer Kleiderpuppe. Sein Hemd war schweißgetränkt. Eine Schweißperle rollte ihm ins Auge. Vor langem hatte sich ein winziger Schmerzpunkt hinter dem linken Ohr in seinen Schädel gebohrt. Jetzt schmerzte sein ganzer Kopf, als hätte jemand flüssiges Blei in das Loch gegossen. Etwas. Etwas. Er sah es im Zimmer, riesig, drohend und unbekannt. Derselbe Besucher war in den letzten Nächten so oft ins Zimmer gekommen, dieselbe Botschaft. Er hatte die Bedeutung bis jetzt nicht entziffern können, und jetzt auch nicht. Es sagte ihm, er solle aufhören, aber es sagte nicht, warum.

Der Schmerz. Karels Brust schmerzte, als würden zwei gnadenlose Hände von vorne und von hinten zudrücken. Sein heißer, trockener Atem pfiff in seiner Kehle.

Er konnte die hypnotische Konzentration, die ihn gefangenhielt, nicht durchbrechen, und er wollte es auch nicht. Die Konzentration gab ihm Schweigen, gab ihm Augen. Je länger er sie aufrechterhielt, desto eher konnte er die Tiefe, das Ausmaß und die Schönheit seines eigenen Übersinns erkennen. Er ließ sie hochsteigen wie ein Vogel in tausend Himmeln zugleich.

Das Feuer.

Karels Kopf hing über dem Schreibtisch wie der Kopf eines Mannes, der still mit Gott kommuniziert. Ein dunkelroter Tropfen klatschte auf das Holz zwischen seinen gefalteten Händen. Dann noch einer. Und dann noch einer.

## 30

Evan lief im Arbeitszimmer auf und ab, von vorne nach hinten, von einer Seite zur anderen. Seine Gedanken rotierten wie ein Hamster in einer Tretmühle, rasselten, als würden jeden Moment Schrauben und Muttern in alle Richtungen fliegen. Er fand keine Ruhe, konnte seinen übereifrigen Verstand nicht abstellen. Der Schlafmangel hatte sich in sein Gehirn gefressen.
Der Gedanke an gefrorene Leichen verfolgte ihn. Irgendeine Expedition würde diese Geiseln in tausend Jahren finden, würde sie mit dem Eispickel ausscharren, als wären sie Mammuts in einem Gletscher. Ein schrecklicher Gedanke. Noch schlimmer, weil die Hellseher ihnen nicht helfen konnten. Sie konnten sich nicht mal selbst helfen.
Evan setzte sich, stand auf, setzte sich wieder. Das Haus war so voller Spannungen, daß sich fast die Wände bogen. Er brauchte einen Drink. Mein Gott, wie er den brauchte. Aber er konnte ihn nicht trinken – und gleichzeitig wachsam bleiben. Evan, der Trinker, war tot. Lang lebe Evan.
Zu unruhig, um sitzen zu bleiben. Evan wanderte zur geschlossenen Bibliothekstür, machte sie unbewußt auf wie alle Türen in jedem Zimmer, das er betrat, wie alle Türen, die sich hinter ihm wieder schlossen.
Heiß. Die Tür war heiß. Er probierte den Griff. *Heiß*. Er biß die Zähne vor Angst zusammen. Es passierte wieder.
Ein breiter Pinsel wie Feuer lugte unter der Tür heraus und zog einen langen, rußigen Strich übers Holz. Evan stolperte rückwärts und fiel schwerfällig gegen einen Sessel. Er befeuchtete sein Taschentuch aus einer Wasserkaraffe auf dem Beistelltisch und hielt sich den feuchten Lappen vor den Mund. Dicker Rauch biß ihm in die Augen und verklebte ihm den Hals.
Er lief zum Fenster, hämmerte verzweifelt dagegen, versuchte es hochzuschieben. Versiegelt. Evan schlug die untere Scheibe auf und zerschnittt sich dabei die Hand bis auf den Knochen. Eisige

Luft rollte durch den Rauch herein. Er preßte sein Gesicht gegen das Loch, dann wich er plötzlich zurück. *Wieder der Ruf vom Scheiterhaufen.* Ein Willkommen diesmal. *Tod durch Feuer oder Eis. Such dir's aus. Such's dir jetzt aus.*
Evan rieb sich das Gesicht mit dem Taschentuch ab und lief zur Korridortür. Er packte den Griff mit beiden Händen, hörte, wie sein Fleisch zu brutzeln anfing. Er versuchte, das Schloß mit seiner Willenskraft zu öffnen, betete zu ihm, bettelte und schrie es an. Er riß die Tür auf und stürzte in den Korridor hinaus.
*Der kühle, stille Korridor.* Evan traute seinen Augen nicht. Kein Rauch. Keine Flammenwand. Nur der schummrige Gang und das feuchte Tuch in seiner unverletzten Hand. Und die Grabesstimmen, die ihn nie verließen.

Stef und Kate gingen in den Speisesaal und verzehrten ihr Abendessen wie Roboter, die auf eine rein mechanische Funktion programmiert sind. Stef zeichnete mit seiner Gabel Straßenkarten, bestellte Kaffee anstatt seines üblichen Tees, rührte darin herum, bis er kalt war, und schob ihn unangetastet weg. Er sprach nicht mit Kate und sie nicht mit ihm. Zumindest nicht, bis sie mit Essen fertig waren.
»Ich wünschte, du würdest dir das von der Seele reden«, sagte sie schließlich. »Und schau mich nicht so böse an. Du mußt drüber reden, und du machst mir nicht soviel Angst, daß ich aufhöre zu fragen.«
Stef gab keine Antwort.
»Na schön. Ich will's dir leicht machen. Sprich mir nach: Harry ist mir unter die Haut gegangen, und ich fühl mich beschissen.« Sie wartete. »Ich höre dich nicht.«
»Wenn der Mann recht hat, hat er recht.«
»Daß du genauso bist wie er? Um Gottes willen, siehst du denn nicht, warum er dir das angetan hat?«
»Wenn er versucht hat, mich zu provozieren, dann hat er sich den denkbar schlechtesten Zeitpunkt dafür ausgesucht.«

»Wenn du das einsiehst, warum leidest du dann?«

»Weil er recht gehabt hat! Ich mache *tatsächlich* genau das, was er getan hätte. Es war falsch von mir, zu glauben, ich hätte ein Recht, Cooper in die Berge zu schicken. Harry hat mich drauf hingewiesen.«

»Die Art und Weise, wie er's gemacht hat, war ziemlich widerlich.«

»Und weißt du, was das Schlimmste ist? Ich möchte den Plan immer noch durchziehen. Jetzt noch viel mehr als vor einer Stunde. Das verfluchte Ding ist wie ein Mückenstich. Je mehr man daran kratzt, desto mehr juckt es.«

»Dann zieh den Plan durch. Du kannst fünf Leute retten!«

»Und ich opfere einen dabei. Ich kann nicht einfach jemandem das Leben nehmen!«

»Aber dieser Jemand wird sowieso sterben.«

»Es ist nicht meine Entscheidung!« Er warf die Salatgabel auf den Tisch, von sich selbst angewidert. »Warum will ich es dann immer noch tun?«

»Ich bin bei dir. Das weißt du.«

»Diesmal nicht. Ich bin ganz allein. Ich muß das so machen.«

»Es gibt keinen Grund, daß du dir diese Verantwortung auflädst.«

»Es war meine Idee!«

»Na und. Wir haben bis jetzt jede Verantwortung geteilt, mit der wir in diesem Zimmer konfrontiert waren. Wir alle. Sogar Michael. Was ist denn an dieser Sache so anders?«

Sie ließ seine Augen nicht los, zwang ihn, sie anzuschauen. »Da ist noch etwas anderes, stimmt's? Du läßt ihn immer noch nicht los.«

»Wen?«

»Den Anwalt.«

»Wahrscheinlich.«

»Du gibst dir doch hoffentlich nicht die Schuld daran?«

»Tatsache ist, daß ich nicht zu ihm durchgekommen bin, als er mich gebraucht hat.«

»Aber was hast du *falsch* gemacht?«
»Ich konnte ihn nicht halten.«
»Sag das noch mal.«
»Ich konnte ihn nicht halten.«
»Das ist richtig. Konntest du nicht. *Konntest du nicht,* Stef ... wie in ›außer deiner Kontrolle‹.«
»Es war meine Schuld.«
»*Wann wirst du endlich aufhören, an deinen Ruf als Wundermacher zu glauben?*« Sie steckte zurück. »Das war nicht fair. Tut mir leid. Ich kann einfach nicht mit ansehen, wie du da weitermachst. Du hast immer allen Menschen alles verzeihen können – außer dir selbst.« Sie machte eine Pause. »Kannst du dich noch erinnern, wie du mir die Geschichte erzählt hast, wie du einen Bekannten vor zehn Jahren zum Flughafen gebracht hast – vor zehn Jahren? Wie du ganz sicher warst, das Flugzeug würde abstürzen, aber nicht genug Vertrauen in deine Vision gehabt hast, um ihn am Einsteigen zu hindern?«
Stef nickte, sein Gesicht war verzerrt vor Angst und Spannung.
»Wie, hast du noch gesagt, hättest du dich gefühlt, als du von dem Absturz gehört hast? Als wenn du ihn ›für den Tod gekennzeichnet‹ hättest: War's nicht so?«
»Ja.«
»Hättest du verhindern können, daß die Maschine abstürzt?«
»Wenn ich es versucht hätte, vielleicht.«
»Vielleicht. Pustekuchen. Du weißt, daß du es nicht gekonnt hättest. Nicht mal jetzt.« Sie lächelte ihn an. »Wir machen, was wir machen, und sonst nichts. Das mußt du dir immer wieder vor Augen halten. Das ist der einzige Weg, um zu überleben.«
Stef streckte ihr seine Hand entgegen. »Komm, halt mich kurz fest.«
Kate stand auf und umarmte ihn, wiegte seinen Kopf an ihrer Brust. Sie sah nicht, wie sein Gesichtsausdruck sich veränderte, den Wechsel zur fernen Vision und die plötzliche Intensität in seinen Augen, die wie ein Aufschrei war.

*Gott steh mir bei*, dachte Stef. *Gott steh uns allen bei bei dem, was das hier von uns fordern wird.*
Kate fühlte, wie er tief in seinem Inneren erschauderte. »Was ist es?«
Stef löste sich aus der Umarmung und starrte auf den Tisch. Der Schmerz in seinem Gesicht zog vorüber, Resignation breitete sich aus. Stef hatte sich mit etwas abgefunden, was noch in der Zukunft lag. Er hatte eine Wahl getroffen. »Kann ich dir nicht sagen«, sagte er.
»Was, wenn es wichtig ist?«
»Es *ist* wichtig, und ich kann's dir nicht erzählen.«
»Hast du dich entschlossen, dich nicht mehr um die Geiseln zu kümmern?«
Stef warf ihr einen scharfen Blick zu. »Nein. Es muß bis zum Ende durchgespielt werden.«
Sie schaute ihm direkt in die Augen. »Weißt du, wie das ausgehen wird?«
Stefs Gesicht war verbittert. »Ja. Aber nicht so, wie du glaubst.« Er seufzte mit seinem ganzen Körper, schüttelte sich wie ein nasser Hund. »Halt mich noch mal fest. Ich brauch es wirklich.«
Sie machte es wortlos. Sie kannte ihn zu genau, um seinen plötzlichen Stimmungswechsel auf die leichte Schulter zu nehmen.
Ein Augenblick verstrich. Dann: »Ich werde es machen, Kate.«
»Wir werden gleich morgen früh anfangen.«
»Nein. Jetzt. Trommle alle zusammen und bring sie ins Pyramidenzimmer. Ich brauch ein paar Minuten für mich alleine.«
Und in Gedanken fügte er hinzu: *Und möge Gott Gnade mit deiner Seele haben.*

Claire klopfte an Evans Tür, zuerst zaghaft, dann etwas frecher, und fragte sich, was, in aller Welt, sie wohl zu ihm sagen könnte, wenn er die Tür aufmachte. Er tat es nicht. Sie drehte den Griff und betrat schnell das Zimmer.

»Evan?« Es war die Stimme einer Maus am Eingang zur Höhle des Löwen. »Bist du da, Evan?«
Sie suchte ihn. Er versteckte sich nicht hinter der Tür oder im Schrank oder im Bad. Und noch wichtiger, sie *fühlte* ihn nicht. Sie war sicher – zumindest momentan.
Claire streckte sich mit ihrem Übersinn durchs Zimmer. Als sie sich den Eindrücken öffnete, traf sie eine Essenz, die unverkennbar zu Evan gehörte. Noch einmal fühlte sie den Teil von ihm, den Dr. Reingen so grundlegend verändert hatte. Sein Schmerz und seine hektischen inneren Konflikte hatten das ganze Zimmer durchtränkt. Und jetzt fühlte sie noch etwas, was sie vorher nicht erkannt hatte: chaotische, panische Angst, die die Luft in Streifen schnitt.
Aber sie fand keine Pistole, die sie eigentlich hatte finden wollen. Sie würde suchen müssen wie andere Leute. Auf die langsamere Art.
Sie ließ den Blick durchs Zimmer schweifen, nahm das helle Mondlicht als Lampe. Es war das sauberste Zimmer, das sie je gesehen hatte. Ordnung würde die Suche doppelt schwer machen, sie war sicher, daß Evan sofort merken würde, wenn bloß die Ecke eines Taschentuchs verrutscht war.
Sie begann den tödlichen Gegenstand aus ihren Träumen zu suchen. Sie durchsuchte die Kommodenschublade nach der Pistole. Ihr Herz schlug bis zum Hals. Sie untersuchte den Nachttisch neben dem Bett, die Kissen auf dem Bett und alle Jacketttaschen im Schrank. Die Pistole war nirgends zu finden.
Sie stand in der Mitte des Zimmers, die Arme in die Hüften gestemmt, ein Miniatureinbrecher, der sich überlegt, was er als nächstes tun soll. Das oberste Fach des Schranks forderte sie heraus. Es schien unendlich hoch, und im ganzen Zimmer gab es nichts, was leicht genug war, um es als Leiter zu benützen.
Aber Moment mal! Evans Gepäck war im Schrank, fünf Koffer in allen Größen, jungfräulich wie am ersten Tag. Claire zog den größten raus, streifte sich die Schuhe ab, damit das Leder nicht beschädigt würde, und stieg hoch.

Sie fuhr sich mit der Zunge nervös über die Lippen und schmeckte Salz. Ihre Hände waren glitschig, sie wischte sie an ihren Jeans ab und steckte ihre Hand in die dunklen Tiefen des Regals.
Der Koffer bog sich leicht durch und wackelte unter ihrem Gewicht. Sie warf sich nach vorne, um das Gleichgewicht zu halten. Der Koffer wackelte wieder, ging auf den Kanten rückwärts. Claire packte das Regal und hing da, außer Atem, erschöpft, am liebsten hätte sie losgeheult. Aber die Tränen versiegten vor Schreck. Er war im Kommen. Evan!
Sie spürte ihn, bevor sie ihn hörte, die Haut zitterte wie bei einem wachsamen Tier. Er dachte an Feuer – nein, der Feuergedanke zwang sich *ihm* auf, eine außer Kontrolle geratene Erinnerung. Ein intensiver Audioeindruck peitschte auf sie ein, ein langer Schrei von Todesagonie, der ihr den Magen umdrehte. Sie schloß die Augen und wartete auf den Tod. Evan konnte jetzt töten.
Die Tür ging auf, ein harter, gelber Lichtstreifen fiel auf den orientalischen Teppich. Claire stieß unwillkürlich einen kleinen Angstschrei aus.
»Scheiße«, hörte sie ihn murmeln. Er klopfte seine Taschen ab, suchte nach etwas. Der Türgriff klapperte.
*... Evan?*
Die Hand zögerte am Türgriff. »Ja, was?«
Wieder hörte Claire die ferne Stimme. *Evan.*
Evans Stimme wurde lauter. »Wer will mich?«
*Evan.*
»Was ist los? Kate, bist du das?«
*Komm her, Evan.*
»Ach, in Gottes Namen!«
*Jetzt.*
»Schon gut. Schon gut.«
Die Tür klickte zu. Der Lichtstrahl verschwand vom Teppich. Claire schluckte. Evan würde in ein paar Minuten wiederkommen, und sie konnte sich vor Angst nicht bewegen.

*Schnell.*
Claire blinzelte. Die Stimme kam vom selben Ort wie die, die Evan gerufen hatte. Dennoch war es kein Ton, der für die Ohren bestimmt gewesen war, und die Stimme war nicht die von Kate. Es war Karels.
Wieder. Ungeduldig diesmal: *Schnell!*
Claire hüpfte vom Koffer runter, hievte ihn in die Schrankecke zurück und kletterte hinein, um zu versuchen, die Koffer genau wie vorher wieder hinzustellen. Die Tür fiel langsam hinter ihr zu und quetschte sie in den engen Raum. Sie streckte den Fuß aus, um die Tür wieder aufzuschieben.
Die Schlafzimmertür schwang auf.
»Verfluchte Spielchen«, murmelte Evan.
Claire ließ die Schranktür zufallen, gerade noch rechtzeitig. Sie versteckte sich ganz tief unter den Kleidern.
Evan schritt direkt ins Zimmer, ohne das Licht anzudrehen. Er ging zum Schrank und tastete im obersten Fach herum. Claire fühlte seinen Atem ganz in ihrer Nähe. Sie hielt die Luft an, hatte Angst, das Geräusch könnte sie verraten. Dann, gerade als sie glaubte, sie könnte es keine Sekunde länger aushalten, hatte er gefunden, was er suchte: Es reagierte mit einem metallischen Klicken.
Mit einemmal hielt er inne. Sie fühlte, wie sein wacher Übersinn gespannt das Zimmer durchsuchte. Sie fühlte, wie er in die Kleider eindrang, die sie verbargen.
»Evan?« Eine Stimme vom Korridor. Eine *richtige* Stimme.
Claire fühlte, wie das suchende Auge sich schloß wie eine riesige, erschreckte Linse.
»Mein Gott, Kate. Warum schleichst du denn hier rum?«
»Ich bin nicht geschlichen.«
»Was willst du denn?«
»Wir brauchen dich unten.«
»Warum?«
»Stef zieht seinen Plan durch.«

»Wunderbar. Teil Zwei der Selbstdramatisierung. Er hätte Schauspieler werden sollen.«
»Jetzt stell dich nicht an.«
»Was wollt ihr denn überhaupt von mir?«
»Nur deine Anwesenheit. Bitte.«
»Ich komme gleich. Dräng mich nicht. Warte mal ... hast du mich vor ein paar Minuten gerufen?«
»Nein. Warum?«
»Egal. Geh du vor. Wir treffen uns unten.«
»Zwei Minuten, Evan.«
»Los. Mach, daß du wegkommst.«
Claire hörte, wie er ins Badezimmer ging, hörte, wie die Tür zuschlug. Das verzweifelte, verheulte Kind stieg schnell aus dem Schrank und griff sich seine Schuhe, die neben dem Bett standen.
»Claire!«
Claire drückte kurz Kates Hand ganz fest. »Bitte nichts verraten.«
Kate schob sie zur Tür, fragte nicht, warum sie hier war. »Geh. Ist schon okay. Geh ins Pyramidenzimmer.«
Claire preßte Kates Hand an ihr Gesicht und floh aus dem Zimmer. Sie blieb an Karels Tür stehen, sie weinte jetzt hemmungslos. Der Todestraum stand vor der Tür. Sie konnte ihn nicht aufhalten. Evan würde etwas sehr Schlimmes ins Haus bringen. *Bis der Boden in Blut getränkt war.* Die Gründe für dieses Böse konnte ihr kindlicher Verstand nicht begreifen.
Claire versuchte, die Tränen unter Kontrolle zu kriegen, schluckte die Schluchzer und mußte doch bei jedem keuchen. Die Tränen flossen noch stärker. Eine seltsame Frage blinkte immer wieder ganz hinten in ihrem Bewußtsein auf:
*Was willst du werden, wenn du groß bist?*
*Zehn*, antwortete ihr Verstand. Bloß zehn.
Sie würde weglaufen. Sie wußte nicht genau, wohin. Sie hatte fünfzehn Dollar. Genug, um *irgendwohin* zu kommen. Irgendwo, wo Evan sie nicht finden konnte.

Sie schlich sich in ihr Zimmer und schaute in die Papiertüte, in der sie besondere Sachen aufhob. Sie wußte, alles konnte sie nicht mitnehmen, also zog sie die Sachen heraus, die ihr am meisten bedeuteten. Da war das Porträt, das Stef an ihrem Geburtstag gemacht hatte, und der gefaltete Papiervogel von Michael. Sie nahm den Tannenzapfen, den Kate gefunden hatte, als sie an einem sonnigen Nachmittag im Wald spazierengegangen waren, und das winzige goldene Kreuz, das Marva von ihrem eigenen Hals genommen hatte und in einem ihrer raren Anfälle von unverblümter Zuneigung Claire geschenkt hatte. Sie legte die Sachen in einen Koffer und fügte noch eine Jeans, ein Paar Socken und Unterwäsche dazu, einen Pullover und ein Hemd. Fertig.

Sie hielt inne, hatte ein bißchen schlechtes Gewissen. Wenn sie weglief, würde sie ihre Freunde ihrem Schicksal überlassen. Sie mußten dem Unbekannten von Angesicht zu Angesicht gegenübertreten, vor dem sie selbst floh. Das war nicht richtig. Nein. Noch fünf Minuten. Sie würde Stef sagen, er müsse vorsichtig sein. Sie würde alle warnen. Vielleicht könnte sie sie alle mitnehmen. Vielleicht würden sie alle mit ihr weglaufen.

»Marva«, flüsterte Kate und berührte die Schulter der schlafenden Frau.

Marva schob verschlafen die lästige Hand weg. »Mitten in der Nacht«, murmelte sie.

»Wach auf.«

Marva stützte sich auf einen Ellbogen und blinzelte zu Kate hoch. »Es ist nach eins. Was ist denn los mit dir?«

»Wir brauchen deine Hilfe.«

»Wir?«

»Ja, wegen der Geiseln. Wir gehen zurück ins Pyramidenzimmer.«

»Hat Stef seine Meinung geändert?«

»Ja.«

»Oje. Ich hoffe, er weiß, was er tut.«
»Tut er auch. Wirst du kommen?«
»Ich bin in fünf Minuten angezogen.«
»Gut. Wir sehn uns unten.« Kate verließ das Zimmer. Marva blieb noch ein paar Minuten im Bett liegen und beobachtete die letzten Funken eines besonderen Traums.
*Verkrampfte Hände. Ineinander verschlungene Hände, ein seltsamer Händedruck. Stimmen. Schreie. Forderungen und Beschuldigungen. Gewalt. Und Tod.*
Marva schob den Traum von sich weg, ließ die Gesichter und Details verschwommen, als wenn sie es so länger hinauszögern könnte. Ein spezieller Traum. Vielleicht der allerletzte. Sie war fasziniert und fühlte sich doch gleichzeitig betrogen. Astor House hatte ihr die Kräfte genommen – das einzige, worauf sie in dieser Welt wirklich Wert legte –, aber wenigstens hatte sie hier gelernt, eine Katastrophe als solche zu erkennen. Die Katastrophe, die nur darauf wartete, zu geschehen, war entsetzlicher als alles, was sie bis jetzt gesehen hatte. Marva hatte in das Pyramidenzimmer geschaut.
Sie entledigte sich ihres Nachthemds, zog Hose und Pullover an. Sie wollte kein Teil von dem sein, was passieren würde, aber sie würde trotzdem hinuntergehen. Das Pyramidenzimmer hatte für sie dieselbe Faszination wie für ein Kind ein abgesperrtes Zimmer, das es nicht betreten darf.
Sie würde hingehen. Das Pyramidenzimmer hatte ihr den Anfang, die Mitte und das Ende von etwas versprochen. Sie mußte da sein, um es zu sehen. Und vielleicht, wer weiß, würde sie in diesem Kräftetank ihre psychische Musik wiederfinden.

Das Klopfen des Scharfrichters.
Evan saß vor dem offenen Schlafzimmerfenster und schaute in den Nachthimmel.
*Im Morgengrauen,* dachte er. *Sie machen es im Morgengrauen: die Zigarette, die Augenbinde und der große Abschied.*

Kate hatte ihm gesagt, er solle sich beeilen. Das hatte er nicht getan. Ihre Stimme kam zurück an die Tür, um ihn zu erinnern.
»Evan?«
Die Pistole in seinem Bund drückte gegen seinen Magen, die blaustählerne Berührung einer Geliebten, die viel Ergebenheit forderte, aber keine Vergnügen versprach. Das Haus. Das Haus hatte ihn so weit gebracht, daß er hier am kalten Fenster saß, bereit, sich vor einer Bedrohung zu schützen, die überhaupt nicht existierte.
Er dachte an Smith ... aus keinem besonderen Grund, außer daß er in letzter Zeit sehr oft an ihn denken mußte. Smith hatte angedeutet, daß so etwas wie das Feuer wieder passieren könnte, außer er würde die Ergebnisse kriegen, die er wollte. Smith hatte ihm die Verantwortung für ein Haus voller Leute aufgehalst und gefunden, Geld wäre eine angemessene Bezahlung für seine Seele. Evan saß am Fenster. Saß dort *Wache*. Gegen den Gedanken an Smith.
»Evan, bist du noch da drinnen?«
Evan zügelte seine galoppierenden Gedanken. Einen Augenblick lang war das Zimmer wieder ein Zimmer.
»Ja, Kate.«
»Mach die Tür auf.«
Er tat es, einen halben Meter aber nur.
»Bist du betrunken?«
»Du lieber Himmel, nein, ich wünschte, ich wär's. Nicht mal ein Profi schafft es, sich in fünf Minuten zu betrinken.«
»Du hast gesagt, zwei Minuten. Jetzt sind's schon zehn.«
»Geh. Ich komm gleich nach.« Er seufzte. »Müde. Todmüde.«
Er zog seine Jacke an und folgte Kate nach unten.

# 31

Michael lag mit geschlossenen Augen im Bett und verfluchte die grenzenlose Dunkelheit hinter seinen Augenlidern. Es war schon nach zwei Uhr früh, und das Unterbewußtsein weigerte sich, seinen Frieden mit ihm zu teilen.

Er fühlte, wie das Haus um ihn herum sich regte – keine Geräusche oder Bewegung, sondern eine andere unbekannte Art von Regung, die sich direkt in das Herz des Ortes grub. Das Haus lebte noch und atmete. Die Hellseher waren noch nicht am Ende angelangt.

Michaels Gespür, daß etwas nicht in Ordnung war, war wie ein fremdes Knarzen auf der Treppe eines Hauses, das man schon ein Leben lang kannte: ein Anzeichen von Gefahr, dem man besser nicht nachgehen sollte. Astor House stand an der Schwelle eines Ereignisses, das alles, was bisher passiert war, in den Schatten stellen würde. Er fragte sich, wie Armageddon sich wohl anfühlen würde.

Michael setzte sich auf. Wenn die Hellseher nicht schliefen – und er spürte, daß sie wach waren –, wo waren sie dann? Was machten sie? Und warum hatten sie ihn nicht gerufen?

Mit einemmal hatte er das Gefühl, er müsse dringend was unternehmen. Kalte Angst. Alle Ereignisse in Astor House, seit dem ersten Tag bis zum heutigen, bauten sich im Raum vor seinem inneren Auge auf wie Dominosteine. Der erste wackelte und fiel und setzte die ganze Reihe in Bewegung. Jeder fallende Stein schlug einen Funken in Michaels schmerzvollen Kopf.

Das Erdbeben. Die Flüssiggasexplosion. Die eingeschlossenen Minenarbeiter. Der Tornado. Sie alle bildeten eine direkte Linie bis zu diesem Tag, als würde Michael von einem Logenplatz aus die ganze Reihe der Vorfälle zurückverfolgen und genau sehen, wie und warum sie genau hier ihre Auflösung finden würden.

*Stef*. Michael wußte, daß Stef das nicht tun durfte, was er vorhatte, daß sogar die beste Wahl die entsetzlichsten Folgen haben würde. *Evan.* Evan sollte nicht ins Pyramidenzimmer gebracht werden. Diesmal nicht und überhaupt nicht mehr. *Morrison:* Er hatte dunklere Geheimnisse, als je einer erfahren hatte. Und *Karel.* Und Smith. Er war auch im Bild, obwohl Michael nicht wußte, warum. Selbst wenn es bedeuten würde, daß sie die Geiseln verlieren würden und alles andere, wofür die Hellseher gearbeitet hatten, durften sie nicht in das Pyramidenzimmer.

Karels Tür war ein Monolith im Mondlicht. Seine ständige Nachtlampe schien unter der Tür durch.

Mit einemmal ging das Licht aus. Michael spürte Bewegung in der Dunkelheit, eine finstere Flut, die sich langsam durch die Öffnung wälzte. Ein dunkle Pfütze, rot, naß und widerlich, die hereinrollte und den Teppich färbte. Michael erschauderte. *Blut.*

Er rief vorsichtig: »Karel?«

Die Pfütze verschwand. Michael traute seinen Augen nicht. Er warf die Laken beiseite und stand auf. Der Boden vibrierte unter dem Teppich. Die Luft war abgestanden, drückend und krankwarm. Er ging und schaute sich den Platz an, an dem er die Pfütze gesehen hatte.

Ein Geräusch kam aus Karels Zimmer, ein Schluchzen, das zu einem erstickten Entsetzensschrei anschwoll. Michael riß die Verbindungstür auf.

Karel saß im Bett. Auf dem Kissen hinter ihm war ein breiter Kreis von Blut. Er hatte die Arme über seiner bebenden Brust verschränkt, seine Finger hatten sich in seinem Hemd verkrampft. In Panik haschte er nach Michaels Arm, drückte eine Faust in die Mitte seiner Brust und rang nach Luft.

»Karel, was ist passiert? Hast du Schmerzen?«

Karel nickte. Er brachte keinen Ton heraus.

»Leg dich hin. Ich hol Morrison.«

»Warte!« Karel lehnte sich in das blutige Kissen zurück und starrte völlig erstaunt in sich selbst hinein.

»Laß mich gehn. Ich bin gleich wieder da.«

»Nein. Bleib!« sagte Karel. Michael versuchte sich loszureißen. Karels Griff war überraschend stark. Er ließ nicht los. »Ich hab gesagt, bleib. Mir geht's gut.«
»Was soll das heißen ›gut?‹ Du siehst aus wie der Tod.«
»Ich hab einen Traum gehabt. Kein Grund, zu Morrison zu gehen.«
Das überzeugte Michael nicht. Karel hatte Blut unter der Nase und rote Spuren um die Ohren. Sein Gesicht war aschfahl.
»Wenn es ein Traum war, dann erzähl ihn mir.«
»Ich kann mich nicht erinnern.«
»O doch, das kannst du – ich seh's dir an!«
Karel bekam hektische Flecken im Gesicht vor Wut. »Geh weg, Michael. Bevor du unsere Freundschaft beendest.«
»Damit kannst du mir nicht drohen.«
Michael spürte einen Schubser, den er nicht sehen konnte, einen sanften Stoß, hinter dem eine tödliche Macht steckte. Er fühlte, wie die Macht verebbte, mit einigen Schwierigkeiten in Zaum gehalten wurde.
Karel sagte: »Ich werde später mit Harold reden, wenn ich verstehe, was die Träume bedeuten.« Die unausgesprochene Drohung wurde zur Bitte. »Gib mir Zeit nachzudenken.«
Michael ging widerwillig in sein Zimmer zurück und tauschte seinen Bademantel gegen Jeans und Hemd. Er würde jetzt zu Morrison gehen. Selbst wenn das bedeutete, sich der ganzen Macht hinter dem sanften Stoß von Karels unausgesprochener Drohung zu stellen. Dieses Risiko mußte er eingehen. Er legte seine Hand auf den Türknopf.
Was ihn dann aufhielt, war nicht, was er aus Karels Zimmer hörte, sondern was er nicht hörte. Es war mehr als Schweigen, es war ein Abbruch, ein Aussetzen einer Präsenz, die man mehr *fühlte* als hörte. Karel. Michael rannte auf die Tür zu.

»Wenn ich rechtzeitig hier sein kann, warum dann nicht auch *er?*«

»Hör auf zu meckern, Evan. Er wird gleich kommen.«
Claire sagte: »Muß er jetzt diesen Mann Cooper umbringen?«
»Er will überhaupt niemanden umbringen«, verbesserte sie Kate streng. »Aber er will die anderen Geiseln retten. Wenn ein Mann sterben muß, damit andere überleben, dann heißt das Opfer.«
»Ich weiß, was ein Opfer ist. Das gefällt mir nicht.«
»Stef gefällt es auch nicht, Claire. Vergiß das nicht.«
Claire stellte sich nahe zu Kate und flüsterte ihr ins Ohr. »Ich muß dir was erzählen.«
»Kann das nicht warten, bis Stef hier ist? Dann kannst du's gleich allen erzählen.«
»Nein!«
»Okay, Baby. Schau ... da ist Stef schon.«
Stef kam energisch ins Zimmer geschritten, Morrison dicht hinter ihm.
»Was macht *er* denn hier?« fragte Evan und zeigte auf Morrison.
»Das werd ich dir gleich sagen«, erwiderte Stef. »Kate, wo ist Karel?«
»Ich weiß es nicht. Er hat auf mein Klopfen nicht reagiert.«
»Na schön, wir müssen eben ohne ihn auskommen. Wo ist Michael?«
»Ich hab ihn nicht gerufen. Das ist nicht sein Kampf.«
»Wenn du das sagst. Claire, geh und setz dich in Karels Stuhl. Harry, du hier neben mich.« Er zog seinen Pullover aus und rollte seine Manschetten auf, um die Handgelenke frei zu haben. Sein Ton war nüchtern und sicher. »Ich mache jetzt einen unwiderruflichen Schritt. Ich werde Cooper auf den Berg schikken, und ich brauche eure Hilfe. Nicht um mit ihm Kontakt aufzunehmen, sondern um mir zu folgen, falls ich mich darin verliere. Alles, was den Kontakt mit dem Mann betrifft, ist meine Verantwortung, nicht eure. Das ist das Gesetz. Ist das klar? Wenn ihr damit nicht leben könnt, dann geht.«
Marva meldete sich zu Wort. »Ich finde, das Kind sollte nicht hierbleiben.«

»Der Meinung bin ich auch«, sagte Kate.

»Nein!« Claire schaute voller Bewunderung in Stefs ruhige Augen. Sie bettelte ihn: »Ich wollte zuerst nicht hierbleiben. Aber jetzt will ich. Du kannst mich nicht wegschicken – nicht, wenn es so wichtig ist. *Bitte*, Stef!«

Stef überlegte. »Versprichst du mir, genau das zu tun, was man dir sagt, ohne zu fragen?«

Claire nickte feierlich.

»Dann kannst du bleiben.«

»Was wolltest du uns denn so Wichtiges sagen?«

»Nichts«, erwiderte Claire hastig. »Es hat sich jetzt verändert.«

»Also schön. Claire wird bleiben«, sagte Morrison ungeduldig.

»Aber warum denn ich? Laßt mich in die Kontrolle gehen.«

»Warte.« Stef holte einen Hammer und einen hölzernen Keil unter seinem Stuhl vor. »Ich dachte mir, das interessiert dich vielleicht. Hier fängt die Geschichte wirklich an.«

Die Gruppe mußte baß erstaunt mit ansehen, wie Stef zur Tür ging und den Keil einpaßte. Der Holzhammer hob und senkte sich. Stef wiederholte den Vorgang an der zweiten und dritten Tür des Pyramidenzimmers, bis das Zimmer versiegelt war.

»Was machst du da?« fragte Morrison.

»Ich sichere mir deine Mitarbeit, Harry.« Stef wandte sich zur Gruppe und schlug mit voller Wucht an das Fenster, als wolle er sie daran erinnern, wie unzerstörbar es war.

Morrison stand auf. »Mach die Tür auf.«

Stef legte eine Hand schwer auf Morrisons Schulter. Morrison setzte sich. Das Schweigen des Mannes hatte ihn eingeschüchtert, es war so gefährlich wie die Ruhe einer Klapperschlange vor dem Biß.

»Was soll das denn bringen?« fragte Morrison.

Stef setzte sich. Seine Hände schossen vor und packten Morrisons Handgelenke mit einem Trapezfängergriff. »Ich glaube, die Zeit ist reif, daß wir endlich erfahren, was hier wirklich vorgeht«, sagte er. »Von jetzt an wirst *du* sehen, was *ich* sehe. Was mit den Geiseln passiert, wird mit dir passieren, und auch was sie fühlen, wirst du fühlen. Und wenn sie sterben ... nun ja, das werden wir zusammen rausfinden.«

»Das ist verrückt!«

»Richtig. War es auch immer.«

Morrison wandte sich an Kate. »Red du mit ihm. Sag ihm, wie lächerlich das ist!«

Kate antwortete Stef, nicht Morrison. Ihr Gesicht war unversöhnlich. »Sag mir, was ich tun soll«, sagte sie.

Elliots Stimme explodierte im Raum. »Was geht da drin vor? Harry, was machst du?«

Morrison erhob sich. »Hol mich hier raus!« brüllte er, doch Stef drückte ihn in seinen Stuhl zurück.

»Warum –«

»Egal warum! Er hat mich hier eingesiegelt. Hol eine Axt, wenn's sein muß!«

»Es gibt keine Axt«, erwiderte Stef. »Ich hab sie versteckt. Keine Äxte. Keine Werkzeuge.«

»Laß mich los und mach die verdammte Tür auf!«

»Tut mir leid.«

Elliot machte die große Beleuchtung im Kontrollraum an, damit man sie durch das Spionglas sehen konnte. »Stef, schau mich an«, sagte sie. »Sei vernünftig. Was, glaubst du, wirst du damit erreichen?«

»Ein schlechtes Gewissen. Aber das hab ich schon.«

»Laß ihn da raus!«

»Wenn die Zeit dazu gekommen ist.«

Die Diskussion wurde nie zu Ende geführt. Michael kam ins Kontrollzimmer gerannt, stand keuchend in der Tür. Er streckte die Hand aus und drückte auf die Sprechtaste. »Schnell«, sagte er. »Er ist zusammengebrochen!«

Es war Karel. Die Stunden hatten ihn schließlich niedergestreckt.

## 32

Cooper wachte um ein Uhr morgens auf. Er befreite sich aus dem Knäuel von Armen und Beinen auf dem Boden und ging zur Tür. Der Sturm hatte das ganze Land mit Schnee bedeckt, mannshohe Schneeverwehungen hatten sich an der Windseite der Hütte gebildet. Der tiefe, drohende Himmel versprach noch mehr.
Es hatte zwar aufgehört zu schneien, aber die Temperatur war gefallen. Cooper verschloß die Tür gegen die beißende Kälte und wandte sich den Problemen des Ofens zu. Mit einer Aktentasche voller Papier und einem ganzen Streichholzbrief und ziemlicher Geduld machte er aus dem immer noch feuchten Holz ein Feuer. Ein kleiner Wärmekreis begann die schneidende Kälte ein bißchen zu verdrängen. Cooper ging mit der Kaffeekanne nach draußen zum Schneesammeln, damit er ihn dann schmelzen konnte.
Als er den Topf füllte, bemerkte er, daß er die Kälte nicht an den Händen spürte. Seine Finger waren nicht taub – er berührte den Schnee und *wußte*, er war kalt – aber es war wie ein Gefühl aus zweiter Hand. Die surreale Trennung von gestern war ihm in den Morgen gefolgt.
Der Feuerball der Konzentration rollte wie eine Explosion hinten in seinem Schädel, warf ihn kopfüber in den Schnee und blendete sein inneres Auge. Cooper bereitete sich auf seinen letzten Gedanken vor – der an den Scharfschützen, den er fatalerweise vergessen hatte – und wartete auf den Tod.
Der Tod kam nicht. Es gab keine Scharfschützenkugel, nichts Reales, nichts Nahes. Er setzte sich benommen auf, ging zurück in die Hütte und zog jedes Kleidungsstück an, das er mitgebracht hatte. Er entlockte dem Feuer eine etwas bessere Flamme, dann verließ er die Hütte und stellte sich der Nachtfestung des Berges. Der Gedanke an tödliche Konsequenzen kam ihm überhaupt nicht in den Sinn, die Stimme des Selbsterhaltungstriebes war zu leise. Er konnte sie nicht hören.

»Wie geht's ihm?« fragte Morrison Elliot ängstlich.

Elliot, die gerade aus Karels Zimmer zurückgekommen war, setzte sich an die Konsole und zog das Mikrofon zu sich heran. »Nicht gerade umwerfend«, sagte sie. »Für mich sieht's aus wie Erschöpfung. Überarbeitung.«

»Überarbeitung? Wie? Wir waren vorsichtig mit ihm.«

»Du warst vielleicht vorsichtig, aber *er* nicht. Er hat den Scharfschützen schlafen gelassen und die Geiseln warm gehalten. Er hat es nur einfach keinem erzählt. Er ruht sich jetzt aus. Ich wünschte, du würdest raufgehn und ihn dir anschaun.«

»Würde ich ja, wenn ich hier raus könnte.« Morrison hatte sich nicht von seinem Platz gerührt. Man hätte ihn auch nicht gelassen. Stef hatte seine Autorität über die Gruppe etabliert und die Gruppe im Pyramidenzimmer festgehalten, während sie gespannt und besorgt auf Nachricht über Karels Zustand warteten.

»Stef.« Das kam von Michael. »Ich muß mit dir reden.«

»Das muß warten.«

»Es *kann nicht* warten!«

Stef setzte sich auf, Michaels Heftigkeit überraschte ihn. »Okay. Schieß los.«

»Ich möchte, daß du damit aufhörst.«

Stef zog die Augenbrauen hoch. »So, tust du. Auf wessen Seite bist du eigentlich?«

»Auf deiner – ich hab wenigstens geglaubt, es wär deine, aber jetzt bin ich mir nicht mehr so sicher. Wenn du gewußt hast, daß du hier runterkommst, warum hast du mich dann nicht gerufen?«

»Weil das nicht dein Kampf ist.«

»Das hätte ich mir denken können, daß du mit so einer Entschuldigung daherkommst.«

»Stammt nicht von mir. Hat Kate gesagt.«

Michaels Antwort war von Schmerz gekennzeichnet. »Kate hat das gesagt?«

»Ja, hab ich«, antwortete Kate freundlich. »Es ist nicht *dein* Kampf. Du bist kein Hellseher.«
Michael schluckte. Er versuchte, sich an der Beichte vorbeizuschlängeln, aber es gelang ihm nicht. »Ich bin mir da nicht so sicher«, sagte er mit leiser Stimme. »Stoßt mich nicht einfach aus.«
Michael fühlte, wie Stefs Augen ihn durchbohrten, sogar durch das Glas. »Wieviel weißt du?« sagte Stef.
»Mehr, als ich will, das kannst du mir glauben.«
»Tut mir leid, Michael.«
»Nicht halb so leid wie mir.«
»Dann verstehst du ja, warum wir jetzt nicht aufgeben können. Wir haben schon zu viel investiert.«
»Das meine ich ja: zuviel. Ich seh dich da sitzen, und du bist drauf und dran, dir etwas aufzuhalsen, was du sonst nie im Leben auch nur in Betracht gezogen hättest – glaubst *du* nicht, daß das zuviel ist?«
»Das ist meine eigene Entscheidung.«
»Das mein ich doch! Das macht dieses Haus mit dir!«
Stef sagte: »Du kannst deine Hände bei dieser Sache in Unschuld waschen und gehen. Du bist der einzige. Mach es, solange du's noch kannst.«
»Ich kann's nicht!« Michael war jetzt den Tränen nahe. »Siehst du das denn nicht? Ich wollte nie ein Teil dieses Hauses sein – aber ich kann nicht aufhören!«
»Ich auch nicht!«
Michael schwieg einen Moment und dachte nach. Dann: »Einen Vorschlag, Stef. Laß Morrison raus und nehm mich rein.«
»Warum?«
»Der ist doch bloß Ballast. Eine Ablenkung. Wenn ich so nahe dran bin, ein ... das zu sein, was ihr seid, dann möchte ich es durchziehen. Vielleicht kann ich euch helfen.«
»Oder einen besseren Ausgangspunkt haben, um mich aufzuhalten.«

»Daran hab ich keine Sekunde gedacht!«
»Na schön, vielleicht nicht. Aber wenn du uns helfen willst, dann hilf uns von da draußen. Frag die Nachrichtenagenturen, ob eine Rettungsaktion im Gang ist. Finde Geoff Douglas. Er soll sich an die Arbeit machen. Bitte vergeude nicht meine Zeit mit sinnlosen Diskussionen. Morrison bleibt hier.«
»Okay, Stef. Wie du willst. Ich werde dir helfen – von hier draußen –, aber unter Protest.«
»Danke, Michael.«
Mit einemmal richtete sich Evan im Stuhl auf, nervös wie ein Vogelhund, der Beute wittert. Er schaute ins Kontrollzimmer, vorbei an Michael, zu der Tür, die zum Kommunikationsraum und in das übrige Haus führte.
»Was ist los?«
»Er ist hier.«
»Wer?«
»Wirst du gleich sehn.« Alle Aufmerksamkeit folgte der Evans, bis das Pyramidenzimmer und der Kontrollraum geschlossen die Tür beobachteten. Sie warteten.
Smith kam ins Zimmer.
»O mein Gott«, murmelte Michael.
Smith war überrascht, daß man ihn offensichtlich erwartet hatte.
»Ich hab schon das ganze Haus nach euch abgesucht«, sagte er. »Was, zum Teufel, geht denn hier vor?«
»Wir arbeiten«, sagte Stef. »Als ob Sie das nicht wüßten.«
»Was soll denn das heißen?«
»Das heißt, daß es eine merkwürdige Zeit für einen Höflichkeitsbesuch ist. Entweder wollen Sie nachprüfen, was wir machen, oder Sie haben vergessen, wie man mit einem Telefon umgeht.«
»Nennen wir's doch Intuition«, sagte Smith.
»Nennen wir's Abhören. Sie wissen, was wir hier machen, weil Sie uns im Auge behalten haben.«
»Im Auge behalten haben«, murmelte Evan. Worte aus einer Erinnerung.

»Was macht Morrison da drinnen?«
»Helfen.«
»Ich bin Geisel«, sagte Morrison.
»Das ist richtig, Harry. Eine Geisel des Gewissens.«
»Hol mich hier raus, Smith!«
Smith ging zur Tür, wartete, daß sie aufging, klopfte ungeduldig. Er wandte sich an Michael. »Machen Sie auf.«
Michael schaute zu Stef. »Ich kann nicht«, sagte er.
»Warum können Sie das nicht?«
Michael zeigte zum Fenster. »Fragen Sie sie. Es geht mich nichts an.«
Smith zog das Mikrofon zu sich. »Machen Sie auf, Farley.«
»Ich würde es nicht tun – selbst wenn ich's könnte.«
»Sind Sie *verrückt* geworden?«
»Nahe dran.«
»Machen Sie die Tür auf und lassen Sie Morrison raus!«
»Warum verschwinden Sie nicht einfach und lassen uns in Ruhe?«
»Okay. Schaun Sie ... ich hab nicht die Zeit, um mit Ihnen zu diskutieren. Das ist ernst!«
»Alles, was hier passiert, ist ernst.«
»Ich will Ihre Informationen über die Entführung.«
»Dann war's also eine Entführung. Wir arbeiten schon seit zwanzig Stunden dran und waren uns nicht sicher. Warum die strenge Nachrichtensperre?«
»Mit Absicht. Die entführte Maschine war ein Privatjet mit acht sehr wichtigen Leuten an Bord. Einer von ihnen braucht vielleicht ärztliche Hilfe.«
»Noch nicht«, sagte Stef leise. Dann lauter: »Das wissen wir schon.«
»Die Maschine sollte gestern früh in Las Vegas ankommen. Sie ist nie aufgetaucht. Wir haben über einen Kontrollturm in Nevada eine Lösegeldforderung erhalten, aber seitdem nichts mehr. Wenn die Medien davon Wind bekommen, kriegen wir so

viele Hinweise von Verrückten, daß wir überhaupt nicht mehr wissen, wo wir anfangen sollen – deswegen die Geheimhaltung. Das Flugzeug ist verschwunden ... und, offen gestanden, wir haben nicht die geringste Chance, es zu finden.«

»Haben Sie nicht etwas vergessen?«

»Ich glaube nicht.«

»Wie wär's denn mit der Tatsache, daß Ihnen Ihre Vorgesetzten die Sache vor die Füße geschmissen haben? Sie sind ihre letzte Hoffnung, und Ihr Hintern steht auf dem Spiel. Wer wird denn so schüchtern sein.«

»Also bin ich wieder hier, um Sie auszufragen. Los, Farley, was haben Sie?«

»Zuallererst: Die Geiseln werden in Kanada festgehalten. In den Bergen. Zwei Stunden Zeitunterschied gegenüber hier.«

»Wo in Kanada?«

»Sie wissen alles, was wir wissen.«

»Okay. Was noch?«

Stef sagte leise: »Der Pilot ist tot.«

»Noch mal?«

»Der Pilot ist tot. Und zwei der Geiseln. Ein Mann namens Anderson, der bei einem Fluchtversuch erschossen wurde, und ein Mann namens Allen, der die Maschine bei einem Startversuch geliefert hat.«

Smith setzte sich schnell in den Stuhl neben Michael. Das erste Mal, seit Michael ihn kannte, war in seinem Gesicht ehrliche Überraschung zu sehen.

»Abgestürzt«, wiederholte Smith leise. Ein anklagender Blick auf Morrison. »Warst du dafür verantwortlich? Weil, wenn das der Fall ist ...«

»Und wenn, was dann?« erwiderte Morrison. Seine Stimme war belegt, als hätte er Schwierigkeiten, sich durch die Empathie verständlich zu machen. »Wie kommst du dazu, hier einfach hereinzurauschen und den großen Mann zu markieren?«

Smith ignorierte ihn. »Das war's dann also«, sagte er zu Stef. »Wir haben nichts.«

»Das stimmt nicht ganz. Es gibt noch einen Versuch.«
Smith beugte sich vor. »Reden Sie!«
Stef holte Luft. »Es bedeutet aber, daß noch eine Geisel geopfert werden muß.«
»Machen Sie's!«
»Wollen Sie den Plan nicht hören?«
»Gibt es eine Chance, daß er funktioniert?«
»Eine geringe.«
»Dann machen Sie's! Ich hol Ihnen eine Liste der Geiseln.«
Stef schnitt eine Grimasse, weil Smith so ohne weiteres noch ein Leben wegwerfen wollte. »Wir brauchen keine Liste. Wir haben den Mann schon ausgesucht.«
»Wie heißt er?«
»Cooper.«
Smith lachte ungläubig. »*Was* haben Sie gesagt? Cooper? Das ist ein Witz.«
»Für mich nicht.«
»Wissen Sie, wen Sie da ausgesucht haben? Cooper? *Anthony* Cooper? Cooper Industries? The Cooper Broadcast Network! Klingelt's jetzt?«
»Ich hab die einzig logische Wahl getroffen.«
»Oh, haben Sie? Von allen Leuten, die Sie hätten aussuchen können, nehmen Sie den, der absolut unersetzlich ist. Vielleicht erzählen Sie mir doch besser den Plan.«
»Unsere einzige Chance besteht darin, daß eine der Geiseln rausgeht und uns den Standort beschreibt. Das Terrain ist wild, aber sehr speziell. Wenn jemand auf einen Berg klettern würde, der hoch genug ist, und wenn wir durch seine Augen sehen könnten, dann könnten wir das Bild vielleicht jemandem auf dieser Seite vermitteln –«
»Der sich mit Topographie auskennt«, endete Smith. »Und derjenige erfriert. Wunderbar. Los. Solange Sie nicht Cooper nehmen.«
»Es ist zu spät. Ich hab ihn schon losgeschickt.«

»Holen Sie ihn zurück!«
»Nein!« Stef rutschte aggressiv auf dem Stuhl hin und her, aber der Griff an Morrisons Handgelenken hemmte seine Bewegungsfreiheit. »Ich habe Cooper gewählt, weil er so und so stirbt. Er hat Leukämie.«
»Da hab ich noch kein Wort drüber gehört.«
»Sie meinen, er hat Sie nicht konsultiert, bevor er beschloß zu sterben?«
»Nehmen wir mal an, es ist wahr. Wann würde es passieren – nächstes Jahr? Das Jahr danach? *Ihre* Entscheidung, Farley?«
»Dieses eine Mal, ja.«
Smith ließ nicht locker. »Entscheidungen sind gar nicht so schwer, wenn man sich mal entschlossen hat – stimmt's?«
Stef richtete sich auf, Kate auch. Sie legte eine Hand auf seine Schulter. »*Sie* haben doch auch keine Schwierigkeiten gehabt, die Entscheidung zu treffen, bis Sie erfahren haben, wer das Opfer ist!« sagte sie zu Smith.
»Können Sie überhaupt begreifen, was für Schaden Sie hier anrichten?«
Stef starrte den Mann hinter dem Glas an. »Ich hoffe bei Gott, daß ich das tue«, sagte er.
»Ich werde Sie aufhalten.«
»Das müssen Sie auch, weil ausreden können Sie mir das nicht. Das Netteste wäre, wenn Sie mir den Gnadenschuß geben würden.«
»Geben Sie ihm den Gnadenschuß«, sagte Evan. »Geben Sie uns allen den Gnadenschuß.«
»Halt den Mund, Evan«, sagte Smith.
Evan gehorchte sofort. Michael holte sein Gesicht mit der ferngesteuerten Kamera ganz nahe heran. Der Streit ging zwar weiter, aber Evan paßte nicht mehr auf. Seine Augen irrten über die Wände, als würde ihn ihre Pyramidenoberfläche erdrücken. Er schien auf etwas zu lauschen, was sonst keiner hören konnte. Evan erinnerte sich an etwas – und Michael hätte alles darauf gewettet, daß dieses Etwas das Feuer war.

Evan erinnerte sich. *Smiths Stimme. Die Stimme in der kalten Dunkelheit. Und Stefs Gesicht, dem Gesicht so ähnlich, das ruhig aus seinem Schlafzimmer dem Tod ins Auge geblickt hatte. Das Gesicht seines Bruders. Eine andere Zeit, aber dieselben Streitereien wie zuvor, alles mit demselben Ergebnis. Die reale Erinnerung und die Realität verschwammen ineinander: Ozeanwogen, die nie die Flammen löschten. Feuer brechen aus. Feuer wüten rundum. In Häusern voller Leute, bei Hellsehern, die mit Keilen in Zimmern eingeschlossen sind. Feuer lodern weiter.*

## 33

Cooper bewegte sich von Pechschwarz zu Pechschwarz, von Anhaltspunkt zu Anhaltspunkt. Jeder einzelne Baum, jeder Stein und jede Klippe führten ihn durch die Dunkelheit den unfreundlichen Berg hoch. Das war kein Treck für einen Sonntagssportler, mehr war er nie gewesen, und es war ganz bestimmt kein Platz für einen Mann in seinem Zustand: Das steile Terrain und die Dunkelheit hatten sich miteinander verschworen, ihre Tücken zu verbergen, die noch nie ein Mensch erprobt hatte. Nach kurzer Zeit war Coopers Gesicht von Zwergbäumen und Brombeerdickichten blutig gekratzt. Die Kälte war eine ständige, verführerische Präsenz um ihn herum. Sie streichelte ihn, zupfte an seiner Kleidung, verlangsamte seine Bewegungen. Sie flüsterte seinen Gelenken und Muskeln zu, versprach ihm unbekanntes Entzücken und endlose Ruhe, wenn er sich nur ihrer Herrschaft beugen würde. *Heirate mich*, sagte sie. *Und bleib für immer.* Cooper stapfte weiter.

Er blieb an einem Felsblock stehen und plante den nächsten Aufstieg. Das folgende Stück war leicht. Zuerst über die Schneewehe neben der Schutthalde, dann weiter zu dem umgestürzten Baum. Dort würde er sich vor dem Weitergehen ausruhen. Und die Pause brauchte er, der nächste Abschnitt war ein Abhang im

Sechzig-Grad-Winkel. Cooper holte tief Luft. Zwei Stunden unterwegs und noch eine Ewigkeit vor sich.
Er stapfte in die niedrige Schneewehe und wußte sofort, er hatte einen Fehler gemacht. Der pudrige Schnee bewegte sich unter seinem Gewicht und stürzte ihn in den kalten Schlund einer versteckten metertiefen Spalte.
Er war in Panik, schlug vergeblich auf sein Schneegefängnis ein. Der Schnee hielt seine Beine gefangen, und es gab niemanden, der ihn herausziehen konnte. Er verfluchte den Schnee, schlug um sich, er war den verdammten Berg hochgegangen anstatt hinunter, und er wußte nicht mal, warum.
Er setzte sich plötzlich auf, als hätte ihn eine elektrische Peitsche getroffen, die Ladung tötete seine Hysterie genauso wirksam ab wie ein Schlag ins Gesicht. Apathie legte sich aufs neue über ihn und brachte die Krise wieder ins Lot. Es folgte eine Reihe rationaler Schritte zur Beseitigung des Problems. Er fing an, den Schnee Schicht für Schicht von seinem Körper wegzubürsten, bis seine Hüften frei waren, dann seine Oberschenkel, seine Knie. Er arbeitete, als würde ihm ein strenger Lehrer über die Schulter schauen, er hatte sich inzwischen fast an dieses Gefühl gewöhnt.
Er hievte sich auf den Rand des steinigen Abgrunds und ließ sich erschöpft auf die Schutthalde rollen. Der gefallene Baum, den er als Ziel angestrebt hatte, hätte genausogut der Mt. Everest sein können. Der Aufseher in seinem Kopf befahl ihm, weiterzugehen, aber sein ausgelaugter Körper wollte nicht gehorchen. Das einzig Gute an der ganzen Plackerei war, daß er die Kälte nicht spürte: Derselbe Wohltäter, der ihn in diesen Wahnsinn geschickt hatte, hatte auch eine Wärmehülle um ihn gelegt, hundertmal effektiver als seine doch wohl sehr optimistischen Kleiderschichten.
Cooper schaute seine Hände an. Unangenehme Überraschung. Die Haut war zerkratzt und nekrotisch, erfroren grau. Seine Hände waren zu nutzlosen Paddeln gefroren, und er hatte trotzdem nichts gespürt.

Er ignorierte die Stimme, die ihm befahl weiterzugehen, und nützte die kleine Pause, um seine Situation kurz zu überdenken. Irgend etwas an diesem Schutzmantel war nicht so vollkommen wie vorher, als er den Elch gesucht hatte. Es war, als wäre eine völlig andere Präsenz dafür verantwortlich. Obwohl der Wohltäter ihn davor schützte, die Schäden, die die Natur ihm zugefügt hatte, zu *fühlen* – er ließ ihn den Schmerz nur den Bruchteil einer Sekunde spüren, bevor er ihn aus seinem Gehirn löschte –, so schützte er ihn doch nicht vor Schaden. Der erste Wohltäter hatte ihm die Realität von Sicherheit gegeben, dieser gab ihm nur die Illusion.

Das einzige, was ihn wirklich an der Kontrolle, die über ihn ausgeübt wurde, störte, war die Überzeugung, daß das Bewußtsein seines Wohltäters sich unvermeidlich wieder aus ihm zurückziehen mußte. Wenn das passiert war, dann mußte sein Inneres einem dunklen Abgrund ins Auge sehen, den zu überbrücken er nicht mehr die Kraft hatte. Seine innere Stimme würde in der Sohle einer tiefen Schlucht bleiben, er würde in der Stille verbleiben, allein.

»Ich weiß nicht, ob ich das alleine gemacht hätte«, sagte er laut zu sich selbst.

Der Wohltäter antwortete.

Die Stimme war wie das Gleiten eines Schwanes über die spiegelglatte Oberfläche eines Sees – eine bessere Beschreibung konnte Cooper nicht geben.

Die erste Antwort kam auf Coopers gesprochenen Gedanken.

»*Ich weiß*«, sagte die Stimme.

Cooper zögerte. Er spürte, wie der andere wartete.

»Sprech ich mit mir selbst?«

»*Nein.*«

»Ich darf annehmen, die Frage hast du schon öfter gehört?«

Er fühlte ein Lächeln. »Ja.«

»Bist du verantwortlich für –« Er zeigte auf das verschneite Gebirge um ihn herum – »für das?«

*»Dafür, daß du hier bist, ja.«*
Pause. »Warum?«
Die Präsenz schien nach der geeignetsten, taktvollsten Antwort zu suchen. Sie kam als Bild. Cooper dachte, er könnte die Silhouette eines geisterhaften Präsidiums erkennen, vor dem Entscheidungen über Menschenseelen gefällt wurden. Er fühlte das Mitleid und die Reue, die sein Wohltäter waren – eine erkennbar andere Präsenz als die erste.
»Es würde mir viel helfen, wenn ich wüßte, wer du bist«, sagte Cooper.
Ein Hauch von Entschuldigung: *»Ein Mensch.«*
»Das kann ich kaum glauben.«
Die Bewußtseinsantwort brachte Cooper zum Lachen: eine hochgezogene Augenbraue und ein schockiertes: »Wem sagst du das?«
»Bist du mir jetzt nahe?«
»Deinem Verstand.«
»Gibt es andere wie dich?«
Ein Nicken. Die Präsenz öffnete eine Tür für ihn, zog ihn in ein Zimmer voller ihresgleichen und stellte ihn vor. Er zählte alles in allem fünf, mit einer sechsten, ruhigen Stimme im Hintergrund. Sein Verstand begann verrückte Gedanken durch das Vakuum zu schießen, seltsame Bilder. Es kam ihm vor, als wäre er zugleich an zwei Plätzen.
Der Wohltäter schloß die Tür und zog Coopers Bewußtsein zurück zu der Schutthalde, auf der er saß. Dann, mit einemmal, als hätte die Kraft seines Wohltäters für einen Augenblick ausgesetzt, schwang das Tor zwischen hier und dort auf und ließ eine Flut von Schmerz, Angst und ungewollter Erkenntnis herein. Cooper wäre am liebsten schreiend in den Wald gelaufen. Beinahe hätte er es getan. Er sprang auf und wollte den Berg hinunterkriechen, den Weg, den er gekommen war, wieder zurück.
Bevor er sich bewegen konnte, fiel er plötzlich rückwärts, fühlte,

wie sein Brustkorb und seine Schultern in einem Ringergriff gehalten wurden. Plötzlich konspirierte jeder Teil seines Körpers mit jedem anderen Teil, um ihn bewegungsunfähig zu machen. Der Ringergriff quetschte seine Emotionen heraus, die einzige, die die Rückkehr der Kontrolle überlebt hatte, war Seelenqual, und das war nicht seine eigene.

Der wieder ruhige Cooper sprach die Präsenz noch einmal an.

»Das wäre genau der richtige Augenblick, um mich zu überzeugen, daß ich nicht verrückt bin.«

»*Du bist nicht verrückt.*«

»Ich bin momentan gar nichts. Ich bin ein Zombie.«

Er fühlte Reue, Trauer und Scham, wieder und immer wieder, das waren nicht seine eigenen Gefühle, aber ein unerklärliches Spießumdrehen, als wäre er es, der in den Verstand der Präsenz eindringen konnte.

Cooper zeigte seine abgestorbenen Hände. »Hast du gewußt, daß das passieren kann – Erfrierungen? Die Finger werden mir nicht bleiben, weißt du.«

Ekel. Ein Abwenden. Keine Antwort diesmal.

»Natürlich ist es absolut möglich, daß ich sie gar nicht mehr brauche.«

Wenn da Augen gewesen wären, in die er hätte schauen können, dann hätte Cooper lange und eindringlich in sie geblickt. »Ich werde das nicht überleben – stimmt's?«

Wieder keine Antwort. Statt dessen fühlte Cooper das Stupsen, den unwiderstehlichen Sog des Berges. Er erhob sich steif und begann zu klettern. Aber nicht denselben Aufstieg. Diesmal ging er einen duftenden Gartenweg entlang. Cooper hatte den Berg einfach vergessen, den Schnee, seine letzte Frage. Sein Wohltäter hatte für ihn vergessen.

Karel warf sich schwach im Bett hin und her, kämpfte sich aus dem Halbtraum hoch. Als der Schlaf seine Konzentration geklärt hatte, hatte sein Bewußtsein eine ganze Anthologie von Visionen hereingelassen. Überraschende, dringende Vorahnungen. Er hörte jedes Wort seiner Mitarbeiter, jeden Gedanken, als wäre er bei ihnen im Pyramidenzimmer. Aber er war so ausgelaugt von seinem Marathon, daß er sich nicht bewegen konnte. Er hatte keine Kraft in den Armen, keine in den Beinen, keine für seine Stimme. Er konnte seine Gedanken formen, aber er konnte sie nicht weiterleiten:

Stef irrte sich. Die Gefahr drohte jetzt nicht den Geiseln, sondern den Hellsehern selbst. Stef war wie der Mann, der sorgsam seine Vordertür bewacht, während die Einbrecher ungesehen und ungehindert durch die Hintertür hereinkamen. Karel wollte schreien, aber er konnte nicht mal flüstern. *Hör auf, Stef, hör auf! Bevor du diese Schlacht an einen Feind verlierst, den du nicht einmal vermutest. Paß auf den Wahnsinn auf ...*

## 34

Das Hämmern hörte auf. Der letzte Schlag donnerte die Wände hoch und wurde von den Schatten der Pyramidendecke verschluckt. Michael pflegte seine wehe Schulter, die Smith ihm verpaßt hatte, als er sich zwischen die Tür und Smiths Angriff gestellt hatte; er plante seine Rache. Die verbarrikadierten Türen hatten gehalten und die Fenster auch, genau wie Stef gesagt hatte.

Seit Stunden hatte Smith sorgsam geplante Ablenkungen ins Pyramidenzimmer geworfen, um Stefs Solokonzentration zu stören, trotz aller Versuche Michaels, ihn aufzuhalten. Die Hellseher reagierten mit durchschaubaren Verteidigungsmaßnahmen, synchronisierten ihr Alpha mit Stefs und unterstützten so seine Bemühungen. Michael fühlte, daß Smith als nächstes die Lichter ausmachen würde, wenn er ihn richtig eingeschätzt hatte, und dann die Aircondition. Aber Michael wußte auch, daß Smith scheitern würde, er hatte sicher nicht mit dem

ungewöhnlichen Durchhaltevermögen der Hellseher gerechnet – sie arbeiteten regelmäßig in tieferen Finsternissen, als der Mensch selbst sie schaffen konnte.
Nein, Smiths Drohungen beunruhigten Michael nicht. Es war seine *Anwesenheit*, sein Platz in der Folge der Ereignisse. Im Gegensatz zu einer körperlichen Bedrohung war die Zukunft sicher nicht zu verteidigen, und wenn das Ende kommen sollte, dann würde nichts – weder Türen noch Fenster und auch nicht die sturste Konzentration der Welt – es aufhalten.

Morrison litt. Er versuchte die Bilder aus seinem Kopf zu verdrängen. Das bruchstückhafte Bewußtsein war entsetzlich, er sah die Welt von drei Standpunkten aus. Er sah das Pyramidenzimmer durch seine eigenen Augen und die von Stef (wie furchtbar es gewesen war, als er feststellen mußte, daß das entsetzte, schwitzende Gesicht, in das er schaute, sein eigenes war). Er sah auch von Coopers Bergwarte aus, und obwohl er das Gesicht des Mannes nicht sehen konnte, kannte er ihn so genau, als würde er ein Porträt studieren.
Die Vereinigung mit Stef war wie das Spionglas, das auf das Pyramidenzimmer schaute, alles, was Morrison auf der dunklen Seite erlebte, war das, was Stef ihm erlaubte zu sehen. Morrison war überrascht, daß er noch so klar denken konnte. Seine Gedanken waren größtenteils seine eigenen geblieben, auch wenn der Ort, an dem sie lebten, jetzt von einem zweiten, stärkeren Mieter bewohnt wurde.
Stefs Stärke war ungeheuer, von Morrisons Logenplatz aus betrachtet. Er konzentrierte sich gleichzeitig auf drei verschiedene Dinge: seine Verbindung mit den normalen Beziehungen im Pyramidenzimmer und seine Überwachung dessen, was sich da abspielte, trotz Smiths Ablenkungsmanövern, seine wasserdichte, unzerbrechliche Verbindung zu Morrison und die vielschichtige Verbindung zu Cooper, ein Netz von Versorgungsleitungen, Kontrollen und Schutzmaßnahmen, das so kompliziert war, daß

ein normaler Mensch schon damit alle Hände voll zu tun gehabt hätte. Und immer noch behielt Stef das ganze Ausmaß seiner Belastung für sich. Je müder er wurde, desto härter wurde sein Gesicht, bis sein blasses Gesicht so ausdruckslos wie ein Kalkfelsen war.

»Wie lange noch?« fragte Morrison mühsam.

Stef spähte in Morrisons benommenes Gesicht. »Bis wir fertig sind. Du bleibst bis zum bitteren Ende.«

Morrisons verängstigte Augen blitzten nach allen Seiten. »Du hast recht gehabt«, sagte er. »Es ist, als würde man eine Treppe hinunterfallen.«

»Ich weiß. Keine Panik, Harry. Schau mich an.« Er schaute Morrison direkt in die Augen. »Was haben wir denn da?« Er lauschte dem psychischen Puls. »Schlimmer Standortschock. Der wird dich nicht umbringen. Du wirst einige Zeit an zwei Orten zugleich sein, da gewöhnst du dich besser dran. Versuch nur dran zu denken, nicht an einem zu schauen und am andren zuzuhören, sonst kriegst du einen Kurzschluß im Kopf.«

Stef sprach die Gruppe an und ignorierte das Hämmern, das an der Kontrollraumtür wieder angefangen hatte. »Wie geht's euch denn so allerseits?« fragte er. »Claire, schläft der Scharfschütze noch?« fragte er?

»Ja, Stef.«

»Kannst du's noch halten?«

»Solange du es brauchst.«

»Braves Mädchen.«

»Marva, wie sieht's bei den Geiseln aus?«

Sie überlegte. Michael, der sie vom Kontrollraum aus beobachtete, wußte, daß das, was sie sagen würde, eine Lüge war, daß sie eine Information lieferte, die sie gar nicht hatte.

»Sie sind ruhig.«

Stef wandte sich an Kate und Evan. »Irgendwelche Anzeichen von Flugzeugen?«

»Bis jetzt noch nichts«, sagte Kate.

Und zu Michael: »Schon irgendwas in den Nachrichten?«
»Die ersten Meldungen kommen jetzt durch. Die Rettungsflugzeuge sind schon in Kanada, aber die Aussichten sind ziemlich mies. Dort oben zieht ein gewaltiger Sturm auf. Wie geht's Cooper?«
»Hält sich gut.«
Morrison probierte immer wieder, ob Stefs Griff sich schon gelockert hätte, ob er an Zuversicht verloren hätte, beobachtete, ob in seinen Augen schon Anzeichen von Wahnsinn erkennbar waren. Aber er entdeckte nichts außer kühler, rationaler Überlegung. Stef konnte nicht durch größere körperliche Kraft geschlagen werden, ja, nicht einmal durch Nervosität. Die einzige Möglichkeit, ihn zu schlagen, sich von ihm zu befreien, war die, in sein überbeschäftigtes Bewußtsein einzudringen und es mit so vielen Ablenkungen zu bombardieren, daß es nicht mehr funktionsfähig war.
Morrison begann mit einem Gedanken an Cooper.
Stef antwortete mit Worten: »Was ist mit ihm?«
»Du hast ihn verändert. Weißt du das?«
»Ja.«
»Auch wenn er da lebend rauskommt, mußt du ihn vernichten, wenn du mit ihm fertig bist. Er wird nie wieder der Alte sein.«
»Was willst du damit sagen?«
»Ich beobachte nur, daß du deine Instrumente nicht sonderlich gut behandelst.«
Morrison fühlte ein metallisches inneres Zittern, das ihn die Zähne zusammenbeißen ließ. Er fühlte, wie seine Zunge anschwoll und schwerer wurde: Stefs Zurechtweisung.
»Du hast uns gut geschult«, sagte Stef.
»*Jjjjaaaauuuuulll!*« Die Lautsprecher erwachten mit einer Serie entnervender Quietscher und Quaker zum Leben.
»Aufhören«, warnte Stef.
Mehr Geräusche, schrille, überraschende Geräusche.
»Michael, kannst du ihn nicht aufhalten?«

Michael ging von der Tür zum Kommunikationsraum weg, sein Gesicht war ganz rot vor Anstrengung. »Ich versuch's, Stef. Er hat sich im Kommunikationsraum eingesperrt. Er hat jetzt die Stimme hier.«
»Du bist doch der Elektronikexperte, verdammt noch mal! Du bist im Kontrollraum – tu was!«
»Ich hab gesagt, ich versuch's! Der Platz hier ist nicht gebaut worden, um einer Belagerung standzuhalten, weißt du!«
»Ich weiß. Tut mir leid. Versuch's.«
Michael verschwand in der engen Nische unter der Konsole und murmelte: »Hier unten muß irgendwo eine Zuleitung sein.«
Wieder Kreischen aus den Kontrollraumlautsprechern, direkt in Michaels Kopfhörer. Michael riß sich die Hörer vom Kopf und warf sie auf die andere Seite des Zimmers.
»Geben Sie auf, Farley«, sagte Smiths Stimme. »Sie können das nicht ewig durchhalten.«
»Wenn ich daran zweifeln würde, wär ich nicht hier.«
»Ich möchte ein Geschäft mit Ihnen machen.«
»Keine Chance. Sie haben nichts zu bieten.«
Wieder das Quietschen.
»Hörn Sie auf!«
»Machen Sie einen anderen Plan ohne Cooper.«
»Dafür war es schon vor drei Stunden zu spät. Wie lange werden Sie noch brauchen, um das zu begreifen?«
»Lassen Sie Morrison gehen!«
»Vergessen Sie's.«
Das schrille Lautsprechergeräusch peitschte durch den Raum.
»Ich werde Sie bestrafen, Farley, wenn das hier vorbei ist. Sie werden nicht wissen, wo, Sie werden nicht wissen, wann, aber ich werde Ihnen kräftig aufs Dach hauen.«
»So leicht bin ich nicht mehr zu bestrafen.«
Michael kam unter der Konsole raus. Stefs Tonfall hatte ihn aufhorchen lassen.
Kate, die sich bis zu diesem Moment gehorsam passiv verhalten hatte, bemerkte es auch. »Stef, tu's nicht«, warnte sie ihn.

»Stellen Sie sich vor«, fuhr Smith fort. »Stellen Sie sich vor, Sie wachen eines Tages in der Gosse auf, so betrunken, daß Sie nicht mehr wissen, wo Sie sind ... oder wer Sie sind.«

»Das schreckt mich nicht sonderlich«, sagte Stef.

»Sie vielleicht nicht. Aber dasselbe gilt für alle hier drin.« Eine lange, brisant geladene Pause. »Alle.«

»Wie ich schon sagte, ich bin nicht mehr so leicht zu bestrafen. *Sie* hingegen –«

Der elektronische Schrei wurde menschlich.

»Hör auf, Stef!« schrie Kate. »Was machst du? Was passiert mit dir?«

Punkt. Die Erkenntnis in Stefs Gesicht war furchtbar anzuschauen.

»Darauf läuft es also hinaus«, murmelte er. »Man redet sich immer wieder ein: Ich weiß, was ich habe, aber ich werde es nicht mißbrauchen.« Er schüttelte reumütig den Kopf. »O Gott, ich muß verrückt gewesen sein. Smith, sind Sie okay?«

Smith ließ einen Ton, scharf wie einen Eispickel, durch den Raum gellen.

»Hör auf!« brüllte Morrison. »*Ich* bin hier drin!«

Kate rief: »Michael, tu was!«

Michael tauchte wieder unter die Konsole. Die Reihen von Transistoren, der verworrene Kabelstrang – plötzlich ergab all das keinen Sinn mehr. Das Gefühl der Bedrohung war zurückgekehrt, der Gedanke, Stef müßte aufhören. Sofort.

Und da war noch mehr. Michael traf das Bild wie ein schneller Ball. Er setzte sich auf und schlug sich den Kopf an der Konsole an.

Elliot lief zu ihm. »Michael?« Ihr Gesichtsausdruck registrierte nie dagewesenen Schrecken über das, was sie in seinem Gesicht sah. »Alles in Ordnung?«

Michael gab keine Antwort. Er starrte auf den Boden.

*Wie wenn man eine Treppe hinunterfällt.* Ja, so war es. Jedesmal. Michael war nicht im Kontrollraum und auch nicht in Astor House. Er schaute aus dem Cockpit einer Rettungsmaschine.

Sein abwesender Blick richtete sich auf Elliot. »Rettungsflugzeug«, sagte er.
»Wo?«
Das Krachen von Statik aus den Lautsprechern löste Michaels Fingerspitzenhalt an der Maschine und ließ sie in die Dunkelheit davonwirbeln.
»Verloren«, sagte er.
Wieder ein langgezogenes Heulen.
»Michael, was, zum Teufel, machst du da draußen?« rief Kate.
»Ich versuch's«, murmelte Michael benommen. Er steckte den Kopf wieder zurück in das Ungeheuer, Jonas begibt sich freiwillig wieder in den Bauch des Wals.
Im Pyramidenzimmer rollte Evans haltloser Blick wieder zu Boden, seine Aufmerksamkeit war für einen Augenblick von jedem rationalen Gedanken getrennt. Sein Verstand arbeitete gleichzeitig auf zwei Ebenen: in der feurigen Vergangenheit und der chaotischen Gegenwart. Das versiegelte Zimmer war entsetzlich eng. Das durchdringende Heulen aus den Lautsprechern war wie ein Messer auf Schiefer, ein Messer, das durch die Bruchstücke seiner Konzentration schnitt und mit der Spitze voraus auf seiner Wut landete.
Er sprach wie ein Mann im Traum. »Aufhören.«
Smith antwortete mit einem neuen Angriff. Evans Auge begann krampfartig zu zucken. Die Pistole piekste wie eine Distel zwischen seinem Gürtel und seinem Bauch.
»Ich hab gesagt, aufhören«, sagte er, diesmal lauter. Und in Gedanken fügte er hinzu: *Bevor ich dir deinen Scheißkopf wegblase.*
Das schreckliche Geräusch hörte nicht auf, ein Papierschneider für den Verstand.
»Ich hab gesagt, aufhören!«
»Hören Sie *jetzt* auf!« kam von Stef das Echo. »Aufhören, oder wir streiken! Sie kriegen überhaupt nichts! Sie werden nicht bloß Cooper verlieren, sondern alle Geiseln! Haben Sie das kapiert?«

Das Kreischen hörte auf.
Evans Arme fielen wie die einer Marionette runter. Er steckte die Pistole tiefer in den Gürtel und ließ sich im Stuhl zurückfallen. Er wischte sich das Gesicht mit beiden Händen ab.
»Dieser verfluchte Smith.«
Michael kam hinter der Konsole hoch mit einem Draht in der Hand.
»Ehre, wem Ehre gebührt«, sagte er. »Smith hat nicht aufgehört. Ich hab ihn ausgeschaltet.«
»Danke, Michael. Danke«, sagte Stef, sagte Kate, sagten alle.
Smith stürmte in den Kontrollraum und packte Michael am Hemd. »Was immer Sie gemacht haben – reparieren Sie's!«
Michael streifte seine Hand ab. »Von Ihnen laß ich mir nichts befehlen.«
»Das glauben Sie vielleicht.«
Morrison horchte auf. »Was hast du gesagt, Smith? Nimm das Mikrofon.«
Smith zog das Mikrofon zu sich. »Ich erkläre deinem Saboteur hier gerade den Befehlsstrang.«
»Laß Michael in Ruhe. Du hast hier keine Befehlsgewalt.«
»Nein?«
»Nein! Wie kommst du darauf, du könntest einfach in dieses Haus kommen und *irgend etwas* fordern?«
»Ich will es mal so ausdrücken: Wenn du nicht für mich arbeitest, arbeitest du überhaupt nicht.«
Morrisons Gesicht war eine Sekunde lang völlig leer, ausdruckslos. »Was willst du damit sagen?«
»Zeit für einen kalten Guß ins Gesicht, Morrison. Dieses Haus gehört dir nicht.«
»Quatsch. Wir haben uns aus unabhängigen Mitteln finanziert.«
»Wie genau hast du deine Geldgeber untersucht? Soll ich dir sagen, wer sie waren? The National Parapsychology Foundation, Duke University, die Martin Schneider Foundation, Geoff Douglas – soll ich weiter aufzählen?«

Morrisons Stimme zitterte: »Geoff Douglas?«
»Er gehört mir, genau wie du mir gehörst.«
»Warum?«
»Ergebnisse. Ergebnisse haben am meisten Gewicht.«
Morrison, noch leiser: »Willst du damit sagen, wir haben die ganze Zeit ... ?«
»... für Washington gearbeitet. Richtig.«
Morrisons Augen irrten verzweifelt umher, als würde er nach einer Möglichkeit suchen, Smith Lügen zu strafen. Seine Gesichtszüge erschlafften, als er realisierte, daß es keine Möglichkeit gab, nicht zu glauben, keine Möglichkeit, die Gewißheit zu verdrängen, daß man ihm alles genommen hatte. Wieder.
»Warum hast du mir das nicht gesagt? Warum hast du uns nicht weitermachen lassen?«
»Hättest du die Arbeit gemacht, wenn du gewußt hättest, daß es für mich ist?«
»Nein.«
»Na, siehst du? Ich bin nicht mit der Absicht hierhergekommen, dir dein Spielzeug zu nehmen. Ich wollte nur sichergehen, daß du vorsichtig damit umgehst.«
Morrison wurde rot. »Was soll das heißen?«
»Ich glaube, das weißt du.«
Morrison ließ den Kopf hängen. »Stef«, sagte er leise. »Brich ab. Du bist hier fertig.«
»Wir können jetzt nicht mehr zurück«, erwiderte Stef. »Verstehst du denn nicht? Es macht keinen Unterschied mehr, wer wem gehört oder wer die Kontrolle hat. Es ist zu spät.«
»Zu spät.«
»Der Vorfall aller Vorfälle: alles, was du wolltest. Es ist alles hier.« Stef zeigte keine Bitterkeit, keinen Triumph. »Du hast dieses Monster geschaffen, dann darf es dich auch nicht wundern, wenn es auf dich losgeht.«
Morrison sagte: »War das, was du wolltest – dieses Projekt zu zerstören?«

Stefs Augen blitzten. »Das sag ich dir, wenn das hier vorbei ist«, sagte er. »Frag mich dann.« Ein Blick auf seine Mitarbeiter. »Kate, Marva ... macht weiter da, wo ihr aufgehört habt. Ich gehe zu Cooper.«

## 35

Morgengrauen.

Der Garten war verschwunden, die Realität zurückgekehrt. Die Realität war ein gefährlicher Ellbogen aus Stein, der aus einer steilen Felswand ragte. Cooper versuchte mit seinen offenen, blutigen Händen Halt zu finden und zog sich hoch. Jetzt wußte er endlich, was es hieß, Kraft wie ein Irrer zu haben. Er hoffte, er würde noch ein paar Minuten verrückt bleiben: Die letzten fünf Meter bis zum Gipfel erforderten mehr Irrsinn, als er sich je hätte träumen lassen.

Cooper rieb sich die Hände, eine armselige Vorbereitung für die Menschliche-Fliege-Nummer, die er vorhatte. Er legte seine Hände und Füße mit dem Gespür eines Bergsteigers an den Stein, eine Erinnerung an einen längstvergessenen Urlaub. Er hatte jetzt weder Seil noch Steigeisen, nur den ärmlichen Ersatz seines geschundenen Körpers. Damit klemmte er sich in eine scharfe, vertikale Erosionsspalte in der Wand. Er arbeitete sich geduldig die Spalte hoch, zuerst mit den Füßen, dann die Schultern, als würde er aus einem engen Brunnen herauskriechen.

Die Steinwand fraß sich durch seine Jacke, die Pullover und das Hemd. Er fühlte die Knochen knirschen, die er sich beim Aufstieg gebrochen hatte. Trotzdem empfand er den Schmerz weiterhin aus zweiter Hand, das Gefühl gelangte nie bis zu seinem Verstand.

Endlich erreichte er die Spitze, ein stumpfer Steinobelisk, dessen Spitze im Plateau von der Größe einer Pfanne war. Cooper warf sein rechtes Bein über den Vorsprung und hielt sich mit dem

Absatz fest. Er warf seinen linken Arm um den Obelisk und klammerte sich in erschöpfter Umarmung daran. Er kämpfte, um den Rest seines Körpers hochzuziehen ... und hielt plötzlich inne. Seine überstrapazierten Muskeln hatten ihr Letztes gegeben. Cooper klammerte sich an den Berg, auf dem Drahtseil zwischen Hoffnungslosigkeit und Tod, seine zerfetzte Kleidung flatterte im Wind. Er fühlte sich ganz entsetzlich allein, als hätte sein Beschützer sein wachsames Auge geschlossen und den Kopf weggedreht. Das Tal rauschte ihm mit offenem Schlund entgegen, wie ein Hai.

Er fühlte eine fremde Energie durch sein Nervensystem prikkeln, die die letzten versteckten Kräfte seines Körpers mobilisierte. Er schwang sich auf die Pfanne hoch, wäre fast ins Vergessen gestürzt. Er grub seine zerfetzten Finger in den Stein und richtete sich auf seinem unglaublichen Aussichtsturm auf. Zum erstenmal sah Cooper die Pracht der Landschaft, die vor ihm lag, und sang wie ein Vogel.

Stef, hager und außer Atem, zeigte ein unerklärliches Grinsen, das die zweitausend Meilen zwischen ihm und seinem Schützling überspannte. Er mußte zweimal ansetzen, ehe seine Stimme ihm gehorchte. »Er ist bereit.«

Im Kontrollraum nahm Michael Papier und Bleistift, um sich Notizen zu machen.

»Schieß los, Stef.«

»Warte«, Stef holte Luft, sammelte seine Kräfte. »Ich werde zeichnen, was ich sehe.«

»Was machst du denn dann mit Harry?« fragte Kate.

Stefs Augen gruben sich in die seines Gefangenen. Er lockerte den Griff an Morrisons linkem Arm und ließ langsam los. Morrison bewegte sich nicht, aber keiner wußte, ob es an der geistigen Fessel lag, die Stef ihm auferlegt hatte, oder an den Mordgelüsten in seinen Augen. Nicht einmal Michael wußte es, obwohl er ihn in Nahaufnahme auf dem Monitor hatte. Stef ließ seine andere Hand los. Morrison versuchte nicht wegzulaufen.

Stef machte es sich bequem, dann ließ er seine Augen über die Landschaft schweifen und begann mit der linken Hand zu zeichnen, mit der rechten beschrieb er den Anblick.
Ein unwillkürlicher Seufzer entrang sich seiner Brust. »Gott, ist das schön«, sagte er. Hand und Stift beschrieben den Horizont: »Hier Berge. Dort und dort: Gipfel über der Baumgrenze.«
Der Bleistift zeichnete und schraffierte. »Hier noch eine Bergkette, näher. Eine M-förmige Kette dort, eine Y-förmige Formation dort drüben, alle nicht so hoch wie die weiter entfernten. Das ist ein Labyrinth, Smith. Sie hätten die Geiseln nie gefunden ohne Anleitung.«
»So verläuft der Fluß«, fuhr er fort. »Ein ziemlich großer mit einer komischen Biegung. Alles ist von blauem Dunst überzogen, da zieht wieder ein Sturm auf.«
»Kannst du eine Peilung auf die Sonne kriegen?« fragte Kate.
»Keine Sonne. Böse Sturmwolken. Aber ich glaube, die Sonne ist irgendwo hier drüben aufgegangen.« Er skizzierte einen kleinen Kompaß oben auf das Blatt, zog die fertige Zeichnung heraus und wiederholte den Vorgang auf dem zweiten Blatt.
»Das ist die Klippe, auf der Cooper steht«, sagte Stef. Michael richtete seine Kamera auf die Zeichnung. Eine winzige Steinspitze, hinter der sich eine Klippe erhob, davor nur Luft. Dorthin hatte Stef den Mann geschickt.
Stef beendete die zweite Zeichnung und begann mit der dritten. »Das ist der Weg zurück aus dem Gebirge. Und das ist die Landebahn.«
Morrison stand neben Stef und beobachtete ihn beim Zeichnen. Stef warf einen vorsichtigen Blick über die Schulter, aber offensichtlich war er überzeugt, daß Morrison unter Kontrolle war; er zeichnete weiter.
Evan hatte Smith lange angestarrt. Seine Gedanken waren rastlos, er konnte seine Erinnerungen nicht in Worte fassen. Endlich sagte er: »Stef, hör auf. Du gibst Smith genau das, was er will!«

Stef hob beschwörend die Hand. »Bitte, Evan, ich versuche zu –«
»Es ist Wahnsinn, ihm zu vertrauen!«
»Ich vertrau ihm nicht. Wirst du jetzt ruhig sein?« Stef zeichnete jetzt immer schneller, füllte ein Blatt mit einer Reliefkarte und machte schnell auf dem nächsten weiter.
Evans Gesicht verzog sich vor Aufregung. Ein Fächer Falten erschien um seine Augen, eine schmerzvolle Grimasse. »Du hast dich gegen ihn gestellt. Er wird genau das tun, was er gesagt hat. Dein Bruder ist ihm auch im Weg gestanden – schau, was mit ihm passiert ist!«
*Jetzt* unterbrach Stef tatsächlich. Seine Zeichenhand blieb über dem Papier stehen, er hielt den Bleistift wie einen Wurfpfeil, mit dem er Evan an die Wand hätte spießen können. »Du warst bei Robert Francis dabei, Evan?«
Evan hielt sich die Ohren zu. Der Name Robert Francis brannte sich durch seine Finger.
*»Ja, war ich, und Smith war auch dabei!«* Der Schrei verdünnte schlagartig die Luft in dem Raum. Evan fiel in seinen Stuhl zurück. Seine Lungen kämpften um Luft. Stef atmete auch, als befände er sich mit einemmal im Vakuum.
»Das reicht, Evan«, sagte Smith streng. »Beruhig dich.«
Evans Augen hätten vielleicht Plexiglas geschmolzen und Smith niedergebrannt.
»Du hast achtzehn Monate in mir gelebt«, sagte er mit belegter Stimme. »Es wird Zeit, daß du mich in Ruhe läßt.«
Er hielt sich mit einer Hand den Magen, als wollte er einen Schmerz wegmassieren. Er seufzte. »Smith ist nach Robert Francis gekommen, so ungefähr, wie du's beschrieben hast. Aus humanitären Gründen. Er hat mich beiseite genommen und mir gesagt, er bräuchte ein paar kleine Informationen darüber, wie die Gruppe arbeitet – harmloses Zeug, für das er eine Menge Geld bezahlte. Ich brauchte das Geld und ich dachte, ein paar Geheimnisse könnten keinem schaden, also hat er gekriegt, was er wollte.«

Evan unterbrach, dann redete er mit äußerster Mühe weiter. »Er ist zuerst immer einmal die Woche aufgetaucht, bis er dann schließlich eingezogen ist. Zuerst wollte er nur Bagatellen über das Privatleben der anderen Mitglieder der Gruppe wissen. Das meiste hab ich frei erfunden, er hat es nie gemerkt. Aber die Geheimnisse waren nur der Anfang. Ehe ich mich's versah, mußte ich Kleinigkeiten für ihn stehlen. Könnt ihr euch das vorstellen? *Von den Leuten, mit denen ich gelebt hatte.*«
Er schüttelte den Kopf. »Über kurz oder lang war ich wie ein Zirkuspferd dressiert. *Spring durch den Reifen, Evan. Mach alles Widerliche, Unsaubere, was ich dir befehle.* Ich schwöre, ich habe keine Ahnung, wieso ich da so tief hineingeraten bin. Er ließ nicht mehr locker, und er erzählte mir immer, was für entsetzliche Dinge mir passieren würden, wenn ich nicht weiter liefern würde. Also machte ich weiter. Ich hatte furchtbare Angst. Es war einfacher, ihm zu helfen, als sich zu fragen, was passieren würde, wenn ich es nicht tun würde.«
Eine Träne lief ihm über die Backe. »Im Haus herrschte große Spannung, viel Aggression. Ich glaube, Smith und Morrison fingen schon nach einer Woche Arbeit an sich zu hassen und hörten nie auf. Harry sagte ständig ›meine Leute‹ und ›meine Ergebnisse‹ und so weiter, und Smith mischte sich ständig bei Sachen ein, wo Harry ihn nicht haben wollte. Smith wollte sich auch in die Beziehung zwischen deinem Bruder und Morrison einmischen – um Brian einzufangen, wie er mich eingefangen hatte –, aber Brian ließ sich nicht einfangen. Er ging mit der Geschichte zu Harry, und von da an war er auf Smiths schwarzer Liste.«
Noch eine Träne kullerte ihm übers Gesicht. Er wischte sie ungeschickt mit dem Handrücken ab. »Eines Nachts, mitten in der Nacht, hab ich Rauch gerochen. Ich versuchte aus meinem Zimmer zu kommen, aber sehr lange ist mir das nicht gelungen. Dann hat Smith mich da rausgeholt. Das Haus war wie Zunder hochgegangen ... Treppe weg, kein Fluchtweg, nur noch die

Balustrade. Wir sind gesprungen ... ich hab mir den Knöchel verstaucht. Das ... ganze ... Haus stand in Minuten in Flammen. Ich hab immer auf Leute gewartet, die zu den Türen rauslaufen.« Evan schluchzte jetzt hemmungslos, sein Kopf wand sich vor Schmerz bei der Erinnerung.

»Keiner kam. Keine Menschenseele außer Morrison. Sie schrien – o Gott, Stef, tut mir leid – ich hab sie gehört. Alles in der schönsten Nacht, die ich je gesehn hab.« Er schlug die Hände vors Gesicht und schluchzte herzzerreißend. »Ich will nicht mehr damit leben.«

Smith fügte ein leises »Amen« hinzu«

Evan schoß von seinem Stuhl hoch und richtete seinen Finger wie eine Pistole auf Smith. »Du! Du warst es!«

Kate ging zu ihm, aber Smith schlug ihre ausgestreckte Hand weg. Er sah völlig wahnsinnig vor Trauer aus.

»Setz dich!« brüllte er. Seine rotumrandeten Augen irrten über den Tisch. »Glaubst du, es ist vorbei, weil du eine *Zeichnung* hast? Tust du das? Glaubt das einer von euch? Smith hat euren Kopf schon in der Schlinge gehabt, bevor ihr auch nur einen Fuß in dieses Haus gesetzt habt! Mein Gott, Smith, warum hast du mich nicht im Zimmer eingesperrt gelassen?«

»Ich weiß nicht, wovon du redest«, sagte Smith.

»Schlüssel, Schlüsselloch, Schloß – weißt du noch? Das Feuer – du wirst dich doch daran erinnern!«

Seine Stimme überschlug sich. »Erinnerst du dich nicht daran, daß Leute bei Robert Francis in ihren Zimmern eingesperrt waren?«

Ein entsetzter Aufschrei ging durch den Raum.

»Erinnerst du dich an Robert Francis, Smith?« tobte Evan. »Erinnerst du dich überhaupt an irgend etwas?«

Smith war wie vom Donner gerührt. »Ich weiß nicht, wer dir diesen Floh ins Ohr gesetzt hat, aber ich hab niemanden eingesperrt. Ich hab dich klopfen hören, als ich versucht habe, einen Ausweg zu finden ... *Evan, du hast gegen eine offene Tür geklopft!*«

Evan legte wieder seine Hand auf den Magen. Seine nächsten Worte waren erschreckend widersinnig. »Bist du wieder bescheiden, Stef? Smith hat gesagt, ich soll euch bescheiden halten. Das letzte Mal, als er hier war. Viel einfacher, als euch zu verbrennen. So sicher seid ihr hier ...«
Claire fing an zu weinen. Der Traum. Der Traum war *jetzt.* Evan hatte seine Pistole gezogen und hielt sie Stef ins Gesicht. Seine Hand zitterte.
»Ich will nicht, daß du ihm weiter hilfst«, sagte er. »Wenn die anderen sich von dir befehlen lassen, dann will ich, daß du ihnen sagst, sie sollen aufhören. Ich will nicht, daß ihr Smith irgend etwas gebt.«
Stef war ohne Angst. »Wie willst du mich denn aufhalten? Mich umbringen?«
»Nein, aber *er* wird es!« schrie Smith. »Du lieber Gott im Himmel, hast du denn nicht gehört, was ich gesagt habe? Es war *Smith!* Smith hat deinen Bruder umgebracht! Er hat Robert Francis angesteckt!«
Betroffenes Schweigen.
Smiths Stimme schwebte ins Zimmer. »Willst du damit sagen, daß du achtzehn Monate lang geglaubt hast, *ich* hätte ...?« Seine Stimme versagte. »Evan, ich hab das Haus nicht angezündet!«
»*Wer war es dann?*« Eine Erinnerung, wie ein erster Stein, rollte den steilen Hügel von Evans Verstand hinunter, stieß gegen andere und setzte sie in Bewegung. Sie wurden zu einem Erdrutsch. Eine Lawine.
Evan drehte sich zu Morrison, seine Pistole schwankte hin und her. Dessen Gesicht zeigte glasklar, daß Smith die Wahrheit gesagt hatte, und zwischen vielen Variationen der Angst, Erleichterung, daß er *endlich* mit Sicherheit wußte, wer der wahre Vater seiner Alpträume war.
Sein Flüstern war ein sehr langes Ausatmen: »Du, Harry – *warum?*«

Morrison hob beschwörend seine Hände. »Du *weißt*, daß das nicht stimmt, Evan«, sagte er autoritätsbewußt. »Du hast die ganze Zeit gewußt, wie das Feuer entstanden ist. Die Zigarette im Mülleimer.«

»Nein«, murmelte Stef. Er stand auf und legte eine Hand auf Morrisons Schulter. »*Du*. Du hast Akten verbrannt. Damit sie Smith nicht kriegt. Und das Feuer ist außer Kontrolle geraten. Das war's, Harry. Ich seh's vor meinem inneren Auge.«

Aus dem Kontrollraum hörte Michael den Schuß. Das war alles.

Coopers eigenes Bewußtsein traf ihn wie ein Sandsack von weit oben. Schmerz, Furcht, Höhenangst und Erschöpfung explodierten in ihm. Seine Knie wurden butterweich, die Erde schwankte. Cooper brach auf dem Obelisk zusammen und klammerte sich in Todesangst an den Felsen. Ausgesetzt. Ausgestoßen.

Hartman rollte auf die andere Seite, kroch aus dem Tannendikkicht und schüttelte sich den Schnee vom Körper. Seine Gelenke waren steif, die Kälte machte sich trotz arktischer Ausrüstung bemerkbar. Sein Verstand setzte sich sofort in Bewegung. Er schaute hinunter zur Hütte. Eine Rauchfahne wehte nach Osten. Ein scharfer Wind blies. Jemand hatte eine Fahne auf die Hütte gebunden: ein Signal. Jetzt war die Zeit gekommen, das zu beenden, was er begonnen hatte: alle Spuren zu verwischen, die zu ihm führen konnten. Er nahm sein Gewehr und feuerte eine Proberunde. Zufrieden stand er auf und ging in Richtung Landebahn.

Alles, was Meg erreicht hatte, all die Stunden, die sie damit verbracht hatte, ein Fundament von Courage aus den Ängsten der anderen zu bauen, all die Pläne, die sie geschmiedet hatte, falls Cooper nicht zurückkommen würde – all das verebbte zusammen mit dem Echo des Gewehrschusses. Panik breitete sich in dem engen Raum aus.

»Mein Gott, der ist immer noch da draußen!« keuchte DiCenzi.
»Vielleicht war's ein Signal«, sagte Leon.
»Für was?« McKay sprang auf. »Ich hau ab!«
Meg versuchte ihn zurückzuhalten. »Tu's nicht! Du mußt uns beim Verbarrikadieren helfen!«
»Für was?« kam das Echo von Arkem. »Damit er Fische im Aquarium abknallen kann? Da draußen kann man wenigstens davonlaufen!«
Sie schaute ihnen zu, wie sie ihre Kleidung einsammelten und zur Tür rannten. *Lemminge,* dachte sie. Und wenn sie fort waren, keine Barrikaden, kein Widerstand. Nichts.

## 36

Ein Schuß. Ein atemberaubender, sengender Knall. Erst nachdem dieser Höllenmoment gekommen und gegangen war, konnte Michael die Ereignisse auseinanderpflücken, die in diesen Augenblick gequetscht waren. Ein Quietscher aus den Lautsprechern, unabsichtlich. Wie alle Köpfe, die an einem Gummiband in Richtung Fenster gerissen wurden. Smiths gestammelte Entschuldigung. Morrisons aggressiver, mitleidheischender Schritt auf Evan zu, mit flehend ausgebreiteten Armen. Evans Revolverheldenpirouette. Und der Schuß.
Unmöglicherweise schien der Schuß zwei Opfer auf einmal zu treffen. Die Kugel traf Morrison mitten in die Brust und warf ihn zu Boden. Als Morrison stürzte, fiel auch Stef zu Boden, obwohl ihn die Kugel nicht berührt hatte.
»Bitte, Gott im Himmel, nein«, stöhnte Evan.
Stef richtete sich auf, sein Kopf baumelte kraftlos herum. Er kroch auf allen vieren zu Morrison, seine Knie gaben nach. Er setzte sich im Schneidersitz auf den Boden. Er versuchte zu sprechen, aber konnte seine Gedanken nicht in Worte übertragen. Er gestikulierte erschöpft in Richtung Kontrollraumtür.

Kate verstand, sie nahm den Hammer und schlug den Keil unter der Tür heraus. Die Tür sprang auf.
Smith stürzte sich auf Evan und entriß ihm die Pistole mit absolut unnötiger Gewalt. Evan war wie irrsinnig. Smith warf ihn in einen Stuhl und kniete sich über Morrison. Er untersuchte die Wunde mit geübtem Blick. »Elliot, ruf einen Krankenwagen.«
»Wie schlimm ist es?«
»Tu, was ich dir sage!«
Smith wandte sich an Stef. »Was ist mit dir?«
Stef gab keine Antwort. Er sah aus, als würde er jeden Moment in Ohnmacht fallen, und versuchte krampfhaft, das zu verhindern. Er legte eine Hand auf Morrisons Schulter, um seinen Blick auf sich zu lenken, dann, in einem Haus, in dem ganze Welten mit einem Blick erzählt worden waren, schickte er ihm eine Botschaft ohne Worte.
Morrison schaute zu Stef hoch, als wäre er der Mann mit dem Seil, der ihn aus dem Abgrund holen würde. Er berührte seine Wunde mit geisterhaft schwerelosen Fingern und zeigte mit der Hand auf Stef: eine Frage.
Stef antwortete mit einem Nicken.
Kate hakte sich in den wortlosen Austausch ein. Ihre Stimme war vor Ehrfurcht ganz leise geworden. »*Trägst* du ihn, Stef?«
Die Antwort war offensichtlich. Stef hatte seinen Übersinn so tief in Morrison vergraben, daß nicht mal ein Schuß ihn hätte lösen können. Stef hatte sich zu der Substanz gemacht, die Morrisons Leben zusammenhielt.
Er redete. Seine Stimme kam aus den Tiefen in ihm. »Das ist dein Horror, Harry – wie findest du es?«
»Elliot, was ist mit dem Krankenwagen?« rief Smith.
»Zwanzig Minuten.«
Smith wandte sich an Stef. »Kannst du ihn so lange halten?«
»Hab ich denn eine andere Möglichkeit?«
»Karel!«

Karel stürmte ins Zimmer, als wenn er das Schlimmste erwarten würde, und schon wüßte, welcher Art es war.
Claire lief zu ihm. »Der Scharfschütze ist aufgewacht!« rief sie. »Er ist entwischt!«
»Tut mir so leid, Karel! Ich kann nichts dafür!«
»Ist schon gut. Setz dich hin.« Er kniete sich neben Stef. »Brauchst du mich?«
Stef winkte ab. Karel nahm seinen Platz am Tisch ein und vergrub sein Gesicht in den Händen.
»Warte, Karel«, sagte Kate. »Ich will dir helfen.«
»Nein. Du weißt nicht, was ich machen will.«
»Ich *werde* dir helfen.« Sie legte ihre Hand bestimmt auf die seine. »Wehr dich nicht gegen mich.«
»Gut.«
»Was ist mit mir, Karel?«
»Claire, du hilfst Marva. Marva, du sperrst die Geiseln in die Hütte.«
Marva nickte.
»Nein, Moment mal.« Michael kam ins Zimmer, die Kopfhörer balancierten immer noch auf seinem Kopf. »Nick nicht, als ob du etwas tun würdest, Marva. Du kannst diese Geiseln genauso wenig kontrollieren wie Smith. Sag die Wahrheit.«
Marva schlug die Augen nieder. »Das hast du schon.«
Michael setzte sich sofort in seinen Stuhl zu Karels Linken und streckte die Hand aus. »Was immer ich habe, Karel – es gehört dir. Wenigstens weiß ich jetzt, wo ich hingehöre.«

Der erste Schuß verfehlte McKay um Haaresbreite, zerfetzte nur sein Hemd. Er hechtete zurück in die Hütte, fiel dabei über DiCenzi, den die zweite Kugel in den Oberschenkel traf. Meg riß sie beide von der Tür weg, schlug sie zu und lehnte sich dagegen – eine Geste, genauso sinnlos, wie wenn man versucht, eine Handgranate mit einem Stück Sperrholz aufzuhalten. Ein Mann blutete jetzt, einer weinte, und die anderen zwei sahen aus, als würden sie einen Mord begehen, nur um an ihr vorbeizukommen. Die fünf hatten nur eins gemeinsam: Ihnen blieben nur noch wenige Minuten bis zum Tod.

Karel tauchte ein. Michael fühlte, wie er von der mächtigen Übersinnflut mitgerissen wurde, fühlte, wie sich der Scharfschütze krümmte, als wäre er ein fettes Nagetier, das Karel ihm in die Hand gedrückt hatte.

Michael stand daneben, ein nicht ganz unschuldiger Beobachter, während Karel seine Kräfte walten ließ, aber ihm nicht erlaubte teilzuhaben. Es war, als würde man in einer stürmischen See auf einem Floß treiben. Es konnte nur treiben. Kate wurde von Karel mehr beansprucht, er führte sie tiefer in die Substanz eines menschlichen Wesens, als sie je zuvor gewesen war. Karels Gesicht hatte sich verändert. Seine Augen waren wie ein loderndes, furchterregendes Feuer. Schweißperlen liefen über seine steinhart verkrampften Gesichtsmuskeln wie ein Schauer über eine Totenmaske. Ein schaumiger roter Tropfen blubberte an einem Nasenloch. Karel wischte ihn weg wie eine lästige Fliege. Michael fühlte, wie er Kate packte und sie auf das, was kommen würde, vorbereitete.

Donnergrollen. Hartman schaute von seinem Zielfernrohr hoch in den blizzardweißen Himmel. Da war was faul. Bei Blizzards gab's keinen Donner.

Er stolperte, stützte sich gegen einen Baum. Seine Ohren dröhnten von einer faszinierend bitteren Harmonie. Sein Kopf pochte wie bei einem Kater. Und dann begann es: Die elektrischen Verbindungen in seinem Gehirn begannen zu reißen und zu schmelzen, warfen einen Schauer von kurzgeschlossenen Gedanken über sein Bewußtsein. Vergessene Erinnerungen tanzten durch seinen Kopf, eine Art psychisches Feuerwerk, Gehirnsynapsen schnappten mit Lichtgeschwindigkeit auf, pumpten ihn mit Bildern voll. Seine Gedanken, die Gedanken anderer,

Bilder, Worte, Gesichter, Orte. Alle Geschichten seines Lebens erzählten sich auf einmal. Schneller. Schneller. Bis sein Gehirn die Überlastung nicht mehr entladen konnte.
»Mehr!« rief er und breitete die Arme aus.
Eine erstaunliche Flut brandete über ihn.
Hartman brach im Schnee zusammen. Blut lief aus seinen Ohren. Tot.
Zeit verging: etwas mehr als eine Minute.

Stef verlagerte sein Bein, um Morrisons Kopf zu stützen. Morrison schien schwach, aber gelöst. Bei Stef sah's etwas anders aus. Seine Augen waren Pole der Ruhe in einem Gesicht, das von Schmerz verzerrt war. Er versuchte, tief Luft zu holen, aber konnte nicht atmen. Er kippte vornüber, verschwand für einen Augenblick unter einer Woge von Schwäche.
Morrison zuckte zusammen. Ein kleiner Teil des Schmerzes, den Stef vor ihm verborgen hatte, filterte hinüber auf die andere Seite der Empathie. Schmerzen in der Brust trafen ihn wie ein Pfahl durchs Herz. Dieser Schmerz war sein eigener. Der Schmerz in seinen Händen und Füßen, seinem zerfetzten Rükken und den gebrochenen Beinen: Das war Coopers.
Stef erschauderte. Er zog die Wahrnehmung des Schmerzes von Morrison weg und begrub sie auf seiner Seite der Empathie.
»Karel«, sagte er heiser.
Kate, Karel und Michael schauten einander an, verloren in einer gemeinsamen Emotion.
»Ich weiß«, erwiderte Karel sofort. »Das Rettungsflugzeug.«
»Nein. Zuerst etwas anderes. Ich brauche dich.«
Karel kauerte sich neben Stef. »Sag's mir.«
»Es ist Cooper. Ich hab ihn zerstört. Ich kann ihn nicht wieder den Berg hinunterschicken zum Sterben.« Er schüttelte verzweifelt den Kopf. »Ich weiß nicht, was ich machen soll.«
Karel legte den Arm um Stefs Schulter und tröstete ihn mit einem winzigen Lächeln. »Zeig mir, wo er ist.«

Stefs Augen glänzten. »Er kann nicht überleben.«
Karel streichelte die Schulter unter seiner Hand. »Ich weiß«, antwortete er. »Wir werden ihm ein Abschiedsgeschenk geben, du und ich. Ich habe einen Plan.«

Cooper lag weinend auf dem Steinplateau und haßte sich, weil er den Mut nicht aufbrachte, sich ins Tal zu stürzen. Der tosende Schnee prasselte gegen sein wundes Gesicht wie Glassplitter. Er war ruiniert, seines letzten Trosts beraubt. Sogar seine phantastische Aussicht war verschwunden, der Sturm hatte sie geraubt. Er setzte sich auf, lehnte sich gegen die Felswand. Er drückte seine nutzlosen Arme an sich und zog vergeblich den eisverkrusteten Schal über seine aufgeplatzten, blutenden Lippen. Er hatte mal gehört, daß ein Mensch, der erfriert, sanft wegdämmert, während sein Blut zu Matsch wird. Nicht Cooper. Schmerzen würden ihn wachhalten, bis sein Herz zum Eisblock gefror.
Um ihn herum wirbelte und wehte der Schnee, mächtige Wogen in einem weißen Meer. Der Schnee begann mit einemmal zu glitzern. Jede Flocke pirouettierte ihre flache Seite ins Licht, bis sein ganzes Blickfeld von funkelndem Silber erfüllt war. Er beobachtete die Vorstellung heiter, gelöst, amüsiert von den Kapriolen seines brechenden Blicks, der es ihm ermöglichte, die Reflexion strahlender Lichter zu sehen, wo gar keine waren.
Und dann wußte er, er war nicht mehr allein. Wie ein leichter Schlag auf die Schulter, die Berührung eines Freundes, den der Instinkt erkennt, bevor die Stimme ihn identifiziert, wußte Cooper, wer zu ihm zurückgekommen war. Die Schwanenstimme, und sie hatte seinen ersten Wohltäter mitgebracht. Cooper schluchzte vor Dankbarkeit. Die zwei hatten seinen Schmerz genommen.
Er fühlte, wie ihm der Sinn allmählich leichter wurde, als seine körperlichen Probleme von ihm abfielen. Man ließ ihn aufstehen. Einen Moment lang glaubte er, seine Wohltäter würden ihn dazu bringen, sich von seinem Hochsitz zu werfen. Dem war

nicht so. Statt dessen fühlte er, wie er hochstieg. Hinauf durch den brandenden Schnee. Die Felswand hoch. Ohne Angst.
Er schaute hinunter. Tief unter ihm war die zerlumpte Gestalt eines Mannes, in Fötusstellung zusammengekrümmt, eingekeilt zwischen einem Felsauswuchs und der Felswand. Sein eigener Körper. Coopers Schale. Wertlos jetzt: Das Leben war woanders.
Hinauf. Vorbei am höchsten Gipfel der Felswand und über die Spitze des Gebirges. In den Himmel selbst hinein, durch die weichen Turbulenzen der Wolken. Cooper betrachtete die wunderbare Alchimie der Luft, die Verwandlung von Feuchtigkeit in silbrigen Schnee. Die Wolken teilten sich. Er sah die Sonne über der obersten Grenze des Sturms.
Die gütigen Kräfte zogen ihn höher und höher durch das Licht des Tages und weiter in die Region der Sterne. Er sah frostigweiße ferne Sonnen und die breiten Schwänze von Meteoren. Er stieg weiter hinauf, bis seine eigene Essenz eins geworden war mit der Substanz des Himmels; bis, mit einem Klang wie die Musik des Lichts, sein Geist sich befreite und wie eine Handvoll glitzernden Staubs in den Äther verstreut wurde.
Unten lag die übriggebliebene Hülle eines Menschen, so wie man sie lange Zeit später finden würde, von einem dicken Zuckerguß aus Schnee überzogen, der Gesichtsausdruck von der Kälte bewahrt. Coopers offene Augen waren in den Himmel gerichtet, ohne Leben, aber mit dem Eindruck einer glorreichen Vision des Lichts.

Karel umarmte Stef noch fester. Stefs Schultern zitterten.
»Wie geht's ihm?« fragte Kate.
»Gib ihm ein bißchen Zeit«, antwortete Karel und betrachtete Stefs abgewandtes Gesicht mit großer Zuneigung. »In der Zwischenzeit haben wir anderes zu tun.«
»Das Rettungsflugzeug«, sagte Claire. »Das müssen wir finden.«
»Nein, müßt ihr nicht«, sagte Michael leise und langte nach den

Zeichnungen, die Stef gemacht hatte. »Folgt *mir* diesmal. Das gehört mir.«

## 37

Das Rettungsflugzeug schwankte und hüpfte auf und nieder auf seiner Flucht vor den Zähnen des Sturms. Der Sanitäter im Kopilotensitz starrte mit weitaufgerissenen Augen die wie verrückt tanzenden Anzeigen der Armaturen an, dann schaute er aus dem Fenster in den gnadenlosen Sturm hinaus. »Ich finde Heldentaten zum Kotzen«, sagte er.

»Neben deinem Sitz ist eine Tüte«, antwortete der Pilot. »Du hättest dich eben nicht freiwillig melden sollen, wenn du nicht dabeisein wolltest.«

»Ich hab mich nicht freiwillig gemeldet. Ich bin abkommandiert worden.« Das Flugzeug machte einen plötzlichen Satz. »O Gott! Hoffentlich leb ich lang genug, daß ich mich nicht wieder freiwillig melde.«

»Red mit dem Sturm.«

»Scheiß auf den Sturm. Es ist meine wohldurchdachte medizinische Meinung, daß wir unseren Arsch wieder nach Hause schwingen.«

»Hör zu, Frank, wenn dieser Sturm erst mal richtig loslegt, dann können wir ein paar Tage lang nicht mehr starten. Wir müssen hier draußen bleiben, solange es geht.«

»Komm jetzt. Genug ist genug. Kanada ist groß.«

»Halt die Klappe und laß mich fliegen.«

»Mach das. Aber wenn wir die Leute je finden sollten, dann mußt du meine Hände mit dem Stemmeisen von dem Sitz loseisen, wenn du meine Hilfe willst.«

Der Pilot hatte eigentlich keine wirkliche Rechtfertigung, nicht umzukehren. Aber irgend etwas ließ ihm keine Ruhe, er mußte einfach weitersuchen. Er stellte das automatische Mayday und das Band auf ›Function‹, weil das Instrument andere in dieselbe Richtung führen würde, wenn etwas schiefging. Er brachte die Nase der Maschine näher an die unebene Oberfläche und klemmte sich an die Konturen der Erde wie eine fliegende Fledermaus.

Der Sanitäter, Frank, zeigte auf einen Monitor, der provisorisch in die Armaturentafel eingelassen worden war. »Billy, was geht da vor?«

»Ich hab's dir doch gesagt. Das ist ein Wärmesensor. Er zeigt thermische Unterschiede auf dem Boden an.«

»Nein, ich meine, was tut es jetzt?«

»Es tut überhaupt nichts. Das ist ein Stück Schrott. Der Schnee hat's geliefert.«

»Ich glaube, du solltest dir's mal anschaun. Dieses Stück Schrott macht was, was es noch nicht gemacht hat, seit ich in diese Achterbahn eingestiegen bin.«

Frank hatte recht. Der kleine Bildschirm war zum Leben erwacht. Er zeigte ein unheimliches thermisches Porträt des Landes um sie herum, grüne, schwarze und blaue Flecken.

Aber am oberen Rand des Bildschirms, am Horizont, etwas Besonderes: ein rötlicher Wärmefleck.

»Was, glaubst du, ist das, Bill?«

»Ich weiß es nicht. Vielleicht eine Elchherde.«

»Oder die Leute, die wir suchen.«

»Rechne nicht damit.«

Der Sanitäter starrte gebannt auf den Bildschirm. »Ich weiß, das hört sich verrückt an, aber geh der Sache bitte nach. Ich hab da so ein ganz komisches Gefühl.«

Der Pilot antwortete nicht gleich. »Weißt du, ich hab dasselbe Gefühl.« Er drehte die Tragfläche in Richtung des Flecks, bis das kleine, rote Zeichen genau in der Mitte des Horizonts auf dem Bildschirm war. Es kam nicht näher. Er wackelte mit den Tragflächen, drehte nach rechts und nach links, aber wieder schwamm das Zeichen über den Bildschirm, bis er wieder Kurs darauf nahm.

»Verdammt. Ich hab dir gesagt, das Ding ist kaputt! Schau, die Anzeige bewegt sich nicht, es bleibt einfach am Horizont kleben.«

»Gib ihm ein bißchen Zeit«, sagte der Sanitäter.

»Ich bin schon zweimal so weit geflogen, wie die Anzeige reicht. Wir hätten längst drauf stoßen müssen. Das muß eine Fata Morgana sein.«

»Wohl eher der Stern von Bethlehem. Ein paar Minuten noch, Bill.«

»Ich dachte, du wärst derjenige, der hier raus will.«

»War ich. Will ich immer noch. Gib mir ein paar Minuten.«

Dann, mit einemmal, ein topographisches Déjà-vu. Der Pilot sah vor sich eine Landschaft, von der er hätte schwören können, daß er sie kannte: eine M-förmige Gebirgskette, eine wie ein Ypsilon, ferne Gipfel über der Baumgrenze und ein Fluß mit einer komischen Biegung. Der Pilot vergaß das kaputte Instrument, den Sturm, die Gefahr. Sein Kurs eröffnete sich ihm, als hätte jemand eine Karte auf den Boden gelegt. Er wußte genau, wo er hin mußte.

»Bill«, murmelte der Sanitäter. »Schau –«

»Sag's nicht«, unterbrach ihn der Pilot. »Typen wie ich werden wegen psychologischer Probleme zum Bodenpersonal versetzt.«

Eine Windböe rauschte aus dem Tal hoch und scheuchte das Flugzeug über einen Berggipfel. Dort auf der anderen Seite war das Wunder, das sie gesucht hatten. Ein schreckliches Wunder: verbrannte Wrackteile am Ende einer unmöglich eingekeilten Rollbahn, eine Gestalt, im Schnee ausgestreckt, noch eine Leiche, ein bißchen weiter weg, mit etwas bekleidet, was wie volle Polarmontur aussah. Und dann der Lohn. Eine Frau, die in den Schneewehen um eine Wellblechhütte herumstolperte und ein blutiges Hemd wie eine Fahne schwenkte.

Der Pilot zwang die Maschine in eine steile Kurve und richtete die Schnauze dann auf die Landebahn. »Tu mir einen Gefallen«, sagte er zu dem Sanitäter.

Frank spielte mit der Tüte. »Klar ... Was?«
»Mach die Augen zu. Einer von uns sollte.«

»Sie sind da!« rief Elliot.
Zwei Sanitäter kamen ins Zimmer gelaufen, sie hatten eine Bahre auf Rollen dabei. Sie stutzten beim Anblick des Pyramidenzimmers und noch mal, als sie sahen, in welchem Zustand das Opfer war.
»Wie lange ist es her, daß dieser Mann angeschossen worden ist?«
»Zwanzig Minuten«, antwortete Smith.
»Das ist unmöglich«, sagte der Mann und schüttelte den Kopf. Er winkte den anderen Sanitäter zu sich. »Schau dir mal an, wie die Wunde aussieht.«
»Keine Blutung. Du hast recht. Das ist unmöglich. War er die ganze Zeit bei Bewußtsein?«
Zu der ohnehin schon sehr strapazierten Überraschung des Sanitäters antwortete das Opfer – zugegeben leise, aber er antwortete. »Es wäre schön, wenn Sie von mir nicht in der dritten Person sprächen«, sagte Morrison.
»Mach dir deshalb keine Sorgen. Los, tun Sie ihre Arbeit«, sagte Smith.
»Hat jemand die Polizei angerufen?«
Smith zeigte ungeduldig seinen Ausweis. »Ich kümmer mich drum. Los, schaffen Sie ihn hier raus.«
Die Sanitäter legten Morrison vorsichtig auf die Bahre und schnallten ihn fest. Der erste Sanitäter kniete sich neben ihn und überprüfte Puls und so weiter. »Haben Sie große Schmerzen?« fragte er.
Morrison streckte die Hand nach Stef aus. »Keine. Danke, Stef.«
Stefs Gesicht war eine Eisskulptur, bar jeder Wärme. »Dank mir nicht. Ich konnte nicht anders.«
Morrisons ausgestreckte Hand hing in der Luft, die Geste blieb unerwidert. Er streckte sich und packte Stefs Arm. »Kommst du mit mir?«

»Nein. Ich muß hier noch eine Arbeit zu Ende bringen.«

»Was wird als nächstes passieren?«

»Mit dir? Das weiß ich nicht. Ich hab dir am Anfang gesagt, was passieren muß, wird passieren. Mein Anteil ist erledigt. Du bist jetzt auf dich allein gestellt.«

»Okay, gehen wir«, sagte der erste Sanitäter.

Stef trat zurück – oder versuchte es. Morrison wollte seinen Arm nicht loslassen. Der Griff war jetzt zur Frage geworden, eine Bitte. »War ich denn so ein Bösewicht, Stef?«

Die Antwort war genauso farblos wie ein Wasserrinnsal. »War es das wert, das rauszufinden?«

Morrisons Hand lockerte sich und fiel weg. Elliot nahm Stefs Platz an der Seite ihres Brötchengebers ein. Die Sanitäter rollten die Bahre hinaus.

Stef schloß die Augen und drehte der Tür den Rücken. Morrison keuchte. Stef hatte ihn losgelassen.

»Okay«, sagte Stef müde. »Bringen wir's zu Ende und verschwinden hier.«

Vier der Geiseln saßen zitternd in ihren Sitzen und tranken heiße Brühe. Die fünfte, DiCenzi, war in einer der Tragbahrenschlingen am hinteren Ende des Flugzeugs festgeschnallt und beschwerte sich lauthals beim Sanitäter über seine Nachbarn: die zwei Leichensäcke, die auf der anderen Seite des Gangs festgeschnallt waren, mit den sterblichen Überresten von Hartman und Anderson.

»Haben Sie vor, in diesem Blizzard zu starten?« fragte Leon den Piloten.

Der Pilot schaute von seinem Clipboard hoch. »Möchten Sie lieber hierbleiben?« Er ging neben Meg in die Hocke. »Sind Sie okay?«

Meg starrte aus dem Fenster, hinauf ins Gebirge. »Wenn meine Zähne aufhören zu klappern, ja.«

»Die zwei gerechnet, die beim Absturz ums Leben gekommen sind, fehlt uns trotzdem noch einer auf der Liste. Cooper.«

Meg mußte schlucken. »Er kommt nicht zurück.«

»Woher wissen Sie das?«

Meg schaute ihm direkt in die Augen. »Woher haben Sie gewußt, wo Sie uns finden?«

Der Pilot nickte. »Verstanden.«

Eine Pause. Meg sagte: »Ich will ja nicht das Echo für meinen Freund Leon machen, aber werden Sie in diesem Sturm starten können?«

»Um ehrlich zu sein, ich weiß es nicht. Das ist seit einer Stunde das erste Mal, daß ich die Kontrolle über die Situation wiederhabe.«

»Als ob Ihnen etwas geholfen hätte. Ich weiß, was Sie meinen.«

Der Pilot zog die Decke fester um die Schultern der Frau. »Ich hab mir nur gedacht, wie schwer es sein wird, nach dem hier ein Atheist zu sein.« Er stand auf. »Zeit zu fliegen.«

Meg drückte seine Hand. »Viel Glück.«

Der Pilot lächelte zu ihr herunter. »Was ist schon Glück?«

Das Flugzeug rollte vorsichtig über den rutschigen Schnee, beschleunigte, machte einen Hopser und stieg in den Himmel. Der Pilot drehte in Richtung Heimat mit der Zuversicht des Glücks. Dieselbe Führung, dieselben Augen: Fähigkeiten, die er nicht hatte. Wie eine Versicherung. *Etwas half.*

Das Pyramidenzimmer war still – wirklich still – das erste Mal seit Stunden. In diesem Schweigen saßen Michael und die sechs Hellseher, bis zur Empfindungslosigkeit erschöpft, mit glasigen Augen wie frisch Verstorbene. Stef lehnte sich im Stuhl zurück. Sein schweißnasses Hemd klebte auf der Haut, tiefblaue Felder auf hellblauem Stoff, dunkel wie Blut von einer tödlichen Wunde. Seine Augen schweiften langsam über den Tisch und hielten bei Michael an. Er schenkte dem jungen Mann ein dünnes zufriedenes Lächeln und hob die Hand ein paar schwache Zentimeter vom Tisch und machte das Siegeszeichen. Sein Blick schweifte wieder – diesmal triumphierend – vorbei am Kontroll-

raumfenster und blieb auf dem wahren Feind länger haften: dem Pyramidenzimmer selbst.
Schließlich ruhte sein Blick auf Kate und schaltete den Rest der Gruppe aus. Er stand geschmeidig wie ein Panther vom Tisch auf, ging drum herum und legte seine Hände auf ihre Schultern. Er murmelte ihr ins Ohr. »Laß jetzt los. Zeit zu ruhen.«
Er machte zwei Schritte auf die Tür zu, dann fiel er, zuerst auf die Knie, dann aufs Gesicht. Michael rannte zu ihm. Kein Puls. Keine Atmung. Michael hob die Faust zum ersten Schlag, um den Herzschlag wieder in dieser reglosen Brust zu erwecken.
Kates Stimme: »Geh zur Seite.«
Kate, Karel, Claire und Marva knieten sich neben die Gestalt am Boden und legten ihre Hände auf sein Herz. Vorbereitung. Dann Alpha. Das Händeauflegen. Lazarus wird auferweckt.
Michael entdeckte das erste Anzeichen von Bewegung aus dem Augenwinkel. Es kam nicht vom Boden, sondern von der Decke. Die Lampe erzitterte am Ende ihrer langen Kette. Die Bewegung wurde zum Schwingen eines Pendels. Jetzt, wie das erste Mal vor sechs Wochen. Weiter und weiter. Schneller und schneller.
Marva schrie auf, zerschmetterte die Konzentration. Alle Augen folgten ihrem Zeigefinger.
Dort. Nahe der Decke. Nicht das Schwingen der Lampe, die allmählich auspendelte. Keine Lichttäuschung, aber ein durchsichtiger Schatten, ein greifbares Zittern der Luft über ihren Köpfen.
Michael sah es. Einen Augenblick lang schimmerte die Luft in einem großartigen, gütigen Licht. Dann war der Augenblick vorbei, die Luft war leer. Und Michael wußte, obwohl Stefs Körper blieb, wo er gefallen war, so gab es doch nur noch fünf Hellseher in einem Raum, in dem sechs gewesen waren.
Stef war gegangen.

# 38

Michael lief im Mondlicht durch den Park, in seinem Kopf schwirrten und brodelten Gedanken. Er brachte es nicht fertig, das Haus anzuschauen, diesen riesigen, grauen Grabstein. Es war Stef zu verdanken, daß fünf der Geiseln überlebt hatten. Morrison würde auch überleben, also waren es sechs. Sechs zu eins. Stef war tot. Irgendwie kein gerechter Tausch.

Es war ein merkwürdiger Nachmittag gewesen. Keiner hatte eigentlich so recht gewußt, was er zum anderen sagen sollte. Die Reaktionen auf den Tod zogen sich von halbherzigen Lächelversuchen bis zu inkohärenten Zusammenbrüchen. Evans Reaktion zählte natürlich zu den letzteren. Er war in die Bibliothek gekommen, um sich von Michael zu verabschieden, bevor Smith ihn nach Boston zur psychiatrischen Untersuchung brachte. Er hatte sich auf die Sofakante gesetzt und zehn Minuten geweint, ein Schauspieler, der jede Verbindung zu seiner Kunst verloren hatte. Sein Gesicht war der Spiegel und die Summe aller Tragödien, die sich in Astor House abgespielt hatten.

Die größte Tragödie war, daß Evan nicht wahnsinnig war, noch nie wahnsinnig gewesen war, bis auf die Sekunde, in der seine Reflexe mit ihm durchgegangen waren. Letztendlich wäre es für ihn leichter gewesen, verrückt zu sein: Irrsinn hätte ihn vergessen lassen.

Claire war es nicht viel besser ergangen. Verglichen mit Evans kindischer Reaktion wirkte ihre wie die einer älteren Frau. Ihr Gesicht war verhärmt. Sie hatte den ganzen Nachmittag neben Michael gesessen, hilflos und verwirrt, und hatte kein Wort gesagt.

»Du hast Stef gern gehabt, nicht wahr?« hatte Michael sie gefragt, um sie aus ihrer Lethargie zu holen.

Claire hatte fast eine Minute gebraucht, bis sie antwortete. Dann hatte sie gesagt: »Hat keinen Sinn.«

»Was: sein Sterben oder deine Liebe zu ihm?«

»Keins von beiden. Keinen Sinn.« Eine Antwort, als würde Karel sprechen.
Michael hatte sie fest an sich gedrückt. »Ich weiß. Jetzt ergibt's keinen Sinn, aber eines Tages wirst du's verstehen.« Er versuchte überzeugt zu klingen, obwohl er weit entfernt davon war, um sie zu trösten. »Baby, denk nicht mehr drüber nach. Trag ihn nicht mit dir rum. Alles wird wieder besser werden: Du wirst schon sehen.«
»Nein, wird es nicht. Ich weiß zuviel.« Wieder Karel. War das Claires Bestimmung? Ihn neu zu verkörpern? Sein Talent – seinen Irrsinn?
Was Karel betraf, Michael hatte ihn den ganzen Tag noch nicht gesehen. Der Pianist hatte sich in den Wintergarten gesperrt und dort langsame, traurige Musik gespielt, eine ständige Erinnerung an den Verlust.
Michael zog es zur Tür des Pyramidenzimmers. Er starrte in die Arena des Leids. Auf dem Boden, unverändert seit dem Morgen, war ein Blutfleck von Morrisons Wunde. Dort war die Stelle, an der Stef gefallen war, der Stuhl, auf dem Evan sich immer wieder schluchzend entschuldigt hatte. Und dort, Michaels eigener Stuhl, *mit Morrisons Instrumenten verdrahtet wie alle anderen Stühle auch.* Verdrahtet, wie eine Zeitbombe. »Ich hab noch keinen zum Hellseher gemacht«, hatte Morrison gesagt. Michael fragte sich, wie er über seinen ersten Erfolg dachte.
Michael wanderte in den Kontrollraum zum Computer. Er spielte mit den Tasten und erinnerte sich an die viele hier vergeudete Zeit. In einem Augenblick finsterer Inspiration tippte er die Dateinummer für die Aufzeichnungen des gestrigen Tages ein. Er verspürte den unwiderstehlichen Drang zu sehen, wie Stefs letzte Minuten aussahen.
Der Monitor meldete sich zu Wort.
»File not found.«
Beunruhigt tippte Michael eine weitere Frage ein: »List File.«
Der Computer antwortete sofort. »Band 60, Tag 42-

111111111111111111111111111111111111111111111111-
11111111111111111«
Der Readout setzte sich in der nächsten Zeile fort: »11111111111111111111111111111111111111111111111-
11111111111111111«
Michaels Gesicht wurde genauso weiß wie Stefs an seinem letzten Tag in seiner letzten Stunde.
Sie hatten es gelöscht. Smith oder Elliot oder beide zusammen. Sie hatten es ausgelöscht. Die Aufzeichnungen der Ereignisse eines ganzen Tages, die Chronik des Todes eines Mannes. Was den Computer betraf, war an diesem Tag nichts passiert. Nichts.
Michael fand Smith in der Bibliothek. »Wann sind Sie aus Boston zurückgekommen?«
»Ich bin müde«, erwiderte Smith. »Lassen Sie mich in Ruhe.«
»Wo ist Evan?«
Smith wollte nicht antworten.
»Was haben Sie mit ihm gemacht? Lebt er noch?«
»Evan ist unter psychiatrischer Beobachtung. Das haben Sie gewußt.«
»Aber er war nicht verrückt!« sagte Michael.
»Woher kommt dann das Loch in Morrisons Brust?«
»Man hat ihm zu viel zugemutet – er war nicht verrückt.«
Eine Pause. »Aber jetzt ist er's.«
*Wie viele waren es jetzt – wie viele Opfer?*
»Verrückt«, wiederholte Michael. »Haben Sie das arrangiert?«
»Gehen Sie schlafen. Ich unterhalte mich morgen früh mit Ihnen.«
Michael war so wütend, daß er jede Zurückhaltung vergaß. »Warum haben Sie die Daten im Computer gelöscht?«
Smith gähnte. »Das war ich nicht. Muß Elliot gewesen sein.«
»Wenn Elliot auf Ihrer Gehaltsliste ist, vielleicht. Finden Sie es nicht ironisch, daß vor achtzehn Monaten ein ganzes Haus voller Leute sterben mußte für das, was Sie gerade freiwillig gemacht haben?«

»Um ein Uhr früh ist mein Sinn für Ironie etwas reduziert. Kommen Sie wieder, wenn es Zeit ist, ›Guten Morgen‹ zu sagen.«

»Es wird kein guten Morgen geben. Ich reise ab.«

»Nein, das werden Sie noch nicht tun.«

»Ach nein? Vielleicht erklären Sie mir das ›noch nicht‹.«

»Wenn die Arbeit zu Ende ist, werden Sie nach Hause fahren. Jetzt noch nicht.«

Michael nahm die Neuigkeit gelassen hin. Von allen Schocks, die er in den letzten vierundzwanzig Stunden erlitten hatte, war das der einzige, auf den er vorbereitet war.

»Ein Mann tot, ein Mann mit einer Kugel im Körper, und ein Mann reif fürs Irrenhaus – reicht das noch nicht, um ein Ende zu machen?«

»Oh, ich verstehe. ›Mein Junge, es gibt bestimmte Dinge, die ein Mensch nicht wissen sollte‹.«

»Das ist es nicht! Ich rede davon, was dieses Haus *Leuten* angetan hat – wie sollen sie denn mit dem, was sie wissen, weiterleben?«

»Ich nehme an, die Frage sollte eigentlich lauten, wie *Sie* mit dem, was Sie wissen, weiterleben sollen.«

»Soll das heißen, Sie machen sich erst wieder Gedanken darüber, wenn es wieder passiert? Was, glauben Sie denn, hat Stef getötet – sein Herz? Mein Gott, Stef hat *fast einen halben Tag im voraus* gewußt, wie diese Episode enden würde, und er hatte solche Schuldgefühle und fühlte sich so verantwortlich für diese Geiseln, daß er sich sein eigenes Grab im Pyramidenzimmer geschaufelt hat und reingesprungen ist, weil er keine andere Möglichkeit gesehen hat, sie zu retten. Wie wollen Sie dieses Verantwortungsgefühl aus diesen Leuten rausziehen?«

»Das geht Sie nichts an.«

»Nein? Ich habe heute morgen gesehen, wie ein Mann von etwas getötet wurde, an das ich vor zwei Monaten nicht einmal *geglaubt* habe. Das geht mich sehr viel an. *Sehr viel.*«

»Und Sie wollen damit andeuten, daß ich mich drum kümmern sollte?«
»Richtig.«
»Was soll ich denn tun – die Arbeit einstellen und alle nach Hause schicken?«
»Ja.«
»Vergessen Sie's, Michael.«
»Ich warne Sie – lassen Sie sie gehen.«
»Oder was?« fragte Smith gelangweilt.
»Oder die Welt wird alles erfahren, was in diesem Haus passiert ist. Sie können Ihrer Geheimwaffe auf Wiedersehn sagen.«
»Drohen Sie mir nicht. Sie haben nicht das Zeug dazu.«
»Die Zeitungen werden Sie kreuzigen, dafür werd ich sorgen.«
»Wenn das Ihr Plan ist, dann ist es dumm, ihn mir zu erzählen.«
»Sie können es sich sparen, mich vor meiner Zukunft zu warnen. In diesem Haus gibt es vier Hellseher, denen es nicht gefallen wird, wenn mir etwas passiert.«
»Also, warum macht mir denn das keine Sorgen?«
»Ich weiß es nicht. Vielleicht wissen Sie gar nicht, welcher Macht Sie da gegenüberstehen. Lesen Sie den Autopsiebericht über den Scharfschützen, wenn er erstellt ist: Mehr Drohung werd ich nicht brauchen.«
Smith stand auf. »Ich geh schlafen. Hören Sie zu. Spielen Sie heute abend ruhig noch mit ihrer Heldentatenidee. Von morgen an werden Sie sie vergessen. Wenn nicht, dann sag ich Ihnen jetzt klipp und klar, daß der Hammer auf Sie fallen wird. Unter Garantie. Keine Drohungen mehr. Nur eine schlichte Tatsache: In der Sekunde, in der Sie Ihren Mund aufmachen gegenüber jemandem außerhalb dieses Hauses, sind Sie zum Tod verurteilt. So wichtig ist es für mich, diesen Ort geheimzuhalten. Haben Sie das verstanden? Ich hab mehr Geduld als Sie. Ich habe die besseren Mittel. Ich habe sogar die anerkannte Autorität, diesen Hammer fallen zu lassen. Und Michael, ich bin das mieseste Schwein, dem Sie je begegnet sind. Versuchen Sie nicht,

sich mit mir anzulegen. Nicht mit einer Million Hellseher im Hintergrund. Gute Nacht.«
Smith drehte sich um und ließ Michael allein in der Bibliothek zurück. Michael steckte seine Fäuste zwischen die Knie, um das Zittern seiner Hände zu unterbinden. Sie zitterten sowohl von der Lüge, die er von sich gegeben hatte, als auch von der Wut, die ihn dazu gebracht hatte, sie auszusprechen. Er hatte von den Hellsehern keinen Schutz zu erwarten. Wenn er in die Welt hinausgehen würde, dann alleine.
Smiths Drohung war echt. Daran hatte Michael keinen Zweifel. Die einzige Frage war, wie der Schlag kommen würde. Smith würde ihn nicht erschießen lassen. Nein. Vor allen Dingen, wo doch New York so viele andere günstige Gelegenheiten für Gewalt bot. Irgendein Taxifahrer würde ihn vielleicht ›aus Versehen‹ totfahren. Oder irgendein Junkie würde bei einem Überfall ein bißchen ausrasten. Oder vielleicht würde Michael einfach ›verschwinden‹, die Idee schwebte schon im Raum. Ganz ohne Zweifel. In der Sekunde, in der er den Mund aufmachte, war Michael ein toter Mann.
Aber letztendlich waren es nicht Smiths Drohungen, die Michaels Unentschlossenheit nährten. Es war ein tödlicherer, dumpferer Feind. Die wahre Welt. Angenommen, die Medien würden Michaels Geschichte glauben – na und? Die Geschichte würde eine Woche lang interessant bleiben und dann in der Wildnis des *National Enquirer* verlorengehen. Wen würde sie wirklich interessieren? Stefs Tod würde weniger Aufsehen erregen, als wenn er eine der Leichen gewesen wäre, die man aus dem kanadischen Schnee geholt hatte. Was für einen Unterschied würde es schon machen, ob Michael sich von Smith aufs Korn nehmen ließ oder genau das tat, was Smith von ihm verlangte?
Seine Beine trafen die Entscheidung für ihn. Sie trugen ihn aus der Bibliothek und in Kates Zimmer, als hätten sie die Möglichkeit, seine Gedanken zu interpretieren, und nicht sein Verstand. Er würde Kate um Rat fragen, wie immer. Er würde zu ihr gehen, und wenn auch nur, um auf Wiedersehen zu sagen.

Kate lag allein im Dunkeln in Stefs Zimmer. Sie tobte verbittert, eine ziellose Wut, die sie beschämte.
Sie hatte eine Zeitlang bei Stefs Leiche gesessen, bis man sie fortgeschafft hatte. Die Sinnlosigkeit dieser Tätigkeit hatte sie ermüdet. Es bestand kein Grund, eine leere Hülle zu bewachen. *Leere Hülle!* Wie fremd der Gedanke doch war, daß Stef jetzt in der Gesellschaft Gottes war. Vielleicht hätte sie früher einmal an diese Vorstellung geglaubt. Jetzt hatte sie überhaupt keine Bedeutung für sie. Kate sah nichts, was dem Leben folgte, nur Dunkelheit, eine geistlose Schwärze, so finster wie das Zimmer, in dem sie lag. Der Mangel an Glauben übermannte sie wie das Dunkel. Sie hatte das Gefühl, man hätte ihr jeden Glauben genommen, der Trost spenden konnte. Sie fühlte sich in allen Dingen verlassen.
Dann kam ein Klopfen an der Tür. Karel trat ein, ohne auf Antwort zu warten. Er schien nicht überrascht, sie hier zu finden, ja, hatte es anscheinend erwartet. Er setzte sich an die Bettkante und nahm ihre Hand. Seine Berührung war sanft und voller Leben. Er sagte nichts, erwartete – Gott sei Dank – nicht, daß sie lächelte und tapfer war.
»Was für eine Verschwendung«, murmelte sie.
Karel bewegte sich. Seine Worte waren eindringlich, als hätte er Angst, Kate würde das, was er sagte, nicht beachten. »Ich glaube nicht an Gott, also kann ich das, was ich gesehen habe, nicht benennen. Aber ich bin Stef gefolgt, soweit ich konnte, und ich habe gesehen, was danach kommt. Glaube mir, was ich sage: Bemitleide nicht die Toten. Bemitleide vielmehr die Lebenden.«
*Bemitleide die Lebenden.* Seltsamerweise bemitleidete Kate in diesem Augenblick Karel mehr als Stef. Stefs Gesicht war heiter und ohne Leid, als man das Laken darüberzog. Karels war das Gesicht der Qual, das eines Mannes, der gefoltert wird und dem das Geschenk des Todes versagt bleibt.
Karel stand auf und wollte gehen. Plötzlich, impulsiv, packte Kate ihn beim Handgelenk. »Ist etwas nicht in Ordnung?«

»Nein, eigentlich nicht. Schlaf gut.« Karels Fingerspitzen strichen über ihre Schläfen. »Ruh dich jetzt aus.«
»Ich würde lieber noch ein bißchen wach bleiben.«
Die Finger legten sich auf ihre Hand. Sie pulsierten vor Kraft. Kate fühlte, wie eine viel stärkere Kraft als die ihre sie in den Schlaf zwang.
»Ich möchte, daß du schläfst«, sagte er. Seine Stimme diktierte. Ihre Wünsche waren nicht mehr nur bloßer Vorschlag. »Schlaf. Genug Schmerz für eine Nacht.«
Kates erschöpftes Bewußtsein tat wie befohlen. »Gute Nacht, Karel«, flüsterte sie ins Dunkel.
»Gute Nacht«, antwortete Karel. »Auf Wiedersehen.«

Karel schloß die Schlafzimmertür. Der Tumult nahm kein Ende, die Stimmen der Stadt seines Übersinns – all das Kreischen, Reden, Hupen, Klatschen, Singen und Summen einer Metropolis – eine Stadt, die niemals von einer bloßen Holztür ausgesperrt werden konnte.
Er wickelte sich in seinen Morgenmantel und setzte sich auf den Boden am Fuß des Bettes. Er klappte das antike Rasiermesser auf und legte den glänzenden Stahl gegen sein Fleisch. Die kühle Glätte und die warme Fläche vereinten sich mit einer schnellen Bewegung.
Es war leichter gewesen, als er gedacht hatte, wenn man die besonderen Eitelkeiten eines Pianisten bedachte. Er dachte darüber nach, wie lange es gedauert hatte, diesen Handgelenken beizubringen, das zu tun, was er wollte. Wie einfach es doch war, das alles wieder unbekannt zu machen.
Die Leute hatten behauptet, in seinen Adern würde Musik fließen. Dann sollte die Musik ruhig rauslaufen. Er lehnte sich an das Fußende und schloß die Augen. Die Stimmen konnten ihn jetzt ruhig haben. Er war zu müde, um noch länger gegen sie anzukämpfen.

Marva saß im Bett und wendete die Seiten in einem Buch, in dem sie die Wörter nicht erfaßte. Sie fühlte sich wie ein Krüppel. Nutzlos.
Sie hatte sich in ihrem Leben so vielen unmöglichen Herausforderungen stellen müssen, daß sie sich tatsächlich davon hatte überzeugen lassen, daß etwas Gutes an ihnen war. Nur ihr psychisches Talent hatte sie davor bewahrt, ein langweiliges und gewöhnliches Leben zu führen, es hatte ihr eine einzigartige Möglichkeit gegeben und den Willen, sie voll auszuleben. War sie dennoch so angreifbar, daß dieses Haus sie so ohne weiteres erdrücken konnte?
Marva konnte weiterarbeiten, sie kannte genug Tricks des parapsychologischen Gewerbes, um sich für alle Zeiten in diesem Feld zu behaupten. Aber mit ganzem Herzen würde sie nie simulieren können. Nicht nach dem, was Stef getan hatte. Ihre Selbstachtung würde das nicht dulden. Sie hatte ihre Mitarbeiter im Stich gelassen und sich selbst dazu. Sie hatte nicht einmal die einfache Aufgabe bewältigen können, die Stef ihr gestellt hatte.
*Jemand spielte Klavier.* Marva war so mit ihrer Verzweiflung beschäftigt, daß sie das Geräusch an die äußerste Kante ihres Bewußtseins verdrängte. Ihr fiel nicht auf, daß sie Karels Piano noch nie in ihrem Zimmer hatte hören können.
Ihr wurde nicht bewußt, daß die Musik langsam verklang.

Als Michael Kate nicht in ihrem Zimmer fand, wußte er genau, wo er sie zu suchen hatte. Sie war in Stefs Zimmer und lag auf seinem Bett, eine Hand über der Stirn. Sie schlief. Mondlicht bestrahlte zart ihr Gesicht. Michael sah all die Falten und Furchen, die Stefs Tod in ihrem Gesicht hinterlassen hatte. Sie hatte es nicht leicht gehabt.
Lange schlief sie sicher noch nicht. Eine frische Träne hatte einen feuchten Pfad auf ihrer Wange hinterlassen. Michael berührte sie vorsichtig mit den Fingerspitzen. Ein Bedürfnis, sie zu beschützen, erwachte in ihm, ein Gefühl der Ehrfurcht. Michael hatte Kate in der Hölle gesehen, aber noch nie hatte er sie weinen sehen.

Er setzte sich in den Stuhl neben ihrem Bett, sprach ihren Namen, aber bekam keine Antwort. Vielleicht war es besser, wenn sie schlief. So war es einfacher, mit ihr zu reden.
»Vergib mir«, sagte er leise. »Es tut mir leid, daß ich dich heute nachmittag nicht besucht habe. Ich konnte nicht. Ich wußte nicht, was ich zu dir sagen sollte.«
Er preßte seine Hände in den Schoß und versuchte, die starke ziellose Emotion im Zaum zu halten, die in seinem Inneren herumwanderte. »Nein, Kate ... ich muß dir die Wahrheit sagen, ich bin jetzt hierhergekommen, um mit dir zu reden, weil ich morgen nicht mehr da sein werde.«
Er hielt inne, dann begannen seine Gedanken langsam aus ihm herauszuströmen, in Kates gnädigerweise taube Ohren.
»Ich bin in Schwierigkeiten«, sagte er. »Smith hat gesagt, wenn ich irgend jemandem da draußen erzähle, was hier passiert ist, wird er mich fertigmachen, und ich glaube nicht, daß er das einfach so dahingesagt hat.«
»Auf jeden Fall, vielleicht bin ich selbstmörderisch, aber ich habe mich entschlossen, mich gegen ihn zu stellen. Ich kann Stef nicht einfach begraben und vergessen. Hier war so viel Verantwortung. Ich kann mir nicht vorstellen, daß für ihn keine mehr übrig ist.«
Michael deckte Kate mit dem Überwurf zu. Er setzte sich neben sie aufs Bett.
»Ich bin gekommen, dir zu sagen, daß Smith vorhat, dich hier festzuhalten. Ich weiß nicht, für wie lange, aber er wird dich nicht gehen lassen. Für ihn bist du eine Ware, und so wird er dich auch benutzen.«
»Ich möchte, daß du dich wehrst. Mit allen Mitteln – so wie Karel gegen den Scharfschützen. Du weißt, wie. Was dich betrifft, so kennt Smith den Unterschied zwischen Recht und Unrecht nicht, du mußt vergessen, daß *du* ihn kennst.«
Kate bewegte sich instinktiv im Schlaf zu der Gestalt auf dem Bett hin und kuschelte sich an ihn, *wie sie es bei Stef getan hätte,*

dachte Michael. Sein Herz machte den vertrauten Steptanz. Er legte den Arm um sie, drehte sanft ihr dunkles Haar um seine Finger und zwang sich, ruhig zu sitzen.
Er machte etwas, was er noch nie getan hatte. Er präparierte eine Botschaft in einem besonderen Teil seines Bewußtseins und atmete sich in den Alphazustand. Zum erstenmal in seinem Leben versuchte er eine Botschaft in das Bewußtsein eines anderen Menschen zu schicken.
*Wenn ich meinen Plan ausgeführt habe ... wenn ich es überstehe ... werde ich dich finden. Ich war noch nicht fähig, dir zu sagen, was ich für dich empfinde, und jetzt ist auch nicht die Zeit dazu. Vielleicht wird nie Zeit dazu sein. Aber ich werde es nicht vergessen, und ich werde nicht aufgeben. Ein Gutes muß aus dieser Asche wieder auferstehen.*
Die Botschaft war zu Ende. Michael hielt Kate im Arm wie einmal in Wirklichkeit und tausendmal in seinen Träumen.

Spät. Sehr spät. Claires Schlafzimmer war kalt und dunkel und einsam. Sie brauchte jemanden, mit dem sie reden konnte. Stef war ... fort. Evan hatte man fortgebracht. Kate hatte andere Dinge im Kopf. Marva taugte nicht, und Michael war nirgends zu finden. Da blieb nur Karel, und vielleicht war er der Beste von allen.
Ihr fiel die Nacht nach der Entführung wieder ein. Da hatte sie auch jemanden zum Reden gebraucht, genau wie jetzt. Alle im Haus hatten geschlafen. Außer Karel. Michael hatte gesagt, Karel würde nie schlafen – und tatsächlich, sie hatte nachgeschaut, und er war wach gewesen. Er hatte sie in seinen warmen Morgenmantel gewickelt und in seinen großen Sessel gesetzt und mit ihr geredet, bis die Sonne aufging. Er hatte es nicht einmal Harry erzählt. Karel war der richtige.
Claire lief in den Korridor und platzte in Karels Zimmer, wie sie immer überall hereinplatzte. Drei Gedanken schossen ihr gleichzeitig durch den Kopf, ehe sie sie trennen konnte. Der erste war:

Wie komisch Karel aussah, wie er so auf dem Boden saß, wo doch ein wirklich einwandfreier Stuhl direkt neben ihm stand; der zweite: daß niemals so viel Blut in einem Menschen sein konnte; und der dritte war, daß sie den Flecken nie wieder aus dem Teppich kriegen würden.

Der Plan nahm in Michaels Kopf allmählich Gestalt an. Er hatte Stefs Skizzen vom Tatort der Entführung aufgehoben, das war ein guter Anfang. Als nächstes würde er sich die restlichen Computeraufzeichnungen holen, ehe sie Smith auch noch löschen konnte. Dann würde er die Geisel Meg suchen und vielleicht eine der anderen, die die Einzelheiten seiner Geschichte bestätigen könnten, vielleicht den Piloten der Rettungsmaschine – das wäre ein guter Zug. Der Gedanke kam ihm kurz, daß New York für ihn ein Minenfeld werden würde, sobald er den Plan in Bewegung gesetzt hatte. Aber das änderte nichts.

Draußen vor dem Fenster erblühte das Morgengrauen. Die Bäume färbten sich blaßrot und gelb im Licht des Oktobermorgens. Dieser verfluchte Tag würde wunderschön werden.

Leichter und schwerer, so fühlte sich Michael. Astor House hatte etwas von ihm genommen, aber ihm etwas gelassen, was schwerer wog als alles Wissen, mit dem er gekommen war. Für den Rest seines Lebens würde er etwas mit sich herumtragen, was er nie würde erklären können. Er würde nie wieder instinktiv reagieren, ohne zu fragen, wo es herkam, was dahintersteckte. Eingebungen und Zufälle würden immer parapsychologische Ereignisse, die im Dunkeln lauerten, sein. Michael war ein Opfer seines Wissens, genau wie die Hellseher. Er wußte jetzt, was Stef meinte, als er sagte, daß parapsychologische Kräfte ein zwiespältiger Segen wären, ein Gerstenkorn des inneren Auges, der Ort, an dem einmal unschuldige Phantasien gehaust hatten.

Karel, dachte er. Etwas an Karel. *Dort* lag der Beweis für die Schäden, die Gefahr. Sechs Wochen lang hatte Michael nur eine Armlänge von dem Mann entfernt gesessen und hatte mit angesehen, wie er sich auflöste. Jetzt, am Ende, war fast nichts mehr übrig von ihm.

*Karel.* Wieder. Michael wurde mit einemmal schlecht. Das war kein Raten. Es war eine Tatsache. Karel.

Claires Schrei drang in jeden Winkel des Hauses.

In diesem Augenblick wußte es Michael ganz sicher, ein für allemal. Während er versuchte, das schreiende Kind aus Karels Zimmer zu zerren, und vergeblich versuchte, seine Augen von dem Grauen dort loszureißen, da wußte er über jeden Zweifel, daß das, was er gesehen hatte, ohne zu sehen, gewußt hatte, ohne zu wissen, nur eins der vielen Dinge war, die er lernen würde zu verstehen.